| PREMIUM LABEL. op. 007

계모인데, 딸이
너무 귀여워

이 책은 (주)에이템포 미디어가 저작권자와의 계약에 따라 발행한 것으로 저작권법의 보호를 받는 저작물입니다.
본서의 내용을 무단 전재 및 무단 복제하는 것을 금합니다. 작가와 협의하여 인지는 생략합니다.

이 도서의 국립중앙도서관 출판시도서목록은 서지정보유통지원시스템 홈페이지(http://seoji.nl.go.kr)와 국가자료공
동목록시스템(www.nl.go.kr/kolisnet)에서 이용하실 수 있습니다. (CIP제어번호: CIP2020046809)

계모인데
딸이 너무 귀여워

이르 장편소설

PREMIUM
LABEL

CONTENTS

계모인데, 딸이 너무 귀여워

Romance Fantasy
crescendo

I am Stepmother, But My Daughter Is So Cute

왕이 되는 자 Ⅱ

16

왕이 되는 자 II

"네르겐과 연합군의 전쟁은 어찌 되어 가고 있죠?"

원탁에 요정들이 오밀조밀 앉아 있었다. 소리를 듣지 않는다면 동화적인 풍경이었을 테지만, 회의실에는 살벌한 분위기가 감돌고 있을 뿐이었다. 도빈의 질문에 한 대신이 종이를 집어 건넸다. 오늘 아침 전장에서 도착한, 쇠 비린내가 밴 전서였다.

"아직은 네르겐 측이 많이 유리한 상황입니다. 더 성능 좋은 무기를 판매하는 게 나을까요?"

도빈은 역시 강대국답다고 생각했다. 그편이 좋았다. 그는 빙긋 웃으며 깍지 낀 손을 탁상 위에 올렸다.

"아뇨, 이 정도가 적당해요. 다른 방향으로도 손을 써 두었으니, 이 이상 연합군 측에 더 힘을 실어 주면 전쟁이 금방 끝날 거예요."

도빈의 명령에 다른 요정들은 침묵으로 긍정했다. 그 와중, 회의에 참여한 한 왕자가 의아하다는 듯이 물었다.

"도빈 형님, 연합군 측이 불리하면 더욱 원조해야 하는 것 아닌가요? 우리로서는 연합군이 이기는 게 좋은 일 아닙니까.”

그 아둔한 질문에 몇 대신이 눈썹을 찌푸렸으나, 도빈은 화를 내지 않았다. 멍청한 경쟁자만큼 좋은 아군도 없으니까. 도빈은 어린아이 가르치듯 자애로운 목소리로 말했다.

“우리로서는 전쟁이 길어지는 게 가장 좋아.”

“어째서요?”

“전쟁이 길어질수록 무기를 많이 팔 수 있으니까.”

요 몇십 년간은 그야말로 평화의 시대였다. 자질구레한 항전은 일어나더라도, 국가 간의 대규모 전쟁은 일어나지 않았다.

평화라는 단어에 대다수의 사람들은 아늑함을 느낄 테지만, 도빈은 그 단어를 좋아하지 않았다. 평화는 돈이 되지 않는다. 성이 무너져야 석자재가 팔리고, 사람이 다쳐야 의약품이 팔린다.

때문에 도빈은 인간들 사이에서 전쟁이 일어나도록 유도하였고, 그 결과는 성공적이었다. 네르겐을 제외한 다른 나라들은 아슬아슬한 균형을 갖추고 있었다. 욕심은 있으나 한 발 나서기에는 두려움이 있는 상황.

여러 나라 중 도빈은 크로넨버그를 선택했다. 그들의 양손에 흉포한 무기를 쥐여 준 채 등을 떠밀고, 전쟁을 부추겼다. 남보다 강한 힘을 갖게 되면 인간은 욕심을 갖게 된다. 크로넨버그 역시 다르지 않았다.

“생각보다 크로넨버그가 잘해 주고 있어요. 이대로 몇 년 정도는 전쟁을 끌어주면 좋겠는데 말이죠.”

도빈은 만족스러운 목소리로 말했다. 사람들이 흘리는 피가 많아질수록 슬레비엔의 저장고는 풍족해질 터였다.

질문을 했던 왕자는 그제야 도빈의 의도를 이해한 모양인지, 아니면 그의 잔인함을 말릴 엄두가 나지 않은 모양인지 침묵하고 있었다. 다른 대신이 입을 열었다.

"연합군 측에서 마탄의 탄환을 추가로 요청하는데 어찌할까요? 대금을 전부 준비하지는 못했다고 합니다만."

"대금은 차후 받기로 하고, 원하는 만큼 내 주세요."

게다가 마탄의 가장 훌륭한 점은 소모품이라는 점이었다. 모자란 탄환을 구매하기 위해 크로넨버그는 거침없이 국고를 열었다.

지금은 돈을 조금 적게 받더라도, 몇 달이고 몇 년이고 길게 전쟁을 이어가는 편이 몇 배는 더 이득이었다. 또한 금전적인 이유 외에 다른 장점도 있었다.

"최대한 네르겐이 타격을 받도록 해야 해요. 인간들이 저들끼리 싸우다 자멸하도록 유도해야 합니다."

요정들은 뛰어난 마력과 마도공학 기술을 갖고 있지만, 치명적인 약점 또한 존재했다. 바로 적은 머릿수와 약한 신체였다. 인간들이 합세해서 머릿수로 압박해 온다면, 여러모로 귀찮아질 것이었다.

"전쟁이 몇 년쯤 진행되어 인간 왕국들이 약화된다면, 우리가 정복에 나서도 승산이 있겠죠. 요정이 제국을 통일하는 것도 가능성이 있어요."

도빈은 앳된 얼굴로 빙그레 미소 지었다. 가장 신경 쓰이는 머릿수만 줄인다면, 그 뒤부터 인간들은 대수롭지 않은 상대였다. 고작 마탄 정도로도 전쟁의 판세가 바뀌고 있었다. 연합군 측에 보여 주지 않은 마도 병기 중, 마탄을 능가하는 무기들이 수십이었다.

제국 통일이라는 말에 회의실이 술렁이는 것이 느껴졌다. 제르다

마저도 미처 듣지 못한 탓에 놀란 기색이었다. 수염이 부숭부숭 난 대신은 감격으로 눈이 그렁해져 있었다. 그가 조금 먹먹한 목소리로 말했다.

"병상에 계신 전하께서도 이 이야기를 들으셔야 할 텐데. 분명 크게 기뻐하실 겁니다."

"맞습니다, 도빈 왕자님. 요정의 제국이라니. 역사에 길이 남을 것입니다."

대신들의 호의적인 반응에 도빈은 그저 웃었다. 그때, 문 반대편에 앉아 있던 대신 하나가 벌떡 일어났다.

그 반응에 요정들이 저도 모르게 문가를 바라보았다. 도빈 역시 그곳으로 시선을 보냈다가 놀란 얼굴이 되었다. 요정왕이 노쇠한 몸을 이끌고 회의실 안으로 들어오고 있었다. 도빈과 제르다가 황급히 아버지에게 달려갔다.

"아바마마! 편찮으신데 어떻게 여기까지……."

"내 대신 국정을 살피느라 바쁘다는 이야기를 들어, 한 번 보러 왔단다."

언제나 병색이 완연한 요정왕이었으나, 오늘은 평소보다 눈빛에 생기가 돌았다. 그는 제르다를 향해 말했다.

"제르다, 백성들을 잘 살피고 있다 들었다. 국왕 대리 일을 훌륭히 해내고 있구나."

"당연히 해야 할 일이었는 걸요."

첫 번째 칭찬이 제르다에게 떨어지자, 도빈은 표정이 굳는 것을 참으려 애썼다. 이 와중에도 첫 번째는 내가 아니란 말인가. 그런 불만을 삼키던 중, 도빈은 제 손에 닿는 감촉에 화들짝 놀라 고개를 들었다.

요정왕이 도빈의 손을 힘주어 잡았다. 그 시선과 손길이 평소와는 조금 달랐다.

"도빈, 네 이야기는 여러 대신들을 통해 자주 들었다. 큰 거래를 성사시키고, 또한 제국을 통일할 계획까지 세워 두었더구나."

"과찬이세요. 아직 부족한걸요."

겸손한 아들을 향해 요정왕은 부드러운 시선을 보냈다. 그리고는 조곤조곤히 말을 이어 갔다.

"그동안 후계자 문제로 고민이 많았단다. 나는 아직도 막내가 살아 있고, 언젠가는 돌아올 거라 믿는다. 하지만……. 이제는 포기해야 할 것 같구나."

그 말에 도빈은 속이 울렁거리는 것을 느꼈다. 자신이 이제까지 해 온 일이 드디어 빛을 보는 순간임을 알 수 있었다.

"나에게는 이제 살날이 얼마 남지 않았고, 더 이상 후계자 자리를 공석으로 둘 수가 없으니 말이다."

쓸쓸한 목소리였다. 도빈은 쾌재를 부르고 싶은 것을 참느라 온 힘을 다해야 했다.

"아바마마, 그런 말씀 마세요."

"아니, 이제는 준비를 해야지. 너와 제르다 중 누구를 후계자로 삼아야 하나 싶었지만, 요즘 너의 공적을 보니 네가 적임인 듯싶구나."

도빈의 손이 덜덜 떨려 왔다. 희열 때문이었다. 동생을 내쫓고, 전쟁을 일으켜 국고를 늘리고, 제국 통일을 준비하려던 것은 결국 이 순간을 위해서였다. 수년간의 꿈이 이루어졌다. 도빈이 감격에 젖어 입을 열려는 순간, 회의실 밖이 소란스러워졌다.

"대체 무슨 일이냐?"

요정왕도 그 소란을 느끼고 도빈의 손을 놓았다. 백일몽의 시간을 방해받자, 도빈은 물을 맞은 고양이 마냥 날카로워졌다.

시종이 무슨 일이 일어났는지 알아보려고 나가려는 찰나. 작은 실루엣이 저벅저벅 회의실로 들어섰다. 그 모습에 모두의 시선이 얼어붙었다. 특히 도빈은 한파 속에 내동댕이쳐진 사람처럼 뻣뻣하게 굳은 채였다.

"형님, 오랜만이네. 잘 지내셨어?"

얄미울 정도로 태연한 목소리가 들려오자, 도빈은 평정을 유지할 수 없었다.

하늘색 머리카락에 은빛 눈동자. 3년이라는 세월이 지나 많이 성장했으나, 잊으려야 잊을 수 없는 얼굴이었다.

"오, 오베론. 네가 어떻게 여기에……."

자신의 막냇동생인 오베론이 환영처럼 그곳에 서 있었다.

머리가 혼란스러웠다. 어떻게 그 저주를 풀었지? 자신의 마력을 전부 쏟아붓고, 다른 마법사들의 마력까지 끌어내 완성한 저주였다. 아무리 불세출의 천재인 오베론이라 하더라도 풀 수 없도록 만든 저주였건만. 그 저주를 풀고 악몽처럼 동생이 돌아와 있었다.

베리테는 오랜만에 조우한 피붙이를 바라보며 씩 웃었다.

"왜? 못 돌아올 줄 알았어? 나를 마도구에 봉인할 때, 이런 사태도 예상을 했어야지."

베리테의 말에 모두가 경악을 금치 못했다. 요정왕은 잃어버린 아들과의 재회에 반가움과 혼란을 동시에 느꼈다.

"도빈, 네가 오베론을 봉인했다고?"

요정왕의 목소리에 사무치는 배신감이 어려 있었다. 도빈은 황급히 정신을 차리고 억울하다는 듯 울상을 지었다.

"아니에요, 아바마마! 오베론이 지금 뭔가 착각을……!"

"형님. 착각이라니 섭섭하네."

베리테가 손가락을 한 번 튕기자, 벽 거울에서 소리가 흘러나오기 시작했다. 거울은 수년 전 베리테의 방을 비추고 있었다. 지금보다 조금 더 어린 베리테와 도빈이 그곳에 있었다.

[도빈 형님, 이게 뭐야?]

[잠이 잘 오는 차야. 먹고 푹 자렴.]

베리테는 순진한 얼굴로 그것을 받아 마셨다. 그리고는 곧 기절이라도 하듯 풀썩 쓰러지는 모습이 비쳤다. 도빈은 묵묵히 그 모습을 바라보다 손을 뻗었다. 손가락 끝에서 흘러나오는 검은 마력이 베리테를 감싸는 장면이 거울에서 재생되고 있었다.

제 죄를 목격하고 도빈은 굳어 있었다. 어떻게 이 장면이 기록되어 있는 건지 혼란스러웠다. 그러나 더 이상 그게 중요한 것이 아니었다. 자신을 꿰뚫을 듯한 날카로운 기운에 도빈이 뒤를 돌아보았다.

모든 요정의 눈빛이 화로처럼 달궈져 있었다. 특히 요정왕의 눈동자에는 깊이를 알 수 없는 역정이 넘실거렸다.

"네 동생을 마도구에 가둬 놓고, 이제껏 모른 척을 하고 있었던 게냐? 네가 어떻게……!"

병자라고는 믿을 수 없을 정도로 격한 목소리가 흘러나왔다. 도빈이 얼어붙어 반박조차 못 하자, 그가 날카롭게 말했다.

"이 죄는 묵과할 수 없다. 오베론의 뜻대로 처벌을 결정하겠다."

요정왕의 판결을 듣자, 도빈은 수천 개의 칼날에 노출된 기분이 들었다. 오베론의 결정에 따라 자신의 목숨이 결정되었다. 구금이나 유배가 아니라 사형을 언도할지도 모르는 일이었다.

도빈이 황급히 베리테의 앞에 무릎을 꿇었다. 이제 왕위가 문제가 아니었다.

"오베론, 내가 잠시 왕권에 눈이 뒤집혀서 그런 실수를 했다. 제발 나를 용서해 주렴. 제발……!"

방금 전까지만 해도 제국 통일을 꿈꾸던 왕자는 바닥에 무너져 있었다. 베리테는 그런 도빈을 다소 무감하기까지 한 눈으로 내려다보고 있었다. 그가 한참을 노려보다 입을 열었다.

"내 부탁을 들어주면, 유배형 정도로 바꿔 줄 수는 있는데."

"부, 부탁이 뭔데?"

"연합군에 마탄 판매를 중지해. 그리고 네르겐에 무상으로 무기를 제공할 것."

베리테의 요구에 도빈 뿐만 아니라 모두가 놀라는 기색이었다. 의도를 알 수 없는 요구였다. 도빈이 머뭇거리다 간신히 질문을 던졌다.

"네르겐에는 왜?"

그 질문에 베리테는 잠시 침묵했다. 짧은 고요 뒤, 소년은 제 형을 바라보며 말했다.

"내가 사랑하는 사람이 그곳에 있으니까."

망설임 없는 또렷한 목소리였다. 블랑슈가 그곳에 있는 것만으로도, 베리테는 온 힘을 다해 네르겐을 지켜야만 했다.

그 대답에 모두가 놀란 눈이 되어 있었다. 도빈도 멍하게 동생을 바라보다, 순간 눈동자에 빛이 돌아왔다.

"……마탄 판매를 중지해 봐야 네르겐은 멸망할 거야."

"뭐? 무슨 개소리야."

"내가 무기를 판 나라는 크로넨버그만이 아니야."

도빈의 목소리에 희미한 기쁨과 생기가 묻어나고 있었다. 무너지는 와중, 베리테에게 마지막으로 복수할 수 있는 기회임을 깨달았기 때문이었다.

"모르카에 함선에 달 주포를 팔았다. 지금쯤이면 공해 부근에 다다랐을걸?"

연합군의 힘만으로는 초반에 패배할 가능성이 있다 판단하여, 도빈은 은밀하게 모르카에 접촉하였다. 모르카 역시 네르겐에 불만을 갖고 있던 참이었기에 거래를 성사하는 데에는 어려움이 없었다.

그 소식에 베리테의 얼굴이 하얗게 질렸다. 현재 네르겐의 군대 중 다수가 전쟁에 차출된 상태. 주포를 단 함선이 동부를 침략한다면 아무리 강국인 네르겐으로서도 고전을 겪을 것이 뻔했다.

이미 판매한 무기를 빼앗아 올 수도 없는 노릇이었다. 그때, 밖에서 있던 시종이 쭈뼛거리며 다가왔다.

"저, 저기. 송구합니다만······. 모르카로부터 연락이 왔습니다······."

"모르카에서? 뭐라고? 빨리 말해!"

베리테가 놀란 눈이 되어 시종의 팔을 덥석 잡았다. 당황하던 시종이 더듬더듬 입을 열었다. 그 입에서 흘러나오는 내용에, 베리테의 눈동자가 거칠게 흔들렸다.

포격과 비명 소리가 해일처럼 몰아닥치고 있었다. 수십 대의 군함이 꾸역꾸역 모여 있어 바다의 색깔이 무엇인지 구분할 수 없는 정도였다. 그리고 그 군함 중 십수 대는 이미 전복하고 침수하여 가라 앉는 중이었다.

해군들이 악악 비명을 지르며 침몰하는 배에서 탈출하고 있는 와중에도 포격음은 멈추지 않았다.

"뭣들 하고 있나! 쏴라, 쏴!"

사령관이 목에 핏대를 세운 채 고함을 질렀다. 제 조국의 문장을 달고 있는 군함들이 처참하게 가라앉는 것을 보고 있자니 피가 거꾸로 치솟았다.

"사, 사령관님! 무리입니다. 우리의 무기로는……!"

그 말에 모르카의 사령관이 눈을 번뜩 뒤집으며 부하를 노려보았다. 그가 분풀이라도 하듯 악을 질렀다.

"요정들에게서 사 온 주포인데 도대체 왜!"

"바닷속에 있는 인어들을 어떻게 포격시킵니까!"

지금 모르카의 군함들을 침몰시키는 것은 네르겐이 아니었다. 네르겐의 함선은 멀찍이 떨어져서 이 상황을 지켜보고 있을 뿐이었다.

그들을 가로막은 것은 인어들이었다. 그들은 갑판 위로 올라와 성난 파도처럼 전장을 휩쓸고 있었다. 뿐만이 아니었다. 전투조가 아닌 인어들은 배 아래로 다가와 선체에 구멍을 냈다.

아무리 뛰어난 무기를 갖고 있다 한들, 인간이 배 아래 사각에서 벌어지는 일을 막을 수는 없었다. 순식간에 바닷물이 밀려 들어와 침몰한 함선이 벌써 십여 대에 달하고 있었다. 수리를 하려고 해도 전투로 인해 경황이 없었다.

해전에서 인어를 이길 수 있는 종족은 없다. 사령관은 머리가 끓어 올라 미쳐 버릴 지경이었다. 저 멀리 보이는 붉은 머리카락의 인어 때문에 더욱 약이 올랐다. 인어들은 모두 훌륭한 전사였으나, 그 녀만큼 압도적인 자는 없었다.

나디아의 적발이 승기처럼 펄럭이는 가운데, 폭풍 같은 목소리가 전장을 울렸다.

"전군, 네르겐의 함선을 보호하고 모르카의 함대를 궤멸시켜라!"

"예! 나디아 전하!"

지시에 따라 인어들이 일사불란하게 전장을 능욕했다. 나디아는 피에 젖은 삼지창을 들고 있었다. 그것은 왕위를 계승하는 자만이 쥘 수 있는 왕가의 무기였다.

나디아가 왕위 계승권을 건 결투를 신청하고 승리한 것이 얼마 전의 일이었다. 바다의 규칙은 약육강식이었다. 가장 강한 자만이 바다의 지배자가 될 수 있었으며, 나디아는 그에 도전하였다.

어머니를 쓰러트리고 자신의 형제자매와의 결투에서도 승리를 이룩하였다. 왕위를 계승하게 되어 지휘권을 얻게 되었으며, 또한 나디아만큼이나 아비게일을 지지하는 자들도 있었다.

밀수꾼에게 잡혔다가, 아비게일 덕분에 돌아온 인어들이었다. 지금 그 누구보다 분노하며 적군을 학살하는 자들이기도 했다.

"원수의 피와 눈물로 바다를 뒤덮어라!"

게다가 모르카는 인어들을 가장 많이 납치하고 죽인 나라였다. 원한이 칼날과 함께 빛나고 있었다.

사령관은 자신의 군대가 바다에 빠진 설탕 인형처럼 패퇴하는 것을 그저 볼 수밖에 없었다. 그가 악에 받쳐 마탄을 꺼내 들었다. 패배할 수밖에 없다면 하나라도 죽여야 했다.

사령관이 나디아를 겨냥한 순간. 배에 우레라도 떨어진 듯 쾅 소리가 고막을 때렸다. 선체가 기우뚱 기울어지는 것을 느꼈다.

"사령관님! 사령선이 당했습니다! 침몰합니다!"

자지러지는 비명에 사령관은 내장이 말라붙는 듯하였다.

배가 완전히 침몰하기 전에 탈출해야 한다는 생각조차 하지 못하던 중. 그 앞에 군힐드가 뼈로 만든 칼을 든 채 짐승처럼 웃고 있었다. 사령관은 분노와 원통함을 동시에 느꼈다. 그가 군힐드를 향해 악 소리를 질렀다.

"인어가 왜 인간들의 싸움에 끼어드는 거지? 우리는 너희와 싸울 생각이 없다! 우리의 목표는 네르겐이다!"

인어들이 오해를 하여 자신을 공격한 것이라 생각했다. 하지만 군힐드는 놀람 하나 없이 차분히 답했다.

"알아."

그 대답에 사령관은 얼이 빠지고 말았다. 수십 대의 군함이 무력하게 가라앉는 가운데, 그가 멍청한 얼굴로 물었다.

"왜? 왜 네르겐을 돕지?"

군힐드는 대답을 하는 대신 발로 힘껏 바닥을 내리찍었다. 바닥에 온통 금이 가며 배가 침몰하는 와중, 군힐드가 씩 웃었다.

"그 집 꼬마랑 여름에 포도 먹기로 했거든."

네르겐의 성문이 열리자, 낯선 복식을 입은 이들이 쪼르르 안으로 들어섰다. 모두가 10대 초반의 아이들처럼 자그마한 체구에 동글동글한 얼굴을 하고 있었으나, 그중에는 수염이 몽실하게 난 중년 남성도 있었다.

인간들은 이종족 방문자들을 향해 예를 올렸다. 맨 앞에 서 있던 밀러드가 정중하게 고개를 숙였다.

"어서 오십시오, 슬레비엔의 사절단 여러분. 네르겐에 방문한 것을 환영합니다."

"고맙군요. 난 오베론 왕자라고 합니다."

그 목소리에 밀러드는 고개를 들었다. 이내 그의 두 눈동자에 당혹이 스치고 지나갔다. 요정을 처음으로 본 이들도 놀라워하는 기색이 역력했으나, 밀러드가 느끼는 당혹감은 사뭇 다른 것이었다.

자신을 오베론이라 소개한 왕자는 얼마 전까지 블랑슈를 호위하던 마법사와 판박이처럼 닮아 있었다. 귀나 머리카락 색, 눈동자 색이 다르기는 했지만 우연의 일치라고 볼 수는 없었다.

베리테는 얼어붙은 밀러드를 힐끗 보고는 툭 던지듯 물었다.

"안내 안 해요?"

"시, 실례했습니다."

밀러드는 황급히 정신을 차리곤 요정 사절단을 알현실로 안내했다.

"슬레비엔의 사절단께서 도착하셨습니다!"

알현실의 문이 열리자 왕좌에 앉아 있는 세이블리안이 보였다. 그는 예장을 갖춰 입은 채, 무뚝뚝한 얼굴로 사절단을 바라보고 있었다.

베리테의 얼굴에도 반가움은 보이지 않았다. 그저 예의 바르고 정중하게 인사를 올릴 뿐이었다. 마치 처음 만난 사람처럼.

"숲의 후손이자, 슬레비엔의 적통 후계자인 오베론 니벨룽겐과 제르다 니벨룽겐이 인사드립니다."

"먼 길 오느라 수고 많으셨소. 우리는 요정의 후계자들을 진심으로 환영하오.”

다소 거리감 있는 인사가 오가는 와중, 아비게일과 블랑슈는 반가워 어쩔 줄 몰라 하는 얼굴이었다.

베리테는 그런 블랑슈를 한 번 힐끗 보았다가, 다시 정면을 응시했다. 그 시선에 블랑슈는 당황했다. 평소라면 자신을 향해 웃어주었을 베리테였다. 하지만 소년은 모르는 사람을 본 듯, 크게 신경 쓰지 않고 세이블리안에게 말을 건넸다.

“거래 재개에 대한 요정왕의 답을 듣고 왔습니다.”

베리테가 앞으로 나서 서신을 전달하였다. 세이블리안이 내용을 확인하는 사이, 옆에 서 있던 제르다가 입을 열었다.

“우리는 네르겐의 요청을 받아들이기로 했습니다. 거래를 재개하되 3년 전과 같은 가격으로 인하하고, 또한 연합군 측에 무기 공급을 중지하겠어요.”

낭보가 들려오자, 알현실에 있던 이들이 한마음으로 안도의 숨을 내뱉었다. 예상보다도 더욱 좋은 결과였다. 세이블리안은 서신을 끝까지 확인한 뒤, 요정 남매를 바라보았다.

“고맙소. 그 대가로 슬레비엔에서는 무엇을 원하지?”

“그 부분은 차차 이야기를 나누고자 해요. 우선은 요정왕의 아들을 3년간 보호해 주신 데에 대한 보답이라 생각해 주세요.”

제르다는 잔망스럽게 웃으며 제 옆에 선 베리테를 힐끗 보았다. 베리테는 그 시선을 모른 체하며 입을 열었다.

“우선 먼 길을 와서 피로하니, 여장을 풀었으면 좋겠습니다만.”

“알겠소. 자세한 이야기는 내일 나누도록 하지. 푹 쉬시오.”

짧은 알현이 끝나자, 밀러드는 요정들을 손님방으로 안내하였다.

귀빈을 위해 극진히 마련된 방이었다. 제르다가 제 방으로 먼저 들어간 뒤, 밀러드는 베리테가 머물 방을 안내했다.

"이곳은 오베론 왕자님의 숙소입니다. 그리고……."

그는 끝맺음을 맺지 못했다. 아무리 봐도 베리테인데, 요정족의 왕자라니? 베리테는 눈이 마주치자 천연덕스레 웃었다.

"왜 그리 보고 있습니까?"

"아니, 아닙니다. 그럼 이만 물러가겠습니다."

밀러드가 떨떠름한 얼굴로 방을 떠났다. 확신을 갖기에는 베리테가 너무도 남처럼 행동하고 있었다.

낯선 방에 혼자 남게 되자 베리테는 작게 한숨을 내쉬었다. 그러다 문득, 조심스러운 목소리가 들려왔다.

"저어, 실례해도 될까요."

밀러드가 나가며 미처 닫지 않은 문 너머로 블랑슈가 머뭇거리며 서 있는 게 보였다.

"네. 들어오세요. 네르겐의 공주님께 인사를 올립니다."

베리테는 정중하게 허리를 숙여 인사를 올렸다. 그 모습에 블랑슈는 답인사를 하기는 커녕 뻣뻣이 얼어 버리고 말았다.

기억을 되찾은 뒤, 해결할 방법이 생각났다며 서둘러 슬레비엔으로 떠난 베리테였다. 베리테가 떠난 며칠이 몇 년처럼 길었다. 그동안 블랑슈는 전전긍긍하며 불안함을 삼키고 있었다. 가족들은 잘 만났을까, 저주를 건 나쁜 사람에게 또다시 해코지를 당하는 건 아닐까.

다행히 베리테는 무사히 돌아왔으나, 어딘가 다른 사람처럼 느껴졌다. 복장부터 그랬다. 베리테는 슬레비엔의 복식을 입고 있었고, 블랑슈에게 정중했으며 격식을 차렸다. 거리감이 느껴지는 예의.

베리테답지 않았다. 아니, 그것이 오베론다웠는지도 모른다. 기억을 되찾았으니 자신이 알던 것과 다른 사람이 되었을지도 모른다.

거기까지 생각이 닿자, 블랑슈는 덜컥 겁이 났다. 이런 방식으로 베리테와 이별하게 되는 걸까. 기억이 돌아왔으니 제 고향으로 돌아가겠다고 한다면. 두 번 다시 만나지 못한다면……

그때, 장난기 가득한 목소리가 들려왔다.

"아, 역시 어색하다. 좀 멋진 척 해 보려고 했는데."

베리테가 여상스럽게 히죽 웃었다. 그 모습에 블랑슈는 순간 넋이 나갔다가, 눈물이 그렁해졌다.

푸른 눈이 물기로 젖어 들자, 베리테가 놀라 허둥대며 다가왔다. 평소의 베리테였다.

"블랑슈, 왜 그래? 응?"

"그, 그게……. 순간 베리테가 다른 사람이 된 것 같아서, 혹시 기억을 되찾고……. 나를 잊어버린 건가 싶어서, 그래서……."

헤어질까 봐, 무서웠어.

그 말을 차마 하지 못한 채 블랑슈는 훌쩍이기만 했다. 그 얼굴을 보고 베리테는 피식 웃었다. 그리고는 작은 손으로 블랑슈의 눈물을 슥슥 닦아 주었다.

"약속했잖아. 늘 네 곁에 있겠다고."

베리테의 엄지가 부드럽게 눈가를 스치고 지나가자, 손끝에 눈물이 묻어났다.

따스한 손이었다. 거울 속에 있었을 때조차도 다정했던 손.

오베론이라는 이름을 되찾았지만, 여전히 베리테였다. 그 익숙한 손길과 시선에 블랑슈는 마음이 녹아내리는 것만 같았다.

"다행이야, 베리테가 안 돌아오면 어쩌나 걱정했는데…… 앗, 베리테라 부르면 안 되겠지? 진짜 이름은 오베론이니까."

"아냐, 베리테라고 불러도 돼. 난 베리테라는 이름이 더 좋아."

베리테는 블랑슈의 손을 꼭 잡았다. 소년의 입에서 흘러나온 '베리테'라는 이름은 원래 제 것이었던 것처럼 익숙했다.

"왕비님이 베리테라는 이름을 주지 않았더라면 산산조각이 나서 어딘가에 버려졌을지도 모르는걸."

아비게일은 그에게 이름을 주었고, 머무를 곳을 주었다. 베리테로 살아온 3년이라는 시간이 이토록 소중해질 줄 누가 알았을까.

"베리테가 된 덕분에 블랑슈도 만날 수 있게 되었고."

거울에 갇힌 3년이라는 시간이 편안했다고는 말할 수 없었다. 그 압도적인 고독과 공허를 어찌 잊을까. 그 시간을 버틸 수 있었던 것은 사람 덕분이었다.

블랑슈, 그리고 아비게일.

뭐, 세이블리안의 공도 조금은 있었다고 치자. 도빈을 용서한 것도 결국 그 때문이었다. 평생 거울 속에서 살뻔했던 것을 생각하면 울화가 치밀지만, 그래도 덕분에 블랑슈를 만날 수 있었으니까.

그 모든 저주가 블랑슈를 만나기 위해서였다면, 그것은 저주가 아닌 축복이었다. 오베론이라는 이름이 진짜인 것처럼 베리테라는 이름 역시 또 다른 진실일 뿐이었다. 베리테가 순박하게 미소 지었다.

"그러니까 그냥 베리테라고 불러 줘. 그편이 좋아."

"……응, 베리테."

블랑슈는 어느샌가 눈물을 그치곤 배시시 웃었다. 자신으로 인해 울고, 미소 짓는 소녀가 너무도 사랑스러웠다.

베리테는 손을 꼭 잡은 채, 수줍은 얼굴로 작게 속살거렸다.

"나 블랑슈가 무지 보고 싶었어."

"응, 나도 베리테가 돌아오기만을 기다렸어."

블랑슈도 베리테의 손을 꼬물꼬물 만지고 있었다. 평소에도 손을 자주 잡는 편인데, 오늘은 왠지 다른 기분이 들었다. 오랜만에 만나서 그런 것일까. 베리테는 손을 빼지 않은 채, 뻣뻣하게 굳어 있었다. 그때, 발랄한 목소리가 들려왔다.

"어머, 안녕하세요. 제가 방해를 했나요?"

문가를 돌아보니 제르다가 들어와 있었다. 그녀를 보자, 블랑슈의 얼굴에 반가움이 꽃처럼 피어났다. 베리테의 가족이라니. 반갑지 않을 리가 없었다.

"그럴 리가요. 뵙게 되어 반가워요, 제르다 공주님."

"저야 말로요. 우리 오베론을 3년 동안 보호해 주신 분을 드디어 뵙게 되어 그저 감사할 뿐이에요."

제르다는 교양 있게 후후, 웃고는 베리테를 바라보았다. 그 눈동자에 요정 특유의 장난기가 배어 있었다.

"그나저나 3년 동안 많이 친해졌나 봐요."

그녀의 시선이 슬쩍 아래로 내려왔다. 두 아이는 아직도 손을 잡고 있었다.

그 사실을 뒤늦게 자각한 블랑슈가 화드득 놀라 손을 놓았다. 얼굴이 당황과 부끄러움에 사과처럼 달아올랐다.

"둘이 이렇게 뜨거운 사이일 줄은 몰랐는데요."

"아, 아니에요! 뜨겁지 않아요!"

"흐음. 그래요? 그럼 안 친한가요?"

"친하긴 친한데……."

제르다는 재미있다는 듯이 블랑슈의 반응을 살펴보고 있었다. 블랑슈가 어쩔 줄 몰라 하자, 베리테가 발끈하여 그 앞을 가로막았다.

"아, 그나저나 누나는 왜 왔어?"

"할 이야기가 있어서 왔는데. 방해했니? 둘이 아까 아주 오붓해 보이던……."

"저, 저는 이만 가 볼게요! 편하게 이야기 나누세요!"

블랑슈는 얼굴이 빨개져서 후다닥 방을 빠져나갔다. 그 모습이 마치 놀란 다람쥐 같아 제르다는 소리 없이 웃었다.

와중에 베리테는 뚱한 표정을 짓고 있었다. 오랜만에 만난 블랑슈와 밤새도록 이야기를 나눠도 모자란 판에, 누나에게 방해를 받다니.

입술이 댓 발 튀어나온 베리테를 보면서도 제르다는 생글 웃었다. 어쩐지 즐거워 보이기까지 했다.

"귀여운 공주님이네."

지나가던 인간이 본다면, 애가 애를 귀여워한다고 생각했을 테지만 제르다는 실제로 아비게일과 비슷한 나이였다. 제르다의 눈에 베리테와 블랑슈는 그저 어린아이일 뿐이었다.

베리테는 짐짓 뿌듯한 어조로 말했다.

"응. 귀엽고 멋지지."

"사랑한다던 사람이 저 공주님이야?"

기습적으로 들어온 질문에 베리테의 귀가 삐죽 섰다. 얼굴에 당황이 덕지덕지 묻어 있었다.

"어, 어떻게 알았어?"

"넌 이럴 때는 거짓말을 못 하더라."

오랜만에 만났어도 남매의 관계는 여전했다. 제르다는 제 남동생을 가만히 바라보았다. 조금 아련하고, 기특해하는 것도 같은 시선이었다. 제르다가 미소를 띤 채 입을 열었다.

"아바마마께서 기뻐하시겠다. 그 공주님을 데려가서 왕비로 삼으면 될 테니. 이 누나는 인간 왕비님도 괜찮아."

"뭐?"

반문하는 목소리에는 경악마저 묻어 있었다. 이상하다 싶은 표정으로 제르다가 고개를 갸웃했다.

"왜 놀라는 거야? 좋아하는 거 아니었어?"

"……지적할 곳이 너무 많다. 일단, 블랑슈랑 나는 그런 사이가 아니야."

모두의 앞에서 '사랑하는 사람이 있다'고 당당하게 말을 하긴 했지만, 아직은 일방적인 짝사랑이었다. 제르다가 대수롭지 않게 말했다.

"그게 중요해? 어차피 네르겐도 우리랑 동맹국이 되고 싶을 거 아냐?"

"네르겐은 정략결혼 안 시켜. 블랑슈 의사가 가장 중요한걸. 그리고 왕비라니?"

베리테가 경악한 지점이 한 군데 더 있었는데, 바로 '왕비'라는 표현이었다. 설마 아버지의 후처로 들이겠다는 이야기는 아니겠지. 베리테가 의심의 눈빛을 보내자, 제르다는 천연덕스럽게 말했다.

"네가 왕이 될 테니까."

그토록 무거운 단어를 입에 담으면서도 목소리는 산뜻했다. 베리테는 얼굴을 일그러트린 채, 어거지로 입을 열었다.

"아버지는?"

"네가 왕국을 떠난 동안, 아버지께서 많이 병약해지셨어. 곧 돌아가시겠지."

제르다는 담담해 보였다. 몇 년간 아버지의 죽음을 대비해 왔기 때문이었다.

그동안 후계 문제로 얼마나 많은 요정들이 골머리를 썩였던가. 그리고 그 문제의 답이 눈앞에 있었다.

그녀는 표정을 굳힌 채, 베리테를 향해 말했다.

"우리에게는 새로운 왕이 필요해요, 오베론. 네가 왕이 되어야 해."

왕이 되어 달라는 말. 태반의 사람들은 기뻐할 법한 그 말에도 베리테는 침묵하고 있었다.

놀랄 만한 이야기는 아니었다. 거울에 갇히기 전, 이미 제1 계승자로 교육을 받아오던 베리테였다. 그 당시만 해도 왕이라는 자리에 큰 감상이 없었다. 왕자로 태어난 이상, 당연히 왕이 되는 것이라 생각했기에 딱히 거부감은 들지 않았다. 그런데 지금은 아무런 말도 나오지 않았다.

좋다 싫다 대답이 없자, 제르다는 담담하게 말을 이어 갔다.

"나는 네가 왕이 되고, 블랑슈가 왕비가 되면 좋겠어. 내가 온 건 결혼 동맹을 추진하기 위해서이기도 해."

"아바마마는? 블랑슈가 인간인 걸 알면서도 허락하신 거야?"

요정과 인간은 상거래를 통해 교류를 유지하고 있었지만, 그 사이가 살갑다고 하기는 어려웠다. 서로가 서로를 무시하는 판국이었다. 인간들은 신체적으로 왜소한 요정들을 조롱했고, 요정들은 마력이 적은 인간들을 비웃었다.

"우린 네가 영락없이 죽은 줄로만 알았어. 그런데 네르겐이 너를 살려주고, 보호해 줬잖아. 우리로서는 은인이지."

그동안 쌓여온 종족 간의 반목을 씻을 계기로는 충분했다. 제르다 는 조금 짓궂게 웃으며 말을 이어 갔다.

"게다가 아바마마는 대찬성이셔. 이대로 너를 보지 못한 채 죽는 가 싶었는데, 못 본 사이에 연애까지 하고 있었다니."

"여, 연애는 아니야!"

"어쨌든. 아바마마는 네가 될 수 있는 대로 빨리 결혼하길 바라셔. 죽기 전, 네 결혼식을 보는 게 아버지의 마지막 소원이야."

마지막 소원이라는 말에 베리테는 두 주먹을 꾹 쥐었다. 제르다가 후련하다는 듯이 말했다.

"어떤 사람일까 궁금했는데, 좋은 아이 같아서 다행이야. 아버지 도 분명 기뻐하시겠지."

그녀는 벌써부터 새 가족이 생긴 듯 들뜬 기색이었다. 하나 베리 테의 표정은 그저 어두울 뿐이었다.

"얼른 약혼하고 슬레비엔으로 돌아가자."

"……지금 당장 결론을 내릴 순 없어. 시간을 좀 줘."

"시간? 왜?"

제르다는 이상하다는 듯이 베리테를 바라보았다. 분명 블랑슈를 좋아하는 것이 뻔한데, 왜 저런 표정을 짓고 있을까.

하지만 그 얼굴이 너무도 싸늘하게 굳어 있어 더 채근할 수가 없 었다. 그녀가 어깨를 으쓱거렸다.

"뭐, 알겠어. 하지만 빨리 결정해. 아버지가 언제 돌아가실지 모르 니까."

베리테가 고개를 끄덕이자, 그녀는 소리 없이 방을 떠나갔다. 홀 로 남은 베리테는 한참이나 멍하게 서 있었다.

제르다로부터 쏟아진 말들에 어지러웠다. 왕위 계승식, 아버지의 죽음, 게다가 블랑슈와의 결혼이라니. 블랑슈는 자신을 사랑할까? 만약 블랑슈의 마음이 자신과 같다면, 그렇다면…….

베리테는 왕좌에 선 자신을, 그리고 요정왕국의 왕비가 되는 블랑슈를 상상해 보았다. 소년은 말없이 마른세수를 했다. 손에 가려진 얼굴이 어떤 표정을 짓고 있는지는 아무도 알 수 없었다.

봄을 맞이한 숲은 그 어느 해보다 화사하고 따사로웠다. 황홀한 햇빛이 꽃잎 사이 사이에 맺혀 마치 보석처럼 빛이 났다.

왕궁 근처 숲 초입에 베리테가 서 있었다. 베리테는 잔뜩 긴장한 얼굴로, 제 커프스를 만지작거리는 중이었다.

오늘은 블랑슈와 데이트를 하는 날이었다. 아비게일이 만들어 준 새 옷을 입고, 잔뜩 멋을 낸 채 약속 시각보다 먼저 나와 있었다. 긴장에 제대로 잠도 이루지 못한 어젯밤이었다. 제르다가 귀찮게 여러 가지를 물어본 것도 한몫했다.

[블랑슈 공주는 언제부터 좋아하게 됐어? 어디가 제일 좋아?]

[아, 좀 시끄러!]

사실 베리테와 블랑슈의 데이트에 관심을 갖는 사람이 제르다 뿐만은 아니었다. 아비게일은 온 힘을 다해 베리테를 지원해 주었고, 응원해 주었다.

온갖 솜씨를 부려 누가 봐도 경탄할 만한 옷을 만들었다. 베리테의 눈동자와 잘 어울리는 은사로 자수를 놓고, 광택이 도는 물빛 비단

에 세공 단추와 장식으로 포인트를 주었다. 그러나 두 사람의 연애 전
선을 좋은 마음으로 응원하는 사람만이 있는 것은 아니었다.

"베리테, 네가 감히 블랑슈와 데이트를 하다니…….."

숲 한구석. 세이블리안은 암살자처럼 몸을 숨긴 채 베리테를 노려
보고 있었다. 마치 먹잇감을 노리는 맹수의 눈빛이었다. 그가 베리
테를 바라보며 이를 아득 갈았다. 옆에 함께 숨어 있던 밀러드가 곤
란하다는 표정으로 말했다.

"전하. 이래도 되는 걸까요?"

"당연히 된다. 혹시 무슨 일이 일어날지 모르는 것이니 말이다."

블랑슈의 안전을 핑계로 이곳에 있었지만, 사실 속은 옹졸하기 짝
이 없었다.

데이트라니. 아직 블랑슈는 열셋밖에 되지 않았는데. 연애하기에
는 일러도 10년은 일렀다. 베리테에게 도움받은 것이 많긴 했지만
블랑슈와 단둘이 놔둘 수는 없었다. 지난번에는 블랑슈와 뽀뽀까지
하지 않았는가.

이번에도 그러한 일이 일어나지 않을 거란 보장이 없었다. 때문에
국정도 다 뒤로 미루고, 데이트를 감시하러 왔다. 혹 베리테가 수작
이라도 부린다면 당장 뛰쳐나가 훼방을 놓을 계획이었다.

그렇게 숨을 죽인 채 베리테를 노려보던 중. 밀러드가 헉 소리를
내는 것이 느껴졌다. 대체 무슨 일인가 싶어 세이블리안도 뒤를 돌
아보았다. 그 역시 밀러드처럼 숨이 멈추는 것을 느꼈다.

"두 사람. 여기서 뭐 하고 있어요?"

어느샌가 아비게일이 등 뒤로 다가와 있었다. 그녀는 미소를 짓고
있었으나, 어딘가 모르게 검은 오라가 피어오르는 것만 같았다.

"설마 블랑슈랑 베리테의 데이트를 감시하는 것은 아니겠죠?"

그녀의 눈동자가 찌를 듯한 보랏빛으로 번뜩였다. 밀러드는 심상치 않은 분위기에 대답을 할 수 없었다. 마치 독사 앞에 노출된 개구리가 된 기분이었다.

세이블리안 역시 식은땀만 흘리고 있다가, 혼이 난 강아지처럼 시선을 피했다. 아비게일이 빙긋이 웃었다.

"두 아이를 방해하면 안 돼요. 자, 저희는 따로 차 마시러 가요."

"하지만 비비……. 혹시 무슨 일이라도 생기면……."

세이블리안은 소심하게 반항을 해 보았다. 하지만 아비게일은 살벌한 미소를 띤 채, 세이블리안의 손목을 덥석 잡았다.

"차 마시러 가요."

또박또박 새기는 듯, 협박에 가까운 어조였다. 저 웃는 얼굴이 악마처럼 변하는 것 역시 시간문제일 터였다. 그는 결국 아비게일에게 생포되고야 말았다. 밀러드 역시 어색한 얼굴로 뒤를 따랐다.

그렇게 두 악당을 끌고 가던 중, 아비게일과 베리테의 눈이 마주쳤다. 베리테는 왜 그들이 여기에 있는지 의아해하는 듯한 표정이었다. 그런 베리테를 향해 아비게일은 엄지를 척 내밀었다. 마치 방해꾼은 이 왕비님이 처리했으니, 안심하라는 듯이.

베리테는 조금 얼떨떨한 얼굴로 떠나가는 세 사람을 바라보았다. 왠지 모르게 응원을 받은 것 같아 긴장이 조금 풀리는 것 같았다. 그때, 작은 인영이 허둥지둥 다가오는 것이 보였다.

"아, 베리테. 미안해! 나도 더 빨리 올 걸 그랬나 봐."

늦은 줄 알고 도도도 달려오는 블랑슈를 보고, 베리테는 놀라 아무런 말도 할 수 없었다.

블랑슈는 사랑스러운 앵두색 프릴 원피스를 입고, 봄볕을 피하기 위해 보닛을 쓰고 있었다. 이 역시 아비게일의 역작이었다. 그녀는 도자기를 깨는 장인의 심정으로, 몇 차례고 옷을 다시 만들었다.

평소에도 예쁘다고 생각했지만 오늘은 말이 나오지 않을 정도였다. 베리테가 잔뜩 빨개진 얼굴로 더듬더듬 말을 꺼냈다.

"아, 아냐. 내가 조금 일찍 왔어. 옷 되게 예쁘다."

"그치? 어마마마가 만들어 주신 거야. 베리테 옷도 멋져."

두 아이가 수줍게 서로 마주 보고 있었다. 세이블리안이 없기를 천만다행이었다. 있었다면 분명 기함을 토하며 뛰쳐나왔을 테니까.

"그, 그러면 산책하러 갈까?"

"응. 좋아."

블랑슈가 해사하게 웃으며 고개를 끄덕였다. 주먹 하나 들어갈 정도의 거리를 둔 채, 두 아이는 잘 정돈된 오솔길을 걸어갔다.

시간에도 향기가 있다면, 햇빛 향기가 날 것 같았다. 베리테는 조심스럽게 입을 열었다.

"데이트, 더 멋진 곳에서 할까 했는데 미안해. 마음 같아서는 슬레비옌을 안내해 주고 싶었는데……."

세이블리안이 멀리 나가는 것은 절대 안 된다며 엄금을 한 탓이었다. 안전을 우려하는 마음을 잘 알기에 베리테도 반대하지는 않았지만 아쉬운 마음은 여전했다.

"걱정 마, 베리테. 난 이렇게 근처 숲에 놀러 온 것도 좋아."

"자주 오는 곳이잖아."

"하지만 베리테랑은 처음이니까."

블랑슈는 배시시 웃으며 말했다. 베리테와 함께 하는 것만으로도 익숙한 공간이 새 단장을 하는 것만 같았다.

그 말에 베리테는 심장이 터질 것만 같았다. 너무 강력한 공격이었다. 자신이 얼마나 솜씨 좋은 사냥꾼인지도 모른 체, 블랑슈는 생글생글 웃으며 말을 이어 갔다.

"그래도 다음에는 슬레비옌에 가 보고 싶다. 베리테의 가족들도 다 만나고 싶고."

"응. 꼭 소개해 주고 싶어."

"아. 그리고…… 제르다 공주님이랑 이야기했는데, 다음 왕위 계승자가 베리테라며?"

그 말에 베리테는 멈춰 서고 말았다. 제르다가 그런 이야기까지 했다니. 곤란한 말을 한 것은 아닐까 걱정이 되었다.

"음. 뭐, 내가 좀 천재잖아. 그러다 보니 내가 왕이 되길 바라네."

베리테의 잘난 척을 듣고 블랑슈는 가볍게 웃었다. 하지만 어딘가 모르게 얼굴이 텅 빈 것 같았다.

왜 저런 표정을 짓는 것일까. 베리테가 물어볼까 잠시 고민하던 중, 블랑슈가 오솔길 근처에 피어 있는 꽃나무에 시선을 주었다.

"우와, 벚꽃이 벌써 폈네."

때 이른 벚꽃이 조금씩 꽃망울을 피우는 중이었다. 베리테가 어제 몰래 찾아와, 개화 마법을 걸어둔 덕분이었다.

"아래에는 토끼풀꽃이 있어! 온통 꽃밭이다. 너무 예뻐."

위도 아래도 흰 꽃으로 가득했다. 블랑슈의 미소를 보자 베리테는 마음이 뿌듯해졌다. 저렇게 좋아할 줄이야.

"베리테, 잠깐만 있어 봐. 내가 꽃 팔찌 만들어 줄게!"

블랑슈가 꽃밭 앞에 쪼그려 앉더니, 꼬물꼬물 꽃대를 엮기 시작했다. 베리테도 피식 웃고는 옆에 앉아 화관을 만들려고 했다. 하지만 익숙하지 않아, 어설프게 꽃반지를 하나 만드는 게 고작이었다.

그때, 바람이 두 사람 사이를 스쳐 지나갔다. 마치 따사로운 숨결과도 같은 미풍이었다. 흰 꽃잎이 눈처럼 날렸다. 그 희디흰 정경 사이로, 블랑슈가 있었다.

흑단처럼 검은 머리카락이 밤하늘처럼 흩날리고, 그 위로 별이 박히듯 꽃잎이 내려앉았다. 그러나 아무리 꽃잎이 희다 하여도 지금 블랑슈의 미소만은 못할 터였다.

"와, 예쁘다."

블랑슈는 흩날리는 꽃잎들을 바라보며 감탄했다. 그리고는 베리테를 바라보며, 눈꼬리를 휜 채 사랑스럽게 웃었다.

"내년에도, 내후년에도, 계속 계속 베리테랑 꽃구경을 하면 좋겠다."

그 말이 베리테에게 어떤 의미로 다가오는지, 블랑슈는 모를 터였다. 그 말은 구원과도 같았고, 햇빛과도 같았다. 새의 흰 날개 같기도 하였으며 가장 따스한 바람과도 닮아 있었다.

베리테는 한참이나 블랑슈를 바라보았다. 이 세상에 오로지 블랑슈만이 존재하는 것 같았다.

오늘은 그냥 데이트만 하고 돌아가려 했는데, 제대로 준비도 하지 않았는데. 하지만 지금 말하지 않으면, 영원히 후회할 것만 같았다. 베리테는 자세를 바로 한 뒤, 기사처럼 한쪽 무릎을 꿇어앉았다.

블랑슈는 어리둥절한 얼굴로 베리테를 바라보았다. 잠시 후, 베리테의 진중한 목소리가 들려왔다.

"블랑슈, 하고 싶은 이야기가 있어."

"나에게?"

베리테가 간신히 고개를 끄덕였다. 오래전부터 하고 싶은 이야기가 있었다. 너무도 소중해서, 차마 드러내지 못했던 마음.

베리테는 손에 들고 있던 작은 꽃반지를 내밀었다. 그리고는 크게 심호흡한 뒤, 블랑슈의 눈을 바라보며 말했다.

"블랑슈 공주님. 오래전부터 공주님을 좋아했어요. 부디 저와 결혼해 주시겠어요?"

떨림에 주위 풍경마저 휘발될 정도였다. 눈앞에는 오로지 놀란 표정의 블랑슈만 비치고 있었다. 푸른 두 눈동자에 수많은 감정이 비쳤다 사라지는 것을, 베리테는 초조하게 바라보고 있었다.

블랑슈와의 관계가 베리테에게는 너무도 소중했다. 갓 태어난 새싹처럼 사랑스럽고, 따스하고, 보드라웠으며 혹여라도 잘못하면 작은 생채기라도 날까 두려웠다.

하지만 더 이상 숨길 수 없었다. 베리테 역시 내년에도, 내후년에도, 죽는 날까지 블랑슈와 함께 모든 계절을 함께 하고 싶었으니까.

정적 사이로 바람이 잦아들었다. 흰 꽃잎이 발치에 포르르 떨어져 내렸다. 긴 고요였다. 베리테에게는 더욱 그랬다. 긴장에 숨조차 제대로 쉬지 못하고 있던 그때, 블랑슈의 목소리가 들려왔다.

"……미안해."

순간 세상이 흙빛이 되는 것만 같았다. 서 있었더라면 당장 다리에 힘이 빠져 무릎을 꿇었을 터였다.

"베리테, 미안해. 나는……."

그 목소리에 짙은 고통이 배어 있었다. 이렇게 고통스러워하는 블랑슈는 처음 보는 것 같았다.

아냐, 아니야. 나는 너의 이런 표정을 보고 싶었던 게 아니야.

괴로워하는 블랑슈를 보자 베리테는 실연의 고통마저 잊어버릴 정도였다. 그런 블랑슈를 보고 싶지 않아, 베리테는 웃었다. 아무런 일도 아니라는 듯이.

네가 내 고백을 거절하더라도, 웃는 얼굴을 볼 수만 있다면. 속이 타들어 가듯 아파도 웃을 수 있었다. 베리테가 블랑슈를 달래듯이 말했다.

"블랑슈. 미안해하지 않아도 돼. 우리는 그래도 친구잖아. 블랑슈가 날 좋아하지 않아도 괜찮아. 나는……."

"아냐! 나도 베리테를 좋아하는걸."

블랑슈가 다급한 목소리로 말했다. 두 눈동자가 서글픈 푸른색으로 흔들리고 있었다. 그 반응에 베리테는 의아해지고 말았다. 블랑슈가 나를 좋아한다고?

하지만 기뻐하기에는 블랑슈의 표정이 어두웠다. 블랑슈는 바늘을 삼키듯, 힘겹게 말을 이어 갔다.

"베리테가 없는 동안 너무 외로웠어. 베리테가 너무 보고 싶었어."

그 목소리에는 수많은 감정이 담겨 있었다. 짙은 그리움, 사랑, 후회, 망설임. 그 모든 것이 섞여 떨림이 되었다.

"계속 같이 있고 싶고, 가족이 되고 싶어. 온 계절을 너와 함께 보내고 싶어. 하지만……."

'하지만'이라는 말과 함께 목소리가 희미해졌다. 블랑슈는 고개를 떨군 채, 차마 시선을 맞추지 못하고 입을 열었다.

"내가 베리테랑 결혼하면 왕이 아닌 왕비가 되어야 하는걸."

베리테가 왕위 계승자가 아니었더라면, 블랑슈는 눈앞에 있는 꽃반지를 기쁘게 받아들고 웃었을 터였다.

하지만 그럴 수 없었다. 저 꽃반지를 정말로 받고 싶은데, 저 반지를 받고 뺨에 입을 맞춰 주고 싶은데.

블랑슈는 울고 싶었다. 베리테가 자신을 좋아하고, 자신도 베리테를 좋아한다는 사실에 그저 기뻐할 수가 없었다. 자신은 소녀이면서 왕위 계승자였다. 둘 중 하나로만 살아야 한다면 블랑슈는 후자를 택할 것이었다.

"나는 왕비가 되고 싶지 않아, 베리테. 나는 왕이 되고 싶어. 그러니까……."

이기적인 말임을 알면서도 블랑슈는 말을 멈추지 않았다. 베리테가 상처를 받는다는 걸 알면서도 그랬다.

사랑하는 사람을 포기해서라도 이루고 싶은 꿈이었다. 사랑하는 사람들을 위해서 이루고 싶은 꿈이었다.

베리테의 원망이 날아오리라 생각했다. 질책받아 마땅하니까. 침묵이 한참 동안 이어지던 끝에, 베리테가 입을 열었다.

"응. 그렇게 말할 줄 알았어."

노기도, 체념도 없는 목소리였다. 오히려 기쁜 것처럼 들리기까지 하였다. 블랑슈는 어리둥절해져서 고개를 들었다. 눈앞에 있는 베리테는 그저 웃는 얼굴이었다.

저토록 환한 미소라니. 저렇게 행복해서, 기뻐서 어쩔 줄 몰라 하는 얼굴이라니. 저 미소의 뜻을 알 수가 없어 블랑슈는 그저 베리테를 보고만 있었다. 베리테가 쑥스러워하며 말했다.

"블랑슈도 나를 조, 좋아하는 거지?"

"……응. 엄청 좋아해."

"나랑 결혼하고도 블랑슈가 왕이 될 수 있다면, 나랑 결혼해 줄 거야?"

블랑슈는 망설임 없이 고개를 끄덕였다. 그런 방법이 있다면 굳이 고민할 필요도 없을 터였다.

"하지만 어떻게?"

"내가 데릴사위로 오면 되지."

시원한 대답이 바람과 함께 날아왔다. 베리테의 하늘색 머리카락이 빛을 받아 수정처럼 반짝였다. 그 눈동자 역시 마찬가지였다. 행복과 기쁨이 깃든 그 눈동자에 블랑슈가 비치고 있었다.

"나, 애초부터 블랑슈를 슬레비엔으로 데려갈 생각은 없었어."

제르다의 이야기를 듣고 잠시 고민을 하기는 했었다. 왕관을 쓴 자신과 그 옆에 서 있는 요정 왕비 블랑슈를 상상하기도 하였다. 그러나 상상 속의 블랑슈는 웃고 있지 않았다. 왕비가 된다 해서 블랑슈가 행복해질 리 없다는 걸 알고 있었다.

"블랑슈가 왕이 되기 위해 무던히 노력해온 그 긴 시간을 알고 있는데, 내가 어떻게 그럴 수 있겠어."

고작 자신의 곁에 두기 위해 블랑슈의 꿈을 물거품으로 만드는 일은 상상조차 할 수 없었다.

그 이야기를 듣고 블랑슈의 굳은 얼굴이 조금 풀어졌다. 그러나 여전히 걱정스러운 눈빛이었다.

"하지만 베리테, 왕이 되고 싶지 않아? 나 때문에 네가 꿈을 포기하는 건 싫어."

왕의 자리를 그리 쉽게 포기할 수 있는 사람이 있을 리가 없다. 그럼에도 베리테는 미소 짓고 있었다.

"내 꿈은 블랑슈 너야. 네가 왕이 되고, 그 옆에서 널 도울 수 있다면 난 그걸로 행복해."

베리테에게 있어서 왕좌보다 더욱 가치 있는 장소는 블랑슈의 옆자리였다.

너의 꿈에 내가 동참할 수만 있다면, 네가 지칠 때마다 내가 너의 위로가 될 수만 있다면.

블랑슈의 눈동자가 떨려 왔다. 그것을 보고 있던 베리테가 다시 한번 꽃반지를 내밀었다. 하지만 이번에는 손가락에 끼워 주는 대신 블랑슈의 손에 쥐여 주었다. 그리고는 새초롬한 얼굴로 왼쪽 손을 내밀었다.

"반지, 끼워 줄래?"

블랑슈는 멍하게 있다가, 울 듯한 얼굴이 되고, 곧 어쩔 줄 모르겠다는 얼굴로 웃었다. 꽃내음이 사위에 가득했다. 블랑슈가 조심스럽게 꽃반지를 베리테의 손가락에 끼워 주었다. 작은 꽃반지가 왼쪽 네 번째 손가락에 딱 맞춘 듯이 들어갔다. 그 어떤 보석보다도 빛이 나는 것처럼 보였다.

그리고 블랑슈는 베리테의 눈을 들여다보며, 세상에서 가장 사랑스럽고 듬직한 목소리로 말했다.

"베리테 왕자, 나의 반려가 되어 주세요."

왕이 될 아이의 청혼이었다. 나의 꿈을 함께 해 달라는 부탁이었다. 베리테는 블랑슈의 손을 꼭 끌어 잡고는 행복한 얼굴로 답했다.

"네, 전하. 기꺼이요."

바람과 함께 꽃잎이 눈처럼 내렸다. 꽃눈을 맞으며 두 아이는 그저 서로만을 바라보며 웃고 있었다.

이 봄을 지나 눈이 내리는 하얀 겨울이 찾아오게 될 때까지. 이 모든 계절의 시작부터 끝까지, 수십 번의 봄이 찾아오는 그때까지.

영원히 너의 곁에 있겠노라 다짐하며 베리테는 블랑슈의 뺨에 입을 맞추었다. 흰 봄이었다.

◇

악단의 유려한 연주가 극장의 천장을 울리고 있었다. 극장은 드물게 만원인 상태였다. 변방까지 찾아온 악단치고는 꽤 솜씨가 좋았던 덕이었다.

그 소문을 듣고 찾아온 준귀족과 부유한 상인들이 이등석을 가득 메우고 있었다. 사람이 가득한 아래층과 달리, 2층 상석은 썰렁하기 그지없었다.

그곳에는 한 여인이 2층을 전세 낸 것처럼 홀로 앉아 있었다. 나쁜 연주는 아니었으나 여인의 얼굴에는 그저 짜증만이 가득했다. 대비는 불쾌한 얼굴로 악단을 내려다보았다.

그도 그럴 것이 변방의 극장이 우아해 봐야 얼마나 우아할 테고, 악단의 솜씨가 좋아 봐야 왕궁만 하겠는가. 값비싼 장식으로 꾸며 놓은 극장도 대비의 눈에는 그저 남루하고 초라해 보였다.

그럼에도 오랜만에 이곳까지 나온 것은 무료함을 달래기 위함이었다. 하지만 여전히 권태로웠다. 수도에서 지내던 나날들이 그저 그리웠다.

'어떻게 하면 다시 본궁으로 돌아갈 수 있을까.'

그녀는 변경으로 돌아온 뒤 오로지 그것만을 생각하였다. 하지만 답이 없었다. 세이블리안에게 서신을 보낸 것이 수십 차례였으나, 답장은 돌아오지 않았다. 과거에는 예의상으로라도 답을 하던 아들이었다.

'역시 그 계집에게 홀린 것이 틀림없어.'

아비게일이 마녀재판을 받는다는 이야기를 듣고, 잘하면 돌아갈 수 있으리라 희망을 품고 있던 대비였다. 하지만 아비게일은 풀려났고, 도리어 스토크 공작이 패퇴하고 말았다.

'더군다나 모르카가 대패(大敗)라니.'

대비는 모르카가 네르겐을 상대로 전쟁을 선포하려 한다는 사실을 예전부터 알고 있었다. 동부의 약점을 알려준 것 역시 그녀였다. 만약 모르카가 네르겐을 정복한다면, 그녀의 자리를 되찾을 수 있을 테니까.

하지만 대비에게 날아온 것은 패전 소식이었다. 그것도 어이없을 정도의 일망타진이었다고 한다.

'멍청한 놈들. 고작 인어 나부랭이에게 밀렸다고 항복을 해?'

아직 크로넨버그와 레타의 연합군은 저항을 하고 있는 상태라 하였다. 세 나라가 협공을 한다면 이길 수도 있는데, 모르카에서 항복 선언을 하다니.

'하지만 아직 포기하긴 일러. 궁에는 아직 나를 지지하는 사람이 있다.'

세이블리안의 정책에 불만을 품은 일부 귀족들이 대비에게 은밀히 연락을 취하기도 했었다. 하지만 그것만으로는 부족했다. 세이블리안이 모두의 신뢰를 잃지 않는 이상, 나서 봐야 도리어 질 것이 뻔했다.

답답함에 대비는 입술을 깨물었다. 어느새 연주는 끝나 있었다. 요란한 박수 소리가 오가는 가운데 대비는 한숨을 내쉬었다.

"돌아갈 채비를 해라. 그리고 바이올린과 피아노 연주자는 따로 부르도록 하고."

"예, 전하."

악단 중 얼굴이 반반한 자들 몇을 골랐으나, 여전히 마음이 어두웠다. 유희와 향락, 사내들의 아양도 질린 지 오래였다. 타성처럼 흘러가는 나날. 이렇게 구석에 처박혀 의미 없는 하루하루를 보내다 허무하게 생을 마감할 것인가.

기필코 궁으로 돌아가야 했다. 그녀는 짜증을 삼키며 밖으로 나섰다. 마차에 올라타 돌아갈 채비를 하던 중, 한 사내가 얼굴을 비쳤다.

"즐거운 관람 되셨습니까."

천연덕스러운 어조로 말을 붙인 자는 방금 전, 피아노를 연주하던 사내였다. 여러 차례 본 듯 구김살 없는 태도에 대비는 미간을 찌푸렸다. 이런 놈한테까지 쉽게 보이다니. 밑바닥으로 추락했다는 사실을 새삼 깨달았다.

"무엄하다. 이분이 누구신지 알고!"

옆에 서 있던 시녀가 대신 역정을 냈다. 그럼에도 사내는 싱글싱글 웃는 낯이었다.

"물론 잘 알고 있습니다. 대비 전하 아니십니까."

그 말에 대비는 시녀를 바라보았다. 혹여 이 자를 부를 때, 자신의 신분이 밝힐 만한 짓을 한 건가 싶었다. 하지만 당황한 꼴을 보아하니 그런 것은 아닌 것 같았다. 사내는 태연하게 말을 이어 갔다.

"시녀에게 들은 것은 아닙니다. 그저 오래전부터, 대비 전하의 눈에 들기를 기다리고 있었을 뿐이죠."

대비는 묵묵히 그 말을 듣고 있었다. 사내의 능청맞고 되바라진 태도가 처음에는 마음에 들지 않았으나, 슬슬 기꺼워지는 참이었다.

"타게."

대비의 말에 사내는 겸양 한번 없이 마차에 올라탔다. 대비는 한 손으로 턱을 괸 채, 흥미롭다는 듯이 물었다.

"그래서, 자네의 이름은?"

사내는 그 질문을 기다렸다는 듯이 웃었다. 그의 두 눈동자가 장 송곡처럼 음험하게 빛났다.

"기드온 매클라우드라고 합니다, 대비 전하."

I am Stepmother, But My Daughter Is So Cute

세상에서 가장 추한 것

17

세상에서 가장 추한 것

말갛고 선명한 빛이 수정에 맺혀 아롱거리고 있었다. 심지를 태우며 타오르는 촛불과는 사뭇 다른 색이었다. 촛불이 은은한 노란빛과 주홍빛을 머금고 있다면 지금 샹들리에를 밝히고 있는 것은 흰빛의 마력이었다.

멜빵 바지를 입은 자그마한 요정들이 바쁘게 움직이며 마도구를 설치하는 중이었다. 베리테가 카랑카랑한 목소리로 말했다.

"꼼꼼하게 체크 해! 우리 장모님 쓰실 거란 말이야. 어어, 거기 삐뚤어졌다!"

크윽, 장모님이라니. 베리테의 입에서 흘러나온 표현이 너무도 생경한 동시에 감격스러웠다. 그러다 베리테가 문득 나를 돌아보고는, 눈치를 보다가 소심하게 입을 열었다.

"약혼식은 아직이지만, 장모님이라고 불러도 되지……?"

그 조심스러운 물음에 감격이 울컥 올라왔다. 나는 베리테를 와락 끌어안았다.

"당연하지! 내가 네 장모다!"

"장모님……!"

"사위……!"

베리테가 울컥한 얼굴로 나를 바라보았다. 어흐흑, 나에게 사위가 생기다니. 아직도 꿈만 같았다.

블랑슈와 베리테가 데이트를 한 날. 두 아이는 조금 묘한 얼굴이 되어 돌아오더니 결혼을 하고 싶다고 말했다. 나야 반대할 이유가 하나도 없었다. 서로 좋아하는걸.

나는 사위를 힘껏 안아 주었다. 하지만 감격에 겨운 우리와 달리 못마땅한 시선을 보내는 이가 있었다.

세이블이 팔짱을 낀 채 우리를 지켜보고 있었다. 베리테가 그를 보고는 슬쩍 입을 열었다.

"장인어른?"

마치 둔기에 얻어맞기라도 한 것처럼 세이블이 움찔하는 것이 보였다. 그는 입술을 질끈 깨문 뒤 힘겹게 말했다.

"……아직은 네 장인이 아니다."

푸훗. 그렇게 대답을 하는 세이블을 보자 나도 모르게 히죽 웃어 버렸다. '아직은'이라는 걸 보면 결국 그도 승낙했다는 뜻이었다.

결혼하고 싶다는 블랑슈의 말을 처음 들었을 때, 세이블은 큰 충격을 받아 자리에 앓아누웠다. 혹시 블랑슈가 요정 왕국과 동맹을 맺으려고, 정치적인 이유에서 결혼을 결심한 건 아니냐고 여러 차례 물어보기도 했다.

하지만 블랑슈는 단호하게 고개를 저으며, 그저 베리테를 좋아해서 내린 결정이라고 했다. 블랑슈의 뜻이 그렇다고 하니 세이블도 더 이상 반대를 하지는 않았다.

뭐, 그래도 충격을 받긴 받은 것 같지만.

그나마 베리테가 네르겐으로 와 줘서 망정이지. 블랑슈가 그 나라로 시집을 간다 했으면 어떤 일이 벌어졌을지 상상할 수 없었다.

세이블은 결국 두 사람의 결혼을 허락했다. 대신 한 가지 조건을 내걸었다.

[너희는 너무 어려. 결혼식은 최소 16살이 된 뒤에 하는 게 옳다고 본다. 그러니까 그때까지 난 네 장인이 아니다.]

정말 우리 남편, 유치하고 귀엽기도 하지. 하지만 나도 그 마음이 이해가 됐다. 확실히 아직 어리기도 했고, 두 아이가 서로 사랑으로 결혼을 한다 해도 그 이후에는 어떤 정치적 압박을 느낄지 모른다. 그러니 지금은 약혼 정도만 하고 결혼은 나중에 하는 편이 좋을 것 같았다. 베리테도 고개를 끄덕였다.

"응, 알겠어. 예비 장인어른."

"그러니까 장인어른이라고 부르지 마라."

두 사람이 투닥투닥 싸우는 것을 흐뭇하게 지켜보던 중. 블랑슈의 목소리가 들려왔다.

"와, 다들 여기 계셨네요."

그 목소리가 들리자, 눈싸움을 하던 베리테가 후다닥 블랑슈 쪽을 바라보았다.

블랑슈를 본 순간, 베리테의 입이 헤벌쭉 벌어지며 좋아라 웃는 낯이 되었다. 베리테가 잽싸게 블랑슈를 향해 달려갔다.

"슈야! 보고 싶었어, 슈."

아악! 슈래! 정말이지 슈크림을 한입 가득 베어 문 듯 달콤한 애칭이었다.

"슈야, 잘 잤지? 밤새 별일 없었고?"

"응. 나는 잘 잤지. 베리는 잘 잤어?"

블랑슈도 얼굴이 새빨갛게 달아올라 베리테의 손을 꼭 잡았다.

둘이 사귀기 시작한 뒤로 궁 안에 꿀로 홍수가 일어난 것만 같았다. 슈야, 베리야 하면서 서로 다정하게 서로를 챙기는 모습이 너무나도 사랑스러웠다.

와중에 요정들은 다소 경악한 눈으로 베리테를 보고 있었다. 자기네들 왕자님이 저러는 걸 보니 충격이 크겠지.

세이블 역시 어지러움을 느끼는 듯했다. 그가 휘청거리자 쓰러지지 않게 옆에서 꼭 팔짱을 꼈다. 그는 울망한 눈으로 나를 바라보았다. 여기에 믿을 사람은 나밖에 없다는 듯한 눈빛이었다.

"비비……. 우리 애가 벌써 약혼을 하다니. 저는 아직 준비가 되지 않았는데……."

그가 이렇게까지 크게 서운해할 줄은 몰랐다. 그만큼 블랑슈를 사랑하니 이러는 거겠지. 예전 같으면 블랑슈의 뜻을 무시했을 텐데, 딸의 의견을 존중해 주는 모습이 기특했다.

"그쵸, 서운하죠. 그래도 당장 결혼하는 건 아니니까요. 우리 곁을 떠나지도 않을 거고."

"그렇긴 합니다만……."

크윽, 비탄에 빠진 강아지 같은 눈이라니. 나는 그 사랑스러운 사람의 입에 가볍게 입 맞추었다.

뽀뽀를 받자 세이블의 얼굴이 조금 누그러졌다. 그가 다시 한번 내 입에 입을 맞추려 하자, 노마가 흠흠 헛기침을 했다.

정신을 차리고 주위를 둘러보니 방 안의 요정들이 하던 일도 멈춘 채 우리를 보고 있었다. '애인 없는 사람은 서러워서 살겠나.' 그렇게 말하는 것 같았다. 크흠, 내가 체통을 못 지켰네.

와중에 베리테는 아랑곳하지 않고 블랑슈와 꽁냥대고 있었다.

"나, 슬레비옌 가야 하는데 어쩌지. 슈가 보고 싶어서 어떡해. 나중에 갈까?"

"나도 베리랑 떨어지기 아쉽지만, 가서 해야 할 일이 많잖아. 아버님도 건강이 안 좋으시다 하시고."

"으응……. 왕위 계승 문제도 설득해야 하긴 하니까."

슬레비옌에서 돌아온 지 며칠 되지 않았지만, 베리테는 다시 고국으로 돌아갈 준비를 하고 있었다. 해야 할 일이 많을 것이다. 3년간의 공백을 채워야 하기도 하고, 왕위 계승 문제도 해결해야 하고. 블랑슈가 조심스레 물었다.

"그런데 정말 괜찮아? 베리가 왕위를 받지 않게 되어도."

"난 괜찮아. 그리고 애초에 내가 맡을 자리가 아닌 것 같아. 3년 동안 나라를 돌본 건 제르다 누님인걸."

베리테가 욕심 없이 푸스스 웃었다. 왕위를 포기한 사람이 저렇게 행복하게 웃을 수 있는지, 어쩐지 신기한 기분이었다.

"얼른 가서 아바마마와 이야기 나누고, 우리 약혼 소식도 들려드리고 올게. 전쟁 문제도 수습해야 하고."

아쉽게도 아직 전쟁은 끝나지 않은 상태였다. 요정들이 연합군에 판 무기가 상당했기 때문이었다. 물론, 더 이상 무기를 공급하지 않는다고 하니 전쟁이 오래가지는 않을 테지만.

그 말에 블랑슈는 고개를 끄덕였다. 그리고는 아쉬움이 그득히 담긴 눈으로 베리테를 바라보았다.

"빨리 올 거지……?"

보석 같은 눈으로 바라보는 블랑슈가 너무도 사랑스러웠다. 베리테도 심장이 아픈 듯 헉하고 숨을 몰아쉬었다.

"거, 걱정 마! 여기 내 마력을 담은 거울을 두고 갈게. 마음 같아서는 매일 오고 싶은데, 거리가 너무 멀어서……."

궁을 떠나도 통신, 이동 마법이 가능하기는 하지만 거리가 멀수록 소모되는 마력의 양도 많다고 했다.

"그래도 무슨 일 있으면 바로 올 수 있으니까. 이틀에 한 번씩은 꼭 연락할게! 언제나 널 생각하고 있다는 걸 기억해 줘."

아우, 애네 왜 이렇게 애틋하니.

헤어지는 장면을 보고 있자니 마음이 아팠다. 그러던 중, 베리테가 나를 돌아보았다.

"장모님한테도 줄 거 있어!"

"응? 뭔데?"

나한테도 거울을 주려나? 베리테가 요정들을 바라보자 몇 명이 커다란 상자를 들고 와서 테이블 위에 올려놓았다.

내용물을 꺼내 보니 그것은 옷이었다. 지금 베리테와 요정들이 입고 있는 것과 흡사한 디자인이었다.

"슬레비옌의 복식이야. 장모님이 갖고 싶어 할 것 같아서."

아, 우리 사위가 최고다! 갖고 싶었는데 어떻게 알았지? 정말 내가 사위 하나는 잘 들였다니까!

나는 홀린 듯이 옷을 살펴보았다. 활동성을 중시한 멜빵 바지부터, 아기자기한 보타이와 실크해트를 매치한 바지 정장까지 있었다.

내가 살던 곳으로 따지자면 19세기 중후반의 의상에 가까워 보였으나 독특한 장식이 붙어 있었다. 주로 태엽 형태의 금속 장식이 많았는데, 그 때문에 조금 더 근대적으로 보였다. 이런 걸 스팀 펑크 풍이라고 하던가?

"베리테, 고마워! 지난번부터 자세히 보고 싶었는데."

"우리 장모님 드리려고 내가 잘 챙겨놓으라 했어."

히죽 웃는 베리테가 너무도 고마웠다. 어느 사이 세이블도 조금 표정이 누그러져 있었다.

"장모를 잘 챙기는 모습이 보기 좋군."

흐윽, 그런 거로 기뻐하다니. 우리 남편이 최고다. 베리테가 뿌듯해하는 얼굴로 말했다.

"예비 장인어른한테도 거울 줄게. 거울 있으면 멀리 있어도 나를 통해 연락 주고받을 수 있어."

"너랑 연락 주고받을 일이 없을 것 같은데."

"귀여운 사위 보고 싶으면 쓰라고."

베리테가 히죽 웃고는 손가락을 한 번 튕겼다. 요정들이 제 몸보다 커다란 거울을 낑낑대며 옮겼다. 세이블은 좀 못마땅한 얼굴로 입을 열었다.

"어쨌거나 고맙다. 블랑슈와 비비를 잘 챙겨 주어서."

"별말씀을. 이제 가족인데."

세이블은 반박하지 않았다. 아직 장인은 아니어도, 가족으로 받아들이긴 한 모양이었다.

이렇게 서서히 새 가족이 되어 가는 거겠지. 흐뭇한 얼굴로 두 사람을 지켜보던 중. 문가에 서 있던 요정 하나가 쪼르르 달려왔다.

"오베론 전하, 이제 가셔야 해요. 시간이 많이 늦었어요."

"조금만 더 있다가 가면 안 돼? 여기서 마도구 제작도 도와야 하잖아."

"저희가 하면 되니까 걱정 마세요."

"그렇지만……."

베리테와 함께 온 요정 중 일부가 남아 우리를 도와주기로 했다. 정말 고마운 일이었다.

더 이상 댈 핑계가 없어지자 베리테는 결국 포기하고 말았다. 베리테의 어깨가 추욱 처지자, 블랑슈가 망설이다 손을 꼭 잡았다.

"기다리고 있을게. 얼른 다녀와, 여보야."

그리고는 베리테의 뺨에 쪽 하고 뽀뽀를 해 주었다. 베리테의 얼굴이 벌겋게 달아올라 김이 솟아오를 기세였다.

"응! 나 다녀올게! 건강하게 잘 있어야 해, 슈야. 올 때 선물도 많이 가져올 테니까……!"

뽀뽀를 받자 베리테는 생기를 되찾은 것 같았다. 내 남편은 충격을 받은 것 같았지만. 나는 뒤늦게나마 세이블의 눈을 가려 주었다.

두 아이가 한참이나 작별 인사를 나눈 뒤, 베리테는 요정들과 함께 떠나갔다. 블랑슈는 베리테가 떠난 뒤에도 아쉬운 눈으로 문가를 바라보았다.

그 모습을 보는데 왠지 묘한 기분이 들었다. 아직 어린 딸인데, 참 많이 큰 것 같았다. 세이블도 묵묵히 블랑슈를 보다가 입을 열었다.

"혹시 너도 같이 가고 싶었느냐, 블랑슈. 왕이 되기보다는 왕비가 되는 것을 원했다면……."

만약 블랑슈가 왕비가 되길 원했다면. 마음은 아프지만 우리는 결국 반대하지 못했을 것이다. 블랑슈가 나쁜 길로 가는 것이 아닌 이상 우리는 블랑슈를 믿고 지지해 줄 테니까.

블랑슈는 그 말에 뒤를 돌아보았다. 얼굴에는 밝은 미소가 떠올라 있었다. 그늘 하나 없이 청명한 하늘처럼.

"전 언제나 여기에 있을 거예요. 왕이 되어서 이 나라를, 어마마마와 아바마마를 지키는 게 제 꿈인걸요."

그 말은 마치 단단한 나무 같았다. 강인한 의지가 담긴 목소리였다.

우리 아이가 어느 틈에 이렇게 자랐을까. 작은 새싹이 어느샌가 나무로 자라나 길게 가지를 뻗고 있는 것만 같았다. 나는 블랑슈를 꼭 끌어안고 머리를 쓰다듬어 주었다. 고맙고, 기특하고, 한편으로는 미안했다.

"혹 떠나고 싶으면 떠나도 돼요."

"싫어요. 옆에 더 있을래요."

블랑슈가 앙탈 부리듯 내 품에 파고들었다. 아유, 귀엽기도 하지. 시간이 지날수록 애교가 더 느는 것 같았다.

세이블은 울 것 같은 얼굴이 되어 있었다. 이 양반, 요즘 들어 눈물이 많아졌다니까.

블랑슈는 그런 우리를 보며 배시시 웃었다. 그리고는 세이블도 꼬옥 안아 준 뒤, 한 걸음 뒤로 물러섰다.

"저 수업이 있어서 이만 가 봐야 갈 것 같아요. 열심히 공부해야 훌륭한 왕이 될 테니까요. 그러면 먼저 실례할게요. 어마마마, 아바마마."

"그래요, 그래요. 잘 듣고 와요."

"다녀오거라, 블랑슈."

블랑슈는 우리의 배웅을 받으며 떠나갔고, 사용인들도 곧 밖으로 물러났다. 시끌벅적하던 집무실이 고요해지자, 어쩐지 허한 기분이 들었다. 왠지 나도 조금 눈물이 날 것 같았다. 세이블이 조심스레 내 어깨를 감싸 안았다.

"블랑슈가 우리 곁에 남아 주어서 참 다행입니다."

"그러게 말이에요. 결혼 생각만으로도 기분이 이런데, 슬레비엔으로 가 버렸으면……."

새삼 그 먼 곳에서 와 주는 베리테가 고맙게 느껴졌다. 왕위도, 고국도 뒤로 한 채 이곳에 오는 게 쉬운 결정은 아니었을 텐데.

"블랑슈가 좋은 짝을 만나서 참 다행이에요."

"예. 그러게 말입니다. 저처럼 좋은 짝을 만났지요."

세이블이 은근슬쩍 나를 추켜세우며 말했다. 그가 가볍게 내 뺨에 입술을 맞추었다.

"그래도 비비만큼 좋은 반려는 세상에 없겠지만."

어휴, 말 한번 잘한다니까. 울적하던 기분이 설탕처럼 사르르 녹아내리는 것 같았다.

그는 내 기분을 풀어 주려는 듯, 몇 번이고 소리 내어 키스했다. 나는 그것이 좋아 말리지 않고 가만히 눈을 감고 있었다.

"저도 전하가 제 반려라 참 좋아요."

"음……."

그는 그 말을 음미하듯 잠시 음 소리를 냈다. 그리고는 슬그머니 눈을 뜨고 고즈넉하게 나를 응시했다.

"사실 아까 블랑슈가 한 말 중에 무척 듣기 좋은 말이 있었습니다."

"어떤 말인가요?"

"여보, 라고 부르던 말."

수줍은 목소리로 그는 그렇게 말했다. 여보, 라는 단어가 주는 울림이 이토록 부드럽고 달콤한 것이었나 싶어질 정도로.

"전하라고 부르는 대신, 여보라고 불러 주시면 안 될까요."

그는 그렇게 말하며 내 눈을 지긋이 바라보았다. 산책을 나가자고 조르는 강아지 같기도 하고, 처음으로 데이트를 신청하는 소년 같기도 한 사랑스러움과 간절함으로.

"그럼요, 여보."

"고마워요, 여보."

고맙다고, 여보라고 말하며 희미하게 웃는 그가 사랑스러워서 참을 수가 없었다. 우리의 입에서 흘러나오는 단어는 막 개화한 꽃망울처럼 보드랍고 간질간질했다.

어휴, 내 남편 귀여워서 어떡해. 집무고 뭐고 다 때려치우고 데이트나 하고 싶다.

"세이블, 정무 때문에 많이 바쁘죠?"

"예. 예전보다는 나아졌지만, 슬레비엔과 교류하게 되니 일이 좀 많아졌습니다. 사람들 반응도 좀 갈리고 있고요."

나디아가 왔을 때처럼 낯선 종족의 방문에 궁의 사람들은 혼란스러워했다. 더군다나 이번에는 결혼까지 거론되고 있다 보니 수군거리는 사람이 한둘이 아니었다.

"블랑슈의 약혼을 탐탁지 않아 하는 사람들도 많다고 들었어요."

"예. 아무래도 베리테가 이종족이다 보니."

사람들의 거부감을 이해하지 못하는 것은 아니었다. 예를 들면 이런 거다. 조선 시대 때, 공주가 도깨비나 서양인 남자를 남편으로 맞이한다고 치자. 상대가 얼마나 좋은 사람이든, 그 결혼으로 얻는 이익이 얼마나 크든 일단 거부감이 클 것이다. 베리테도 딱 그런 상태였다.

아직 전쟁 중이라 사람들의 마음이 불안한 것도 있었고. 요정들이 연합군에게 무기를 팔았다는 사실에 반감을 가진 사람도 있었다.

"모두가 블랑슈와 베리테의 결혼을 축하해 주면 좋을 텐데요."

그저 축복만이 가득한 결혼이면 좋을 텐데. 세이블이 가만히 내 귓가에 입을 맞추며 속삭였다.

"지금 당장은 아니겠지만, 그렇게 될 겁니다. 여보가 걱정 안 하도록 잘 처리해 두겠습니다."

나는 그 말을 듣고는 가만히 고개를 끄덕였다. 겨울이 끝나고 봄이 온 것처럼, 전쟁도 곧 끝이 날 것이다. 조금씩 궁도 온기를 되찾겠지. 베리테가 돌아왔을 때, 아무도 그 아이를 모난 시선으로 보지 않았으면 좋겠다.

그렇게 될수록 힘내야지. 우리 아이들을 위해서 좀 더 나은 세상을 만들겠노라 다짐하며 나는 세이블의 손을 잡았다.

봄은 전쟁의 계절이었다.

전쟁을 치르기에 가장 최악인 계절을 꼽으라면 대다수의 군인들은 겨울을 선택할 것이다. 역사서를 살펴보면 적군과 싸우다 죽은 게 아니라 한파에 패배한 사례들도 쉬이 찾아볼 수 있었다.

그러니 전쟁을 치르려면 겨울보다는 봄이 낫다. 레이븐이 그런 생각을 곱씹던 중, 문 너머에서 시종의 목소리가 들려왔다.

"레이븐 님, 곧 약속 시각이십니다."

"그래, 알겠다."

그는 묵묵히 자리에서 일어났다. 약속 시각에 늦을 수 없는 상대이기에 발걸음을 서둘러야 했다.

식당으로 향하는 동안 그는 희미한 초조함과 기쁨을 느꼈다. 양쪽 모두 레이븐에게는 낯선 감정이었다.

오늘은 아비게일과 식사를 하는 날이었다. 정확히 말하면 아비게일과 세이블리안이 함께 하는 것이지만.

지난번 아비게일에게 세이블리안과 함께하는 자리를 요청한 뒤, 그들은 종종 식사를 함께하곤 했다. 단둘이 식사를 할 수 있다면 더할 나위 없겠지만, 이 정도라도 감지덕지해야 할 판이었다. 이렇게라도 아비게일의 목소리를 듣고, 눈을 마주칠 수 있다면. 세이블리안의 존재는 감수할 법하였다.

발걸음을 재촉한 덕에 약속 시각보다 일찍 도착할 수 있었다. 그가 식당에 도착했을 때는 아직 상대가 오지 않은 참이었다. 그런데 문득 식탁 위를 둘러보니 식기가 2인분만 준비된 것을 볼 수 있었다.

'세이블리안이 오지 않는 건가?'

그는 잠시 그런 생각을 했다가 헛된 희망임을 자각하였다. 곧 세이블리안이 안으로 들어왔다. 예상대로였다.

"전하, 정찬에 초대해 주셔서 감사합니다. 오늘은 혼자 오셨나 보군요."

레이븐은 자신의 배다른 동생에게 예의 바르게 인사를 올렸다. 그 모습은 형제라기보다는 철저한 타인처럼 보였다.

"아비게일 왕비는 오늘 일이 있어 불참하게 되었소."

"그렇습니까."

레이븐은 실망감을 능숙하게 삼켰다. 첫 번째 식사가 나오는 동안 형제는 약속이라도 한 듯 침묵을 유지하고 있었다. 다른 사람이 보면 참 기이한 풍경이라 할 법했다. 쌍둥이처럼 빼닮은 두 사람이 마주 앉은 모습은 마치 거울 같았다.

그러다 먼저 입을 연 사람은 세이블리안이었다. 그가 묵묵히 와인으로 입을 축이며 말했다.

"형님과 이렇게 식사를 나누게 되어, 무척 기쁩니다."

느닷없는 공대에 레이븐은 천천히 시선을 들었다. 그는 조용히 미소 지었다.

"어찌 제게 공대를 하십니까, 전하."

"이 자리에서는 왕이 아닌 형제로 이야기를 나눠 볼까 합니다."

형제라. 참 우스운 단어라고 생각하면서도 레이븐은 감격한 표정을 짓고 있었다.

"전하, 그렇게 말씀해 주시니 그저 기쁠 뿐입니다."

무슨 바람이 불어서 저러는 것일까. 저치가 나를 형님이라 부르다니. 공대받는 기분이 나쁘지는 않았다. 다만 조금 불안하기는 했다. 세이블리안이 조용히 말을 이어 갔다.

"부끄러운 이야기지만 국정을 돌보는 데에만 몰두하여, 제 주위 사람들을 등한시하고 있었습니다."

세이블리안의 목소리에는 희미한 죄책감이 묻어나 있었다. 그 변화에 레이븐은 감격하는 일 없이 표정을 굳힌 채 말을 기다렸다.

"형님께서 많은 것을 도와주셨다고 들었습니다. 마법관에도 마력을 보태 주셨고, 또 아비게일 왕비의 무죄를 밝히려 애쓰셨다고."

그제야 이 호의의 이유를 알 것 같았다. 레이븐은 능숙한 배우처럼 입꼬리를 올렸다.

"별것 아닙니다, 전하. 미흡한 마력이라도 도움이 될까 싶어 들린 것이지요."

그때 마침 식사가 나와 잠시 대화가 끊겼다. 레이븐은 피가 옅게 밴 고기를 한 점 씹어 삼키며 세이블리안의 얼굴을 살폈다.

문득 아비게일이 마법관을 찾아왔을 때가 떠올랐다. 마녀재판을 받기 전, 자신에게 마력이 없음을 증명하기 위해서.

그 자리에는 레이븐도 있었다. 그때 달리아는 아비게일의 피를 받아서 갔고, 마력이 없음을 확인했다. 과정 자체에는 문제가 없었지만 현장에 있었던 레이븐은 어떤 위화감을 느꼈다.

'그때 마주친 아비게일은 뭔가 달랐어.'

자신이 인사를 건넸을 때, 그녀는 무척 냉랭하고도 절제된 시선을 건넸었다. 예전에도 자신과 거리를 두는 아비게일이었지만 확실히 무언가가 달랐다. 평소와는 색깔이 다른 경계심이었다. 희미한 위화감이 느껴질 정도로.

그리고 그 위화감은 언젠가 느껴본 것이었다. 아비게일이 아닌 다른 사람에게서.

레이븐은 잠시 세이블리안을 바라보다 대수롭지 않게 입을 열었다.

"전하께서도 걱정이 많으시겠습니다. 곧 전쟁터로 떠나신다는 이야기도 들었습니다만."

"재고 중입니다. 종전 협정을 시도해야 하니."

"떠나신다면 왕비님께서 심려가 크시겠습니다."

왕비가 거론되자, 세이블리안의 눈빛이 순간 변했다. 그 눈빛은 마치 마법관에서 마주했던 아비게일의 눈동자와 닮아 있었다. 하지만 아직 확신을 갖기에는 일렀다.

레이븐은 빙그레 웃고는 말을 이어 갔다.

"조금 다른 이야기지만, 저는 늘 전하께 감사드리고 있었습니다."

"무엇이 말입니까."

"과거 크로넨버그에서 맹약을 핑계로 국혼을 요구했을 때. 블랑슈 공주님이나 저를 상대로 내세우실 수도 있었을 테죠."

그때, 대신들 중에서 세이블리안의 결혼을 반대하는 이들이 많았다. 강대국의 왕이 소국의 공주와 결혼이라니. 때문에 그들은 차라리 레이븐을 상대로 보내라고 강력히 주장했었다.

세이블리안은 그런 대신들의 말을 모두 반대했다. 블랑슈에게 자신과 같은 고통을 겪게 하고 싶지 않았던 만큼, 레이븐에게도 멍에를 씌우고 싶지 않았다. 그러나 그런 배려를 레이븐이 알 리가 없었다.

"그렇게 됐다면 제가 아비게일 왕비님과 결혼했을지도 모르는 일이니까요."

그 말이 나온 순간, 세이블리안의 눈빛이 시퍼렇게 빛났다.

아, 저 색깔이다. 마법관에서 자신을 바라보던 아비게일의 눈동자. 분명 자색 눈동자임에도 서리 같은 푸른빛이 비쳤었다.

"저를 배려해 주시는 마음에 강요하지 않으신 것을 압니다. 전하께 늘 감사하고 있지요."

그는 속내를 감추려고 자연스럽게 말을 돌렸다. 그러나 세이블리안의 눈동자는 여전히 격정적인 푸른빛을 띠고 있었다. 그것을 보자 레이븐의 마음속에 있던 심증이 확신으로 변했다.

'내가 마법관에서 만났던 아비게일은 세이블리안이었군.'

그녀의 곁에 요정 왕자가 있었으니 변화 마법을 쓰는 것 정도는 쉬운 일이었을 것이다. 그러자 또 다른 의문이 떠올랐다.

'그렇다면 왜 굳이 세이블리안이 아비게일로 변해서 찾아왔을까?'

몇 가지 가능성이 스쳐 지나가던 중, 유리새를 통해 드문드문 엿들은 의미심장한 정보들이 떠올랐다.

'혹시 그녀에게 마력이 있나?'

그렇게 생각하면 맞아떨어지는 부분이 많았다. 굳이 세이블리안이 아비게일인 척하고 마법관을 찾아간 것도.

그러나 현재로서는 심증뿐이었다. 만약 물증을 잡을 수만 있다면…….

일단은 세이블리안의 경계심을 누그러트리는 것이 먼저였다. 그는 여전히 죽일 듯한 시선으로 레이븐을 보고 있었다.

"블랑슈 공주님께서 결혼하시게 된 것도 정말 축하드립니다. 저 역시 만나고 있는 사람이 있는데, 잘 되면 곧 말씀드리겠습니다."

"……그렇습니까? 누구인지 궁금하군요."

"아직 교제하는 것은 아니고, 간간이 이야기를 나누는 정도이지만요."

레이븐에게 만나는 사람이 있다는 이야기에 세이블리안의 표정이 희미하게나마 풀어졌다. 물론 만나는 사람이 있다는 건 거짓말이었다. 이 세상에 아비게일을 대신할 여자는 없었다.

레이븐은 피처럼 붉은 와인을 한 모금 머금었다. 와인은 쓰고 떫은 맛이 강했다. 그 이후의 대화는 잘 다듬어진 목재처럼 거슬리는 것 없이 조용히 흘러갔다. 시시콜콜한 어린 시절의 이야기를 꺼내 들기도 하고, 요즘 국정에 대한 논의를 나누기도 했다.

큰 감동이나 파란 없이 무난한 식사가 끝났다. 세이블리안은 자리에서 일어나며 말했다.

"다음에도 이렇게 이야기를 나눌 수 있으면 좋겠군요, 형님."

"네. 언제라도 불러 주십시오."

레이븐은 빙그레 웃으며 떠나가는 세이블리안의 등 뒤에 고개를 숙였다.

무난한 식사 자리였다. 십 년이 넘도록 대화를 나누지 않은 사람들치고는 괜찮은 자리였다. 그럼에도 세이블리안의 표정이 좋지 않았다. 그는 곧바로 아비게일의 집무실에 찾아갔다.

"아, 여보. 식사는 잘했어요? 가지 못해서 미안해요."

아비게일의 얼굴을 보자 차갑게 식은 손끝에 온기가 돌아오는 기분이었다. 세이블리안은 희미하게 웃으며 그녀를 끌어안았다. 그 체온이, 촉감이 그의 불안을 잠재워 주었다.

"왜 그래요. 무슨 일 있었어요?"

"아닙니다. 그저 여보가 보고 싶었을 뿐입니다."

"당신도 참……."

말은 그렇게 하면서도 아비게일 역시 쑥스러운 듯이 웃고 있었다. 그녀는 세이블의 어깨를 가만히 쓸어내리며 물었다.

"레이븐 경과는 어떤 이야기를 나누었어요?"

"소소한 이야기를 나누었습니다. 제가 전쟁터로 떠날지도 모른다는 이야기라든가."

그 이야기가 나오자 아비게일의 얼굴이 삽시간에 낙엽처럼 가라앉았다. 처음 듣는 이야기는 아니었다. 며칠 전 세이블리안에게 직접 들었지만, 이별을 생각하면 배 속이 싸하게 가라앉는 것 같았다.

"아직도 연합군 쪽에서는 항복하지 않았죠?"

"예. 그들이 먼저 공격을 시도하지는 않지만, 물러서지도 않고 있습니다."

패색이 짙음에도 연합군은 물러날 기색이 없어 보였다. 헛된 희망을 품고 있는 것인지, 아니면 마지막 발악을 하는 것인지 알 수 없었다. 세이블리안이 담담한 목소리로 말했다.

"저희 쪽에서 먼저 전투를 걸어 무력으로 진압하면 쉽게 끝날 일이지만……."

"헛된 희생자만이 늘어나겠죠."

무력으로 승리를 쟁취하는 과정에서 죽는 것은 수뇌부가 아닌 일반 병사들이었다. 아비게일은 그런 승리는 원하지 않았다. 아무리 적국이라 하더라도 그들 역시 평범한 사람들일 뿐이니까.

가급적 피를 덜 흘리고 전쟁이 끝나길 바랐기에 세이블리안 역시 협정을 제안하였다.

"연합군은 현재 물가에 몰린 쥐 꼴이니 작은 포상을 약속하며 종전을 요구한다면 쉽게 넘어올 것입니다."

"그렇겠죠."

그 방법이 평화적이라는 것을 알면서도 아비게일의 미간에는 희미한 주름이 잡혀 있었다. 서부까지 갔다가 돌아오는데 몇 주는 걸릴 터였다. 아비게일은 벌써부터 그가 그리워지기 시작했다.

"세이블이 보고 싶어서 어쩌죠."

"가지 말까요? 여보가 원하는 방식대로 하겠습니다."

그가 농담이나 빈말을 하는 것이 아님을 알기에 아비게일은 가볍게 웃었다.

"아니에요. 꾹 참아 볼게요. 떠난다면 언제 떠나나요?"

"최대한 빠른 편이 좋을 듯하여, 이삼일 안으로 떠나고자 합니다."

이틀, 혹은 사흘이 지나면 이 체온도 느끼지 못할 터였다. 아비게일은 그를 더욱 힘주어 끌어안고는 변명하듯이 말했다.

"제가 너무 미성숙한 것 같아요. 정무 때문에 잠깐 헤어지는 건데도, 아쉬운 마음이 자꾸 들어요."

다른 곳이 아니라 전쟁터로 떠나는 것인지라 더욱 불안하였다. 세이블리안은 그녀의 등을 쓸어내리며 조심히 입을 열었다.

"사실 저 역시 떠날 마음이 들지 않습니다. 방금 전, 레이븐 경과 이야기를 나눈 것이 자꾸 떠오르기도 하고."

"어떤 이야기를 나누셨나요?"

아비게일이 의외라는 듯 그를 바라보며 물었다. 세이블리안은 배속 가득 쌓인 진흙을 토해내는 사람처럼, 턱턱한 목소리로 말했다.

"제가 선대의 맹약을 지키고자 블랑슈 대신 결혼을 한 것은 아실 겁니다."

"네, 그랬죠."

"그때. 사실 레이븐과 당신을 결혼시키자는 의견들도 있었습니다."

그 말을 듣자 아비게일의 얼굴이 섬찟 굳었다. 세이블리안 역시 마찬가지였다.

"레이븐이 그러더군요. 자신이 아비게일, 당신과 결혼할 수도 있었겠다고. 그런 상상을 하니 당신이 미친 듯이 보고 싶었습니다."

세이블리안은 품 안의 온기가 마치 환상처럼 느껴졌다. 놓아 버리면 그녀가 사라질 것만 같았다. 아비게일이 제 곁에 없는 상상을 하는 것만으로도 세상의 모든 빛과 공기가 사라지는 것 같았다.

"혹 제가 서부로 떠난 사이, 당신이 사라지면 어떡하나. 그런 두려움이 듭니다. 그럴 일이 없다는 걸 알지만……."

사랑 앞에서는 일국의 왕도 겁쟁이에 약자가 될 수밖에 없었다. 기우라는 것을 알면서도 뿌리칠 수 없었다. 그는 더 이상 아비게일이 없는 삶을 상상할 수 없었다. 그녀가 없던 시간을 어찌 살아왔는지조차 기억나지 않았다.

아비게일은 대답 없이 위를 올려다보았다. 그의 두 눈이 깊이를 알 수 없는 슬픔으로 얼룩져 있었다. 그 슬픔에 아비게일은 입을 맞추었다. 절대 지워지지 않게 힘을 주어 적듯, 진하고 선명한 키스였다.

세이블리안은 묵묵히 그 키스를 받아들였다. 한참이나 입을 맞추던 두 사람이 가까스로 떨어졌다. 아비게일이 또렷한 눈동자로 말했다.

"사라지지 않아요."

방금 전의 키스만큼이나 선명한 목소리였다. 그녀가 천천히 말을 이어 갔다.

"저도 순간 섬찟했어요. 제가 레이븐 경과 결혼을 했을 거라 상상하니."

레이븐에게는 아마도 여성 공포증이 없으니 결혼 당일 그대로 동침을 했을 것이다. 그렇게 그의 아내가 되었을 거라고 생각하자 아비게일로서도 온몸이 말라붙는 것만 같았다.

"하지만 제가 이제까지 입 맞췄고, 앞으로도 입 맞출 사람은 세이블 당신뿐이에요."

언젠가 그가 그랬던 것처럼, 아비게일은 세이블리안의 손을 끌어 제 목덜미에 가져다 댔다.

"저는 여기에 있어요. 세이블리안."

얇은 목덜미 너머에서 그녀의 고동이 명확히 느껴졌다. 아비게일이 천천히 그의 손을 끌어내렸다. 목덜미와 쇄골을 지나, 그녀의 심장이 있을 곳 위에 손이 닿았다.

"느껴지나요?"

맥박은 격렬하였고 또렷하였다. 그 소리에 맞춰 세이블리안의 심장도 거칠게 뛰고 있었다.

"……느껴집니다."

그가 간신히 입을 벌려 말했다. 이 손에 닿는 온기가, 고동이, 그녀의 존재가 너무도 따스해서 머리가 아찔해질 정도였다.

"걱정하지 말아요, 세이블리안. 저는 늘 당신 곁에 있을 거예요."

아비게일이 부드럽게 미소 지었다. 그리고는 이내 살짝 표정을 바꾸어 발랄한 목소리로 말했다.

"그리고 베리테의 마력을 담은 거울을 가져갈 거잖아요? 그걸로 소식 전할 수 있을 거예요."

"예. 어떻게든 참아 보겠습니다."

세이블리안의 눈동자에도 가까스로 생기가 돌아왔다. 아비게일이 그의 뺨을 감싸며 말했다.

"떠난 동안 입 맞추지 못하는 만큼 키스해도 될까요."

잔망스러운 어조에 세이블리안의 눈이 휘둥그레졌다. 그러다 이내 짓궂은 미소가 스쳐 지나갔다.

아비게일의 가슴 위에 머물러 있던 손이 스르륵 허리 아래로 흘러내렸다. 그가 애교부리듯 말했다.

"물론입니다. 선이자까지 지불하면 안 되겠습니까?"

"당연히 받을 거예요."

킥킥거리는 웃음소리와 함께 따스한 입술이 와 닿았다. 세이블리안은 아비게일을 번쩍 안아 들었다. 떠나 있는 동안 조금이라도 덜

아쉬울 수 있도록, 두 사람은 입을 맞추고 사랑을 속삭였다.

이 공간에 따뜻한 공기가 흐르는 와중. 창 너머에서 유리새의 날개가 빛나고 있었다.

"블랑슈. 키가 많이 자랐네요."

나는 블랑슈의 옷 치수를 재던 중, 줄자를 거두며 말했다. 얌전히 서 있던 블랑슈가 눈을 반짝이며 말했다.

"저 얼마나 많이 컸어요?"

"2cm 더 자랐어요."

"와, 정말요? 너무 좋아요!"

키가 조금 자란 걸로 저토록 기뻐하는 모습이라니. 블랑슈가 얼마나 좋아하는지 보는 내가 다 들뜨는 기분이었다.

2cm라지만 아직도 내 눈에는 자그마한 어린아이인데, 귀엽기도 하지. 나는 흐뭇하게 블랑슈의 치수를 적으며 말했다.

"전하께서도 들으시면 좋아하셨을 텐데요."

그 말을 입 밖으로 내자 나는 문득 외로움을 느꼈다. 세이블의 공백을 스스로 확인하는 느낌이었다.

그가 전쟁터로 떠난 지 여러 날이 지났다. 지금쯤이면 서부에 도착했을까, 아니면 가는 중이려나. 이렇게 오랫동안 떨어져 있는 것이 처음인지라 어쩐지 마음이 허전했다. 블랑슈도 조금 쓸쓸한 표정으로 말했다.

"그러게요. 베리테도 있었다면 좋았을 텐데."

블랑슈 역시 시무룩한 기색이었다. 얘네는 가뜩이나 사귄 지 얼마 안 되었는데. 갑자기 장거리 연애가 되어 버리다니.

"그래도 어마마마까지 서부로 가지 않으셔서 다행이에요. 어마마마까지 가셨으면 더 외로웠을 테니까요."

"저도 그래요, 블랑슈."

흑흑, 혹여라도 블랑슈가 슬레비엔으로 갔으면 얼마나 외로웠을까. 블랑슈의 존재가 내게는 참으로 큰 위안이 되었다. 우리는 눈을 마주친 채 작게 웃었다.

"자, 그러면 허리도 잴까요."

"네, 좋아요!"

나는 블랑슈의 치수를 마저 쟀다. 키가 크면서 허리둘레도 늘어나고, 팔다리도 길어졌다. 영원히 어린 아이일 것 같았던 블랑슈도 조금씩 성장하고 있구나. 이 정도면 기존 옷이 안 맞을 것 같네.

"이제 예전 옷이 작아지겠어요. 마침 봄 드레스를 새로 맞추려던 참이니, 새로 지어야겠네요. 혹시 원하는 옷 있어요?"

"원하는 옷……."

블랑슈는 무언가가 떠오른 것처럼 보였으나 말을 하지는 않았다. 손을 만지작거리면서 내 눈치만 보고 있었다.

"저, 어마마마. 저 부탁이 있는데요."

"음? 뭔가요?"

표정을 보아하니 힘든 부탁이라기보다는 부끄러운 이야기를 꺼내려는 것처럼 보였다. 대체 무슨 부탁을 하려는 걸까?

블랑슈는 나를 바라보다가, 조금 수줍은 듯이 말했다.

"혹시 나중에 저 결혼할 때……. 어마마마께서 제 드레스를 만들어 주실 수 있을까요?"

그 말을 들은 순간 나는 난생처음 태양을 본 사람처럼 말을 잊었다. 빛으로 된, 언어로 된 꽃다발을 받은 기분이었다.

내가 블랑슈 결혼식 때 입을 옷을 만든다고?

"히, 힘드실까요? 그래도 어마마마가 만들어 주신 드레스가 입고 싶어서……."

내 대답이 늦자 블랑슈는 초조해하는 얼굴이었다. 나는 다급히 대답했다.

"아니에요, 그런 거 아니에요. 힘들지 않아요. 꼭 만들어 줄게요."

기분 좋은 충격 때문에 대답이 나오지 않은 것뿐이었다. 눈물이 차올라 넘쳐 흐를 것만 같았다.

너무 행복해서 목이 멜 수도 있구나. 나는 눈물을 보이지 않으려 애쓰며 말했다.

"꼭, 꼭 내가 만들어 줄게요. 세상에서 가장 아름다운 옷을 만들어 줄게요."

고맙다는 듯이 웃고 있는 블랑슈를 보자 막 장례식장에서 일어났을 때가 생각했다. 블랑슈와 조금이라도 사이가 좋아지면 좋겠다고, 어떻게 하면 내가 만든 옷을 입어줄까 고민하던 게 얼마 전의 일 같은데.

나만 보면 움츠러들고 시선을 피하던 아이가 나를 어마마마라고 부르고, 웨딩드레스를 만들어 달라고 한다. 이렇게까지 행복해질 줄은 미처 몰랐다. 고맙고, 그저 고마울 뿐이었다.

"나에게 부탁해 줘서 정말 고마워요, 블랑슈."

"감사해요, 어마마마."

블랑슈가 볼을 발그레 물들이며 웃었다. 결혼식까지 3년이라는 시간이 남았지만, 어쩐지 당장 내일 블랑슈가 결혼할 것만 같은 기분이 들었다. 엉엉, 우리 애가 결혼이라니. 이게 대체 무슨 소리야. 3년 뒤래 봐야 열여섯밖에 안 되는데.

열여섯도 이르다고 펄쩍 뛰던 세이블이 생각났다. 진짜 서른이든 마흔이든 내 눈에는 애기일 텐데. 여기에 세이블이 있었으면 둘이 끌어안고 펑펑 울었을 것 같다. 흐윽, 참아야 한다. 아직 울기에는 이르다. 블랑슈도 웃고 있잖아.

나는 눈물을 삼키려 천장을 보며 말했다.

"그래도 웨딩드레스는 3년 뒤에 입을 거니까, 지금 당장 입을 옷이 있어야죠. 입고 싶은 거 없어요?"

"어……. 그러면 저 요정들이 입고 다니는 옷을 입고 싶어요! 그 멜빵바지 말이에요."

아, 그 귀여운 옷 말이지. 그러고 보니 블랑슈가 바지를 만들어달라고 한 건 처음이네. 소년으로 변장했을 때는 내가 제안한 거니까.

그나저나 왜 갑자기 바지 의상이 입고 싶어진 걸까? 슬레비엔에서는 여자도, 남자도 바지를 입으니까 남자 옷 입는다고 뭐라 할 사람은 없지만…….

"그 옷이 마음에 들었어요?"

"네. 그런 것도 있고……. 제가 요정 옷을 입으면 사람들이 요정들에게 조금이라도 친숙해질까 싶어서요."

블랑슈가 조금 서글픈 표정으로 말했다. 그 말을 듣자 나도 마음 한구석이 쓸쓸해졌다.

아직 블랑슈와 베리테의 결혼을 부정적으로 보는 사람도 많고, 궁에 요정들이 머무르는 걸 꺼리는 사람도 많았다.

언제쯤이면 익숙해질까. 블랑슈가 이종족의 옷을 입는 게 과연 도움이 될까, 회의적인 마음도 들었다. 하지만 블랑슈가 입고 싶다면 나는 말릴 생각이 없었다. 누가 우리 딸한테 뭐라 하면 내가 멱살 잡고 싸우면 돼!

"알겠어요. 그러면 슬레비엔 복식을 만들어볼게요. 잘 어울릴 거예요. 베리테랑 커플룩처럼 보일 것 같기도 하네."

"에헤헤, 그러면 좋겠어요. 감사해요, 어마마마. 어마마마가 최고예요!"

블랑슈는 그렇게 말하며 나를 꼭 껴안았다. 어흑, 정말이지 예쁜 짓만 골라 한다니까.

내가 잔뜩 블랑슈를 쓰다듬으며 예뻐하는 사이, 노마가 안으로 들어왔다. 그녀가 정중하게 인사를 올렸다.

"왕비님, 아틀란시아 측에서 선물을 보내왔습니다. 블랑슈 공주님의 늦은 생일 선물이라 하시더군요."

아니, 나디아가 선물을 보냈다고? 나는 선물이 온 것보다도 나디아에게서 연락이 왔다는 사실이 더 기뻤다. 그녀 덕분에 모르카의 침략도 막아냈는데 선물까지 보내다니. 고마운 마음이 뭉글뭉글 피어올랐다.

"안으로 갖고 오라고 전해 주렴."

"예. 알겠습니다."

노마가 바깥을 향해 시선을 주자 곧 하인들이 상자를 몇 개 들고 왔다. 상자에는 호화로운 산호, 그리고 패각 장식 등이 들어 있었다. 희미한 바다 냄새가 나디아를 떠올리게 하였다.

"혹시 전언이나 서신은 없었니?"

"오기는 왔습니다만……."

노마는 조금 떨떠름한 얼굴로 무언가를 내밀었다. 그것은 가죽으로 만든 두루마리였다. 종이에는 쓸 수가 없어서 가죽을 택한 모양이었다. 그것을 펼쳐보자, 투박하게 새긴 메시지가 나타났다.

[아비게일, 보내 준 식량 잘 받았어! 다들 좋아하고 맛있게 먹더라.]

소꿉친구에게 보내는 것처럼 수더분한 서두라니. 편지도 참 나디아 같다. 나는 즐겁게 편지를 읽어 내려갔다.

[빨리 돌아가고 싶은데 내가 왕이 되어 버리는 바람에 조금 늦게 갈 것 같아. 대신 선물을 잔뜩 보낼게. 블랑슈랑 카린한테도 안부 전해 줘.]

왕이 되었다는 문장에 깜짝 놀랐다가 피식 웃음이 나왔다. 즉위하였다는 내용을 이렇게 대수롭지 않게 적다니.

왕이 된 나디아라. 금방 돌아오진 못하겠지만 그래도 꾸준히 교류는 할 수 있지 않을까. 언젠가는 아틀란시아에도 가 보고 싶다. 인어 복식도 자세히 보고 싶고.

그때 블랑슈가 상자 하나를 열고는 말했다.

"어마마마, 이것 보세요!"

블랑슈가 상자에서 꺼낸 것은 옷감이었다. 처음 보는 재질로, 지난번 군힐드가 입고 있던 옷의 원단과 같은 듯하였다. 이게 바로 비단초인가? 살펴보니 여기에도 가죽 조각이 남겨져 있었다.

[비단초로 만든 바다 비단이야. 아비게일은 진주보다 이걸 더 좋아하겠지? 다음에 더 보내줄게.]

나에 대해 너무 잘 알고 있군. 진주도 좋지만 새로운 원단이라니 정말이지 설레지 않을 수가 없었다.

나는 바다 비단을 조심스레 만져보았다. 색깔은 맑은 바다에서 볼 수 있는 청록색. 버디 그리스에 가까웠다.

그 외에도 다양한 색깔의 원단이 몇 종류인가 있었다. 직접 만져 보니 두께에 비해 가볍고 신축성이 있었다. 이런 종류의 편물 원단은 처음이었다. 차이는 좀 있지만 저지^{Jersey} 원단과 비슷하려나?

"이 원단, 되게 신기하네요. 이 원단으로는 어떤 옷을 만들 수 있어요?"

블랑슈가 호기심 어린 눈빛으로 말했다. 흠. 이런 편물 원단은 스웨터나 코트, 숄 등으로 많이 만들기는 하는데…….

그러다 문득 좋은 생각이 떠올랐다. 그 옷을 만들기에는 시대상이 조금 이르기는 하지만, 괜찮지 않을까?

"블랑슈, 이 원단이 마음에 드나요? 그러면 이 원단으로도 옷을 만들어 줄게요. 어때요?"

"좋아요! 그러면 저는 인어의 옷도 입고 요정의 옷도 입는 거네요."

블랑슈가 해맑게 웃으며 말했다. 인어의 옷, 그리고 요정의 옷을 입는 인간의 공주라. 어쩐지 묘한 기분이 들었다. 종족에 상관없이 옷을 입을 수만 있다면, 그런 세상이 올 수만 있다면.

"왕비님, 슬슬 달리아 마법장과 약속하신 시각입니다."

아직 방 안에 있던 노마의 목소리에 나는 정신을 차렸다. 아, 오늘 달리아와 약속이 있었지.

나는 바다 비단을 제자리에 돌려놓은 뒤 자리에서 일어났다. 블랑슈는 여전히 기대감 가득한 얼굴이었다.

"그러면 블랑슈, 이만 가 볼게요."

"네. 어마마마, 오늘도 힘내세요."

크윽, 엄마 힘낼게! 나는 주먹을 불끈 쥐고는 집무실로 향했다.

오늘은 달리아에게 마도구 제작에 대한 경과보고를 듣기로 한 날이었다. 요정들이 도와준 덕에 사태가 많이 나아지긴 했지만, 혹시 어려움이 있을지 모르니까.

집무실에 도착해 보니 이미 달리아가 문 앞에 서 있었다. 그러나 혼자는 아니었다. 그 옆에 레이븐이 서 있었다. 그가 무슨 일로 온 것일까? 오늘 약속은 달리아와만 잡았는데.

"달리아 마법장, 오래 기다렸어요?"

"아닙니다. 유구한 시간의 흐름을 따라 저도 방금 도착했습니다."

그녀가 은은한 미소를 띤 채 말했다. 나 역시 시선으로 환영의 뜻을 표한 뒤, 레이븐을 바라보았다.

"다행이네요. 레이븐 경께서는 어쩐 일로……?"

레이븐은 눈이 마주치자 빙그레 웃었다. 세이블을 닮은, 부드러운 미소였다.

"달리아 마법장과 여러 이야기를 나누던 중, 오늘 보고를 드린다는 이야기를 듣고 함께 왔습니다. 혹 실례가 안 된다면 경과보고를 하는 자리에 저도 함께할 수 있을까요?"

흠. 레이븐도 마법관 일을 많이 도와준다고 들었으니 상관없겠지. 마녀재판 때도 도와주려 했었고. 또 할 이야기도 있었다.

"좋아요. 안으로 들어오세요."

나는 두 사람을 집무실로 들였다. 소파에 앉자 곧 하녀들이 차를 내왔다. 나는 찻잔을 들며 물었다.

"달리아, 마법관 일은 어떻게 되어 가고 있나요?"

"요정들의 도움을 받아 원활하게 진행하고 있습니다. 몇 주 안으로 궁 안의 마도구를 모두 복구할 수 있을 것 같습니다."

오오, 정말 다행이다. 더 이상 마법관 사람들이 야근할 일도 없겠네!

달리아는 요 며칠 사이 혈색이 눈에 띄게 좋아져 있었다. 그녀가 주름진 얼굴에 미소를 가득 띠운 채 말을 이어 갔다.

"요정들은 정말 대단한 존재입니다. 마력을 공급해 줄 뿐 아니라, 여러 지식을 알려 주고 있습니다. 기밀에 가까운 정보일 텐데도 말이죠."

흥분마저 느껴지는 어조였다. 레이븐 역시 그에 동의하는 듯, 부드럽게 말을 받았다.

"요정들에게 이야기를 들어보니 오베론 왕자로부터 지시를 받았다더군요. 적극적으로 마법관에 협조하라고. 참 도움을 많이 받습니다."

베리테! 자기가 없는 동안 요정들이 많이 도와줄 거라 하더니, 정말 제대로 도와주는구나. 달리아가 즐거운 목소리로 말했다.

"레이븐 님의 말씀대로입니다. 요정들이 돌아갈 때를 생각하니, 벌써부터 아쉽습니다. 언젠가는 슬레비엔에도 가 보고 싶은데……."

그 반응에 나는 짐짓 놀라고 있었다. 이렇게 요정을 달가워하는 사람을 본 것이 무척 오랜만이었다. 요정들을 아니꼽게 보는 사람이 대다수인데, 달리아 같은 사람도 있구나. 나는 달리아에게 물었다.

"다른 마법사들은 어떤가요? 그들도 슬레비엔에 가고 싶어 하나요?"

"물론입니다. 슬레비엔에는 마도구 장인들이 많이 살고 있으니, 마법사들로서는 정말 꿈의 도시 같은 곳이죠."

그것참 듣던 중 반가운 소식이었다. 마법사들이 교류를 지지해 준다면 그걸 기반으로 세력을 확대해 나갈 수 있을 것이다. 나는 진지

한 목소리로 말했다.

"슬레비엔에 공식적으로 요청을 해 볼게요. 단순히 마도구 거래를 하는 데에 그치지 않고, 꾸준히 문화 교류를 할 수 있도록."

"그렇다면 정말 기쁜 일입니다! 마력의 수호자들과 이야기를 나눌 수 있다니……"

달리아는 사랑에 빠진 소녀처럼 눈을 빛내고 있었다. 레이븐 역시 흐뭇한 미소를 짓고 있었다.

나 역시 아직 오지 않은 미래를 상상하니 어쩐지 마음이 푸근해지는 기분이었다. 슬레비엔으로 인간들이 유학을 가거나, 요정들이 이쪽에서 머무르며 마법을 가르쳐준다면 좋지 않을까.

그렇게 하다 보면 네르겐도 조금씩 변화하고 더 나은 나라가 될 수 있지 않을까. 쉽지는 않겠지만 조금씩 나아지겠지. 지금도 예전에 비하면 많이 바뀌고 있으니까.

교류 관련으로 이야기를 조금 더 나누는 사이, 경과보고는 끝이 났다. 달리아가 들뜬 얼굴로 말했다.

"왕비님, 그럼 이만 실례하겠습니다. 교류를 추진해 주셔서 대단히 감사합니다. 마법사들도 기뻐할 것입니다."

달리아는 자리에서 일어나 정중히 고개를 숙였다. 어쩐지 빨리 돌아가고 싶은 사람처럼 근질근질해 보였다. 아마 마법사들에게 이 소식을 들려주고 싶은 것 같았다. 내가 떠나도 좋다는 의미로 고개를 끄덕이자 그녀는 후다닥 방을 나섰다.

레이븐도 조용히 자리에서 일어났다. 그가 방을 떠나려는 찰나. 나는 잠시 망설이다 입을 열었다.

"레이븐 경."

그러자 그가 우뚝 멈춰 서서 나를 돌아보았다. 무슨 일이냐고 묻는 듯한, 담담한 시선이었다.

"잠시 산책이라도 하겠어요?"

"기꺼이요."

레이븐이 유순하게 미소 지으며 말했다. 나는 그와 함께 정원으로 나섰다. 그에게 할 이야기 있었지만, 밀폐된 공간에 둘이 있는 것보다는 밖으로 나가는 게 나을 것 같았다.

날씨는 다행히도 쾌청했다. 적당히 따스했고 볕도 강하지 않아 산책하기에 좋은 날씨였다.

이런 날씨에 세이블과 함께였다면 좋았을 텐데.

조용히 정원을 걷는 동안 레이븐은 아무런 말도 하지 않았다. 나는 슬그머니 입을 열었다.

"달리아 마법장으로부터 이야기 들었어요. 마녀재판 때 도움을 주었다고. 늦었지만 고맙다고 이야기를 전하고 싶었어요."

그는 조금 놀란 표정을 짓더니 쑥스럽게 웃었다. 그 나이라고 생각하기 어려울 정도로 순박한 미소였다.

"몰래 도우려 했는데, 들켰군요."

"숨기면 어떡하나요. 감사 인사도 못 하게."

"당연히 도와야 하는 일이었습니다."

그는 그렇게 말하며 나를 가만히 바라보았다. 그 시선이 어쩐지 아련하여 나는 묘한 기분이 들었다.

"재판이 무사히 끝나 다행입니다. 이번에는 경사도 있지요. 블랑슈 공주님이 좋은 상대를 만나 참 기쁩니다."

"그러게 말이에요. 레이븐 경도 좋은 짝을 만나야 할 텐데요. 교제

하는 분이 있다면서요?"

레이븐의 얼굴에 알 수 없는 감정이 스쳐 지나가는 것이 보였다. 그가 눈동자를 가만히 굴려 나를 바라보았다.

"잘 안 되었습니다."

"네? 어째서요?"

"저와 인연이 아니었나 봅니다."

그렇게 말하고 레이븐은 시선을 틀었다. 더 이상 이야기하고 싶지 않다는 듯이.

오늘 레이븐에게 산책을 권한 건 단지 감사 인사를 전하기 위해서만은 아니었다.

[레이븐이 그러더군요. 자신이 아비게일, 당신과 결혼할 수도 있었겠다고.]

떠나기 전, 세이블이 했던 말이 무척이나 신경 쓰였다. 예전이었다면 '그래, 그럴 수도 있었겠네' 하고 넘겼겠지만, 지금은 아니었다.

세이블의 장례식 때. 그는 자신이 세이블의 대체품이 되고 싶다고 했다. 그것은 과연 어떤 마음에서 흘러나온 말이었을까. 설마 그가 나에게 연애 감정을 품고 있는 것은 아닐까?

아비게일은 예쁘니까, 그런 마음을 가질 수도 있을 것이다. 그나마 요즘 사귀는 사람이 있다길래 내 착각인가 싶었는데, 방금 전의 반응을 보니 또 헷갈리기 시작했다.

나는 뭐라 말해야 할지 몰라 묵묵히 정원을 따라 걸었다. 봄 장미가 붉게 피어 은은한 장미 향이 풍겨왔다.

"올해는 꽃이 참 예쁘게도 피었네요."

뜻 없이 한 말이었다. 그러자 레이븐이 무심하게 꽃 덤불로 다가가 장미를 꺾어 내게 건넸다. 그 손길에 특별한 애정은 느껴지지 않아, 나는 머뭇거리다 그것을 받았다. 그리고 찌르는 듯한 통증이 느껴졌다.

"읏······!"

장미 가시가 엄지를 깊게 찌르자 피가 손날을 타고 주르륵 흘러내렸다. 레이븐이 놀라 손수건을 꺼내 들었다.

"왕비님, 괜찮으십니까?"

그는 서둘러 내 상처를 손수건으로 감쌌다. 핏자국이 작은 동전만 한 크기로 남았다.

"네. 별거 아니에요, 고마워요, 레이······."

그의 얼굴을 올려 본 순간, 나는 말을 채 잇지 못했다. 레이븐이 잘 가꾸고, 숨겨 오던 가면 뒤로 드러난 민낯을 본 기분이었다.

그의 시선. 세이블이 나를 바라볼 때와 퍽 닮아 있었다. 저 눈빛을 어찌 잊겠는가. 고작 장미 가시에 찔린 것뿐인데 그의 얼굴에는 이루 말할 수 없는 우려와 놀람이 서려 있었다.

눈이 마주치자 그는 뒤늦게 가면이 벗겨졌다는 사실을 자각하고 시선을 틀었다. 뒤늦게 침착한 척 미소 지었지만, 이미 나는 그의 눈동자 속을 들여다보고 말았다.

나의 착각이면 좋겠다. 조금 예쁜 여자로 살았다고 기고만장해진 것이면 좋겠는데.

그의 손가락이 닿았던 자리가 뜨거웠다. 아니, 도리어 차가운 것 같기도 했다. 나는 들고 있던 장미를 그에게 내밀었다. 레이븐이 멀뚱하게 나를 보다 입을 열었다.

"왜 그러신가요, 왕비님?"

"장미, 돌려드릴게요."

"죄송합니다. 장미 가시를 미처 생각지 못했습니다. 다른 꽃을 드릴 것을……."

"아뇨. 그 문제가 아니에요."

그는 연유를 모르겠다는 듯, 순진한 눈을 하고 있었다. 그것이 진심인지 연기인지 나는 구분할 수 없었다.

"레이븐 경. 혹시 전 왕비와 레이븐 경 사이에 있었던 소문에 대해 알고 있나요?"

"……제가 전 왕비님과 불륜 관계였다는 소문 말입니까?"

나는 가만히 고개를 끄덕였다. 달갑지 않은 화제가 나오자 레이븐의 얼굴에 그늘이 졌지만 멈출 수는 없었다.

"저는 그 소문을 의심하지는 않아요. 그저 사람들이 제멋대로 추측해서 떠든 것이겠죠."

"믿어 주시니 감사합니다."

"네, 하지만."

레이븐의 금안이 짐승의 것처럼 일순간 수축하는 것이 보였다. 나는 얼얼한 엄지를 안으로 말아쥐며 말을 이어 갔다.

"근거 없는 소문이어도 사람을 몰아가기 쉽죠. 저도 그래서 마녀로 몰렸었고."

"……."

"누군가는 레이븐 경의 호의를 연애 감정이라고 곡해서 소문을 낼 수도 있어요. 저는 그런 것은 막고 싶어요."

레이븐이 내게 마음이 없다면 이것은 한편의 촌극과도 같은 대화였다.

나를 자의식 강한 여자라고 생각할지도 모른다. 하지만 만약, 그가 정말 나에게 마음을 품고 있다면.

"그러니까 우리는 적당히 거리를 두는 편이 좋아요. 저는 레이븐 경에게 좋은 계수(季嫂)이고 싶어요."

레이븐 역시 힘들고 외로운 사람이니 행복해지면 좋겠다. 다만 선은 확실하게 그어야 했다. 친구처럼, 가족처럼 지낼 수 있으면 좋을 것이다. 그 이상을 원한다면 내가 막을 수밖에 없었다.

레이븐은 대답하지 않았다. 한낮의 고요가 봄볕처럼 뜨끈하고, 살짝 따가웠다.

"제가 너무 경솔했나 봅니다. 죄송합니다, 왕비님."

그는 조용히 장미를 받아갔다. 다행히 상처받은 기색은 없었다. 예의 바른 미소. 내 말을 이해해 준 것 같았다.

"기분이 상했을까 봐 걱정이에요."

"그럴 리가요. 맞는 말씀이신걸요. 지금처럼, 좋은 가족처럼 지낼 수 있다면 바랄 것이 없습니다."

"다행이네요."

그저 진심으로 다행이라 생각했다. 그의 표정에 온화한 기색만이 감돌고 있어서 마음이 편안해졌다.

"전하께서 돌아오시면 다 같이 식사를 한 번 해요."

"즐거운 자리가 될 것 같군요."

그와 소소한 사담을 나누는 사이, 우리는 짧은 산책을 끝내고 궁전으로 돌아왔다.

아마 이날 이후로 그와 단둘이 산책을 하는 일은 없을 것이다. 레이븐도 그것을 알고 있겠지.

"그럼 이만 실례하겠습니다, 왕비님."

"들어가 봐요."

우리는 담백하게 인사를 나누고 헤어졌다.

떠나가는 그의 뒷모습이 어쩐지 침잠하는 것처럼 보였다. 나는 잠시간 그를 바라보고 있었다. 그는 이내 빛 속으로 사라졌다.

어둑한 방 안에 그림자가 길게 늘어지고 있었다. 마력 램프에서 발하는 빛은 곧 꺼져 가는 촛불처럼 희미하였다. 그러나 레이븐은 아랑곳하지 않고, 테이블 위만을 바라보고 있었다. 그곳에는 손수건이 놓여 있었다. 장미 가시에 찔린 아비게일의 손을 감쌌던 손수건.

오늘 낮에 있었던 일인데, 아주 오래전의 일처럼 느껴졌다. 그럼에도 서로의 손이 닿았을 때의 희열만큼은 또렷했다.

그리고 자신을 바라보던 아비게일의 눈동자도.

'그건 명백한 거절이었다.'

적당히 거리를 두자고 말할 때, 그녀는 바늘 하나 들어갈 틈 없이 빽빽한 경계심을 드러내고 있었다.

아비게일은 좋은 사이로 지내고 싶다 이야기했지만, 그녀가 말하는 '좋은 사이'가 자신이 원하는 방향은 아닐 것이다. 레이븐은 헛웃음이 나왔다. 어째서 이런 감정이 드는 것인지는 알 수 없었다.

그녀를 연모하나? 모르겠다. 아비게일이 마녀재판에 나선다는 이야기를 들었을 때, 피가 식는 것은 확실히 느꼈다.

그리고 지금은? 다른 의미로 피가 식었다. 그녀는 세이블리안이 돌아오면 다 함께 식사를 하자고 했다.

웃음과 다정한 목소리로 떠들썩한 식탁에 앉아 본 기억이 없다. 그 자리에 앉아, 모두와 함께 식사를 한다면⋯⋯.

'그딴 것은 필요 없어.'

아비게일이 사랑하는 것은 다른 이들이다. 그녀는 세이블리안과 블랑슈에게 가장 먼저 애정을 나누어 주고, 나머지 관심은 자신에게 주리라.

레이븐은 그런 것을 원치 않았다. 찌꺼기 같은 애정을 받으며 기뻐하고 싶지 않았다. 모두 갖고 싶었다. 자신이 아비게일의 첫 번째가 되고 싶었고, 유일한 사람이 되고 싶었다.

그녀의 모든 사랑과 감정을 갖고 싶었다. 하지만 그녀는 단호하게 거절했다. 자신의 첫 번째는 세이블리안이라고, 그것을 넘보지 말라고 경고했다.

'세이블리안이 없는 지금, 어떻게든 아비게일과의 거리를 좁혀야 할 텐데.'

하지만 저토록 경계하는데 파고들어 봐야 역효과일 터였다.

'설득이 안 된다면, 다른 방법도 있지.'

그는 그런 생각을 하며 마력 시약을 손수건에 떨어트렸다. 아비게일의 피가 묻어 있는 손수건이었다. 그 시약은 대상이 어떤 마력을 가졌는지 나타내주는 효과를 갖고 있었다. 만약 아비게일에게 마력이 없다면 핏자국은 반응하지 않을 것이다.

그러나 무색투명한 시약이 적갈색의 핏자국에 닿은 순간. 핏자국은 마치 그을음처럼 새까맣게 변해 버렸다. 그 변화에 레이븐의 눈동자가 풍랑을 만난 것처럼 흔들렸다.

'검은색, 검은색이라고?'

마력이 있을 거라곤 예상했지만 검은색일 줄은 몰랐다. 스토크 공작이 말하던 것이 사실일 줄이야.

예상 밖의 성과에 피가 달아올랐으나 이내 식었다. 그의 머리가 냉철하게 돌아가기 시작했다.

이것은 중요한 카드였다. 하지만 어떻게 사용해야 할지 막막한 것도 사실이었다.

'이걸 공개하면, 아비게일은 폐위당할 테지. 하지만 그렇다고 해서 내 아내가 될 수는 없어.'

쫓겨나면 다행이지만 구금되거나 사형이라도 당하면 레이븐으로서도 곤란했다. 레이븐은 아비게일을 망가트리고 싶지 않았다. 그저 갖고 싶었을 뿐이었다.

어떻게 하면 그녀를 온전히 손에 넣을 수 있을까.

'이것으로 협박을 한다면…… 그녀는 내 품에 안길까?'

검은 마력을 갖고 있다는 사실이 밝혀지면 아비게일로서도 큰 곤란을 겪을 테니 가능성은 있었다. 하지만 레이븐의 얼굴에 기꺼운 기색은 없었다.

'세이블리안이 마력 위조에 협력한 걸 보면 이미 그도 아비게일의 마력에 대해 알고 있겠지.'

왕이 왕비의 아군이라면 협박이 제대로 먹히지 않을 가능성이 컸다. 도리어 아비게일의 비밀을 알고 있는 자신을 죽이거나 유폐할 가능성이 컸다.

'차라리 세이블리안에게 검은 마력이 있었다면 좋았을 것을. 아니면 블랑슈라든가.'

그렇다면 마녀를 숨기고 있었다는 명목으로 세이블리안을 왕좌에서 끌어내릴 수 있을 텐데.

레이븐은 손수건을 든 채 검게 변한 핏자국을 가만히 내려다보고 있었다. 그때 누군가가 작은 돌을 연달아 던지는 듯, 창가에서 딱딱 소리가 들려왔다.

유리새 몇 마리가 창밖에 오종종 모여 앉아 있었다. 창을 열어주니 새들이 포르르 날아와 그의 어깨에 나란히 앉았다.

"그래, 재미있는 이야기를 물어 왔니?"

레이븐은 부드러운 미소를 띤 채 새들을 어루만졌다. 그러자 유리새들은 궁 곳곳에서 모아 온 이야기들을 재잘거리기 시작했다.

[정말 블랑슈 공주님이 요정이랑 결혼을 하시는 건 아니겠지?]

[난 요정들이 좀 껄끄러워. 사람들을 속이는데 도가 튼 종족이라잖아.]

[선왕 전하가 계셨으면 절대로 반대하셨을 텐데······.]

요즘 궁을 가득 채운 이야기 중 하나였다. 요정과의 교류를 불안해하고 두려워하는 목소리들. 시간이 지날수록 동요는 가라앉지 않고 오히려 커졌다. 세이블리안이 부재중이라는 것도 한몫했으리라.

세이블리안의 평판이 나빠지는 것은 기쁜 일이었으나 특별한 정보는 아니었다. 그가 조용히 귀를 기울이던 중, 여러 목소리 사이로 튀어나온 못 같은 단어가 들려왔다.

[대비 전하가 돌아오시는 것이 확실한가?]

대비 전하. 레이븐이 그 단어에 움찔하였다. 그는 다른 새들을 조용히 시킨 뒤, 대비를 거론한 새의 머리를 가볍게 건드렸다.

[예, 조금 떨어진 곳에 머무르고 계십니다. 원로들이 대비 전하를

지지하는 것은 틀림없는 사실이지요?]

[물론일세. 지금 세이블리안 전하께서는 여자에게 홀려 제대로 된 판단을 못 하고 계시니 말일세.]

[그렇다면……]

[하지만 아직은 나서기 일러. 전하가 계시지 않은 지금이 적기이지만 명분이 부족하지 않은가, 기드온.]

음모 사이로 들려온 '기드온'이라는 이름. 분명 죽었다는 궁정 악사였다. 기드온이 답답하다는 듯이 말했다.

[그러니 말씀드리지 않았습니까. 왕비와 요정들이 이 나라를 무너 트리려 하는 걸 보여드리겠다고.]

[자네 계획은 잘 알고 있네. 그러나 그것만으로는 위험을 감수하 기 조금……]

상대방의 말에 레이븐은 피식 웃었다. 대신들은 탐욕스럽고 겁이 많은 작자들이다. 제 목이 안전하리란 보장이 없으면 나서지 않을 것이 뻔했다.

하지만 안전이 보장된다면 그 누구보다도 치열하게 상대의 목을 물어뜯을 종자이기도 했다. 레이븐의 얼굴에 희미한 화색이 돌았다.

'대비가 온 것은 분명 왕위를 차지하기 위함이다. 세이블리안을 끌어내리려는 거겠지. 그렇다면 아비게일은……'

레이븐은 새의 머리를 툭 건드렸다. 그러자 삽시간에 주위가 조용 해졌다. 유리새들은 물끄러미 제 주인을 응시하고 있었다.

그는 소리 없이 자리에서 일어났다. 그의 눈동자가 뜻을 알 수 없 는 금빛으로 번뜩이고 있었다.

◇

"[여보, 잘 지내고 있습니까. 전 내일 즈음이면 슬슬 서부에 도착할 것 같습니다.]"

너무도 그리운 목소리였다. 며칠 만에 듣는 목소리에서 햇빛 향기가 나는 것 같았다. 세이블은 거울 속에서 나를 바라보며 애달픈 눈빛으로 말을 이어가고 있었다.

"[서부로 가는 길이 이토록 멀었는지 놀라울 정도입니다. 얼른 협정을 체결하고, 여보를 보러 달려가고 싶습니다.]"

"나도 그래요, 여보."

그가 듣지 못할 것을 알면서도 나는 고개를 끄덕이며 대답했다. 세이블이 보고 싶어서 미칠 지경이었다.

"[여보가 없는 시간은 참으로 느린데, 세상은 당신으로 가득 찬 기분입니다. 길목에 핀 보랏빛 꽃은 당신의 눈동자 색깔이고, 하늘을 가르며 날아가는 새의 날개는 당신의 머리카락을 떠올리게 하였습니다. 어제는 별을 보며 당신을 생각했습니다. 저 별을 당신과 보면 얼마나 좋을…….]"

"[예비 장인어른, 이제 시간 다 됐어. 마력 다 떨어져 간다.]"

"[벌써? 아니, 잠깐만. 조금만 더 버텨 봐라, 베리테. 내가 얼마나 그녀를 사랑하는지 말하지 못……!]"

말이 뚝 끊김과 동시에 거울 속에서 세이블이 사라지고 베리테가 나타났다. 나는 거울 틀을 와락 붙잡았다.

"다, 다시 틀어 줘!"

"저게 다야. 또 봐야 같은 내용이라고."

"같은 내용이어도 또 볼래!"

아, 왜 자동 재생 기능이 없는 거야! 나는 망가진 텔레비전이라도 고치는 것처럼 거울을 마구 흔들었다.

세이블은 아직 전쟁터에서 돌아오지 못하고 있었다. 숨 막히는 나날이 이어지는 중 베리테가 전해 주는 소식만이 유일한 희망이었다.

베리테의 마력이 담긴 거울 덕분이었다. 베리테는 세이블이 기록한 영상을 이틀 간격으로 내게 전달해 주었다.

세이블이 직접 내게 연락을 취할 수가 없는 것이 아쉬웠지만, 그래도 이렇게나마 얼굴을 볼 수 있어서 다행이었다. 조금 아쉽기는 했지만.

"세이블 목소리 더 듣고 싶은데……."

"마력 부족해서 안 돼. 내가 네르겐에 연락을 취하는 것도 마력을 많이 소모한단 말이야. 사위 얼굴은 보기 싫어?"

베리테가 토라진 척 입술을 삐죽였다. 나는 허둥대며 손사래를 쳤다.

"그럴 리가! 물론 베리테도 보고 싶지. 언제 돌아와?"

"일도 거의 마무리 됐으니까 이번 주 중으로는 돌아갈 거야."

"네가 얼른 돌아오면 좋겠다. 블랑슈도 널 많이 보고 싶어 해."

요즘 들어 멍하게 있거나 한숨을 쉬는 일이 잦아진 블랑슈였다. 분명 베리테를 보고 싶어 하는 거겠지.

거울이 없었다면 나도 블랑슈도 상사병에 걸렸을 것 같다. 베리테가 침울한 얼굴이 되어 말했다.

"응, 나도 슈를 빨리 만나고 싶어. 최대한 빨리 돌아갈게. 나보다 장인어른이 먼저 도착할지도 모르겠지만."

세이블이 가져간 거울에는 통신뿐 아니라 이동 마법 또한 걸려 있었다. 거리가 너무 멀어서 한 번밖에 쓸 수는 없지만. 그래도 협정이 끝나면 곧바로 궁으로 돌아올 수 있으니 그저 고마웠다.

"아, 나 이제 슬슬 블랑슈랑 이야기하러 가 볼게. 괜찮지?"

"물론이지. 얼른 가봐! 세이블 소식 전해 줘서 고마워."

"그럼 이틀 뒤에 또 연락할게. 건강하게 있어, 장모님!"

그 말과 함께 베리테가 사라졌다. 짜식, 마음 같아서는 블랑슈랑만 이야기 나누고 싶을 텐데 장모라고 챙겨 주는구나.

나는 방금 전 들었던 세이블의 말을 떠올리곤 안도의 한숨을 내쉬었다. 곧 서부에 도착한다는 말만으로도 위안이 되었다. 협정이 무탈하게 끝나서 빨리 돌아오면 좋겠는데. 잘하면 사흘 안으로도 돌아오지 않을까?

조금만 참으면 되는데도 세이블이 너무나 보고 싶었다. 베리테를 통해 연락을 듣고는 있지만 그래도 직접 목소리를 듣고, 얼굴을 보고, 체온을 느끼고 싶다.

"란제리도 준비해 놨는데……."

클라라에게 슬쩍 부탁하자 그녀는 무척 신이 나서 온갖 란제리를 공수해 왔다. 세이블이 보면 좋아하려나. 크흠, 아직 봄인데 왜 이렇게 덥지. 나는 손부채를 부치며 시계를 힐끗 보았다.

오늘은 블랑슈의 새 옷이 완성되어서 시착을 하기로 했다. 지금은 베리테랑 이야기를 나누고 있겠지? 둘이서 어떤 이야기를 하고 있을지 참 궁금하지만, 엿들을 수는 없기에 참았다.

한 삼십 분쯤 뒤에 가면 되겠지. 그 사이 의상을 한 번 더 체크할까 하던 중, 노크 소리가 들려왔다.

"왕비님, 대신들이 알현을 요청합니다."

이런. 오늘은 또 무슨 일이지. 대신들의 방문이 달갑지는 않았지만 나는 목소리를 가다듬고 말했다.

"들라 하라."

허락과 함께 두 사람이 안으로 들어섰다. 그들은 가볍게 고개를 숙였다.

"왕비님, 평안하셨습니까."

안부를 묻는 것 치고는 꽤나 날이 서 있는 목소리였다. 왠지 느낌이 안 좋은데.

"그래. 덕분에. 그대들은 무슨 일로 왔는가?"

"다름이 아니라, 슬레비엔과의 교류를 재고해 주셨으면 하는 마음에 찾아왔습니다."

"왕비님, 어찌 유서 깊은 이 왕국에 이종족을 들이려 하십니까. 하루라도 빨리 그들을 제 고국으로 돌려보내 주십시오."

아, 또 이건가. 요즘 대신들이 날 찾아오는 이유는 대부분 요정과의 관계 때문이었다. 어제도, 그저께도 와서 똑같은 이야기만 하고 갔다. 사극에서 '통촉하여 주시옵소서'라고 쩌렁쩌렁하게 외치는 목소리가 들리는 듯하였다. 나는 두통을 느끼며 입을 열었다.

"그대들이 염려하는 이유는 잘 알고 있네. 요정들이 낯선 종족이니 불안해하는 마음은 이해하네. 하지만 그들과의 교류가 큰 이익을 가져다주지 않는가."

불만을 가진 대신들은 경제적인 이익을 짚어 주면 대부분 물러나곤 하였다. 이 두 사람은 아닌 것 같았지만.

"하지만 그들은 요정이지 않습니까. 요정들이 변덕스럽고 영악한 종족이라는 것은 잘 알려진 사실입니다."

이것도 어제 들은 이야기지.

옆에 서 있던 대신이 기다렸다는 듯이 말을 이어 갔다.

"그들은 우리를 파멸시키기 위해 주변 삼국에만 무기를 팔았습니다. 그런 자들이 우리를 이용하지 않을 리 없습니다."

"그것은 모든 외교 관계에 해당하는 말일세. 영원한 적도, 아군도 없지 않은가."

"요정은 다릅니다. 또한 그들이 궁에 머무르면서 기이한 일들이 일어나고 있습니다."

"기이한 일이라면?"

이건 처음 들어보는 이야기군. 대체 어디까지 트집을 잡는지 들어나 보자. 대신이 주먹을 꽉 쥔 채 말을 이어 갔다.

"근래 동물들이 죽어 나가는 일이 자주 발생하고 있습니다. 그리고 그 무렵 요정들이 우물가를 기웃거리는 걸 봤다는 이야기를 들었습니다."

동물들의 죽음. 아까까지와는 사뭇 다른 불길함이 내 목 언저리를 스치고 지나갔다.

"……그래서 하고 싶은 말이 뭔가?"

"요정들이 무슨 짓을 했을지도 모릅니다. 우물에 독을 풀었는지도 모르는 일이지요."

그들의 눈동자가 번들거리고 있었다. 여태껏 봐왔던 것보다 한층 더 강한 혐오. 평소와 같은 논리로 설득해 봐야 물러설 것 같지 않았다. 동물들이 죽은 것은 사실이니까.

그들은 노려보듯 나를 응시하고 있었다. 나는 머리를 차갑게 가라앉히려 애쓰며 말했다.

"확실한 증거는 있는가? 우물에 독을 탔는지 확인했나?"

"그런 것은 아닙니다만……."

"증거 없는 추측에 불과하지 않은가. 또한 그들이 왜 그런 짓을 하겠나? 그 나라의 왕자가 곧 블랑슈와 결혼할 텐데."

"요정들은 원래 그런 종족 아닙니까. 안에서부터 네르겐을 무너트려 집어삼킬지도 모르는 노릇……."

"그만."

나는 그 이상 말하지 말라는 의미로 한쪽 손을 들었다. 그들의 눈빛이 반항적으로 튀어 오르는 것이 보였다.

"확실치 않은 일로 그들을 몰아세우지 말게."

"전하, 왜 자꾸 이종족을 감싸십니까!"

"동물들이 죽는 건에 대해서는 따로 조사해 보겠네. 이만 물러가게."

이 이상 이야기를 나눠 봐야 현재로서는 진전이 없을 듯하였다. 차라리 동물들이 죽은 원인을 조사해서 객관적인 증거를 가져오는 게 낫지.

대신들이 숨을 씨근덕거리는 소리마저 들리는 듯하였다. 결국 아무 말 없이 떠나가긴 했지만, 온몸에서 불만이 흘러넘치고 있었다. 하아, 골치 아프게 됐네. 동물들이 죽다니. 대체 이게 무슨 일이람.

요정들이 범인일 거라는 생각은 하지 않는다. 단순한 사고라면 좋겠지만 누군가가 의도한 것이라면…….

우선은 시종을 불러 변사 사건에 대해 자세히 알아보라 명령했다.

"예. 알겠습니다. 블랑슈 공주님과의 약속은 어찌할까요?"

"그 일은 예정대로 하겠네."

일단 옷을 전달해 주고, 변사 사건에 관해서도 이야기하는 편이 좋을 것 같다. 조사하는 데에도 시간이 꽤 걸리겠지. 베리테와 이야기는 다 끝났으려나?

시녀들을 이끌고 블랑슈의 방으로 가보니 예상대로 블랑슈가 홀로 앉아 있었다.

"어마마마, 어서 오세요!"

"블랑슈. 베리테랑 이야기는 잘 나눴어요?"

"네, 네."

복숭아색으로 뺨을 물들인 채 웃는 블랑슈를 보니 마음 한구석이 따뜻해지는 동시에 씁쓸함이 찾아왔다. 두 아이의 결혼을 소리 높여 반대하던 대신들의 얼굴이 떠올랐기 때문이었다.

그런 여론을 블랑슈 역시 알고 있겠지. 가급적 그런 이야기는 안 들으면 좋겠는데. 나는 그런 마음을 감추며 입을 열었다.

"지난번에 만들어 주기로 했던 옷이 완성되어서요. 입어 볼래요?"

"네, 좋아요! 너무너무 기대돼요."

나 역시 기대되는 것은 마찬가지였다. 곧 클라라가 옷이 든 상자를 든 채 블랑슈와 탈의실로 향했다.

그래, 잠깐만 정무는 잊자. 슬레비엔의 옷을 입은 블랑슈는 얼마나 귀여우려나. 세이블이랑 베리테는 이 모습을 못 봐서 아쉬울 거다.

그렇게 즐거운 마음으로 블랑슈를 기다리던 중. 탈의실 문이 열리며 발랄한 목소리가 들려왔다.

"어마마마, 저 어때요?"

빼꼼히 모습을 드러낸 블랑슈를 보자 나도 모르게 탄성이 튀어나왔다.

"블랑슈, 잘 어울려요!"

블랑슈는 이제껏 봐온 것과는 조금 다른 모습으로 내 앞에 서 있었다.

무릎까지 내려오는 반바지에 리본 장식 부츠를 매치하여 활동적이면서도 사랑스러웠다. 슬레비엔 식으로 금속 장식을 달아 포인트를 주고, 서스펜더를 연결하니 꽤 근대적인 의상으로 보였다.

역시 귀여워! 바지 의상도 잘 어울릴 줄 알았다니까. 이날이 이렇게 빨리 올 줄이야. 흠. 이 복장에는 다른 헤어스타일이 더 잘 어울릴 것 같네. 나는 가만히 블랑슈를 불렀다.

"블랑슈, 잠깐 이리 와 봐요."

블랑슈가 순박한 얼굴로 내게 다가왔다. 나는 손목에 매고 있던 리본을 풀어 블랑슈의 머리카락을 높게 묶어 주었다. 긴 민트색 리본이 마치 꼬리 같았다. 말총머리가 기분 좋게 흔들리고, 블랑슈가 산뜻하게 웃으며 말했다.

"와, 감사해요. 마침 조금 더웠는데."

크윽, 미쳐 버리겠다. 우리 애 화보도 언젠가는 만들고 싶어! 분명 베스트셀러가 되겠지. 클라라 역시 손뼉을 치며 좋아했다.

"정말 잘 어울리세요, 공주님. 요정 복식도 이렇게 보니 무척 귀엽네요!"

"잘 어울리십니다, 공주님."

바지라고 해서 뜨악해하진 않을까 걱정했는데 슬레비엔의 옷이라 하니 거부감 없이 받아들이는 것 같았다. 나는 그 모습을 보며 흐뭇하게 웃다가 또 다른 옷 상자를 하나 집어 클라라에게 건넸다.

"아, 옷인가요? 블랑슈 공주님, 입으시는 걸 도와드릴게요."

"아냐. 이건 블랑슈 옷이 아니라, 너랑 노마 옷이야."

"네? 저희요?"

두 사람은 어리둥절한 듯 시선을 교환했다. 나는 고개를 끄덕이곤 두 사람을 탈의실 쪽으로 밀었다.

"지난번 머리카락을 준 보답이야. 얼른 입어 보고 와."

"이런 걸 받아도 될지……."

"당연히 되지. 마음에 들면 좋겠다."

노마와 클라라는 머뭇거리다가 고맙다는 듯 고개를 꾸벅 조아리곤 탈의실로 향했다.

내가 느끼는 고마움을 옷 한 벌로 표현하기에는 부족했다. 앞으로도 두 사람을 많이 도와줘야지. 다른 하녀랑 시녀들에게도 선물을 보내고.

잠시 후, 두 사람이 옷을 갈아입고 밖으로 나왔다. 블랑슈가 그 모습을 보고는 푸른 눈을 빛냈다.

"와, 너무 아름다워요! 이거 엠파이어 드레스죠? 그런데 뭔가가 조금…… 다른 것 같아요."

우리 딸은 눈썰미도 좋지. 나는 고개를 끄덕이곤 미소를 띤 채 말했다.

"맞아요. 바다 비단으로 만든 옷이라 그런가 봐요."

클라라와 노마가 입은 옷은 깊은 바닷속의 풍경처럼 짙은 남색과 청록색을 띠고 있었다. 바다 비단으로 만든 엠파이어 드레스 위로 망사 오버스커트를 더해, 기존의 스타일과 큰 차이점이 없도록 하였다.

엠파이어 드레스를 입은 게 처음이 아닐 텐데도 두 사람은 꽤 생경한 눈치였다.

"착용감은 어때? 불편하진 않아?"

나는 조마조마한 마음으로 물었다. 꽤 실험적인 옷이다 보니 마음에 들지 않을 확률이 높았기 때문이었다.

사실 바다 비단 같은 편물 원단으로 드레스를 만드는 경우는 드물었다. 특히 이런 고급 드레스의 경우에는 더더욱.

하지만 편물 원단 드레스가 존재하지 않는 것은 아니었다. 바다 비단이 저지 원단과 흡사하다는 것을 깨달았을 때, 내 머릿속에는 어떤 사람이 떠올랐었다.

저지 원단은 이름에서 알 수 있듯, 주로 운동복을 만드는 데 사용되는 소재였다. 개발된 당시에도 남성용 운동복이나 속옷을 만드는 데 사용됐다. 그리고 그 원단을 드레스에 사용하기 시작한 사람이 바로 코코 샤넬이었다.

의상에 대해 배우기 전. 나는 샤넬이라는 브랜드를 들으면 비싸다는 이미지, 그리고 허영이라는 단어를 떠올리곤 했었다. 그러나 코코 샤넬이라는 디자이너는 아름다움보다는 편리성을 먼저 생각하는 사람이었다.

전쟁으로 인해 여성들이 사회로 나오자 그녀는 그에 발맞추어 새로운 의상을 선보였다. 스커트에 실용적인 주머니를 달고, 움직이기 편하게 기장을 줄이고, 남성복의 요소를 차용하여 옷을 만들었다.

저지 드레스 역시 그러한 의도에서 만들어진 옷이었다. 신축성이 있고 가벼워서 아름다우면서도 편리한 의상이었다.

그러나 획기적인 것은 비난을 받기 쉽다. 두 사람이 받아들이지 못하더라도 어쩔 수 없는 일이었다.

과연 이 옷을 마음에 들어 할까? 나는 초조한 눈으로 노마와 클라라를 바라보았다. 잠시 후 그들의 목소리가 들려왔다.

"예쁜데 편하네요? 움직이기가 쉬워요!"

"그래? 다행이다. 노마는?"

"저도 마음에 듭니다. 가볍기도 하고요. 마법 같은 원단이네요."

혹 빈말을 하는 건 아닐까 싶었는데 표정을 보아하니 진심 같았다. 노마와 클라라가 몸을 이리저리 비틀어보고 옷을 매만져보았다. 마치 신기한 물건을 보는 듯이.

하아, 다행이다. 블랑슈 역시 감탄하는 눈으로 그들을 바라보고 있었다.

"옷이 정말 예뻐요! 부러워요, 노마, 클라라."

"공주님이 입으신 옷도 무척 멋지십니다. 저도 입어 보고 싶군요."

"저도 공주님 같은 옷 입어 보고 싶어요!"

클라라가 쾌활한 목소리로 말했다. 서로의 옷을 칭찬하고 부러워하는 그들을 보며 나는 이루 말할 수 없는 기쁨을 느꼈다. 단순히 내 옷이 인정받았기 때문만은 아니었다.

전쟁이 일어나야 여성들이 사회로 진출하고 편안한 옷들이 만들어지기 시작하겠지만, 나는 그런 방식을 원하지 않았다.

그러다 피를 흘리지 않고도 세상을 바꿀 수 있는 방법을 떠올리게 되었다. 블랑슈가 나를 바라보며 환하게 웃었다.

"어마마마, 저도 나중에 바다 비단으로 드레스 만들어 주세요!"

"물론이죠."

"왕비님, 실례가 안 된다면 저도 슬레비엔의 옷을 입어 보고 싶습니다."

"왕비님, 저도요!"

지금 여기 세 사람은 인어와 요정의 옷을 입은 채, 즐거운 듯이 대화하고 있었다. 어떠한 거리낌도 없이.

만약 이종족과 교류를 하고, 그들의 문화를 받아들인다면. 네르겐의 백성들이 인어와 요정의 옷을 입게 된다면.

남자가 치마를 입고, 여자가 바지를 입거나 발목을 드러내도 비난받지 않고 자유롭게 다닐 수 있지 않을까?

세 사람의 웃는 모습은 그 가능성을 확신으로 바꿔주고 있었다. 이종족의 옷을 입은 세 사람을 흐뭇하게 바라보던 중. 바깥에서 요란한 소리가 들려왔다. 마치 누군가가 심하게 다투는 듯하였다.

말다툼 정도가 아니라 몸싸움이 일어나는 것 같았다. 무슨 일인지 파악할 새도 없이 부서질 듯 문이 열렸다. 나는 반사적으로 블랑슈를 뒤로 숨겼다. 한 무리의 침입자가 우르르 안으로 쏟아 들어왔다.

낯선 군복을 입고 있는 자들이었다. 문 앞에 서 있던 경비병들이 제압을 당해 무릎을 꿇고 있는 것이 보였다. 입안이 바싹 말라 왔다. 하지만 약한 모습을 보일 수는 없었다. 나는 그들을 죽일 듯이 노려보며 소리쳤다.

"무엄하다! 이게 대체 무슨 짓이지?"

내 고함에 병사들이 잠시 움찔하였으나 물러서는 기색은 없었다. 세이블이 없는 이상 이 궁의 최고 권력자가 나임에도 불구하고. 노마와 클라라가 심하게 동요하고 있었다. 내 옷을 꽉 잡은 블랑슈의 떨림 역시 고스란히 느껴졌다. 나는 이를 악물었다.

"너희는 대체 누구지? 어찌 공주의 방에 허락도 없이 들어오느냐! 내 이 죄를 엄히 물어……!"

"내가 들어가도록 허락했다."

병사들의 뒤편에서 태연하고 우아한 목소리가 들려왔다. 어디선가 들어본 목소리. 병사들이 물러서며 길을 내주자 한 여인이 낭창낭창한 걸음으로 다가왔다.

대비였다. 그녀의 갑작스러운 등장에 나는 머리가 돌아가지 않았다.

"당신이 여기 왜……."

"세이블리안도 없는 이상 궁을 관리할 사람이 필요할 테니 내가 올라왔단다."

나를 향한 대비의 시선에는 예리한 경멸이 담겨 있었다. 처음 만났을 때와는 사뭇 다른 태도였다.

이제는 가식조차 떨지 않는가. 그 사실이 오히려 더욱 불안하여 나는 이를 악물고 대비를 노려보았다.

"전하께서는 대비 전하의 출입을 금하셨습니다. 또한 제가 국왕 대리를 맡아 궁을 관리하고 있습니다만."

"그래. 하지만 네가 그 직무를 맡을 자격이 있나?"

대비의 입가가 금이 가듯 비스듬하게 비틀리고, 그 입에서 조소를 가득 담은 말이 새어 나왔다.

"마녀 주제에."

마녀라는 단어가 화살처럼 날아와 가슴에 박혔다. 나는 부정하려 했지만 대비가 움직이는 게 더 빨랐다. 그녀가 서슴없이 다가와 내 손목을 꺾을 듯이 낚아챘다. 그와 동시에 찌르는 듯한 통증이 느껴졌다.

대비가 작은 단검으로 내 팔뚝을 찔렀다. 황급히 팔을 빼냈지만 붉은 피가 후드득 바닥으로 떨어져 내렸다.

"어마마마!"

"왕비님!"

오열하듯 부르는 목소리에도 대답할 수가 없었다. 고통 때문은 아니었다. 대비가 품에서 약병을 하나 꺼내는 것이 보였다.

크리스털 병 안에 투명한 액체가 담겨 있었다. 그녀가 천천히 병마개를 열었다.

"이건 마력의 색을 확인할 수 있는 시약이다. 마력을 가진 자의 피에 닿으면 색이 변하지."

대비는 천천히 시약을 바닥에 떨어트렸다. 나는 비명을 지르고 싶었다. 막고 싶었다. 하지만 막을 새도 없이 시약이 내 핏자국 위로 떨어졌다. 붉은 피가 순식간에 검은색으로 변했다.

눈앞이 새까맣게 물드는 것만 같았다. 절망 속에서 대비의 선명한 목소리가 들려왔다.

"확실해졌군."

그 의기양양한 목소리를 듣자 온몸의 피가 식는 것 같았다. 어느새 대신들까지 방으로 들어와 있었다. 그들이 술렁거리는 게 느껴졌다.

"역시 왕비가 마녀였어?"

"이제까지 우리는 왕비에게 놀아난 거야?"

아니라고, 이건 흉계라고 소리치려 했으나 어느새 대비의 사병으로 보이는 자들이 내 팔을 붙들고 있었다.

뒤늦게 달려온 왕궁 호위병은 황망한 얼굴로 나를 보고 있었다. 그들의 눈동자에서 짙은 배신감이 느껴졌다.

모두가 혼란에 빠진 와중 웃고 있는 사람은 대비뿐이었다. 그녀가 내 목에 칼을 박듯 또렷한 어조로 말했다.

"마녀 아비게일을 감옥에 가둬라."

◇

아비게일은 창문을 바라보고 있었다. 구멍이라는 표현이 더 잘 어울리는 초라한 창이었으나, 아비게일은 그마저도 감지덕지했다. 저 작은 구멍이 없었다면 이 감옥은 그저 암흑이었을 테니까.

한 조각의 햇빛이 너무도 감사했다. 바닥에는 한기를 막기 위해 깔아 둔 짚더미가 있었으나 그다지 도움은 되지 않았고, 쿰쿰한 냄새가 주위를 가득 채우고 있었다.

대비의 사병들에게 끌려와 이곳에 갇힌 지 얼마나 지났을까. 해가 뜨는 것을 두 번 보았으니 이틀이 지났을 터였다.

아비게일은 사람들을 설득하려 했지만 소용없었다. 그녀가 마녀라는 사실을 알게 되자 모두가 등을 돌렸다. 마법을 써서 대비를 제압했더라면 지금의 위기는 모면했겠지만, 그 뒤가 더 문제일터였다. 아비게일은 쭈그려 앉은 채 제 팔을 끌어안았다.

'괜찮아. 내가 검은 마력을 갖고 있다 한들, 감금이 고작일 거야.'

그녀는 그렇게 자신을 달랬다. 아무리 마녀일지언정 왕비를 그토록 쉬이 죽일 리 없다고.

일단 왜 이런 일이 일어났는지부터 파악해야 했다. 의아한 지점이 한두 군데가 아니었다.

'동물들이 죽었다는 것도 대비와 관련이 된 걸까? 요정들이 우물에 독을 풀었다는 소문도? 그리고 내 마력에 대해서는 어떻게 안 것일까.'

대비의 목적이 고작 자신을 폐위시키는 것만은 아닐 터였다. 애초에 대비는 섭정의 자리를 원하니까.

그렇다면 가장 위험한 사람은 세이블리안이었다. 그가 위험에 빠질지도 모른다는 생각을 하자 심장이 쪼개질 듯 아파 왔다.

그때, 위쪽에서 발소리가 들렸다. 아비게일은 흠칫 놀랐으나 이내 간수가 아님을 깨달았다. 작은 동물이 다가오는 것처럼 가벼운 발소리였다. 잠시 후, 로브를 쓴 누군가가 들어섰다. 블랑슈였다.

"어마마마!"

"블랑슈!"

블랑슈는 황급히 아비게일에게 달려왔다. 그러나 쇠창살이 모녀를 가로막고 있었다. 옷이 더러워지는 것도 아랑곳하지 않고 블랑슈가 감옥 앞에 털썩 주저앉았다.

"죄송해요. 더 빨리 오려고 했는데, 대비 전하가 감시를 하고 있어서 겨우 빠져나올 수 있었어요."

아비게일은 자신을 만나러 온 블랑슈가 반가웠으나 그보다 걱정이 앞섰다. 그녀가 다급히 말했다.

"그러면 위험한 거 아니에요, 블랑슈? 얼른 돌아가요."

"잠깐은 괜찮아요. 어마마마는 괜찮으세요? 어떻게 이런……."

블랑슈가 쇠창살을 꽉 쥔 채, 경악한 눈으로 주변을 바라보았다. 아무리 죄인이라 한들 왕족을 이런 곳에 가둘 수는 없었다. 최소한의 예우조차 없는 처우에 블랑슈가 울컥하여 말했다.

"어마마마가 마녀라니, 그럴 리가 없어요! 분명 무슨 오해가 있는 거예요."

그 말이 따끔하게 아비게일의 가슴 언저리를 찔렀다. 오해라면 참 좋을 텐데 안타깝게도 사실이었다.

아비게일은 차마 딸에게 자신이 마녀라고 말할 수 없었다. 만약

마녀임을 스스로 인정한다면 블랑슈마저 자신을 외면할까 봐 두려
웠다. 침묵하는 사이, 블랑슈가 우울한 목소리로 말을 이어 갔다.

"다들 어마마마가 마녀라고, 동물들을 죽인 것도 어마마마의 짓
이래요. 궁 안의 사람들을 죽이려다 실패한 거라고."

"……."

"대신들 중 다수가 대비 전하를 지지해요. 어마마마는 믿을 수가
없다고, 마녀가 이종족의 편을 든다고."

그 말은 아비게일에게 충격을 주기보다는 허무함을 안겨 주었다.
요정과의 교류를 찬성하는 자들도 있었는데 그들조차 등을 돌려버
리다니.

자신에게 검은색 마력이 있는 것이 잘못이었을까? 아니면 이종족
과의 교류를 추진한 것이 문제였을까?

블랑슈가 떨리는 목소리로 말했다.

"어, 어마마마를…… 화형, 시켜야 한다는 사람들도 있었어요."

자신이 갇혀 있던 이틀 동안 블랑슈 역시 고통스러운 시간을 보냈
을 터였다. 세이블리안도 베리테도 없이 이 아이 혼자서 얼마나 많
은 일들을 버텨 왔을까.

아비게일이 침묵하자 블랑슈는 더욱 초조해하는 기색이 되었다.
아이는 어머니의 손을 붙들고는 애원하듯 말했다.

"어마마마. 지금이라도 이종족과의 교류를 포기하세요! 그렇게
한다면 대신들도 어마마마를 지지해 줄 거예요!"

처절한 호소였다. 그 호소에 아비게일은 온몸이 굳어 버리는 것만
같았다. 블랑슈가 어떤 마음으로 저 이야기를 꺼냈을지 가늠이 되지
않았다.

"하지만 베리테는요?"

"어마마마가 죽으면 결혼해 봐야 아무 소용도 없어요!"

블랑슈의 얼굴에 이토록 절망적인 초조함이 서리는 것을 아비게일은 난생처음 보았다.

얼마나 두려울까. 얼마나 불안할까. 쇠창살을 부술 듯 그러쥔 여린 손의 떨림.

아비게일은 잠시 말이 없다가, 조심스레 블랑슈의 손 위로 손을 겹쳤다. 그녀는 힘겹게 말을 꺼냈다.

"블랑슈, 미안해요. 난 이종족과의 교류를 포기할 수 없어요."

블랑슈의 눈동자에 금이 가는 것만 같았다. 유리가 깨지고 물이 흘러넘치는 것처럼 슬픔이 새어 나올 것만 같았다.

평소라면 얌전히 고개를 끄덕였을 블랑슈였지만 지금 이 순간만큼은 어머니의 뜻을 따를 수 없었다.

블랑슈가 고개를 떨구었다. 어깨가 떨려 오는 가운데, 처절한 애원이 들려왔다.

"제발요, 엄마. 한 번만 물러서시면 되잖아요. 제발……. 제발 포기하세요. 제발 교류를 포기해 주세요. 왜 그렇게 고집하시는 거예요."

"블랑슈."

아비게일이 간신히 쇠창살 사이로 손을 뻗어 블랑슈의 뺨을 어루만졌다. 다정한 손길, 그리고 진중한 시선이었다.

"엄마는 물러설 수 없어."

그 또렷한 말에 블랑슈는 혼란과 절망을 동시에 느꼈다. 블랑슈가 깨질 듯이 떨며 입을 열었다.

"어째서요? 대체 왜……."

"예전에 블랑슈는 코르셋 때문에 식단 조절을 해야 했었지?"

다소 뜬금없는 이야기에 블랑슈는 의아한 얼굴이 되었다가 고개를 끄덕였다. 아비게일은 부드러운 어조로 말을 이어 갔다.

"엄마는 그게 참 싫었어. 블랑슈가 강제로 옷에 몸을 맞추는 것도 싫었고, 불편한 옷을 입는 것도 싫었어."

아비게일은 아름다운 옷을 만들고 싶은 동시에 편안한 옷을 만들고 싶었다. 하지만 아무리 자신이 새로운 옷을 만들어도 한계는 있었다. 전쟁처럼 큰 계기가 없는 이상 문화는 쉬이 바뀌지 않을 터였다.

그런 고민을 하던 중 찾아온 것이 바로 나디아와 베리테였다.

"엄마는 블랑슈가 슬레비옌의 옷을 입었을 때 참 기뻤어. 바다 비단으로 만든 옷을 갖고 싶다고 할 때도 기뻤단다."

자유를 추구하는 인어를 만나며 여러 사람이 변했고, 요정과 만나게 되자 또 다른 변화가 생겨나기 시작했다. 그것은 너무도 소중한 변화였다. 목숨을 걸어도 좋을 만큼 소중한 기회. 조금이라도 세상이 바뀔 수 있는 기회.

"블랑슈. 엄마는 블랑슈가 어떤 옷을 입든 비난받지 않는 세상을 원해."

너의 선택이 언제나 존중받을 수만 있다면. 언제나 네가 원하는 데로 살아갈 수만 있다면.

"블랑슈, 네게 더 나은 세상을 주고 싶어. 그러니까 엄마는 절대로 물러설 수 없어."

딸이 살아가는 이 세상이 조금이라도 더 나은 곳이 되기를 바랐다. 오로지 그것만이 아비게일의 소망이었다.

블랑슈는 눈을 크게 뜬 채, 아무런 말도 하지 못했다. 아비게일은 위로하듯 조곤조곤한 목소리로 말했다.

"괜찮을 거야. 다들 흥분해서 그렇지, 쉽게 화형을 시키거나 하진 않을 테니까. 그리고 곧 전하와 베리테도 돌아올 거잖니?"

"……."

"그러니까 너무 걱정하지 말렴, 블랑슈. 여기 생각보다 쾌적하기도 하고, 조금만 버티면 되니까. 알겠지?"

"……네. 엄마."

한참을 어른 끝에 블랑슈가 간신히 고개를 끄덕였다. 그때, 문 쪽에서 노마가 슬쩍 고개를 내밀었다.

"슬슬 간수가 돌아오고 있습니다. 가 보셔야 할 것 같아요."

아비게일은 천천히 손을 놓았다. 어쩐지 이 손을 놓으면 두 번 다시 잡을 수 없을 것 같은 불안감을 느끼면서도.

"클라라, 블랑슈를 잘 부탁할게."

"네, 왕비님."

클라라는 굳은 얼굴로 블랑슈의 어깨를 감싸 안았다. 블랑슈는 겨우겨우 아비게일의 손을 놓고 자리에서 일어났다.

"……오늘 베리테가 연락을 줄 테니까 얼른 돌아와 달라고 할게요. 어떻게든 도움을 줄 거예요."

"그래, 그동안 기다리고 있을게."

아비게일은 얼른 가라는 듯 눈짓을 보냈다. 자신은 정말 괜찮다는 듯이.

블랑슈는 가까스로 아비게일을 뒤로한 채 감옥을 빠져나왔다. 뺨에 와 닿는 바람이 봄답지 않게 서늘했다.

제 방으로 돌아오는 길. 블랑슈의 얼굴에는 평소와 다른 비장함이 어려 있었다.

'어마마마가 내게 더 나은 세상을 주고 싶다고 하셨어.'

내게 세상을 주고 싶다니. 그토록 큰 사랑이라니. 그 사랑에 어떻게 보답해야 할지 알 수 없었다.

하지만 아비게일이 자신에게 더 나은 세상을 주기로 결심했다면, 블랑슈는 온 힘을 다해 어머니를 돕고 싶었다.

'일단 베리테랑 연락을 해야 해.'

베리테 쪽에서 일방적으로 연락을 주는 구조라 기다려야 했지만, 다행히 오늘 밤이 연락 날짜였다.

'몇 시간만 기다리면 돼. 그 사이 조금이라도 대신들을 설득하면……'

어떻게 설득하면 좋을까 고민하며 방으로 들어서던 중, 무언가가 잘그락 소리를 내며 밟혔다. 깨진 뼈가 밟히는 듯한 소리였다. 발아래를 내려다보니 그것은 유리 조각이었다.

아니, 거울이었다. 거울이 수십 조각으로 깨져 바닥을 뒤덮고 있었다. 블랑슈의 당황한 얼굴이 거울 조각에 환영처럼 반사되었다. 놀라 주위를 돌아보니 방 안의 거울이 모두 깨져 있었다. 블랑슈가 희끗희끗해진 얼굴로 뒷걸음질을 쳤다.

'대체 누가 이런 짓을 한 거지? 베리테의 거울은 무사할까?'

베리테의 거울이 깨졌다면 모든 것이 물거품이었다.

블랑슈가 다급히 발을 내디디려는 순간, 무언가가 거칠게 자신의 입을 틀어막았다. 축축한 천의 감촉. 그리고 독한 약 냄새.

반항할 사이도 없었다. 블랑슈의 작은 몸이 축 늘어지자, 갈색 머리카락을 한 누군가가 빙긋이 웃었다.

◇

블랑슈와 시녀들이 떠나자 지하 감옥의 공기가 더욱 무겁게 가라앉은 듯하였다. 창으로 들어오던 햇빛이 석양으로 물들더니 어느새 희뿌연 달빛이 간신히 문턱을 비추고 있었다.

아, 하루가 이렇게 길었던가. 나는 차가운 벽에 등을 기댄 채 멍하게 허공을 바라보고 있었다. 블랑슈와 다른 사람들 앞에서는 센 척했지만, 솔직히 좀 무섭긴 했다. 전생에도 경찰서 한 번 간 적 없었는데 이렇게 감옥에 갇히다니.

그래도 이제 곧 나갈 수 있겠지. 베리테랑 연락이 되면 세이블도 돌아오고 해결 방법도 찾을 수 있을 것이다.

세이블은 잘 지내고 있을까? 그의 목소리가 너무도 그리웠다. 베리테와 연락이 닿으면 세이블과도 이야기할 수 있겠지.

시간이 너무나 더디게 흘러가는 것 같았다. 몇 시쯤 되었을까? 구름이 달을 가렸는지 감옥 안이 조금 더 어두워졌다.

그때 철컹, 하고 문이 열리는 소리가 들렸다. 황급히 뒤를 돌아보자 아쉽게도 간수였다.

"……드십시오."

희미한 경멸이 배어 있는 목소리를 모른 척했다. 간수는 허름한 쟁반을 내 앞에 내려놓고는 밖으로 나갔다. 빵과 치즈 한 조각, 스튜 한 그릇이 덩그러니 놓인 채였다. 딱히 먹고 싶은 마음이 없어 쟁반을 슬그머니 옆으로 밀었다.

그러던 중, 뭔가가 잘그락대는 소리가 들렸다. 자세히 보니 스튜 그릇 아래에 종이와 열쇠가 깔려 있었다. 이게 뭔가 싶어 종이를 집어 들자, 그사이에 끼워 둔 무언가가 툭 떨어졌다.

손가락 한 마디 정도 되는 검은색 머리카락이 짧은 리본에 묶여 있었다. 민트색 리본. 내가 블랑슈에게 준 리본이었다.

상황 파악이 되지 않았다. 나는 덜덜 떨리는 손으로 쪽지를 집어 읽었다. 거기에 적힌 모든 문장들이 내 숨통을 조였다.

[블랑슈 공주를 데리고 있습니다. 공주를 구하고 싶다면 내가 지정한 장소로 오늘 자정까지 오십시오. 이 사실을 남에게 알리거나 혼자 오지 않는다면 공주를 죽이겠습니다.]

블랑슈를, 죽이겠다.

그 문장을 삼킬 수 없었다. 머릿속이 엉킨 실타래 같았다. 제대로 사고가 흘러가지 않았다.

누가 보냈지? 목적은? 왜 나를? 왜 블랑슈를?

혼란스러움에 머리가 돌아가지 않는 가운데, 한 가지 사실만이 또렷하게 정돈이 되었다.

이것은 함정이다.

범인은 내가 스스로 탈옥하기를 유도하고 있었다. 탈옥하는 것은 나의 유죄를 스스로 입증하는 꼴밖에 안 된다. 그리고 만약 블랑슈가 납치된 것이 아니라면?

더 최악이다. 범인의 뜻대로 함정에 빠져주는 꼴이었다.

이제 곧 베리테와 세이블도 돌아올 테니 이곳을 빠져나가 봐야 자충수밖에 되지 않았다. 기다리는 것이 현명한 일이었다. 이 머리카락이 블랑슈의 것이 아닐지도 모른다. 공주를 그렇게 쉽게 납치할 수 있을 리가 없지 않은가.

······하지만 정말로 만약, 블랑슈가 납치된 것이라면?

함정이라도 가야 했다. 만에 하나라도 블랑슈가 정말로 위험에 처했다면 기필코 구하러 가야 했다. 망설일 시간이 없었다. 이 종이에 어떤 마법적인 장치를 해 둔 모양인지, 글씨가 조금씩 희미해져 갔다.

범인이 지정한 장소는 왕궁에서 조금 떨어진 숲이었다. 마차를 타고 간다면 금방일 테지만 지금 그런 호사를 누릴 수는 없었다.

걸어가면 얼마나 걸릴까? 자정까지 도착할 수 있을까?

……생각하는 대신 움직이기로 했다. 열쇠 구멍에 열쇠를 밀어 넣자 육중한 문이 조용히 열렸다. 망을 보는 사람도 보이지 않았다.

대놓고 마련해 준 탈출로에 헛웃음이 날 지경이었다. 누가 이런 짓을 벌인 걸까? 대비일까?

대비라면 블랑슈를 충분히 해할 수 있다. 그녀의 목적이 왕권이라면 계승자인 블랑슈는 방해일뿐이니까.

감옥을 빠져나오자 손톱만 한 상현달이 밤길을 비춰 주고 있었다. 제발 블랑슈, 무사히 있어 줘. 나는 이를 악물고 밤공기를 가르며 달려 나갔다. 바람이 스산했다.

블랑슈는 어둠 속을 바라보고 있었다. 주위에서 낯선 냄새가 풍겨 왔다. 퀴퀴한 나무 냄새. 풀 냄새도 조금 나는 걸 보니 확실히 궁전은 아니었다. 어둠에 눈이 익숙해지니 간신히 주위를 구별할 수 있었다. 작은 오두막 같았다.

머리가 몽롱하고 지끈거렸다. 정신을 차린 지 고작해야 몇 분 정도밖에 되지 않았다.

'여긴 어디지? 누가 날⋯⋯ 납치한 건가?'

자신의 입을 틀어막던 사람의 얼굴을 떠올려보려 했지만, 머리만 아파 왔다. 그나마 묶인 곳이나 다친 곳이 없는 게 다행이었다.

얼른 이곳을 빠져나가야겠다는 생각을 하던 중, 밤바람과 함께 옅은 어둠이 쏟아져 들어왔다. 문이 소리 없이 열리고 누군가가 들어와 있었다. 어둠 속에서 목소리가 들려왔다.

"블랑슈 공주님. 괜찮으십니까?"

귀에 익은 목소리에 놀랄 틈도 없이 상대방의 얼굴이 보였다. 블랑슈는 얼굴이 하얗게 질려 더듬더듬 말을 꺼냈다.

"기, 드온 궁정악사⋯⋯. 분명히 죽었다고⋯⋯."

"예, 죽은 척을 하고 있었죠."

그는 반가운 듯이 말했다. 적의는 느껴지지 않았으나 블랑슈는 몸이 떨리는 것을 막을 수 없었다.

"다, 당신이 날 여기로 납치한 건가요?"

"납치라니요. 그런 것이 아닙니다."

기드온은 충격받은 듯한 얼굴을 하고 있었다. 얼핏 보기에 그는 꽤 충성스러운 신하 같아 보였다.

"과격한 방법으로 공주님을 모셔 온 것은 죄송합니다. 설명할 여유가 없어 그랬습니다. 공주님의 안전이 가장 중요했으니까요."

"⋯⋯내 안전이요?"

그는 고개를 끄덕인 뒤, 슬픈 듯한 눈빛으로 말을 이어 갔다.

"제가 죽은 척을 했던 건 왕비의 음모를 알게 되었기 때문입니다. 왕비는 블랑슈 공주님을 죽이고, 그 심장을 빼내 저주의 재료로 사용할 기회를 노리고 있었죠."

『백설공주』의 왕비가 그러했던 것처럼. 사냥꾼에게 공주의 심장을 가져오라 했던 것처럼. 그리고 그 사냥꾼이 공주를 가엾게 여겨, 그녀를 자유롭게 놓아주었던 것처럼.

기드온은 선량한 사냥꾼의 행세를 하고 있었다.

"그 사실을 알게 된 왕비가 저를 해하려 했기에 죽은 척을 하고 있었으나, 단 한 순간도 공주님의 안위를 걱정하지 않은 적이 없었습니다."

거짓말처럼 들리지는 않았다. 그는 뛰어난 배우였고 오랫동안 이 역할을 준비해 오고 있었다. 그는 블랑슈를 향해 애처로이 말했다.

"세이블리안 전하가 자리를 비운 사이, 공주님을 죽이려 했기에 제가 먼저 모셔 온 겁니다."

"그럴 리가 없어요!"

"사실입니다. 공주님께서도 왕비의 피를 보지 않으셨습니까? 그 사악하고 검은 피 말입니다."

그 말에 블랑슈의 가슴이 덜컥 소리를 내며 무너지는 것만 같았다. 분명히 그 색깔을 보았다. 잉크처럼 검게 물들어 가던 피. 검은 마력을 지닌 자들이 수많은 인간을 해하고, 나라를 멸망케 했다는 글귀들이 머릿속을 스치고 지나갔다.

기드온은 블랑슈의 침묵을 가만히 지켜보다 미소 지었다. 마치 소녀를 달래려는 듯이.

"충격이 크심을 압니다. 그동안 속아 오셨으니 말입니다. 하지만 저를 믿어 주세요. 왕비는 공주님을……."

"기드온 궁정 악사."

블랑슈가 차분하게 말을 끊고는 고개를 들었다. 두 눈동자가 푸른 불길처럼 분노를 품고 일렁거리고 있었다.

"어마마마를 모욕하지 마세요."

예상치 못한 말에 기드온은 당황한 기색이 역력했다. 블랑슈가 새파란 눈으로 그를 직시하며 명령했다.

"저를 본궁으로 데려가세요."

"블랑슈 공주님, 지금은 좀 곤란……."

"네르겐의 왕위 계승자인 블랑슈 프리드킨이 명합니다. 지금 당장 나를 본궁으로 데려가세요. 당장!"

이제껏 토끼 같기만 했던 아이가 작은 맹수처럼 노기를 표하고 있었다. 그 기세에 기드온마저 움찔할 정도였다. 하지만 결국 그는 성인 남성이며, 눈앞에 있는 것은 어린 여자애일 뿐이었다.

그가 블랑슈의 손목을 덥석 잡았다. 그리고는 오두막 안쪽으로 강제로 끌고 가기 시작했다.

"공주님, 아직 어리셔서 뭘 모르시는 겁니다. 제가 공주님을 보호해 드리겠다고요."

"난 당신의 보호는 필요하지 않아! 이거 놔!"

"정말 순진하시……. 윽!"

블랑슈가 있는 힘껏 기드온의 손을 깨물었다. 그가 놀라 블랑슈를 떨쳐내자, 아이는 있는 힘껏 도망치기 시작했다.

"젠장, 거기 서지 못해!"

따라가려 했으나 방 안의 가구들에 다리가 걸렸다. 그 사이 블랑슈는 사력을 다해 도망갔다.

한참을 뛰고, 뛰고, 뛰었다. 정신없이 달리던 블랑슈는 결국 녹초가 되어 풀썩 주저앉았다. 심장이 터질 듯이 뛰고 입안에 쇠 비린내가 가득했다.

'빠져나온 걸까? 여긴 어디지?'

기드온의 발소리는 들리지 않았다. 슬레비옌의 옷을 입은 덕에 뛰기가 수월한 것이 다행이었다.

탈출한 것까지는 좋았지만 어느새 깊은 숲속에 들어와 있었다. 바람이 나무를 스치고 지나가는 소리가 마치 벌레의 날갯짓 소리 같았다. 숲은 두려움과 어둠으로 가득했다.

기드온이 사라지자 또 다른 공포가 블랑슈를 찾아왔다. 블랑슈의 몸이 덜덜 떨려 왔다. 두려운 눈으로 주위를 둘러보던 중, 어둠 속에 기괴한 빛 한 쌍이 떠 있는 것을 보았다.

어느샌가 흉흉한 안광 수십 개가 블랑슈를 바라보고 있었다. 위협적인 울음소리가 사위를 가득 채우기 시작하자 블랑슈의 얼굴이 하얗게 질렸다.

"공주님은 찾았나? 왕비는?"

"두 분 모두 보이지 않습니다!"

불길이 숲의 어둠을 집어삼키고 있었다. 횃불을 든 병사들이 바쁘게 숲을 돌아다니며 고래고래 블랑슈의 이름을 부르고 있었다.

"제길, 왕비가 공주님을 납치하다니!"

"마녀는 어린아이의 간을 빼먹는다던데."

"얼른 공주님을 찾아야만 해!"

왕비가 탈옥한 지 얼마 되지 않아, 블랑슈 공주가 사라졌다는 사실이 온 궁에 알려졌다. 공주를 모시던 시녀는 기절한 채로 발견됐다. 가까스로 정신을 차린 시녀는 아비게일이 블랑슈를 납치해 도주했다고 증언했다.

"이쪽 방향으로 왔다고 했는데……."

"반드시 공주님을 찾아야 한다!"

수색대가 든 횃불은 마치 마녀의 화형대를 태우는 불길처럼 일렁이고 있었다. 그리고 조금 떨어진 공터에서 기드온이 그 모습을 지켜보고 있었다.

블랑슈에게 물린 손등이 아직도 시큰거리고 있었다. 그 얌전하던 공주가 그토록 반항할 줄은 몰랐다.

'내 말을 믿지 않을 줄이야.'

내심 동화 속의 이야기처럼 흘러갈 줄 알았는데 또다시 착오가 발생하고 말았다. 하지만 결말은 반드시 원작처럼 이루어져야 했다. 그러기 위해서는 마녀가 필요했다.

그는 하늘을 올려다보았다. 달의 위치를 보아하니 자정이 가까워져 오고 있었다. 무대는 갖추어졌고, 이제 배우만 모이면 된다. 자신은 사냥꾼인 동시에 왕자일 터였고, 왕비는…….

"기드온 매클라우드!"

그때, 악에 받친 목소리가 밤공기를 찢었다. 뒤를 돌아보고 기드온은 웃었다. 거기에 마지막 배우가 도착해 있었다.

감옥을 탈출해 맨몸으로 숲을 헤치고 오느라 아비게일은 엉망진창이 되어 있었다. 나뭇가지와 풀에 긁힌 상처가 온몸에 가득했고, 머리는 산발에 발에는 피가 배어 나오고 있었다.

누가 블랑슈를 납치했는지, 무슨 목적인지도 모른 채 걸었다. 그리고 기드온을 본 순간, 그녀는 본능처럼 깨달을 수 있었다.

보라색 눈동자가 지옥의 불길처럼 번뜩였다. 아비게일은 두 눈을 격노로 불태우며 소리쳤다.

"내 딸 어딨어!"

그녀의 온몸에서 마력이 흘러넘치고 있었다. 마치 수문이 열리고 물이 터져 나오는 것처럼.

마력 때문인지 연기를 들이마신 듯 숨이 막혀 왔으나 기드온은 태연하게 입을 벌렸다.

"글쎄? 그건 당신이 알고 있겠지. 블랑슈를 납치한 사람은 당신이니까."

"헛소리하지 마. 블랑슈는 어떻게 됐지? 그 애한테 손 하나라도 댔어 봐, 죽여 버릴 거야."

"아직은 손대지 않았어."

아직은.

그 말에 아비게일의 마력이 더욱 거세게 흘러넘쳤다. 살을 에는 듯한 증오였다. 그럼에도 기드온은 계속해서 혓바닥을 놀리고 있었다.

"하지만 이제 해치워야지. 나의 백설공주가 될 수는 없으니까."

"너…… 설마…….."

아비게일을 보며 기드온은 히죽 웃었다.

"그래. 나도 너와 같은 빙의자야."

그가 연주하던 선율들이 머릿속을 맴도는 것 같았다. 아비게일이 주먹을 그러쥐자 손톱이 파고들어 피가 날 지경이었다.

"당신 목적이 대체 뭐야. 설마 블랑슈를……?"

"그래. 결혼하려고 했지. 당신만 없었다면 진작 신방을 차렸을 텐데."

구역질이 날 것만 같았다. 신방이라고? 그 어린애를 데리고 결혼을 하겠다고? 아비게일이 피를 토하듯 악을 질렀다.

"당신이 무슨 짓을 하려는 건지 알기나 해? 대체 왜 그 죄 없는 아이를 괴롭히는 거야!"

"해피 엔딩을 위해서."

창백한 달빛이 기드온의 얼굴에 드리워졌다. 그의 얼굴에서 미소는 어느새 사라지고 없었다. 고요한 광기만이 스며 있을 뿐.

"백설공주는 왕자와 결혼하는 게 행복해지는 길이잖아. 그래서 내가 그 역할을 하려고 했을 뿐인데, 뭐가 문제야?"

황망했고, 어이가 없었으며, 이내 분노가 찾아왔다. 아비게일의 목덜미에 핏줄이 섰다.

"하지만 생각이 좀 바뀌었어. 너와 블랑슈를 죽이고, 대비에게 한 자리를 받는 게 나을 것 같군."

그의 얼굴에 미소가 돌아와 있었다. 기드온이 슬금슬금 뒤로 물러나며 말했다.

"난 이제 블랑슈를 죽이러 갈 거야. 시체는 유리관에 넣어서 보내주도록 하지."

그 말에 아비게일의 이성이 끊겨 나갔다. 증오로 인해 마력이 증폭되자, 피가 검게 물들어 갔다. 마력 때문에 허공마저 일그러지는 것처럼 보였다.

아비게일이 기드온에게 달려들려는 순간, 고함 소리가 들려왔다.

"왕비를 찾았다! 왕비가 여기에 있다!"

어느샌가 수색대가 지척까지 다가와 있었다. 그들은 헐레벌떡 공터로 달려왔으나 아비게일을 보고는 그대로 굳어 버리고 말았다.

피가 마력과 같은 색으로 물들자 혈관도 검은빛을 띠고 있었다. 온몸에 검은 나뭇가지가 뻗어 나간 것만 같았다. 흰자위 역시 검게 물들었고, 긴 은발이 유령처럼 흩날렸다. 그 모습은 영락없는 미치광이 마녀였다.

"마, 마녀다! 왕비가 진짜 마녀였어!"

"당장 제압해라!"

수색대가 우르르 달려들어 당황한 아비게일을 붙들었다. 그녀는 몸을 뒤틀며 안간힘을 다해 소리쳤다.

"놔! 내가 아니야! 기드온 매클라우드가 블랑슈를 납치했어! 그 아이를 죽이려 하고 있다고!"

그러나 그들은 아랑곳하지 않는 기색이었다. 아비게일의 목소리가 들리지 않기라도 하는 듯.

어느샌가 기드온은 수색대의 뒤에 숨어 있었다. 몇 병사가 그를 보호하듯 감싸는 게 보였다.

눈이 마주치자 그는 음험하게 웃었다. 이대로라면 정말 블랑슈가 죽을 수도 있었다. 잡혀서 끌려가더라도 기드온만은 저지해야 했다. 블랑슈를 구해야 했다.

그녀는 이를 악물고 마력을 독으로 변환시켰다. 그러자 발치의 풀들이 순식간에 말라붙고, 그 독기에 수색대가 목을 부여잡고 쓰러졌다. 죽을 정도의 독은 아니었다. 잠시 기절을 할 뿐.

하지만 수색대의 분노는 더욱 거세졌다. 일제히 칼을 뽑자 쇳소리가 요란하게 울려 퍼졌다.

"마녀가 사람을 죽였다!"

"당장 왕비를 죽여야 해!"

"아니야, 다들 죽지 않았어! 날 믿어줘! 제발, 제발 블랑슈를 구해 줘!"

아비게일의 울부짖음이 허무하게 허공에 흩뿌려졌다. 아무도 듣지 않는 애원이었다.

그녀는 이를 악물고 병사들을 기절시켰다. 죽이지 않도록 조절을 하는 것이 생각보다 어려웠다. 병사들은 그 틈을 놓치지 않았다. 칼날이 아비게일의 몸을 스치고 지나갈 때마다 옷은 점점 붉게 물들었다.

수색대를 절반도 채 쓰러트리기 전에 한계가 찾아왔다. 아비게일이 부스러지듯 쓰러졌다. 피를 너무 많이 흘린 탓이었다. 온몸이 피투성이가 된 채로 헐떡거리며 숨을 내뱉는 것이 고작이었다.

칼을 든 병사가 다가오는 것이 보였다. 아비게일은 멍하게 그것을 올려다보고 있었다. 죽는 것은 두렵지 않았다. 다만 세이블리안이 보고 싶었다. 블랑슈가 걱정되었다.

그녀는 입술을 질끈 깨물었다. 블랑슈가 환하게 웃는 얼굴이 환영처럼 스쳐 지나갔다.

내 아이.

내 딸.

블랑슈, 너에게 더 나은 세상을 주고 싶었는데.

아비게일이 눈꺼풀이 힘없이 무너짐과 동시에 병사가 칼을 높이 쳐들었다. 그녀의 가슴 위로 시퍼런 칼날이 내리꽂히려던 찰나.

병사의 새된 비명이 들려와 아비게일은 간신히 눈을 떴다. 회색빛의 거대한 무언가가 병사를 짓누르고 있었다.

"늑대다! 다들 뒤로 물러서!"

숲 안쪽에서 늑대들이 불덩이처럼 뛰쳐나오고 있었다. 십 수 마리는 족히 되는 수가 병사들을 덮치기 시작했다. 당황한 수색대의 고함이 들려왔다. 그 사이로 늑대 한 마리가 아비게일의 앞으로 달려왔다.

누군가가 늑대 위에 기수처럼 앉아 있었다. 마치 기사와도 같은 뒷모습이었다. 높게 묶은 흑발이 망토처럼 흩날렸다.

블랑슈였다. 영하의 온도를 가진 벽안이 어둠 속에서 번뜩였다. 공주는 이를 악물고 사람들을 향해 소리쳤다.

"우리 어머니한테서 다들 떨어져!"

그 외침에 모두가 블랑슈를 바라보았다. 늑대만으로도 정신이 없던 수색대는 더욱 큰 혼란에 빠져 굳어 있었다.

"공주님?"

"공주님이 대체 왜……?"

"왕비가 납치한 거 아니었어?"

동요와 함께 아비게일을 향했던 살의가 조금씩 가라앉는 게 느껴졌다.

블랑슈는 훌쩍 뛰어내려 아비게일에게 다가갔다. 그러나 달빛에 드러난 아비게일의 얼굴을 본 순간. 흠칫 놀라 멈춰 서고 말았다.

온몸에 검은 혈관이 비치고 있고, 피투성이가 된 모습이었다. 거울을 보지 않아도 자신이 얼마나 흉측할지 아비게일은 알 수 있었다.

아비게일은 고개를 떨구었다. 블랑슈에게는 끝까지 좋은 사람으로 남고 싶었는데, 결국 들키고 말았다. 자신이 마녀라는 사실을.

사랑하는 딸이 왔음에도 그녀는 껴안아 줄 수 없었다. 아비게일은 판결을 기다리는 죄인처럼 흰 머리카락을 늘어트린 채 숨을 죽이고 있을 뿐이었다.

싸늘한 정적이 귓가를 울렸다. 영원 같은 고요가 이어지던 중, 블랑슈가 발을 옮기는 소리가 들려왔다.

떠나는 모양이었다. 외면하는 것이 당연했다. 자신은 마녀니까.

슬프지 않다면 거짓말이었지만 블랑슈가 무사하다는 기쁨이 더 컸다. 차라리 자신과 연관되지 않는 편이 나았다. 마녀인 계모는 분명 벌을 받을 테니까.

그렇게 생각하며 두 눈을 질끈 감은 순간. 아비게일의 몸에 무언가가 닿았다.

따스한 체온이었다.

"엄마, 블랑슈가 왔어요."

아비게일이 놀라 얼굴을 들었다. 블랑슈가 온 힘을 다해 아비게일을 끌어안고 있었다. 블랑슈의 손이 떨리고 있었다. 그 떨림은 배신감이나 공포 따위가 아니었다.

넝마가 된 아비게일을 보고 블랑슈가 느끼는 감정은 오로지 슬픔과 분노뿐이었다. 아비게일은 조심스레 블랑슈의 몸을 살폈다.

"블랑슈……. 다친 데 없지?"

피투성이가 되었어도 그녀의 걱정은 오로지 블랑슈뿐이었다. 자신의 고통 따위는 블랑슈를 본 순간 사라진 지 오래였다.

"저는 하나도 안 다쳤어요. 엄마가, 엄마가……."

블랑슈가 흐느끼며 아비게일을 끌어안았다. 수색대는 그 모습을 얼떨떨하게 지켜보고 있을 뿐이었다.

늑대들이 수색대를 물지 않고 그저 몸으로 제압을 하고 있었기에 더 이상의 전투도 없었다. 기드온이 이를 갈며 수색대를 노려보았다.

'지금 저 여자를 죽여야 하는데, 다들 뭐 하는 거지? 이럴 순 없어. 이 기회를 놓치면……!'

기드온은 단검을 빼 들었다. 그리고 모두가 멍하게 모녀를 바라보는 사이, 근처에 있는 늑대에게 다가가 그 목덜미를 냅다 찔렀다.

고통에 늑대가 울부짖으며 온몸을 비틀었다. 늑대 아래에 깔려 있던 병사가 비명을 지르자 기드온이 버럭 소리쳤다.

"공주도 마녀다! 공주가 늑대를 조종해서 우리를 죽이러 왔어!"

순식간에 피비린내가 퍼지며 모두의 눈에 광기가 돌아왔다. 피 냄새에 늑대들이 이빨을 드러내고 달려들자 병사들 역시 고함을 지르며 칼을 휘둘렀다.

"안 돼! 얘들아, 그만둬!"

블랑슈의 외침이 들려왔으나 늑대들은 본능을 이길 수 없었다. 서로를 물어뜯고 찌르는 와중 비명만이 선연하게 울려 퍼졌다.

악몽 같은 밤이었다. 이대로라면 모두가 죽을 것이었다. 아비게일은 고통을 삼키며, 있는 힘을 짜내 마지막 마력을 방출했다.

검은 연기가 순식간에 주변을 집어삼키자 서로 죽일 듯이 싸우던 인간과 늑대들이 독에 취해 정신을 잃었다. 더 이상 쇳소리도, 짐승의 울음소리도 없었다. 주위가 잠잠해지자 아비게일이 털썩 쓰러졌다.

"엄마, 엄마……!"

블랑슈가 다급히 아비게일을 일으키려 했다. 그때, 피 냄새가 감도는 고요 사이로 사박거리는 발소리가 들려왔다. 기드온이었다. 맨 뒤에 숨어 있던 덕에 간신히 마력을 피할 수 있었다.

그가 절뚝이며 아비게일에게 다가왔다. 단검에는 아직 식지 않은 늑대의 피가 묻어 있었다. 달려드는 블랑슈를 붙잡아 끌어내고, 기드온은 아비게일의 멱살을 잡아 끌어올렸다.

"고맙군, 너와 공주가 마녀인 건 모두가 보았어. 이대로 죽어도 아무도 뭐라 하지 않겠군."

"죽여······ 버릴 거야······."

"죽여?"

그가 웃기지도 않는다는 듯 입술을 씰룩였다. 기드온의 두 눈동자가 희열과 광기로 뒤범벅이 되어 마치 극채색과 같았다.

"넌 날 죽일 수 없어. 지금 숨만 쉬는 게 고작인 주제에."

그의 목소리에 오랜 시간 쌓여 온 증오가 배어 있었다. 기드온이 단검을 아비게일의 목에 들이대며 말했다.

"나를 잘도 방해했겠다. 이제 네 딸이 죽는 꼴을 지켜보기나 해. 그다음에는 너를······!"

그는 미친 듯이 웃다가 이내 비명을 내질렀다. 아비게일은 그의 어깻죽지를 관통한 칼날이 번뜩이는 것을 보았다.

기드온의 등 뒤에 세이블리안이 서 있었다. 그의 잇새로 살기 어린 숨소리가 터져 나오고, 푸른 눈동자가 핏빛으로 보일 만큼 살벌하게 타올랐다.

"감히 내 아내와 딸에게 손을 대?"

아비게일은 죽기 전 환상이라도 보는 것인가 싶었다. 하지만 헛것이라기엔 세이블리안에게서 흘러넘치는 독기가 불꽃처럼 뜨거웠다. 얼마나 사력을 다해 뛰어왔는지, 헐떡거리는 숨소리가 거칠게 터져 나오고 있었다. 언제나 냉정함을 유지하던 얼굴이 땀에 젖은 채였다.

그 사이 여러 사람이 몰려오는 것이 보였다. 인간과 요정이었다. 베리테가 다급히 달려와 쓰러진 블랑슈를 일으켜 세웠다.

"블랑슈, 괜찮아?"

"베리테. 어떻게 여기에……."

"연락이 안 돼서 왔어. 무슨 일이 있는 것 같아서."

기드온은 방 안쪽에 숨겨 둔 베리테의 거울을 찾아내지 못했다. 그것이 불행 중 다행이었다.

약속한 시각이 되었음에도 블랑슈가 거울 앞에 없자, 베리테는 뭔가가 잘못된 것을 직감할 수 있었다. 세이블리안이 협정을 끝내고 궁으로 돌아온 것도 비슷한 시각이었다. 두 사람은 아비게일과 블랑슈의 이야기를 듣고 궁과 그 일대를 쥐 잡듯이 수색했다.

세이블리안은 기드온을 뜯어내듯 끌어내어 바닥에 내던졌다. 그리고는 망설임 없이 그를 찌르려 하는 찰나.

"아바마마, 안 돼요!"

베리테의 부축을 받고 일어난 블랑슈가 다급히 외쳤다. 세이블리안이 고요히 제 딸을 돌아보았다.

냉랭한 침묵이 오갔다. 왕과 공주가 대치하는 상황이 오자, 피를 흘리며 신음하던 기드온의 눈동자에 희망이 깃들었다. 혹 살 수 있을지도 모른다는 희망.

"블랑슈, 이 자는 죽어 마땅하다."

세이블리안이 단호하게 말했다. 블랑슈의 선함을 잘 알지만, 이 자를 죽이지 않고 넘길 수는 없었다. 상냥함만으로는 왕이 될 수 없었다. 악에는 단호하게 맞설 필요가 있었다.

세이블리안은 제 딸이 혼란에 빠져 있으리라 생각했지만, 블랑슈의 시선은 망설임이나 죄책감 없이 또렷했다.

"네. 하지만 저 사람은 대비 전하와 연관되어 있어요. 살려서 증언을 받아내야만 해요. 처벌은 그 뒤에 해도 돼요."

공주의 푸른 눈은 세이블리안을 꼭 닮아 있었다. 엄정하고 칼 같은 군주의 눈동자.

그것은 알량한 동정심이나 위선 따위가 아니었다. 그제야 세이블리안의 흥분이 조금 식었다. 칼은 거두었으나 기드온을 내려다보는 눈에는 경멸이 가득했다.

"기드온을 데려가라. 절대로 죽지 않게 상처를 치료해 두고."

그 명령에 병사들이 기드온을 끌고 가자, 세이블리안은 아비게일에게 다급히 다가갔다.

그녀는 시녀들의 품에 안겨 있었다. 마력을 거의 다 소진하여, 검게 변했던 혈관과 흰자위는 원래대로 돌아와 있었다. 베리테가 치유 마법을 걸어 출혈은 멎은 상태였다.

세이블리안은 더 빨리 오지 못한 자신을 저주하며 아비게일을 조심히 끌어안았다. 만신창이가 된 아비게일을 보자 분노와 슬픔이 울컥 치솟아 올랐다. 세이블리안은 죄인처럼 고개를 떨구었다.

"여보, 제가 너무 늦게 왔지요. 미안합니다. 더 빨리 왔어야만 했는데……."

아비게일은 손을 들어 그의 뺨을 어루만졌다. 입가에 희미한 미소가 떠올라 있었다. 그가 자신을 구하러 와준 것만으로 이미 충분히 기쁘고 고마웠다. 마음 같아서는 당장 끌어안고 입을 맞추고 싶은데 기운이 없었다.

세이블리안도 그것을 눈치채곤 아비게일의 이마에 조용히 입을 맞추었다. 그녀는 안도한 듯이 눈을 감더니 이내 쌕쌕거리는 작은 숨소리가 들려왔다. 잠이 든 것 같았다.

세이블리안은 힘겹게 미소 지은 채 그녀의 뺨을 몇 번인가 어루만졌다. 그리고는 병사들을 바라보았다.

"당장 왕비와 공주를 궁으로 데려가 치료해라. 나는 이곳에 남아 상황을 정리하고 가겠다."

세이블리안이 막 궁에 도착했을 때, 대비는 왕이 마녀에게 홀려 제대로 된 판단을 할 수 없다 주장하고 있었다. 대비의 사병이 세이블리안의 근위대보다 머릿수가 많았다. 대다수의 병력이 서부로 차출된 상황이었기 때문이었다.

하나, 베리테가 이끌고 온 요정 병사들이 있었다. 요정들에 의해 사병들은 제압되었으나 아직 숲에 잔당이 남아 있었다.

마음 같아서는 아비게일의 곁에 있고 싶었다. 그러나 세이블리안은 품에서 아비게일을 조심히 놓으며 베리테를 바라보았다.

"블랑슈와 아비게일을 부탁하마. ……사위."

그 말에는 짙은 신뢰가 묻어나 있었다. 제 목숨보다 소중한 두 사람을 맡길 수 있는 사람은 베리테뿐이었다.

베리테는 놀란 눈이 되었다가 입술을 단단히 물고 고개를 끄덕였다. 목숨을 바쳐서라도 두 사람을 지키겠다는 듯이.

세이블리안은 숲에 남았고, 블랑슈와 아비게일은 곧바로 궁으로 옮겨졌다. 주치의와 조수들은 혼절한 아비게일을 부지런히 침대에 눕혔다. 블랑슈가 그 옆에 바짝 붙어 앉았다.

블랑슈의 얼굴과 몸에도 크고 작은 생채기가 나 있었다. 주치의가 눈치를 보며 말했다.

"공주님. 공주님도 가서 치료를 받고 쉬셔야 합니다."

"어마마마 옆에 있을래요."

블랑슈는 답지 않게 고집을 부리고 있었다. 자신이 아파도 아비게일의 상처만 하겠는가.

물러설 기색이 없자 의사들은 이러지도 저러지도 못하고 있었다. 옆에 서 있던 베리테가 조심스레 입을 열었다.

"블랑슈, 장모님은 네가 치료받지 않는 걸 더 걱정할 거야."

"……"

"깨어났을 때 네가 다친 채로 옆에 있는 걸 보면 속상해할 거야. 그러니까 가서 치료받고 다시 오자. 응?"

베리테의 은빛 눈동자에 걱정이 가득했다. 블랑슈는 그 눈을 보고는 잠시 망설이다 자리에서 일어났다.

"알았어. 빨리 치료받고 어마마마한테 올래."

"그래, 그래. 일단 가자."

주치의와 베리테는 블랑슈와 함께 방을 떠나갔다. 남은 의사들은 한숨 놓은 기색으로 아비게일의 용태를 살폈다.

다행히 치명상은 없었다. 피를 많이 흘린 데다가 무리해서 마법을 사용한 탓에 실신한 것뿐. 푹 쉰다면 무리 없이 회복할 터였다.

그때, 문을 열고 누군가가 다급히 들어왔다.

"왕비는 괜찮은가?"

세이블리안이 안으로 들어오며 물었다. 발끝에 조급함이 묻어났다. 의사들은 황급히 고개를 조아렸다.

"예. 피를 많이 흘리시긴 했지만 크게 다치진 않으셨습니다. 며칠 안정을 취하시면 회복하실 겁니다."

그 말에 세이블리안은 적잖이 안도하는 기색이었다. 그는 천천히 침대로 다가갔다. 두 눈에 애절한 빛이 가득했다.

"……그러면 이만 물러가 보게. 아비게일의 곁은 내가 지키겠네."

일종의 위압감마저 느껴지는 목소리였다. 왕의 심기를 거스르지 않고자 주치의들은 숨소리조차 죽인 채 방을 나섰다.

아비게일의 상태가 안정적이긴 하지만 어떤 일이 벌어질지 몰라 근처에서 대기하기로 했다. 그들은 반쯤 안도하는 기색으로 말했다.

"왕비님께서 크게 다치신 게 아니라 다행이군."

"그러게 말일세. 만약 돌아가시기라도 했다면……."

상상하고 싶지도 않았다. 아무리 세이블리안이 성군이라 한들, 주치의들은 책임을 피할 수 없었으리라.

"그나저나 이게 무슨 일인지 모르겠네. 대비가 사병을 끌고 오고, 왕비님은 마녀였다니."

"아직 대비의 사병이 남아 있을지도 모른다던데. 그렇게 되면 반란……."

그때 주치의가 돌이라도 씹은 것처럼 말을 멈췄다. 옆에 있던 사람이 의아하다는 듯이 물었다.

"자네 왜 그러나?"

"전하께서는 나머지 사병들을 제압하고 오겠다 하지 않으셨나? 어떻게 이렇게 빨리 오셨지?"

모두가 입을 다물자 기묘한 위화감이 주위를 감돌았다. 확실히 뭔가가 이상했다. 궁 안이 이상할 정도로 조용했다. 왕이 돌아왔는데?

그들은 서로 시선을 교환하다 다급히 왕비의 침실로 향했다. 무례라는 것을 알면서도 조심스레 문을 두드렸다.

"국왕 전하, 들어가도 괜찮겠습니까? 왕비님을 좀 더 치료해야 할 것 같아서……."

그러나 대답은 돌아오지 않았다. 아주 오랫동안. 조용히 문을 열자 한기가 와 닿았다.

창문이 열린 틈을 통해 바람이 들어오고 있었다. 방금까지는 닫혀 있던 창문이었다. 침대에 누워 있던 아비게일 왕비는 사라지고 없었다. 세이블리안 역시 흔적을 찾을 수 없었다.

커튼이 나부끼는 소리만이 까마귀 울음소리와 함께 들려오고 있었다.

강렬한 빛이 눈꺼풀을 찌르고 있었다. 그 빛에 가까스로 정신을 차렸으나, 온몸을 뒤덮고 있는 통증에 미간을 찌푸렸다. 아파, 아프다. 그 와중에 뺨에 축축한 무언가가 닿았다. 이불의 감촉은 아니었다.

간신히 눈을 떠보니 사방이 온통 초록색과 푸른색이었다. 내 눈앞에 호수가 펼쳐져 있었다. 나는 멍하게 주위를 바라보았다. 꿈인가? 그러나 강물에 닿은 햇빛이 너무도 찬란했다. 내 맨발을 간지럽히는 잔디의 감촉도 사실적이었다.

무척 평화로운 풍경이었으나 당황할 수밖에 없었다. 나는 잠옷 차림으로 풀밭에 누워 있었다. 무슨 일이 있었던 거지? 마지막 기억은 밤이었다. 기드온이 나를 죽이려 했고, 세이블이 나를 구하러 왔다. 그리고 정신을 잃었다.

하룻밤 사이 무슨 일이 있었던 걸까? 대체 여긴 어딜까? 주위를 둘러보니 마차 한 대가 멀찍이 세워져 있었다. 불길한 예감이 들었다. 뭔가 잘못된 것 같았다. 혹시 대비가 궁을 장악하는 데 성공한 걸까? 그래서 도주를 했는지도 모른다.

"드디어 일어났군."

부스럭거리는 소리와 함께 호수 근처의 수풀에서 누군가가 모습을 드러냈다. 그 얼굴을 본 순간 나는 다시 기절할 뻔했다.

"……기드온?"

어젯밤 나를 죽이려 했던 그가 지금은 햇빛 아래에 서 있었다. 하루 사이 그의 몰골은 다른 사람처럼 변해 있었다. 붉게 충혈된 눈과 초췌한 얼굴.

붕대로 어깨를 둘둘 말았지만 처치는 조잡하기 짝이 없었다. 옷과 붕대가 검붉은 피로 물들어 있었다. 그러나 그 무엇보다 두려운 것은 그에게서 흘러넘치는 광기였다. 그의 두 눈동자가 이제껏 본 적 없는 끔찍한 색으로 번들거리고 있었다.

이 자리에는 나와 그. 둘뿐이었다. 사위는 소름 끼치도록 평화로웠고, 아무도 없었다.

"다른 사람들은 어떻게 된 거지? 설마 그들한테 손을 댔다면……!"

만약 내 가족들에게 해를 끼쳤다면 나는 무슨 짓을 해서라도 보복을 할 생각이었다.

기드온은 내 말을 듣고는 키들키들 웃었다. 양손으로 얼굴을 감싸고 있어 쉰 웃음소리만이 들려왔다.

"두 사람은 무사해. 염병할. 무사하다고. 대비는 패배했어. 세이블리안과 그 빌어먹을 난쟁이들이 궁을 제압했다고."

아마 요정들을 이야기하는 것 같았다. 대비를 제압했다면 다행이지만 나는 왜 여기에 있는 걸까? 기드온이 미친 사람처럼 중얼거렸다.

"왜 이렇게 된 거지? 분명히 원작대로라면, 나는 공주와 결혼해서 이 나라의 왕이 되었을 텐데. 분명히 그랬을 텐데……."

손가락 사이로 그의 눈동자가 보였다. 흉측한 안광이 내 목을 조를 듯이 번뜩였다.

"다 너 때문이야. 네가 네 역할에만 충실했다면. 원작에서처럼 블랑슈를 죽이려 했다면……!"

그가 위협적으로 내게 다가왔다. 기드온이 한 발 내디딜 때마다 뒤로 물러섰지만 어느새 물가였다.

입이 바싹 말라왔다. 마법으로 기드온을 제압할 수 있을까? 나는 그의 주의를 분산시키기 위해 말을 걸었다.

"날 죽일 건가?"

그 말에 기드온이 비스듬히 고개를 기울였다. 나를 빤히 관찰하는 듯한 얼굴.

"죽일까?"

마치 작은 동물을 괴롭히는 듯한 희열이 느껴졌다. 내가 대답하지 않자 기드온이 히죽 웃었다.

"죽이는 거로는 부족하지."

그가 품에서 무언가를 꺼냈다. 햇빛을 받아 번쩍 빛나길래 처음에는 칼인 줄로만 알았다. 그러나 그가 꺼낸 것은 보석이었다. 검은빛이 도는 보석. 그가 그것을 흉기처럼 든 채 나를 노려보았다.

"네가 내 인생을 망가트린 만큼, 네 인생도 망가져야 해. 네가 가진 모든 것을 뺏어주겠어."

오싹한 기운이 폐부를 가득 채웠다. 그리고 그와 동시에 기드온이 보석을 으스러트렸다.

보석은 마치 텅 빈 유리처럼 산산이 부서졌다. 그리고 그 안에서 검은 무언가가 흘러나오기 시작했다.

검은 마력이 순식간에 나를 덮쳤다. 숨이 막혔다. 끓는 물에 빠진 것 같은 통증이 찾아왔다.

고통으로 만들어진 창이 정수리부터 발끝까지 꿰뚫고 지나갔다. 내 뼈가 산산이 부서지는 것만 같았다. 온몸이 단말마를 지르는 와중, 기드온의 광소가 울려 퍼졌다.

"아비게일, 너에게 저주를 건다! 너는 네가 생각하는 가장 추한 모습으로 살아가게 될 것이다. 영원히!"

고통 사이로 희열에 찬 그의 목소리가 들려왔다. 살을 쥐어뜯고 뼈를 부수는 듯한 아픔에 비명조차 지르지 못했다.

영겁 같은 시간이 흐른 뒤에야 간신히 정신이 돌아왔다. 기드온이 했던 말이 뒤늦게 이해가 되기 시작했다.

저주, 저주라니. 내가 생각하는 가장 추한 모습이 되는 저주라니. 야수가 되는 걸까? 아니면 개구리?

고통 때문에 시야마저 뿌옇게 보였다. 나는 욱신거리는 손을 들어 내 몸을 매만졌다. 털가죽이나 파충류의 피부 같지는 않았다.

점점 시각이 돌아오자 내 손이 눈에 들어왔다. 화상 자국이 손바닥에 남아 있는 걸 보니 내 손이 맞았다. 하지만 그것은 내 손인 동시에 내 손이 아니었다. 머릿속이 백지처럼 표백되는 것만 같았다.

이 손, 기억에 있는 손.

불안이 구역질처럼 올라왔다. 나는 벌레처럼 기어 호숫가로 기어 갔다. 거울처럼 맑은 호수에 내 모습이 비쳤다. 그 모습을 본 순간, 내 영혼이 갈가리 찢겨 타오르는 것만 같았다.

"아냐, 아니야, 그럴 리가 없어……!"

나는 미친 듯이 호수를 휘저었다. 수면이 깨졌다가 다시 잠잠해져도, 거기에 비친 모습은 여전히 똑같았다.

그 얼굴. 결코 착각할 수 없는 얼굴. 수십 년간 나를 따라다니고 내가 평생을 저주해온 얼굴.

그곳에는 전생의 나, 이백합의 얼굴이 비치고 있었다.

해일 같은 절망에 휩쓸려 정신을 차릴 수가 없었다. 왜, 왜 하필 이 모습이야. 왜……!

"안 돼…… 안 돼……!"

햇빛이 너무도 원망스러웠다. 빛 속에서 내 얼굴이 너무나도 또렷하게 보였다. 빛에 온몸이 녹아내리는 것 같았다.

차라리 녹아내리길 바랐다. 사라지길 바랐다. 이 모습으로 살 수는 없다. 절대로 옛날로 돌아갈 수 없다. 어떻게 해야 아비게일의 모습을 되찾을 수 있지?

방금 전 기드온은 내게 저주를 건다고 말했다. 그렇다면 풀 수도 있을 것이다. 나는 사력을 다해 내 얼굴을 노려보았다. 내게 걸린 저주의 술식이 읽혔다. 나는 허겁지겁 그것을 해석했다.

거미줄같이 얽힌 저주가 형태를 갖추기 시작했다. 자물쇠 부분을 다급히 읽은 순간, 내 심장이 깨지는 듯한 소리가 들린 듯했다.

[이 저주를 푸는 방법은 없다.]

열쇠가 없었다.

아무리 수식을 다시 읽어봐도 열쇠는 없었고, 호수를 휘저어도 내 얼굴은 변하지 않았다. 뒤에서 낄낄대는 목소리가 들려왔다.

"네가 생각하는 가장 추한 모습은 그거야?"

"열쇠…… 열쇠는…….."

"열쇠? 없어. 그딴 건 애초에 만들지 않았어."

그는 기뻐서 미치겠다는 듯, 더없이 행복한 얼굴로 나를 바라보고 있었다.

"너는 영원히 그 얼굴로 살아가는 거야. 왕궁으로 돌아가지도 못해! 아무도 너를 알아보지 못할 테니까!"

궁으로 돌아가지 못한다.

세이블리안에게, 블랑슈에게 돌아가지 못한다.

얼굴을 잃었을 때와는 비교도 할 수 없는 공포가 몰려왔다. 나는 궁으로 돌아가지 못한다. 내 가족들을 다시 만날 수도 없다. 나는 더 이상 미녀도, 왕비도 아니었다. 나는 아무것도 아니었다.

비명과 오열이 내 입에서 쏟아져 나왔다. 그에 맞춰 기드온이 폭소를 터트렸다. 역겨운 이중창이 울려 퍼졌다.

"아아, 꼴 보기 좋다. 내가 추락한 만큼 너도 추락해야지! 너도 나처럼 비참한 삶을……."

영원히 들려올 것 같던 웃음이 뚝 끊겼다. 나는 헐떡거리며 그를 올려다보았다. 그가 갑자기 입을 다물고 있었다. 어쩐지 어리둥절한 얼굴.

잠시 후, 그 얇은 입술 사이로 무언가가 흘러나왔다.

피였다.

"어라? 대체…… 무슨…….."

기드온이 쿨럭거리면서 제 입가를 닦아 내려 했지만 양이 너무 많았다. 순식간에 목 언저리가 피로 젖어 들어갔다.

"설마? 설마……! 대가는 이미 치렀다고 했…… 쿨럭! 나를 속였어, 이 개자……!"

그는 고함을 내지르다가 거품을 물고 바닥을 뒹굴었다. 제 목을 붙들고 부르르 몸을 떨더니, 곧 잠잠해졌다. 죽은 걸까? 하지만 어째서?

나는 그의 죽음에도 기뻐할 수가 없었다. 오히려 절망적이었다. 저주를 풀 실마리는 오직 그만이 갖고 있었다. 그가 죽은 이상, 나는 영원히 아비게일로 돌아갈 수 없었다.

안 돼, 안 돼. 궁으로 돌아가야 하는데. 베리테를, 블랑슈를, 세이블리안을 만나야 하는…….

"아비게일?"

익숙한 목소리가 들려왔다. 나는 흠칫 놀라 소리가 들려온 방향을 보았다. 세이블리안이 어느샌가 숲 어귀에 나타나 나를 보고 있었다. 대체 언제부터 보고 있었던 걸까?

그는 넋이 나간 채 내게 다가왔다. 나는 도망치지도, 숨지도 못한 채 그를 바라보고만 있었다. 가까이 다가올수록 그의 눈동자가 혼란에 잠기는 것을 볼 수 있었다.

어느새 내 바로 앞까지 다가온 세이블이 나를 응시하며 입을 열었다.

"……이 모습은 대체 뭡니까?"

마치 벌레라도 보는 듯한 시선이었다. 세상에서 가장 흉물스러운 것을 본 사람처럼.

"세, 세이블……. 그, 그게……."

"내 이름을 부르지 마십시오. 나는 당신같이 추한 여자를 아내로 둔 적이 없습니다."

바닥에 내던져진 유리병처럼 온몸이 수천 조각으로 깨지는 것만 같았다. 다정하게 내 이름을 부르며 사랑을 속삭이던 세이블이 내 가슴에 비수를 꽂고 있었다.

죽고 싶었다. 사라지고 싶었다. 내가 사랑하는 사람이 이토록 차가운 눈빛을 보낼 줄은 몰랐다.

그럼에도 나는 여전히 그를 사랑하고 있었다. 그의 모든 것을 사랑했다. 면도날 같은 저 입술에 입을 맞추고 싶었으며, 경멸이 가득한 저 푸른 눈동자마저도……. 어?

"당신은 죽은 거로 생각하겠습니다. 비용은 마련해 줄 테니, 적당한 곳에서 숨어서 살……."

"당신 누구야?"

그 말에 남자의 표정이 굳었다. 동요가 잠시 스쳐 지나간 뒤, 그가 어이없다는 듯이 말했다.

"이젠 머리까지 이상해졌습니까? 나는 이 나라의 국왕인 세이블리안입니다."

"당신은 세이블리안이 아니야."

얼굴은 분명히 세이블리안과 같았지만, 그가 아니었다. 분명히 알 수 있었다. 지금 내 앞에 있는 남자의 눈동자는 푸른색을 띠고 있었지만, 세이블의 눈동자와는 다른 색깔이었다.

수백, 수천, 수만의 파랑을 가져와도 나는 그의 눈동자 색을 찾을 수 있었다. 내가 그의 눈동자 색을 잊을 리가 없었다. 남자는 당황하고 있었으나 능숙하게 그 감정을 숨겼다. 저 가면 같은 얼굴.

"레이븐, 당신이야?"

여러 차례 본 얼굴이었다. 레이븐이 내게 보여 주었던 얼굴. 남자의 얼굴에서 핏기가 사라졌다.

"무슨 말을 하는 겁니까? 나는 세이블리안……."

"아니. 당신은 레이븐이야. 난 알아볼 수 있어."

세이블도 검은색이고 레이븐도 검은색이지만 두 색은 명백히 달랐다. 결코 같은 색이 될 수 없었다.

햇빛이 너무 밝았다. 영혼마저 비출 정도로. 우리는 도망칠 수 없었다. 레이븐의 입에서 떨리는 목소리가 흘러나오기 시작했다.

"어째서…… 아비게일 당신은 나를……."

레이븐의 얼굴이 새하얗게 질려 있었다. 벽이 불에 타 무너지고, 그 속이 드러나는 것 같았다.

"아무도 나를 알아보지 못했는데……. 아무도 내 이름을 불러 주지 않았는데……. 어째서 당신은 나를……."

그가 추락하듯 내 앞에 주저앉았다. 이상하게도 그가 버려진 작은 새처럼 보였다. 온몸으로 울부짖는 소년처럼 보였다. 자신을 찾아달라고 비명을 지르는 아이를 보고 있는 것 같았다. 어둠 속에 홀로 남겨진 아이.

그가 너무도 미운 동시에 안쓰러웠다. 그러나 그를 안아 줄 수는 없었다.

"……레이븐. 기드온이 갖고 있던 보석은 당신이 준 것인가요?"

기드온은 저 보석을 누군가에게 받은 것처럼 이야기했다. 그리고 기드온이 죽자마자 기다렸다는 듯이 레이븐이 나타났다. 세이블의 모습을 한 채.

그는 고개를 떨군 채 침묵하고 있었다. 한참이 지난 후에야 그가 입을 열었다.

"……네. 제가 주었습니다. 그 저주의 대가가 기드온의 목숨이라는 것은 알려 주지 않은 채."

"대체 왜 그런 짓을⋯⋯."

"그래야지만 열쇠 없는 저주가 완성되니까."

레이븐은 천천히 고개를 들었다. 그의 두 눈이 끝을 알 수 없는 집착으로 빛나고 있었다.

"하지만 딱 하나 방법이 있습니다. 당신의 저주를 약화하는 마법을 걸어 둔 보석이 있어요. 하지만 온전하지는 않죠."

레이븐은 마치 신처럼, 혹은 악마처럼 보였다. 어느 쪽이든 내 목숨을 틀어쥔 것은 마찬가지였다.

"그 보석을 사용하면 해가 진 동안에는 원래의 아름다운 모습으로 살아갈 수 있어요."

그는 그렇게 말하곤 내 손을 잡았다. 흠칫 놀라 빼내려 하자 더욱 힘을 주어 잡았다. 조금씩 금빛이 돌기 시작한 눈동자가 나를 비추고 있었다.

"나와 같이 가면 그 보석을 줄게요. 나랑 같이 가요, 아비게일. 내 아내가 되어 줘요. 내 유일한 가족이 되어 줘요."

악마 같은 낯이 조금씩 무너지더니 이제는 또 아이 같은 얼굴이 되었다. 그는 내게 애원하고 있었다. 흐느끼고 있었다. 내가 없으면 죽을 사람처럼 내게 매달렸다.

"제발, 제발 나랑 같이 가요. 궁에서 사는 것만큼은 아니어도 평생 당신이 모자란 것 없이 살게 해 줄게요. 평생 행복하게 해 줄게요."

그때 문득, 강물에 우리의 모습이 비친 것을 보았다. 그것은 희극의 한 장면 같았다.

나는 이 모습을 하고 있을 때, 단 한 번도 사랑한다는 말을 들어본 적이 없었다. 앞으로 나에게 사랑을 고백할 사람이 앞으로도 있을까?
낮에는 백합의 모습으로 살아가더라도 사랑해 줄 사람이 있을까?

애정이라는 것은 너무도 강력한 것이었다. 마른 입술에 물이 닿으면 그것을 뱉어낼 수 있는 사람이 누가 있을까.

"레이븐."

나는 여전히 그와 손을 잡고 있었다. 그의 떨림이 고스란히 전해져오는 가운데, 나는 입을 열었다.

"나는 당신의 사랑을 원하지 않아요."

레이븐이 망가진 인형처럼 나를 올려다보았다. 여전히 애절함이 절절하게 묻어나는 눈동자였다.

"세이블리안 때문인가요? 그렇다면 내가 세이블리안이 될게요. 평생 이 눈을 푸른색으로 물들이고, 레이븐이라는 이름을 버릴게요."

"아뇨! 아니에요! 당신이 무엇이 되려고 하든 간에, 당신은 레이븐이에요!"

나는 울고 싶었다. 나는 영원히 백합이었고, 당신은 영원히 레이븐이었다. 그것은 바뀔 수 없는 진실이었다.

우리는 변할 수 없었다. 그것이 비극의 이유였다. 레이븐이 입술을 짓씹고는 나를 노려보았다. 애원으로 가득하던 눈동자에 이제는 증오가 담겨 있었다.

"어차피 당신은 이제 갈 곳도 없어! 그 추한 얼굴을 한 사람을 누가 사랑해 준다고! 나 외에는 아무도 없어!"

처음 보는 타인에게 들어도 아팠을 말이 세이블리안의 얼굴을 한 레이븐에게 들으니 더욱 아팠다. 그 말은 마치 세이블리안이 하는 것처럼 들렸다.

그의 말대로였다. 이 세상에서 이 모습을 사랑해 줄 사람은 레이 븐밖에 없을지도 몰랐다. 그럼에도 나는 마력을 쥐어짜서 그에게 마법을 걸었다. 두 눈이 독에 흐려지자, 그가 고통스러운 듯 몸을 비틀었다.

그 틈을 노려 나는 레이븐을 밀쳐냈다. 황급히 도망치는 와중, 그의 비통한 외침이 들려왔다.

"아비게일, 아비게일……!"

그는 눈앞이 보이지 않는 듯, 허공을 헤집고 있었다. 눈을 감고 있자 세이블리안과 퍽 닮아 있었다. 그럼에도 나는 나를 사랑하는 사람을 뒤로한 채 달려나갔다. 레이븐의 울부짖음이 오랫동안 들려왔다.

Iam Stepmother, But My Daughter Is So Cute

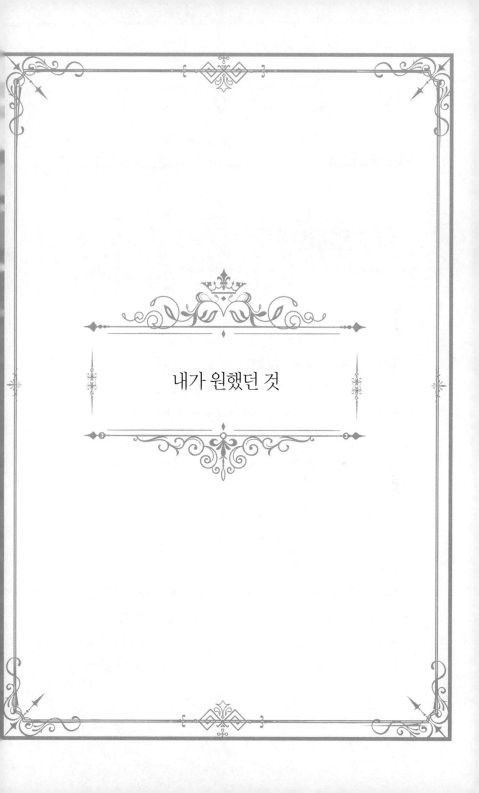

내가 원했던 것

18

내가 원했던 것

"옷 어때요, 잘 맞아요?"

"좋아요. 너무 잘 맞고 편해요!"

자그마한 의상실에서 들뜬 목소리들이 들려오고 있었다. 거울 앞에 서 있는 사람은 50살 정도 되어 보이는 여자였다. 그녀는 치마 길이를 발목 정도로 줄인 드레스를 입고 있었다. 장식 역시 간소했다. 장식이라고는 브로치뿐이었는데, 금속으로 만든 태엽 장식을 포인트로 준 것이었다.

"슬레비엔 풍 의상이 요즘 인기죠. 마음에 드세요?"

"그래, 마음에 들어요. 비슷한 옷은 많아도 이 집 옷 한 번 입으면 다른 옷 못 입겠다니까."

그녀의 들뜬 목소리를 들으며 나는 디자인화를 계속 그려갔다. 사각사각 연필 끝이 닳아 가는 소리 위로 주인의 목소리가 겹쳤다.

"전부 우리 디자이너 덕분이죠. 릴리, 잠깐 여기로 좀 와 줄래요?"

나는 연필을 놓고 자리에서 일어났다. 손님에게 가까이 다가가자,

거울에 내 모습도 비쳤다. 검은 머리카락에 검은 눈동자, 통통한 체격. 손님이 환하게 웃으며 나를 반겼다.

"릴리, 이번 옷도 정말 마음에 들어."

"다행이에요. 어디 불편한 곳은 없으시고요?"

"딱 좋아. 움직이기도 한층 편하고."

그녀의 얼굴에 만족감이 가득해 나도 뿌듯해졌다. 손님은 주인을 돌아보곤 재잘재잘 떠들었다.

"릴리한테 월급 좀 많이 줘요. 릴리가 이 가게 다 먹여 살리네."

"물론이죠. 이제 곧 여기서 일한 지 2년째 되어 가니, 월급 많이 올려 주려고요."

2년. 벌써 2년째인가. 칭찬에 들떴던 기분이 순식간에 가라앉고, 이곳에서 머무른 날들이 파노라마처럼 머릿속을 흘러갔다.

2년 전 그날. 기드온의 저주에 걸린 뒤, 나는 레이븐을 뒤로한 채 정신없이 도망쳤다. 그리고 이 마을에 오게 되었다. 그렇게 2년. 나는 아비게일의 모습을 되찾지 못했으며, 궁으로 돌아가지 못했다.

처음부터 이곳에서 살려고 다짐한 것은 아니었다. 이곳에 막 도착했을 때, 나는 곧바로 궁에 돌아가려 했다. 궁에서 멀리 떨어진 곳은 아니었지만 돈이 없었다. 그나마 입고 있던 슈미즈가 고급 원단이라 다행이었다. 슈미즈를 팔아 허름한 옷을 사고, 남은 돈으로는 마차 삯을 치러 궁으로 향했다.

그저 간절하게 내 가족을 만나고 싶었다. 돌아갈 용기를 내었으나 만날 수 없었다. 궁 앞을 지키고 있는 문지기를 마주했을 때. 그는 내 이야기를 듣고 코웃음을 쳤다.

[당신이 왕비 전하라고? 전혀 다르게 생겼는데?]

문지기는 나를 알아보지 못했다. 그도 그럴 것이 내 모습은 완전히 변했고, 입고 있는 옷 역시 농부의 아내처럼 허름했다. 그래도 포기할 수 없었다. 나는 왕비만이 알 법한 정보를 이야기하며 딱 한 번만 세이블을 만나게 해 달라고 애걸했다. 하지만 문지기는 나를 광인 취급하며 쫓아냈다.

내 손에 남은 것은 이제 얼마 안 되는 돈뿐이었다. 일자리를 찾던 중, 운 좋게 의상실 주인을 만나 자리를 잡게 되었다.

주인은 좋은 사람이었다. 신분을 알 수 없는 나에게 잘 곳과 일할 곳을 내주었고, 내 실력을 인정해 주었다. 솜씨 좋은 디자이너로 인정받기까지 오랜 시간이 걸리지 않은 것도 다행이었다.

아비게일이라는 이름을 쓸 수는 없었기에 릴리^{Lily}(백합)라는 본명을 사용하게 되었다. 살기 위해 정신없이 일했고, 어느 사이 2년이 흘렀다.

"이제 곧 건국제죠? 올해는 국왕 전하께서 거리 행진을 하시려나."

"몇 년째 석상에 모습을 드러내지 않고 계시잖아요. 어디 아프신 게 아니면 좋을 텐데."

그 말을 듣자 내 마음 한구석이 요란한 소리를 내며 무너지는 것만 같았다. 이미 폐허가 된 줄 알았는데도 세이블의 소식을 들을 때마다 나는 계속해서 무너지고 있었다. 정확한 소식은 들을 수 없어도 세이블의 이야기가 종종 바람을 타고 전해져 왔다.

내가 사라졌을 무렵. 세이블은 전국에 수색령을 내렸다. 내가 있는 이 마을에도 병사들이 찾아왔었다. 기뻤다. 고마웠다. 세이블이 나를 찾고 있구나, 잘하면 돌아갈 수도 있겠구나 하는 희망에 젖었다.

병사들을 찾아가 내가 바로 아비게일이라고 말하려 했다. 하지만 아비게일의 초상화가 붙어 있는 걸 본 순간, 저 아름다운 여자가 나라고 말할 용기가 나지 않았다. 지금의 나는 너무 초라했다. 나와 그녀는 너무도 달랐다.

결국 나는 궁으로 돌아가지 못했다. 설령 병사들에게 내가 아비게일이라 했어도 결과는 바뀌지 않았겠지.

"릴리, 옷을 한 벌 더 부탁할까 하는데."

손님의 목소리가 들려와 나는 퍼뜩 정신을 차렸다. 나는 어색하게 웃으며 줄자를 만지작댔다.

"네. 어떤 옷이 좋으세요?"

"바지 정장을 입어 볼까 하는데, 괜찮을까? 요즘 젊은 사람들이 많이 입는다는데 주책은 아닐까 싶어."

"주책은요. 마을 아가씨들이 모두 부러워할 만하게 만들어드릴게요."

나의 과장 섞인 호언에 손님은 호탕하게 웃었다.

"어휴, 릴리는 어쩜 실력도 좋고 말도 예쁘게 하지? 온 김에 다른 것도 좀 사가야겠다."

그녀는 꽤 비싼 옷과 액세서리를 고른 뒤, 만족스럽게 잔금을 치른 후 가게를 나섰다. 손님이 떠나자마자, 엇갈려 납품 상인이 들어왔다. 덩치가 큰 사내였다. 그가 우렁찬 목소리로 말했다.

"릴리! 주문한 원단 들어왔어. 바다 비단도 구했다."

"어머? 정말요?"

"그래. 이번에 아틀란시아와 교역을 확대했다나 봐. 그래서 빨리 들여올 수 있었어."

나는 그가 가져온 바다 비단을 꺼내 어루만져 보았다. 따스한 물처럼 부드러운 감각, 짙은 바다의 색깔. 예전에 나디아가 보내 준 것과 다를 것 없는 감촉이었다.

2년은 참으로 긴 시간이었고, 그사이 많은 변화가 일어났다. 가장 큰 변화 중 하나는 통일이었다. 전쟁은 협정에 의해 종료되었다. 크로넨버그, 모르카, 레타는 공국으로 합병되기로 하였고 네르겐은 왕국이 아닌 제국이 되었다.

또한 요정과 인어와의 교류도 시작되었다. 정확히 어떤 식으로 진행이 되는지는 모르겠지만, 일단 의상에는 영향을 주기 시작했다. 사교계에 이종족의 의상이 퍼지고, 그 뒤에 준귀족과 평민들이 그 유행을 따르기 시작했다.

그래도 바다 비단을 구하기 어렵다고 들었는데. 이 옷감으로 뭘 만들면 좋을까? 옷을 만들 생각에 싱글벙글 웃고 있자니 상인이 빤히 바라보는 게 느껴졌다.

"릴리는 웃는 얼굴이 참 예쁘다니까. 살만 좀 빼면……. 어때, 살 뺀 뒤에 나한테 시집올래?"

그의 말에 나는 쓰게 웃었다. 올 때마다 이상한 추파를 던지는 사람이었다. 의상실 주인이 그의 옆구리를 콱 찔렀다.

"못하는 말이 없어! 우리 릴리한테 무슨 헛소리야!"

"아니, 내가 뭘……."

"자꾸 이런 식으로 나오면 거래 끊을 거니까, 작작 해요. 작작."

주인의 으름장에 상인도 결국 물러서고 말았다. 상인을 거의 내쫓다시피 한 뒤, 주인은 화가 섞인 한숨을 내쉬었다.

"올 때마다 헛소리라니까. 릴리, 저런 말 신경 쓰지 마."

"네, 신경 안 써요."

"그래, 그럼 다행이고. 그러면 나 약속이 있어서 나갔다 올게."

"다녀오세요."

그녀는 몇 번이나 내 안색을 살피고는 가게를 떠나갔다. 의상실에 혼자 남게 되자 고요가 가만히 가라앉았다.

나는 거울 앞으로 다가갔다. 2년이 지나 익숙해진 얼굴이 비쳤다. 나는 한참 동안 거울을 바라보다 입을 열었다.

"베리테."

그 이름에 눈물 냄새가 배어 있는 것만 같았다. 몇 번이고 불러 보았지만, 대답은 돌아오지 않았다. 내가 보고 싶어 하는 얼굴들도 비치지 않았다.

세이블리안, 블랑슈, 베리테, 그리고 수많은 사람들. 그들이 보고 싶어 우는 밤이 2년간 이어져 왔다.

미친 척하고 궁으로 들어갈까 싶기도 했다. 검은 마력으로 모두를 잠재운다면 나를 막을 수는 없을 것이다. 하지만 만약……. 그렇게 해서 세이블리안과 마주했는데, 그가 나를 알아보지 못한다면? 이 얼굴을 보고 경멸한다면? 나를 외면한다면?

눈을 질끈 감았다. 그것만은 버틸 수 없었다. 돌아가더라도 아비게일의 모습으로 가야만 했다. 당장 쓸 수 있는 방법이 있긴 하지만…….

나는 망설이다 책장 서랍을 열고 편지를 한 통 꺼냈다. 발신인은 적혀 있지 않았다. 여러 차례 읽어 가장자리가 닳은 편지를 펼쳤다.

[아비게일. 지난번 편지에 답장이 없어 다시 보냅니다. 언제라도 마음이 바뀌면 창가에 답장을 놓아두세요. 당신을 데리러 가겠습니다.

−레이븐]

내 거처가 정해진 뒤, 레이븐은 종종 내게 편지를 보내오곤 했다.

처음에는 소름이 끼치기도 했고, 많이 망설이기도 했다. 그를 찾아가서 보석을 받고 저주를 약화한 다음 본궁으로 도망칠까도 고민했다. 하지만 레이븐이 그렇게 호락호락할 리 없겠지.

또한 거짓이라도 그에게 사랑한다는 말을 하고 싶지 않았다.

그리고 편지가 오지 않은 지도 꽤 오랜 시간이 흘렀다. 나를 포기한 모양이라면……. 아니. 더 이상 레이븐에 대해 생각하지 말자. 내 실력을 키운다면 일시적으로라도 저주를 푸는 방법을 찾을지 모른다.

나는 한숨을 내쉬고 편지를 다시 집어넣었다. 일단은 일을 해야 했다. 가게에서 쫓겨날 수는 없으니까.

이틀 뒤까지 끝내야 하는 일감이 있었지. 그러고 보니 실이 좀 부족하던데. 오늘은 예약 손님도 없으니 잠깐 시장에 다녀와야겠다. 외출 채비를 하고 밖으로 나오는데, 때맞춰 옆 가게의 문이 열렸다.

"어머, 릴리. 어디 가니?"

구두점을 운영하는 다정한 노부부였다. 나는 반갑게 웃었다.

"안녕하세요, 부인. 잠깐 실 좀 사려고 시장에 가는 길이었어요."

"그래, 날씨도 좋으니 산책 겸 가면 좋겠네. 맞아. 지난번에 준 파이는 어땠어? 입에 맞았어?"

"네. 주인님이 무척 맛있게 드셨어요."

"맛있지? 그게 우리 딸이 보내 준 체리로 만든 건데. 얼마 전에 우리 딸이……."

수다 떨기 좋아하는 구두점 내외는 딸 자랑을 하기 시작했다. 나에게도 자랑할 만한 딸이 있는데, 아무것도 말할 수가 없었다. 이야기를 늘어놓던 부인이 손뼉을 짝 치며 말했다.

"아 참, 요번에 우리 가게에 좋은 가죽이 들어왔어. 다음에 신발

맞추러 와. 싸게 줄게. 릴리가 이 옷도 만들어줬잖아."

그녀는 자신이 입고 있는 스커트를 잡고 펼럭였다. 짙은 검은색 원단으로 심플한 디자인이었지만 우아한 맛이 있었다.

"이 스커트 참 좋더라. 색깔도 고급스럽고."

"제가 좋아하는 색으로 만들었는데 기쁘네요."

"맞아. 검은색을 좋아한댔지?"

"에이. 그냥 검은색이 아니라니까요."

나는 장난기 섞인 목소리로 가만히 웃었다. 그리움을 삼킨 채.

"제가 좋아하는 색은 세이블이에요. 그냥 검은색이 아니라요."

"아 참, 그랬지. 매번 까먹네."

구두점 주인은 유쾌하게 웃어넘겼다. 나 역시 더 이상 아무런 말도 하지 않았다.

"그러면 잘 다녀오고, 나중에 차 마시러 올 때 와."

"네, 다녀올게요."

나는 구두점 내외의 배웅을 받으며 시내로 향했다. 걸어가는 내내 가슴 언저리가 지끈거렸다. 방금 전 내 입에서 새어 나온 세이블이라는 이름이 너무도 달고 아팠다.

나는 사람들을 만날 때마다 이야기했다. 내가 세상에서 가장 사랑하는 것은 세이블이라고. 그렇게라도 말하지 않으면 죽을 것만 같았다. 사랑한다고, 사랑한다고. 검은 것을 볼 때마다 그를 사랑한다 말하고 싶었다.

거울을 볼 때도 내 검은 머리카락을 보고 세이블을 떠올렸다. 그림자를 볼 때도 당신을 생각했으며, 밤이 올 때마다 당신의 이름을 부르고 당신을 그리워했다.

나의 하루는 오로지 당신을 그리워하는 시간이었다. 눈을 감으면 그저 어둠뿐이라 내 세계는 온통 당신이었다.

환한 길에도 내 그림자가 드리워져 있어, 나는 세이블을 떠올리지 않으려 발걸음을 재촉했다. 그 사이 시내에 도착했다. 얼른 물건만 사서 돌아가야겠다고 생각하던 중, 광장에 세워진 알림판을 보았다.

그곳에는 아직도 내 초상화가 걸려 있었다. 타성으로 남겨 둔 것인지 아니면 아직도 나를 포기하지 않은 것인지는 알 수 없었다. 나는 그것을 올려다보았다. 이제는 정말 남같이 느껴진다. 한때는 내 얼굴이었는데.

그렇게 멍하게 서 있던 중. 뛰어가던 아이들이 나와 부딪쳤다. 고수머리를 한 여자아이가 화들짝 놀라 고개를 숙였다.

"죄, 죄송해요. 릴리 아줌마."

"괜찮아요. 넘어지면 다치니까 조심하고."

"네! 고마워요!"

아이는 흰 이를 드러내고 달려갔다. 무릎까지 내려오는 바지를 입은 채.

내가 떠나갔을 때, 블랑슈도 저 정도 나이였는데. 2년이 지났으니 많이 컸을까. 올해 건국제에서 거리 행진이라도 해 줬으면 좋겠다. 멀리서라도 바라보게.

그러려면 일을 빨리 끝내야지. 그날은 꼭 쉴 수 있도록.

필요한 물건만 사서 부지런히 돌아오는데, 가게 앞에 누군가가 서 있었다. 오늘은 예약 손님이 없었는데 누구지? 새로 오신 손님인가? 뒷모습밖에 보이지 않았다. 훤칠하게 키가 큰 남자였다.

흑발이 꼭 세이블을 닮았다. 그가 한참이나 우두커니 서 있는데 옆 가게의 문이 열렸다. 구두점 주인이 무슨 일인가 싶어 밖을 빼꼼히 내다보았다. 그 모습을 보고 사내가 입을 열었다.

"말씀 좀 묻겠습니다."

그 목소리를 들은 순간. 세상의 색깔이 바뀌는 것만 같았다.

"네. 무슨 일이에요?"

그가 구두점 주인이 있는 쪽을 향해 몸을 틀자 햇빛 아래 그의 옆얼굴이 드러났다.

"이 마을에 솜씨 좋은 재봉사가 있다 들었습니다만."

꿈이라면 깨지 말기를. 영원히 이 꿈에 머무르기를.

그것은 너무나도 듣고 싶었던 목소리였다. 2년 동안 단 한 번도 잊은 적 없는 목소리. 밤마다 울며 그리워했던 사람. 내가 가장 사랑하는 색. 세이블리안이 그곳에 서 있었다.

세이블을 본 순간, 나는 나도 모르게 나무 뒤에 몸을 숨기고 있었다. 심장이 미친 듯이 뛰고 있었다. 기쁨과 그리움, 그리고 두려움이 한데 뒤섞인 채였다.

세이블이 어떻게 이곳에 온 것일까. 어떻게 내가 여기에 있다는 걸 알았을까. 정말 그가 맞나? 평소 입던 제복 대신 정갈하고 수수한 의상을 입고 있었으며, 주위에는 호위병도 없었다.

레이븐일지도 모른다는 생각이 들었다. 하지만 세이블이 맞았다. 멀리서 보아도, 수년 만에 만나도 그를 못 알아볼 수가 없었다.

그는 참 많이도 변해 있었다. 버림받은 짐승처럼 얼굴이 날이 서고 거칠어진 채였다. 그 얼굴을 보자 눈시울이 붉어졌다. 초췌해진 모습에 억장이 무너졌다.

왜 그리 아팠어. 행복하게 지냈어야지. 언제나 평온한 밤을 보냈어야지.

마음 같아서는 당장 달려나가 그를 끌어안고 싶은데, 내 발은 뿌리라도 박힌 듯 떨어지지 않았다. 햇빛이 너무 찬란했다. 내 얼굴이 너무도 잘 보였다. 너무 밝아서 비참했다.

구두점 내외는 세이블을 빤히 바라보고 있었다. 그가 왕이라는 것은 알아차리지 못한 듯하였다.

"옷 맞추러 오셨나 보네. 직원이 잠시 자리를 비워서요."

"……그렇습니까."

흐릿한 아쉬움이 묻어나는 목소리였다. 구두점 내외 역시 그것을 눈치채곤 이걸 어쩌나 하는 듯이 서로를 바라보았다.

"릴리가 곧 올 거예요. 잠깐 시장에 물건 사러 갔으니."

"재봉사의 이름이 릴리입니까? 어떻게 생긴 사람입니까?"

구두점 내외는 별 희한한 걸 다 물어본다는 듯한 표정을 지었지만 대수롭지 않게 대답해 주었다.

"음. 흑발에 검은 눈을 하고 있어요. 체구는 통통하고. 키는 나보다 약간 작아요. 귀여운 스타일이고요."

그 모든 것이 아비게일과는 정반대의 지점에 있었다. 그 누구도 내가 아비게일이라는 것을 알아볼 수 없을 터였다.

세이블은 입을 다문 채 조용히 설명을 듣고 있었다. 그리고는 실망한 기색 없이 덤덤하게 물었다.

"성격은 어떻습니까? 버릇이라든지, 취미라든지. 무얼 좋아하고 싫어하는지. 사소한 것이라도 괜찮습니다."

"성격이라……."

두 사람은 팔짱을 끼고 가만히 생각에 잠겼다. 약간의 시간이 흐른 뒤 부인 쪽이 먼저 입을 열었다.

"다정하고 친절해요. 다른 사람을 많이 챙겨 주죠."

"맞아요. 길거리에서 헐벗고 있는 사람이 있으면 어떻게든 옷을 입혀서 돌려보낸다니까요."

"옷 한 벌 만들 때도 대충하는 법이 없어요. 조금이라도 그 사람에게 어울리는 옷을 만들어 주려 애쓰죠."

"뭔가 귀여운 걸 보면 벽을 내려치거나 발을 동동 구르는 버릇이 있어요."

구두점 내외는 좋은 수다 상대를 만났다는 듯, 나에 대해 조잘조잘 이야기를 전해 주었다.

세이블이 약간 몸을 틀고 있어 그의 얼굴이 보이지 않았다. 선선한 바람이 불어와 그의 머리카락이 조용히 흔들렸다.

"그리고 어린아이를 좋아하고, 좋아하는 색깔은 검은색이고……."

"어휴. 당신도 참. 릴리 앞에서 검은색이라고 하면 또 혼나."

남편이 장난스럽게 핀잔을 주곤 수더분한 미소를 지으며 말했다.

"검은색이 아니라 세이블이라 그랬잖아. 세이블을 가장 좋아한다고."

바람이 멎었다. 진공이었다.

온 세상이 숨을 멈추고 있는 것만 같았다. 그때, 부인이 나를 발견하고는 놀란 눈이 되었다.

"어머, 릴리! 언제 왔어? 손님 오셨어!"

그 말과 동시에 세이블이 불에 덴 사람처럼 황급히 몸을 틀었다. 자석에 이끌리듯 눈이 마주쳤다.

아, 당신이었다.

수억 광년을 기다려온 빛을 만난 것처럼, 당신과 내가 만났다.

당신과 눈이 마주친 순간. 나도 모르게 뛰고 있었다. 죽을힘을 다해 달려갔다. 당신이 없는 곳으로 달려갔다. 빛을 등지고, 당신을 등진 채. 나는 내가 사랑하는 사람으로부터 도망치고 있었다.

무서웠다. 내 얼굴을 보고 실망할까 봐 두려웠다. 하지만 바보 같은 생각이었다. 어차피 그는 나를 알아보지 못할 텐데. 이 얼굴을 봐도 나라는 것을 모를 텐데.

"아비게일!"

그가 이런 나를 원할 리 없는데.

"아비게일, 제발! 제발 가지 마!"

그가 나를 사랑할 리 없는데.

"제발 나를 떠나지 마!"

그의 비명 같은 외침이 들려옴과 동시에 누군가가 나를 뒤에서 끌어안았다. 강력하고, 절박하고, 애절하게. 스러질듯한 한 줄기 빛을 어떻게든 잡으려는 듯.

나는 그제야 달음박질을 멈출 수 있었다. 온몸이 덜덜 떨리고 눈물이 흘러 양 뺨을 적시고 있었다. 나를 부서질 듯 끌어안고 있는 그의 양팔 역시 심하게 떨리고 있었다.

그가 숨조차 쉬지 못하고 있는 게 느껴졌다. 호흡 대신 눈물만이 흘러내려 내 어깨를 적시고 있었다.

"나는…… 나는 아비게일이 아니에요. 나는 아비게일이 아니에요. 나는 아비게일이 아니……."

나는 고장 난 기계처럼 그 말만을 반복했다. 사랑과 같은 크기의 두려움이 나를 가득 채우고 있었다.

방금 전에는 분명 내 얼굴을 제대로 보지 못해 쫓아온 게 틀림없었다. 내 얼굴을 제대로 보면 분명 실망할 것이다. 그를 실망시키느니 차라리 이별하는 게 나았다. 그가 준 행복한 기억을 평생 안고 살아가는 편이 나았다.

"아니, 당신은 아비게일이 맞아요. 내가 어떻게 당신을 못 알아봅니까."

그가 흐느끼고 있었다. 물기 가득한 목소리에 너무도 마음이 아팠다. 왜 나를 위해 우나. 왜 이런 나를 찾아 헤맸나. 그가 내 몸을 끌어안고 비를 맞은 사람처럼 하염없이 떨고 있었다.

"가지 마요…… 가지 마……."

뒷모습만 봐도 내가 변했다는 것을 알 텐데. 왜 나를 놓아주지 않을까.

"아비게일, 제발……."

그는 나를 한참이나 붙들고 있다가 간신히 나를 돌려세웠다. 두려움에 질식할 것만 같았다.

정면에서 그의 얼굴을 마주했다. 내가 변한 것과 달리, 그는 2년 전과 마찬가지로 아름답고 수려하였으며 우아하였다.

그는 멍한 얼굴로 나를 보고 있었다. 충격을 받은 것 같았다. 그를 뿌리치고 도망치려는 찰나. 울고 있던 세이블이 환하게 미소 지었다. 그의 두 눈에 행복한 파란색이 가득 담겼다.

"아비게일."

그는 이 모습을 보고도 나를 아비게일이라 불렀다. 나를 다시 만난 사실이 믿기지 않는다는 듯 내 뺨을 더듬었다.

"보고 싶었습니다. 당신이 미치도록 그리웠습니다."

내가 이렇게 변했는데 당신은 어떻게 나를 찾을 수 있는가. 어째서 당신은 나를 보고 울고 웃나. 이런 나를 위해.

"나는, 나는 더 이상 그 아름다운 아비게일이 아니에요. 나는……"

"당신은 변함없이 아름다워요. 그리고 약속했잖습니까."

그가 힘을 주어 나를 끌어안았다. 변함없이 다정하고, 변함없이 따스한 그 목소리.

"당신의 외모가 변한다고 내 태도가 바뀐다면, 그때는 이 눈을 내 손으로 멀게 만들 거라고."

벽이 부서지고 빛이 새어 들어오는 것 같았다. 내 안에서 쌓여 있던 외로움과 그리움이 정처 없이 흘러넘쳤다.

더 이상 그를 외면할 수 없었다. 내가 그토록 사랑하던 사람을 2년 만에 만났는데, 참을 수 있을 리가 없었다.

"세이블, 세이블리안. 당신이 너무나 보고 싶었어요. 미안해요. 내 가……"

"나야말로 미안해요, 여보. 더 빨리 당신을 찾으러 와야 했는데. 그래야만 했는데."

영겁과도 같았던 2년이라는 시간이 한순간에 타올라 사라지는 것만 같았다. 세이블이 나를 보고 웃었다. 나 역시 그를 보고 간신히 따라 웃을 수 있었다. 그는 미소 띤 얼굴로 내게 입을 맞춰왔다. 따스하고, 부드러우며 절박한 입맞춤.

더 이상 그를 밀어내지 않았다. 이제는 그가 없는 세상에서 하루라도 살 수가 없었으니까.

눈을 감자 아무것도 보이지 않았다. 내 얼굴도, 그의 얼굴도. 그저 따스한 온기와 세이블리안의 존재만이 봄볕처럼 드리워져 있을 뿐이었다.

◇

밀러드가 세이블리안의 보좌관으로 일한 지 근 10년이 가까워져 오고 있었다. 그의 주군은 자신에게 엄격한 사람이었고, 부하들에게도 마찬가지였다. 그 덕에 밀러드는 하루를 이틀처럼 살았으며 공과 사를 철저하게 구분하고자 했다.

세이블리안은 성군의 귀감이었다. 그런데 그토록 엄정했던 세이블리안이 변하고야 말았다.

"전하께서는 언제쯤 출타하셨는가?"

세이블리안에게 보고를 하고자 집무실에 들렀으나 자리는 텅 비어 있었다. 시종이 쭈뼛거리며 말했다.

"오늘 아침 급히 출타하셨습니다."

"어디로 가는지는 말씀하셨고?"

"말씀하지 않으셨습니다. 죄송합니다."

시종의 사과에 밀러드는 한숨을 푹 내쉬었다. 시종을 책망하는 것은 아니었다. 일개 시종이 왕의 의중을 묻거나, 행동을 강제할 수는 없는 노릇이니까.

게다가 세이블리안의 기행은 밀러드 역시 알고 있었다.

2년. 세이블리안이 변하기 시작한 것이 2년 전이었다. 계기는 왕비의 실종이었다. 기드온이 왕비를 납치해서 사라진 뒤, 아무도 그 두 사람을 찾지 못했다.

아비게일이 마녀라고, 폐위시켜야 한다고 주장하던 대비는 탑에 투옥되었다. 세이블리안이 자비를 발휘하지 않는 이상 흙으로 된 땅을 밟을 일은 없을 터였다. 죽어서 땅에 묻히기 전까지는.

그와 동시에 수많은 일이 몰려왔다. 네르겐이 주위 삼국을 통일하며 제국으로 거듭난 덕분이었다. 모든 대신과 백성들이 기뻐하는 가운데, 세이블리안은 피눈물을 흘리고 있었다. 세계를 얻었으나 그녀가 없었다.

'왕비님이 실종되었을 당시에는 정말 큰일이 나는 줄 알았지.'

대륙을 통일한 데다가 이종족 간의 교류가 시작되어 할 일이 산더미 같은데도, 그는 정무마저 뒤로한 채 아비게일을 찾아다녔다. 몽유병에 걸린 사람처럼 거리를 떠돌았다. 미쳐 버린 것이 아닐까 싶을 정도로.

포기하라고, 어차피 아비게일은 마녀니까 잘된 일 아니냐 생각하는 이들도 있었지만 말로 꺼내지는 않았다. 그때 세이블리안의 표정을 보았다면 아무도 그런 말을 할 수 없었을 터였다. 제 심장을 찾는 사람도 저보다는 간절하지 못할 터였다.

"알겠다. 그러면 블랑슈 공주님께 가도록 하지."

그나마 다행이라 한다면 블랑슈가 있다는 점이었다. 밀러드의 말조차 무시하던 세이블리안도 딸의 말이라면 가까스로 받아들였다.

또한 블랑슈는 훌륭한 왕의 자질이 있었다. 나이가 어리고 경험이 적은 데도 공주는 국왕 대리의 직무를 충실히 행하고 있었다. 블랑슈가 아니었다면 나라가 무너졌을 것이란 말이 과언이 아닐 정도로.

'공주님도 많이 힘드실 텐데.'

아비게일의 실종에 블랑슈 역시 크게 절망하였다. 약혼자인 베리테가 아니었다면 공주 역시 버티지 못했으리라.

밀러드는 착잡한 마음으로 블랑슈의 집무실로 향했다. 그러던 중,

궁 밖이 소란스러웠다. 창밖을 내다보니 세이블리안이 돌아와 있었다. 로브를 입은 누군가와 함께.

놀란 밀러드가 구르듯이 뛰어 내려왔다. 세이블리안의 얼굴에 생기가 도는 것을 본 밀러드는 벅찬 감동을 느꼈다.

"세이블리안 전하! 옆에 계신 분은 설마……?"

"그래. 아비게일을 찾았다."

세이블리안은 그제야 산 사람 같은 꼴을 갖추고 있었다. 밀러드는 주군이 회복했다는 기쁨, 그리고 왕비가 돌아왔다는 사실에 감사드리며 입을 열었다.

"왕비님. 정말 다행입니다. 무사하셔서 다행입니다."

"……."

그런데 이상하게도 아비게일은 침묵하고 있었다. 로브를 뒤집어쓴 채, 바닥만 내려다보는 중이었다. 밀러드를 비롯한 사용인들은 연유를 모르겠다는 듯 세이블리안을 바라보았다.

그가 조금 가라앉은 목소리로 말했다.

"마법에 걸려 모습이 조금 바뀌었다. 하지만 아비게일이 맞다는 것은 내가 보장할 수 있다."

세이블리안이 아비게일의 어깨를 꽉 끌어안았다. 그리고는 조심스레 고개를 숙이고 아비게일에게 뭔가를 속삭였다.

그녀는 머뭇거리는 기색이 되었다가 작게 한숨을 내쉬었다. 통통한 손이 위로 올라가 로브를 끌어 내렸다.

그녀의 얼굴이 드러나자 모두가 당혹한 표정이 되었다. 거기에는 생전 처음 보는 여자가 서 있었다. 아비게일과는 닮은 구석이 조금도 없었다. 머리카락 색, 눈동자 색, 이목구비, 체형 모든 것이 달랐다. 이 나라의 사람마저 아닌 것처럼 보였다.

밀러드는 당황하여 세이블리안을 보았다. 그는 여전히 행복한 얼굴로 아비게일을 바라보고 있었다.

"다들 왕비를 맞이하시오. 따뜻한 목욕물을 준비하고, 만찬을 내오도록."

왕명에도 사람들은 굳어 있었다. 밀러드마저도. 그는 충격을 받아 입을 벌린 채였다.

'전하께서 드디어 미치셨구나.'

그리움에 미쳐 이제는 다른 사람을 데려와 왕비라 주장하고 있었다. 뭐에 홀리기라도 한 것인가?

"……다들 잘 지냈나요?"

아비게일이 쭈뼛거리며 인사를 건넸다. 하지만 돌아오는 시선은 그저 냉랭할 뿐이었다.

자신을 알아보지 못할 것이라 각오는 하고 있었는데, 예상보다도 더욱 마음이 쓰렸다. 2년 만에 집으로 돌아왔는데 여전히 외로웠다.

그때, 2층 계단에서 가벼운 발소리가 들려왔다. 커다란 유리창을 통해 햇살이 들어와 소녀를 비추고 있었다. 아비게일은 그 모습을 본 순간, 뻣뻣하게 굳어 버리고 말았다.

2년. 2년 만이었지만 알아볼 수 있었다. 20년 만에 만났어도, 200년이 흘렀어도 그랬을 것이다. 자신의 딸을 못 알아볼 수는 없었다. 거기에는 어느새 어린아이 티를 벗은 블랑슈가 서 있었다.

키가 많이 컸구나. 건강해 보이는구나. 너무 보고 싶었던 내 아이. 블랑슈가 성장하고 변화하는 2년을 자신의 눈에 담을 수 없었다는 사실이 뼈에 사무치게 서러웠다.

"블랑슈. 네 엄마가 돌아왔다."

세이블리안이 조심스러운 목소리로 말했다. 블랑슈는 침묵한 채 아비게일을 응시하고 있었다. 그리고 말없이 계단을 한 칸 내려왔다. 두 칸, 세 칸. 점점 발걸음이 빨라지더니 체통도 잊은 채 계단을 뛰어 내려와 달음박질을 쳤다.

블랑슈가 아비게일을 와락 껴안았다. 서러움이 오열과 함께 터져 나왔다.

"엄마, 엄마……! 보고 싶었어요. 정말, 정말 많이 보고 싶었……."

블랑슈는 심장이라도 토해낼 기세로 울었다. 지금 이 순간은 국왕 대리가 아니라 어린 딸일 뿐이었다.

"미안해, 엄마가 미안해. 너무 늦게 와서 미안해……."

아비게일은 정신없이 블랑슈의 뺨에 입 맞추며 딸을 달랬다. 모녀가 재회하는 와중에도 사용인들은 얼떨떨한 기색이었다.

'블랑슈 공주님마저? 아니, 아무리 봐도 저 여자는 다른 사람인데…….'

모두가 말로 꺼내지는 못했지만 비슷한 심정이었다. 그때, 블랑슈를 따라 내려오던 베리테가 아비게일을 보고 멈춰 섰다.

아비게일과 베리테의 눈이 마주쳤다. 베리테 역시 키가 조금 커져 있었다. 그 얼굴을 보자 아비게일은 사무치는 반가움을 느꼈다.

베리테 역시 울컥하여 다급히 계단을 내려오던 중. 불현듯 멈춰서서 주위를 돌아보았다. 왕비를 둘러싼 사람들의 얼굴에는 반가움이 없었다. 낯선 불청객을 보는 듯한 시선.

베리테는 윽박지를 듯한 기색이 되었다가 입술을 꾹 다물었다. 그리고 일부러 모난 목소리를 냈다.

"저 여자가 장모님이라고요? 장모님과 닮은 곳이라곤 하나도 없는데."

그 말에 로비에 있는 모두가 동의하는 낯이 되었다. 베리테가 은색 눈동자로 그녀를 직시하며 말했다.

"당신이 정말 아비게일 왕비님이라면 증명해 봐요."

"증명…… 할 게 없는데."

"왕비만이 알 수 있는 이야기라도 해 봐요."

아비게일은 베리테의 목소리에 어떤 간절함이 배어 있는 것을 느꼈다. 그리고 그와 동시에 베리테가 일부러 이러는 것임을 깨달았다. 여기서 자신을 감싸줘 봐야 의혹만 늘 뿐이니까.

지금 사람들은 증거를 필요로 하고 있었다. 어떤 이야기를 하면 좋을까. 아비게일은 주위를 둘러보다가 익숙한 얼굴 몇을 발견했다.

"저쪽에 서 있는 사람은 노마예요."

노마가 다소 경계하는 모습으로 서 있었다. 아비게일이 옛 추억을 더듬으며 말을 이어 갔다.

"내 수석 시녀였고, 오랫동안 나를 보필했어요. 마녀재판 때도 내 무죄를 입증해 줬고요."

어깨를 당당하게 펴고 증언대에 서 있던 그녀의 모습이 지금도 선명했다. 아비게일은 옆에 있는 사람에게 시선을 돌렸다. 거기에는 클라라가 있었다.

"클라라는 란제리 디자인에 관심이 있던 아이죠. 디자이너가 되고 싶다고 해서 내가 디자인하는 법을 가르쳐주기로 했었는데……."

어느새 2년이 흘러버리고 말았다. 많은 것을 알려 주고 싶었는데. 클라라는 놀란 눈으로 그녀를 보고 있었다.

사람들이 술렁이는 가운데 한 여자가 앞으로 나왔다. 금발의 여자였다.

"당신 정말 왕비님이에요?"

카린이었다. 그녀는 고양이 같은 눈으로 아비게일을 노려보고 있었다. 아비게일이 망설이다 고개를 끄덕였다.

카린이 저벅저벅 다가와 거칠게 왕비의 손목을 잡아끌었다. 그리고는 아비게일의 손바닥을 확인해 보았다. 거기에는 화상 자국이 진하게 남아 있었다.

카린은 벼락을 맞은 듯한 표정이 되었다. 그녀의 입술이 떨리더니 울음이 새어 나왔다.

"왕비님…… 왕비님……. 왜 이제야 오셨어요……."

"카린, 날 알아보겠어?"

"내가 어떻게 이 손을 잊어요. 내가 어떻게 이 상처를 착각해요. 단 한 번도 잊은 적이 없는데……."

카린이 손에 입을 맞추며 눈물을 뚝뚝 흘리자, 클라라와 노마도 옆으로 다가왔다. 두 사람이 울음과 그리움 가득한 눈으로 웃었다.

"어서 오십시오, 왕비님."

"많이 보고 싶었어요, 왕비님."

아, 이제야 숨을 쉴 수 있었다. 이제야 집으로 돌아온 것만 같았다.

내 사람들, 너무도 보고 싶었던 내 사람들.

여러 사람에게 둘러싸여 간신히 웃던 중 아비게일은 문득 주위를 둘러보았다. 수많은 시선이 있었다. 반기는 시선, 의아해하는 시선, 그리고 동정 어린 시선. 전생에서 자주 보던 눈동자들이었다.

아비게일은 화들짝 놀라 고개를 떨구었다. 사람들의 눈동자에 비치는 자신의 모습이 두려웠다. 고개를 틀어도 자신을 보는 시선들이 따가웠다. 홀은 너무도 밝고, 잔인하였다. 여름의 태양이 길었다.

◇

나는 드레스룸에 서 있었다. 2년 동안 주인이 없었던 드레스룸이지만, 얼마 전까지 사용하던 곳처럼 잘 보관되어 있었다.

어둠 속에서 드레스를 가만가만 살펴보았다. 흐릿한 달빛이 닿아 빛나는 옷 중 한 벌을 꺼냈다. 건국제 때 입은 슈미즈 드레스였다. 이 옷을 입고 블랑슈와 춤을 췄었지.

세이블과도 힘겹게 춤을 추던 기억이 떠올라 쿡쿡 웃었다. 지금이야 서로 손을 잡고 키스하고 함께 자는 게 익숙하지만 그때는 상상도 못했는데.

나는 그런 추억을 떠올리며 드레스를 내 몸에 가져다 대보았다. 그 옷은 너무 길고, 너무 작았다. 이 옷뿐만이 아니었다. 드레스룸에 있는 옷들은 다 나의 것이었으나 입을 수 없었다.

그때 문 너머에서 목소리가 들려왔다.

"비비, 들어가도 될까요?"

세이블이었다. 나는 조용히 다가가 문을 열었다. 그는 나를 보곤 환히 웃더니 조명 기구를 올려다보았다.

"어둡지 않습니까? 불을 켤까요?"

"아뇨, 어두운 게 좋아요."

그는 이유를 묻거나 두 번 권하지 않았다. 그저 안으로 들어와 나를 꼭 끌어안고 내 이마에 가볍게 입을 맞추었다.

오늘은 대신들과 회의를 한다고 그랬지. 나는 눈치를 보다가 물었다.

"대신들의 반응은 어떤가요? 저의 처우라든지……. 또다시 마녀재판을 치르게 될까요?"

궁으로 돌아온 뒤, 나는 나 자신을 증명하기 위한 절차를 거쳤다. 그중 하나가 마력 확인이었다. 달리아는 마력을 통해 내가 동일 인물이라는 것을 인증해 주었다.

확인을 받은 건 좋았지만 모두에게 내가 마녀라는 것을 알리게 된 꼴이었다. 세이블이 부드럽게 내 어깨를 쓸어내리며 말했다.

"괜찮습니다. 더 이상 검은 마력의 유무로 사람을 처벌하지 않게 되었습니다."

"정말이요?"

"예. 베리테가 사람들을 설득하느라 많이 고생해 주었습니다. 당신이 언제 돌아오든 맘 편히 이곳에 머무를 수 있도록 만들기 위해."

그 말을 듣자 코끝이 시큰해졌다. 베리테가 얼마나 고생했을지 눈에 선했다.

이제 화형당할 걱정은 없구나. 그럼에도 나는 마냥 기뻐할 수 없었다. 세이블이 조심스레 말했다.

"마력 때문에 사람들을 피하는 거라면 걱정 마십시오. 요즘 거울 방에 홀로 박혀 있을 때가 많아 걱정입니다."

"……마력 때문만은 아니에요."

마력이 없다 하더라도 어떤 사람들의 시선은 변하지 않았다. 백합으로 살 때 자주 느끼던 시선. 멸시하거나 동정하거나.

사용인들마저도 가끔씩 나에게 측은한 시선을 보내곤 했다. 추함은 형벌이었고 나는 죄인이었다. 『미녀와 야수』의 야수가 제 모습을 두려워해 성에 몸을 숨기고 살았던 것이 이해가 가기 시작했다.

"이 모습으로 사람들 앞에 나서기 두려워요. 나는……."

어둑한 드레스룸에 내 목소리만이 울려 퍼졌다. 밝은 곳이었다면 세이블을 마주 보는 게 힘들었을 것이다.

그의 사랑을 의심하지는 않았다. 하지만 미안했다. 이런 모습으로 돌아오고 싶지는 않았는데.

세이블은 내 말에 대답하지 않았다. 그저 나를 꽉 끌어안고만 있을 뿐.

"베리테에게 저주를 푸는 걸 도와달라 하긴 했는데…… . 어떻게 될지는 모르겠어요."

슬레비엔 측의 협조를 받고 있지만 난항이었다. 기드온이 목숨을 대가로 지불한 저주인 만큼 쉽게 열쇠를 만들 수 없었다.

세이블은 여전히 아무 말도 없었다. 나는 그의 가슴에 머리를 기댄 채 조심스레 입을 열었다.

"혹시 레이븐은 어떻게 되었나요?"

궁으로 돌아온 뒤, 나는 레이븐을 만나지 못했다. 만약 그가 갖고 있다는 그 보석을 손에 넣을 수만 있다면. 최소한 밤에라도 아름다운 모습으로 살 수만 있다면 그는 내게 구원자나 마찬가지였다.

레이븐의 행방을 묻는 질문에 세이블은 잠시 머뭇거리는 기색이었다. 그가 망설이다 입을 열었다.

"레이븐은 현재 투옥되어 있습니다."

"투옥이요?"

내심 도주를 했으리라 생각했는데 아직 그가 이곳에 있다는 사실이 놀라웠다. 세이블이 조금 착잡한 얼굴로 입을 열었다.

"이야기하고 싶지는 않지만, 반년 전쯤 그가 저를 찾아왔습니다."

대체 레이븐이 무슨 이야기를 했을까. 어둠 속에서 세이블의 눈이 차갑게 가라앉아 있었다.

"자신이 아비게일을 납치했고, 지금은 모습이 바뀌어 있다 하더군요. 어떤 모습으로 바뀌었는지는 알려 주지 않은 채."

그 말이 반갑기보다는 당황스러웠다. 이해가 가지 않았기 때문이었다. 레이븐이 자백할 이유가 하나도 없었다. 분명 무슨 꿍꿍이가 있는 게 틀림없었다. 세이블도 그렇게 생각하는지 경계심이 서린 낯이었다.

"마음 같아서는 레이븐을 죽이고 싶었습니다. 하지만 유일한 증인이라 별관에 유폐시켜둔 상태였습니다. 그런데 레이븐에 대해서는 왜 물어보십니까?"

"그가…… 제 저주를 푸는 방법을 알고 있어서요."

나는 세이블의 얼굴에 기쁨이 퍼질 것이라 예상했다. 하지만 그는 조금 놀란 것처럼 보일 뿐이었다.

혹여라도 그를 실망하게 할까 두려워 나는 황급히 말을 덧붙였다.

"저주를 다 푸는 건 아니고, 밤에만 원래 모습으로 돌아가는 거지만……."

"그렇습니까."

"네……. 그래서 레이븐과 이야기를 나누고 싶은데, 가능할까요? 지금 당장 만나고 싶어요."

레이븐이 어떤 흉계를 품고 있는지 모르겠지만 두려움과 증오보다는 간절함이 더 컸다.

세이블은 표정을 읽을 수가 없었다. 약간의 시간이 흐른 뒤 그의 단정한 입술이 벌어졌다.

"알겠습니다. 하지만 위험하리라 생각됩니다. 동행해도 괜찮겠습니까?"

"네, 같이 가요."

일 분도 더 기다리고 싶지 않았다. 한시라도 빨리 아비게일의 모습으로 돌아가고 싶었다. 나는 서둘러 외출 준비를 끝내곤 세이블과 함께 궁 외진 곳에 위치한 별관으로 향했다.

입구에 발을 들인 순간부터 횡한 기운이 돌았다. 오랫동안 사람이 들지 않은 폐가 같았다. 입구에서부터 쇠창살이 덧대어져 있어 더욱 흉흉한 분위기가 감돌았다.

세이블이 시선을 주자 경비병이 문을 열어주었다.

"혹 레이븐이 마법으로 탈출할까 싶어 마력 구속 장치를 설치해 두었습니다."

그는 램프를 든 채 앞장을 섰다. 우리의 그림자가 유령처럼 길게 늘어졌다. 어둑한 복도를 지나가다 보니 안쪽에서 빛이 새어 나오는 것을 볼 수 있었다.

그곳은 잘 꾸며진 방이었으나 입구와 마찬가지로 쇠창살이 덧대어져 있었다. 귀족의 서재와 거실, 침실을 하나로 만든 듯한 방. 검붉은 벨벳 소파에 누군가가 비스듬히 앉아 책을 읽고 있었다.

레이븐이었다. 마지막으로 만났을 때는 세이블처럼 짧은 머리카락이었는데, 어느새 길게 자라나 있었다.

"레이븐. 용건이 있소."

"황송하기도 하군요, 세이블리안 전하. 이 시각에 무슨 일……."

레이븐이 무심하게 고개를 들다가 말을 뚝 끊었다. 그의 금안이 내게 고정되어 있었다. 그 눈동자에 이루 말할 수 없는 반가움이 배어 있었다. 레이븐이 천천히 자리에서 일어나 창살 쪽으로 다가왔다.

"레이븐. 그 이상 다가오지 마시오."

세이블의 입에서 흘러나온 말들이 칼날 같았다. 다가오면 망설이지 않고 찌를 듯한 기세.

레이븐 역시 그것을 눈치챘는지 자리에 우뚝 멈춰 섰다. 그리곤 무례한 시선으로 세이블을 힐끗거렸다.

"왕비님을 찾았군요. 못 알아볼 줄 알았는데."

"내가 그녀를 못 알아볼 리가 없잖나."

"왜 왕비님을 모시고 이 야심한 시각에 오신 겁니까? 자랑이라도 하고 싶은 마음이십니까?"

레이븐은 답지 않게 빈정거리고 있었다. 오히려 그 모습이 레이븐 다웠다면 이상한 말일까.

"아비게일이 당신에게 묻고 싶은 게 있다더군."

레이븐의 뺨이 잠시 빳빳하게 굳었다. 짧은 사이 여러 생각이 머릿속을 스쳐 지나가는 것처럼 보였다.

"……세이블리안 전하, 잠시만 자리를 비켜 주십시오."

그 목소리에는 아까와는 다른 공손함이 배어 있었다. 그러나 세이블에게는 딱히 효과가 없는 것 같았다.

"내가 승낙하리라 생각하는가?"

"이야기를 들으셔도 상관없습니다. 다만 자리를 비켜 주시는 편이 왕비님께서 이야기하기 더 편하실 테니."

여전히 겸손한 어조. 사실 레이븐의 말대로였다. 내가 애걸할 때의 표정을 세이블에게 보여 주고 싶지는 않았다.

"부탁할게요. 세이블."

"……무슨 일이 있다면 바로 들어오겠습니다."

그는 내키지 않은 기색이었음에도 방을 나섰다. 발소리는 가까운 곳에서 멈췄다. 아마 문 뒤편에 서 있는 것 같았다.

나는 숨을 깊게 들이마시고 레이븐을 보았다. 그는 감옥 안에 있으면서도 손님을 맞이하는 주인처럼 정중했다.

"오랜만이군요, 레이븐 경."

"예, 오랜만에 뵙습니다. 그나저나 무슨 일로 오셨습니까? 제가 보고 싶어서 오신 것은 아니실 테고."

그가 엷게 웃으며 말했다. 내가 온 이유를 모를 리가 없을 텐데도. 나는 직설적으로 말을 꺼냈다.

"물어볼 게 몇 가지 있어요."

"얼마든지. 새벽이 밝을 때까지도 대답해드리죠."

"그렇게 오래 있고 싶진 않군요. 레이븐 경이 자신의 죄를 자백했다 들었어요. 무슨 속셈이었나요?"

왜 세이블과 나를 만나도록 한 것일까? 내 추한 모습을 세이블에게 보여 주고 싶었던 것일까?

길게 늘어진 레이븐의 그림자가 불빛이 흔들릴 때마다 함께 떨려왔다. 밤공기 같은 목소리가 들려왔다.

"……보고 싶어서 그랬습니다."

보고 싶어서? 내가? 나는 어처구니가 없어 그를 바라보았다. 레이븐은 묵묵히 말을 이어 갔다.

"처음에는 기다리려고 했습니다. 언젠가는 왕비님이 그 모습에 지쳐 답장을 보내올 것이라 믿었습니다."

"……."

"하지만 왕비님께서는 제게 연락을 주지 않으셨죠. 2년 정도가 지나니 저도 받아들일 수밖에 없었습니다. 이대로라면 영원히 왕비님과 만날 수 없으리라는 걸."

그가 빙그레 웃었다. 허탈한 미소였다. 모든 것을 포기한, 마치 실연당한 사람처럼 보였다.

"제가 억지로 끌고 가려 했다면 도리어 왕비님의 마법에 당했을 테죠. 그리고 제가 찾지 못할 곳으로 도망치셨을 테고."

맞는 말이었다. 레이븐이 저주를 약화하는 방법을 알고 있지 않았다면, 첫 번째 편지를 받은 순간 진작 사라졌을 터였다.

또한 내가 이 모습을 증오한다 한들 그의 아내가 되는 일은 없을 터였다. 아무리 오랜 시간이 흘러도.

"그래서 전하를 찾아갔습니다. 만약 전하가 왕비님을 찾는다면 궁에서 만날 수 있을 테니까."

"고작 나를 다시 만나고 싶어서 그랬다고요?"

여전히 믿을 수 없었으나 그의 의중을 읽을 수도 없었다. 그가 유순하게 눈꼬리를 휘었다.

"그것만이 이유는 아닙니다. 제가 조금이라도 속죄를 하면 왕비님께서 저를 용서해 주지 않으실까 하는 마음도 있었죠."

"내가 어디에 있는지, 어떤 모습으로 변화했는지는 세이블에게 말하지 않아 놓고서요?"

"왕비님을 알아보지 못한다면 자격이 없다고 생각했을 뿐입니다."

날이 선 목소리에는 일종의 실망감이 묻어 있었다. 그는 세이블이 나를 알아보지 못하리라 기대했던 모양이었다.

"수상해 보이겠지만 왕비님을 돕고 싶은 것은 진심입니다. 죄인이 되어 왕비님을 뵐 수 있다면 평생을 수인으로 살아도 기쁠 테지요."

나는 긍정도 부정도 하지 않았다. 저 입에서 흘러나오는 모든 말들이 거짓이고 기만 같았다. 레이븐은 가만히 나를 보다가, 방 안의 책상 서랍을 열고 무언가를 꺼내와 손을 내밀었다.

"이 보석에는 왕비님의 저주를 약화하는 마법이 걸려 있습니다. 원하신다면 드리겠습니다."

그의 손에는 금빛이 도는 보석이 들려 있었다. 황홀하고, 독이 어린 듯한 보석. 그 보석에서 차마 눈을 뗄 수가 없었다. 이 세상의 모든 보석을 가져와도 저것만큼 탐이 나지는 않았을 것이다.

함정일지도 모른다는 생각을 하면서도, 나는 넋을 잃은 채 그것을 받아갔다. 레이븐이 빈손을 거두며 말했다.

"그리고 지금에서야 말하지만, 사실 이 마법에 대해 숨긴 것이 있습니다."

"……뭘 숨긴 거죠?"

"이 마법을 사용하면 밤마다 원래의 모습으로 돌아올 수 있다고 설명해 드렸죠. 하지만……."

그는 목소리를 한껏 낮추었다. 시험하는 듯한 속삭임.

"정확히 말하면 밤이 아니라 하루의 절반입니다. 낮 혹은 밤에 보석을 깨트리면, 그 시간 동안은 쭉 아름다운 모습으로 지내실 수 있을 겁니다."

그의 말에 그림자조차 침묵하고 있었다.

낮 혹은 밤. 그 말을 듣자 찬란한 정오의 빛과 새벽의 어둠이 눈앞에 스쳐 지나가는 것만 같았다. 그가 비스듬히 웃었다.

"낮과 밤 중 무엇을 선택하실 건가요?"

"……."

가벼웠던 보석이 갑자기 묵직하게 느껴졌다. 나는 보석을 조심히 그러쥔 뒤, 인사도 남기지 않은 채 별관을 떠났다. 등에 닿는 레이븐의 시선이 더웠다.

궁으로 돌아오는 길. 세이블은 침묵을 지키고 있었다. 분명 레이븐의 이야기를 모두 듣고 있었음에도.

처소로 돌아온 뒤 우리는 한 침대에 누웠다. 밤이 깊었지만 잠이 오지 않았다. 올 수가 없었다. 밤만이라도 아름다운 모습으로 살 수 있기를 간절히 바랐는데 내게 선택지가 주어지다니. 대체 어떤 시간을 선택해야 할까.

낮이라면 대외적인 활동에는 문제가 없을 것이다. 사람을 만나고 상대할 때 고통받는 일은 없어질 테지. 하지만 밤마다 이 추한 얼굴과 몸뚱이로 세이블에게 안겨야 한다니.

궁에 돌아온 뒤, 나는 세이블과 부부 관계를 갖지 않았다. 그에게 미안해서였다. 그에게서 아름다운 아내를 빼앗고 그 자리를 차지한 것만 같은 죄책감.

어느 쪽을 선택하는 것이 세이블에게 도움이 될까. 세이블은 어떻게 생각하고 있을까. 나는 등을 돌리고 누워 있다가 조심스레 몸을 틀었다.

"세이블, 자요?"

"아니요. 깨어 있습니다."

잠기운이 조금도 없는 목소리였다. 그도 생각이 많은 것 같았다.

"아까 레이븐이 했던 이야기 들었나요?"

"……들었습니다."

그 이야기를 들으며 세이블은 무슨 생각을 했을까. 나는 그의 손을 잡고 싶은 충동을 참으며 입을 열었다.

"세이블은 어느 쪽이 좋은가요. 당신이 원하는 쪽으로 선택할게요."

어느 쪽이든 장단점이 있고, 어느 쪽이어도 지금보다는 나을 터였다. 침묵이 우리 사이에 오래 머무르고, 어둠 속에서 그의 목소리가 들려왔다.

"……저는 선택할 수 없는 문제입니다."

"편하게 말해 줘요. 어떤 걸 원하나요?"

"제가 원하는 것은……."

그가 머뭇거리다가 팔을 뻗어 나를 끌어안았다. 그를 밀어내려다가 조용히 안겼다. 그에게서는 차분한 향기가 풍겼다. 눈을 감고, 어둠이 찾아와도 느낄 수 있었다. 세이블이 가만히 이마를 맞대고 속삭였다.

"저는 당신을 원했습니다. 2년간 당신을 찾길 원했습니다. 그리고 당신이 이곳에 있으니 제 소망은 이루어졌고, 충분히 행복합니다."

"……."

"저는 선택할 수 없습니다, 비비. 선택해야만 한다면 당신께서 선택하세요. 당신은 무엇을 원하십니까?"

내가 원하는 것? 내가 원하는 것은…….

나는 입술을 꾹 깨물었다. 무엇을 선택해야 할지 알 수 없었다.

세이블이 가만히 내 머리카락을 어루만졌다. 한참이나 말없이. 그 것은 어떠한 위로나 응원처럼 느껴졌다.

그의 손길이 멈추고 새벽이 깊어갈 때쯤 나는 침대에서 슬그머니 빠져나왔다. 복도로 나오자 달빛이 흐드러지게 궁을 밝히고 있었다. 나는 창가에 걸터앉아 보석을 꺼냈다. 보석은 레이븐의 눈동자와 같은 금빛으로 빛나고 있었다.

내가 원하는 것이 무엇일까. 백합의 모습으로 살아가는 2년 동안, 내가 가장 원했던 것은 무엇이었던가.

낮과 밤 중 어떤 것을 선택해야 할까. 나는 한참이나 달빛 아래에 서 있었다. 밤이 조금씩 스러지고 새벽이 찾아오고 있었다. 선택의 시간이었다.

왕비가 돌아온 여름이 지나 또 한 번의 여름이 찾아왔다.

쨍한 햇살이 나뭇잎 사이로 비치고, 가지각색의 초록빛을 띤 초목들이 궁의 정원을 생기있게 장식하고 있었다. 건국제가 코앞이었다. 네르겐 왕궁에는 여름 이삭 같은 활기가 넘쳐 흐르고 있었다.

건국제 때마다 온 나라가 들뜨지만 올해는 더욱 그랬다. 궁 곳곳에 푸른 이삭으로 만든 리스가 걸려 있고, 그 외에도 수많은 흰 꽃과 리본 장식을 쉬이 찾아볼 수 있었다. 궁 안도, 정원 쪽도 새 단장을 하느라 정신이 없어 보였다. 나는 집무실에서 창밖을 내다보다 흐뭇하게 웃고는 노마에게 시선을 틀었다.

"노마, 결혼식 준비는 잘 되어 가고 있겠지? 손님들 방은?"

내가 돌아온 지 1년이 지났다. 블랑슈는 이제 열여섯이 되었고, 결혼식을 앞두고 있었다!

1년이 바쁘게 지나갔다. 일반인의 결혼식도 준비에 오랜 시간이 걸리는데, 왕족의 결혼식은 더했다. 몇 년이 걸릴 수도 있었는데 1년간 열심히 준비해서 건국제 때까지 맞출 수 있었다.

노마는 들고 있던 서류를 내게 내밀었다.

"손님들이 머무르실 곳은 다 확인해 두었습니다. 불편함이 없도록 종족 특성에 맞춰 준비한 상태입니다."

"고마워. 역시 내가 보좌관 하나는 잘 뽑았다니까."

"과찬이십니다."

결혼식을 준비하는 일 년 동안 여러 일이 있었다. 우선 노마가 내 보좌관이 되었다. 그녀는 지금 바지 정장을 입고 굽이 있는 구두를 신은 채였다. 구두 때문에 큰 키가 더욱 커 보였다.

진짜 웬만한 남자들 정수리는 다 구경할 수 있을 정도였다. 한 번은 누가 키로 뭐라 하자, 노마는 이렇게 답했다.

[무슨 상관입니까? 인어들은 저보다 훨씬 키가 큰데도 아무렇지 않게 다니지 않습니까. 군힐드 님만 해도 자기 키에 신경 쓰지 않으십니다.]

이종족과의 교류 역시 순탄하게 진행되고 있었다. 현재 궁에는 각 종족의 사절단이 머무르며, 서로의 문화를 배워나가고 있었다.

"클라라도 오랜만에 보겠네. 보고 싶다. 잘 지내겠지?"

"예. 의상실이 성황이더군요."

클라라를 자주 볼 수 없는 것은 서운하지만, 자신의 꿈을 이룬 것은 축하할 일이었다. 그녀는 시녀 자리에서 은퇴한 뒤 기술을 배워 자신만의 의상실을 차렸다. 란제리 전문으로.

그때 사교계가 아주 발칵 뒤집혔지. 다른 사람도 아닌 귀족 여식이 속옷을 만들어 파는 거니까. 집안에서도 반대가 심했고 약혼 제안도 전부 무산이 되었다고 들었다.

한 약혼자 후보와 싸운 일은 몇 달이 지난 지금도 사람들의 입에 오르내리고 있었다.

[시집도 안 간 귀족 아가씨가 속옷이라니, 부끄럽지도 않습니까?]

[왜 부끄럽나요? 영식께서는 속옷 안 입으세요? 안 입으면 인정할 게요.]

그 일화로 인해 구설수에 오르고 클라라의 악명은 높아졌지만, 홍보가 되어 장사는 더 잘 되고 있다고 들었다. 일단 클라라 본인은 만족하는 중이다.

"클라라가 선물을 보내왔습니다만. 확인하시겠습니까?"

"란제리지?"

"란제립니다."

가끔씩 클라라는 자신이 만든 속옷을 보내 주곤 했다. 화려한 것도 있었고, 편한 것도 있었다. 여러 방향으로 연구를 하고 있는 모양이었다. 나는 양쪽 모두 좋지만.

"좋아. 그러면 일단 확인해 볼⋯⋯. 음?"

그때 문밖에서 요란한 발소리가 들려왔다. 마치 멧돼지가 돌진하는 듯한 발걸음. 우다다다 뛰어오는 소리와 함께 문이 벌컥 열렸다.

"아비게일!"

"나디아!"

나디아가 망토를 펄럭이며 뛰어 들어왔다. 반가운 침입자를 보고 나도 자리에서 벌떡 일어났다. 그녀가 반가워 어쩔 줄 몰라 하며 나를 번쩍 들어 올렸다.

"아비게일! 아비게일! 보고 싶었어! 이게 얼마 만이야. 일이 너무 바빠서⋯⋯."

"무, 무거워요! 이 모습은 살이 쪘다고요!"

나는 지금 백합의 모습을 하고 있었다. 분명히 무거울 텐데? 하지만 나디아는 개의치 않아 하며 나를 들고 빙글빙글 돌았다.

"괜찮아. 하나도 안 무거워. 그리고 아비게일을 못 든다면, 아비게일이 무거운 게 아니라 내가 약한 거니까. 더 단련하면 돼!"

나디아는 정말 아무렇지 않게 나를 들고 있었다. 그러고 보니 못 본 사이에 근육이 더 늘어난 것 같기는 하다. 그 군힐드까지 이겼으니 어느 정도 예상은 했지만……. 그녀는 가벼운 솜인형이라도 갖고 놀 듯 나를 둥개둥개 하다가 바닥에 내려놓았다.

"아아, 이렇게 자주 못 볼 줄 알았으면 왕 되지 말 걸 그랬나 봐. 할 일이 너무 많아."

나디아가 조금 시무룩해져서 나를 꽉 끌어안았다. 그때 문 쪽에서 투덜거리는 목소리가 들려왔다.

"나디아 전하, 제발 체통 좀 지키세요. 어디 부끄러워서 내놓겠나."

그곳에는 카린이 서 있었다. 그녀는 처음 마주했을 때와는 사뭇 다른 모습을 하고 있었다.

화려한 액세서리를 하고 있었으나 인어의 옷을 입고 있었고, 머리카락은 짧았다. 머리카락을 말리기 번거롭다는 이유에서였다.

"카린, 오랜만이에요. 잘 지내고 있죠? 보고 싶었어요."

나는 그렇게 말하며 비어 있는 한쪽 팔을 벌렸다. 그러자 새침하던 카린이 후다닥 달려와 안겼다.

"왕비님, 저도 보고 싶었어요."

어휴, 얘도 아직 애라니까. 애교 섞인 투정을 부리는 카린이 귀여웠다. 나는 웃으며 카린을 꽉 끌어안았다. 그녀에게서는 나디아와 같은 바다 냄새가 났다.

"중립 구역에서 지내는 건 좀 어때요? 외교관 일이 힘들지는 않고?"

"네. 그럭저럭 버틸 만해요."

카린 역시 궁을 떠나갔다. 아틀란시아와의 교류가 시작될 무렵, 인간과 인어가 함께 머무를 수 있는 중립 지대를 만들기 시작했다.

그 과정에서 필요한 것이 외교관이었다. 아틀란시아 쪽으로 보낼 사람을 찾던 중, 뜻밖으로 카린이 지원을 해 왔다.

[저는 나디아 전하와 오래 지내왔으니, 비교적 그들의 문화에 대해서 잘 알아요. 그리고 이 나라의 대표가 될 만큼의 교양도 있고요.]

사람들은 카린이 어린 점, 외교관 경험이 전무하다는 점을 내세워 반대했지만……. 카린 성격상 남이 반대한다고 순순히 굽힐 리도 없었고, 나디아 역시 그녀를 환영했다.

그렇게 카린은 바다로 떠나갔다. 그리고 호언장담했던 만큼 놀라울 정도로 외교관 일을 잘 해내고 있었다. 그래도 걱정은 있었다. 나는 카린의 안색을 유심히 살피며 물었다.

"그래도 많이 힘들 텐데 괜찮나요? 아예 외국으로 가서 사는 게 보통 일은 아니잖아요."

그것도 그냥 외국이 아니고 이종족의 나라다. 수영을 배워본 적 없는 카린이 바닷가에 가서 큰 어려움을 겪었다는 이야기도 들었다. 아직 이종족 차별이 사라진 것도 아니었다. 마력이 없고 신체적으로도 약한 카린이 인어들의 눈에 어떻게 비칠지 상상하면…….

그럼에도 카린은 태연해 보였다. 그녀가 도도한 얼굴로 턱을 치켜들었다.

"전 카린이잖아요. 좀 어려워도 문제없어요. 그리고 전 돌아갈 집도 없는걸요."

그녀가 자조 섞인 농담을 던졌다. 나는 입술을 꾹 다문 채 카린을 바라보았다.

"카린이 돌아갈 곳이 왜 없어요?"

카린은 어리둥절한 눈치였다. 나는 그런 그녀를 힘껏 끌어안으며 말했다.

"이 네르겐 왕궁이 카린의 집이고, 내가 카린의 가족이에요. 힘들면 언제라도 돌아와요."

나의 친구이며, 동생 같기도 한 카린. 가족들이 그녀를 외면한다면 내가 그녀의 가족이 되어 주고 싶었다.

카린은 아무런 말 없이 내 등을 꼬옥 끌어안았다. 그리고는 내 어깨에 고개를 파묻고는 조금 먹먹한 목소리로 말했다.

"왕비님. 정말 저를 끝까지 힘들게 하시네요……."

"응? 뭐가요?"

"하…… 아니에요. 괜찮아요. 이제 적응했으니까."

대체 무슨 말이지? 카린을 달랜 뒤 품에서 놓아 주었다. 그런데 분위기가 조금 묘했다. 나디아와 카린이 입을 다문 채 시선만 교환하고 있었다. 둘 다 어쩐지 난감한 눈치였다. 카린이 옆구리를 쿡 찌르자, 나디아가 큼큼 기침 소리를 냈다.

"그, 아비게일? 사실 할 이야기가 있어."

"무슨 이야기요?"

"나랑 카린이랑 사귄다."

예고 없이 훅 들어온 희소식에 나는 놀라 두 사람을 바라보았다. 나디아는 좀 멋쩍은 듯한 얼굴로 뒤통수를 긁고 있었다.

"물론 아비게일도 좋아해! 이제는 친구로 좋아하는 거지만. 그래도 정말 좋아해!"

"신경 쓰지 말아요. 나도 나디아를 좋아하는걸요. 진심으로 축하해요. 둘이 정말 잘 어울려요!"

예전부터 투닥거리면서도 잘 지낸다 싶더니 이렇게 되었구나! 카린이 입을 삐쭉 내밀었다.

"잘 어울리긴요. 제가 아깝죠."

"너무해! 자꾸 그러면 나 다시 아비게일한테 간다?"

"그러시던가요. 저도 왕비님한테 갈 거예요. 여기가 우리 집이라고 하셨으니까."

사귀는 사이가 되어도 싸우는 건 여전하구나. 하지만 둘 다 진심으로 싸우지 않는 게 눈에 보여 나는 쿡쿡 웃었다.

"혹시 둘이 결혼 계획은 있어요?"

"으음, 나는 하고 싶은데……. 카린이 싫대."

"외교관 일 하기도 바빠 죽겠는데 왕비 노릇까지 어떻게 해요?"

카린이 툴툴대며 말했다. 나는 놀랄 수밖에 없었다. 왕비가 아닌 외교관으로 살기를 선택하다니.

그녀에게 왕비는 오랜 꿈일 터였다. 세이블리안의 아내가 되기 위해 무던히 노력해 왔지 않은가. 그런데 왕비 직을 마다하다니. 뜻밖이면서도 어쩐지 카린답다는 생각이 들었다.

외교관도, 왕비도 어느 쪽도 잘 어울린다. 카린은 시계를 힐끗 보더니 조금 사무적인 얼굴로 입을 열었다.

"사실 세이블리안 전하한테 먼저 가야 했는데, 왕비님께 먼저 와 버렸어요. 관례상으로는 실례니 비공식적인 걸로 해 주세요. 나디아 전하, 이제 세이블리안 전하한테 인사하러 가요."

"으으, 아비게일이랑 더 있고 싶은데⋯⋯."

"어휴, 그만 징징대고 따라와요! 그럼 실례할게요, 왕비님."

"아비게일, 또 보자!"

해일처럼 몰려왔던 두 사람이 썰물처럼 빠져나갔다. 노마가 구석에서 웃음을 참고 있는 게 보였다.

두 사람은 오랜만에 봐도 여전하네. 마음 같아서는 밤새도록 이야기를 나누고 싶지만, 내일 결혼식 준비부터 끝내자.

"나도 마지막으로 점검해야겠네. 확인 부탁해, 노마."

"네, 왕비님."

나는 집무실을 빠져나와 결혼식 준비를 확인했다.

그사이 긴 여름 해가 저물기 시작했다. 낮에서 밤으로 변화하는 시각, 하늘은 보랏빛으로 물들어 가고 있었다.

맑은 여름밤이 찾아왔다. 찌르르 찌르르, 풀벌레 우는 소리와 함께. 어느새 잠자리에 들 시각이었다. 나는 옷을 갈아입고 침소로 향했다. 도착해 보니 세이블이 먼저 와 있었다.

"여보, 오셨군요."

그의 얼굴에 웃음이 가득했다. 나는 그에게 다가가 가볍게 입을 맞췄다.

"많이 기다렸어요?"

"아닙니다. 마침 슬슬 여보가 오실 시간이라, 차를 가지러 갈까 했던 참이에요. 드시겠습니까?"

"네. 좋아요."

이 밤을 한 잔의 차와 사랑하는 사람과의 담소로 마무리하면 너무도 행복할 것 같았다. 세이블은 잠시 기다리라는 듯 내 뺨에 입을 맞추고는 방을 나섰다. 나는 그가 입 맞춘 뺨을 괜히 매만져 보았다.

헤헤, 몇 년이 지나도 참 좋다.

그러다 문득 나는 유리창 쪽을 돌아보았다. 어둠을 머금은 유리창은 마치 검은 거울처럼 나를 비추고 있었다.

그곳에는 검은 머리카락을 한 여자가 비치고 있었다. 내 전생의 얼굴이었다.

전생의 내 얼굴이 거기에 있었다. 나는 낮에도 밤에도 백합이었다. 레이븐의 마법이 거짓인 것은 아니었다.

나는 낮과 밤 중 어느 것도 선택하지 않았다. 저주를 풀지 않는 길을 선택했다. 그런 결정을 내리는 것이 쉬운 일은 아니었다. 그래도 나는 아름다운 모습으로 사는 것을 선택하지 않았다.

궁을 떠난 2년간 나는 간절히 저주를 풀려고 했다. 아비게일의 모습을 되찾고 싶었으나, 그것은 수단일 뿐이었다.

나는 내 가족들에게 돌아오고 싶었다. 그것만이 내 소망이고, 소원이고, 간절한 바람이었다. 또한 블랑슈를 위해서 내린 결정이기도 했다. 언젠가 블랑슈와 했던 이야기가 떠올랐다.

[저도 다이어트를 하는 게 좋을까요?]

[그게 무슨 말이에요. 블랑슈는 어리잖아요. 아직은 관리할 필요 없어요.]

[그러면 저는 몇 살부터 관리를 하면 되나요?]

나는 블랑슈가 어떤 모습을 해도 행복하길 바랐다. 그 아이에게 어떤 모습이 되어도 괜찮다고 이야기하고 싶었다. 그런데 정작 내가 내 모습을 경멸하고, 그것을 바꾸려고 한다면……. 어느 날 블랑슈가 살이 찌거나 나이가 들거나 했을 때 자신을 미워하게 될 것 같았다.

아름다워지기 위해 자신을 꾸미거나 관리하는 것 자체를 반대하지는 않는다. 그것이 누군가에게는 즐거움이 될 수도 있으니까. 하지만 스스로가 불편함을 못 느끼는데, 오로지 타인의 시선 때문에 자신을 재단하고 싶어 한다면?

그런 것은 싫었다. 그래서 내 아이를 위해 조금만 더 버텨보기로 했다. 레이븐이 건네준 보석이 사라지는 것도 아니니까 조금만 더 버텨 보자고. 정 못 버티겠으면 그때 저주를 약화해도 되니까.

하루만 더 버텨보자, 이틀만 더 버텨보자 마음을 먹었다. 시간이 흘러가던 중 달이 바뀌고, 계절이 바뀌었다. 그렇게 레이븐의 보석을 서랍 깊숙한 곳에 처박았고, 어느 날 나에게 어떤 사건이 일어났다.

나는 조용히 손을 들어 마력을 내보냈다. 유리창에 비친 내 눈동자는 자수정과 같은 색이었다. 검은색의 마력과 보라색의 마력이 서로 얽힌 채 밤하늘의 오로라처럼 일렁거리고 있었다. 마력의 영향을 받아, 눈동자도 보랏빛이 돌고 있었다.

보라색 마력이 생겼을 때 엄청 놀랐지. 베리테에게 달려가 자초지종을 이야기하니, 베리테는 기뻐하며 설명을 해 주었다.

[커다란 심경 변화나 사건을 겪으면 마력의 색이 바뀌거나 개화하는 경우가 있어. 정말 드문 경우인데!]

[그, 그렇구나. 그나저나 보라색 마력의 특성은 뭐야?]

[보라색 마력의 특성은…… 변화야.]

낮이 밤으로 변화하는 순간, 그 하늘이 보라색으로 물드는 것처럼. 내가 가진 마력은 변화를 상징한다고 했다. 나는 보라색 마력을 마법으로 치환해 내게 사용했다. 아비게일의 아름다운 얼굴이 유리창에 비쳤다.

보라색 마력 덕분에 나는 이제 어떤 모습이든 될 수 있었다. 아비게일의 모습으로 평생을 사는 것도 가능하지만…….

나는 손가락을 까딱거려 마법을 풀었다. 다시 검은 머리의 여자가 나타났다. 흠. 뭐 아비게일의 얼굴로 살아도 나쁘진 않겠지만 굳이 그러고 싶지는 않았다.

가끔 기분 전환으로 바꿔 보는 것도 괜찮겠지. 그러나 지금은 아니었다.

"여보, 차 가져왔습니다."

세이블의 목소리가 들려와 나는 테이블 쪽으로 다가갔다. 따뜻한 캐모마일 향이 풍겨 왔다.

"고마워요. 향이 좋……. 아니, 당신 울었어요?"

어둠 속에서 눈물 자국이 흐릿하게 빛나고 있었다. 그가 다급히 눈두덩이를 문질렀다.

"아닙니다. 블랑슈가 내일 결혼한다니 어쩐지 조금 심란해서……."

세이블의 눈가가 또다시 촉촉해졌다. 이쯤 되면 철혈왕(鐵血王)이 아니라 옥루왕(玉淚王)이라고 불리겠다. 후대가 그를 세기의 팔불출로 기억하겠군. 그것도 나쁘지는 않지만.

에휴, 우리 남편. 이렇게 마음이 여려서 어떡하나. 사실 나도 울적하긴 하다. 블랑슈가 결혼을 하다니. 기쁜 동시에 뭐라 말할 수 없는 감정이 내 몸속을 가득 채웠다.

내가 그를 꼭 끌어안자, 세이블이 작게 훌쩍거렸다. 그 소리를 들으니까 나도 울 것 같았다. 큰일이다. 여기서 내가 울면 둘 다 울음이 터질 거고, 내일 퉁퉁 부은 얼굴로 결혼식에 가겠지. 그것만은 안 돼!

"울면 안 돼요, 세이블. 내일 블랑슈에게 웃어줘야지요. 우리가 우는 얼굴로 나타나면 블랑슈가 서운해해요."

"예, 이제 안 울겠습니다. 차가 적당히 식었으니, 이제 드셔도 될 것 같습니다."

그는 블랑슈 생각을 하지 않으려는 듯 화제를 돌렸다. 나는 고개를 끄덕이고 따스한 찻잔을 들어 올렸다.

좋은 향기가 나네. 그런데 아직도 내게는 조금 뜨거운 것 같았다. 후, 불어 식히고 있는데 세이블이 가만히 바라보고 있는 게 느껴졌다.

"세이블, 왜 그렇게 봐요?"

"여보가 귀여우셔서요."

그 말을 들은 순간 나는 넋이 나가고 말았다. 아비게일이었을 때 들었던 말. 나는 쿡쿡 웃으며 말했다.

"하나도 안 귀여운데요."

"아니요. 귀여운데요."

"제가 하품해도 귀엽다고 하시겠네요."

"잘 아시는군요. 릴리는 뭘 해도 귀엽습니다."

그가 눈웃음을 지으며 말했다. 릴리, 라고 불린 내 이름이 어쩐지 쑥스러웠다.

내가 백합의 모습으로 살아가기로 결심한 날. 나는 세이블에게 진실을 털어놓았다. 나는 사실 아비게일이 아니라고. 죽었다가 눈을 떠보니 이 몸에 들어와 있었을 뿐이라고.

이 세계의 사람도 아니라고 했다. 세이블은 놀란 눈으로 내 이야기를 묵묵히 들은 뒤, 딱 한 가지 질문을 했다.

[그렇군요. 그러면 당신의 진짜 이름은 무엇입니까?]

그 뒤로 그는 나를 백합이라고, 릴리라고 불렀다. 나는 전생의 모습과 이름을 되찾은 채 살아가게 되었다. 여러 이유로 인해 공식 석상에서는 아비게일이라는 이름을 쓰고 있지만.

나는 찻잔을 만지작거리며 말했다.

"사실은 아직도 당신에게 미안해요. 그래도 아비게일의 모습일 때가 더 나을 텐데……."

그의 태도는 변함이 없었지만 그래도 미안했다. 세이블은 자리에서 일어나 내게 다가왔다. 그는 가만히 내 뺨에 입을 맞추었다. 세이블에게서 달콤한 차 향기가 났다.

"어떤 모습이 되더라도, 당신은 내게 세상에서 가장 사랑스러운 사람이에요."

그의 숨만큼이나 달콤한 말이었다. 이런 말은 정말 어디에서 배워 온 거람. 정말이지 사랑하지 않으려야 않을 수가 없다.

나도 세이블의 뺨에 키스했다. 차를 마셔서 그런가, 그의 뺨이 화끈했다. 내 입술도, 조금 더워지는 것 같기도 하고……. 그러다 문득 오늘 받은 선물이 떠올랐다.

"아, 그러고 보니 클라라가 선물을 보내 왔어요. 아직 확인을 못 했는데 같이 봐요."

"예. 기대되는군요."

나는 잘 포장된 상자를 가져왔다. 빨간색의 리본을 풀고 상자를 열어본 순간, 우리는 동시에 침묵했다.

"와…… 이거……."

"파격적이군요."

정말이지 패션계의 이단아라는 소리를 듣는 클라라다웠다. 정말이지 실험 정신이 투철하다니까.

예쁘긴 예쁜데…… 나는 차마 그것에 손을 대지 못하고 있었다. 이걸 뭐라고 하지.

아비게일이면 괜찮았을 것 같은데. 이 몸매에 이런 걸 입어도 괜찮을까? 그때 세이블이 작게 헛기침을 하며 말했다.

"릴리한테 잘 어울릴 것 같은데……."

"……보고 싶어요?"

그가 빠르게 고개를 끄덕였다. 얼굴이 조금 붉게 물들어 있었다. 나는 키득키득 웃으며 그의 목을 끌어안았다.

"알았어요. 선물 받은 거니까 입죠, 뭐."

"입으려면 우선 벗어야겠죠? 도와드릴까요?"

그는 그렇게 말하며 슬금슬금 내 옷자락에 손을 가져다 댔다. 어휴, 결혼식 전날이라 자제하려 했는데.

"부탁할게요, 세이블."

"영광입니다, 릴리."

우리는 서로를 담비, 백합이라 부르며 웃었다. 그의 눈에는 여전히 변함없는 애정이 꿀처럼 흘러내리고 있었다.

세이블이 나를 안아 들고 침대로 향했다. 그리고는 후, 숨을 불어 향초를 껐다. 방 안에 어둠이 찾아오자 아무것도 보이지 않았다. 그저 이곳에는 나와 세이블만이 있었다. 그것만으로 충분했다.

결혼식 당일은 구름 한 점 없이 쾌청했다. 하늘은 청명한 푸른색으로 빛나고 있었다. 블랑슈의 결혼식은 야외에서 치러질 예정이었다.

밖을 내다보니 잘 꾸며진 정원 곳곳에 테이블이 놓여 있고, 수많은 사람이 북적이고 있었다. 건물 안에 있어도 그 말소리들이 선명하게 들릴 정도였다. 옆에 서 있던 노마가 말했다.

"왕비님. 슬슬 나가셔야 합니다."

"아, 응."

나가야 한다.

그 사실을 떠올리자 손에 힘이 들어가고 숨이 밭아졌다.

더 이상 궁의 사람들이 나를 이상하게 보지는 않았다. 하지만 이 모습이 된 뒤, 이토록 많은 사람 앞에 나선 적이 없었다. 내 모습을 보고 비웃으면 어떡하나, 손가락질하면 어떡하나.

별일이 없을 거라 생각하면서도 쉬이 발이 떨어지지 않았다. 그때 타박타박 걸어오는 발소리가 들렸다.

"장모님, 여기 있었구나."

베리테가 빼꼼하고 고개를 내밀었다. 평소에도 귀여웠던 베리테지만 오늘은 한층 더 매력적이었다.

내가 만든 흰 예복이 맵시 있게 잘 어울렸다. 부토니에르 끝에는 은제 톱니 장식과 백합이 달린 채였다.

"이제 곧 나가려고 했어. 무슨 일이야?"

"장모님한테 나 옷 좀 봐 달라고 하러 왔지. 어때. 잘 어울려? 나 멋있어?"

베리테가 양 허리에 손을 올리고는 포즈를 취했다. 나는 작게 웃으며 베리테의 옷매무새를 다듬어 주었다.

"어휴, 그럼 당연히 멋지지. 우리 사위 멋있다!"

"에헴. 당연하지. 누가 만들어 준 옷인데."

정말 귀엽기도 하지. 내가 사위 하나는 잘 얻었다니까. 베리테가 미소를 띤 채 가만히 내 안색을 살폈다.

"장모님 그런데 왜 아직도 여기 있었어? 나가 봐야 하는 거 아니야?"

"아, 그게……. 조금 긴장해서. 이렇게 사람 많은 곳에 나가는 건 이 모습이 된 뒤 처음이니까."

나는 조금 머쓱해져서 말했다. 베리테는 그런 나를 가만히 보다가, 씩 웃으며 내 손을 잡았다.

"괜찮아. 장모님. 나만 믿어. 별일 없을 거야."

그랬으면 좋겠다. 그리고 별일 있어 봐야 좀 불쌍한 눈으로 바라보는 게 전부일 테지.

나는 고개를 끄덕이고 베리테와 함께 입구로 향했다. 여름 볕이 참으로 밝았다. 입구가 가까워질수록 사람들의 웅성거림이 한층 더 강하게 느껴졌다. 나는 바닥만 보고 걷다가 두 눈을 질끈 감았다.

오늘은 블랑슈의 결혼식. 주눅이 들고 그늘진 얼굴을 보일 수는 없다. 누가 나를 경멸하더라도 환하게 웃어 보여야지. 그렇게 굳게 마음을 먹고 고개를 들었다.

그리고 궁 밖으로 나간 순간, 모두의 시선이 내게 쏠렸다.

"왕비님, 공주님의 결혼을 축하드립니다!"

"진심으로 축하드립니다, 왕비님!"

나는 태연하게 웃으며 인사를 건넸으나 심장은 불안하게 쿵쿵대고 있었다.

괜찮아. 불쌍하게 여기는 시선은 익숙하니까, 익숙……. 어라?

수많은 사람의 시선이 나를 향해 있었지만 내가 예상하던 눈초리들은 보이지 않았다. 경멸이나 동정하는 기색은 없었다. 아비게일의 모습이었을 때와 다를 것 없는 시선들이었다. 따스한 미소를 품은 얼굴들. 애정과 호의, 일종의 존경까지 어린 시선.

무슨 일이지? 의아함을 품은 채 나는 천천히 내 자리에 앉았다. 세이블의 자리는 비어 있었다. 주위를 둘러보니 세이블이 저 멀리서 대신들과 이야기를 나누고 있는 것이 보였다.

다행히 그의 표정은 온화해 보였다. 블랑슈와 베리테의 결혼을 반대하는 세력이 없어져서 그런 것 같기도 했다.

3년 전, 대비에게 협력했던 대신들은 모두 숙청되었다. 그중에는 이종족과의 교류를 반대하는 자들이 대다수였다. 남은 대신 중에도 이종족을 탐탁지 않아 하는 이들이 있었다지만, 이제는 그들도 이종족이 우리와 별다를 바 없는 사람이라는 걸 받아들인 것 같았다.

그렇게 세이블이 이야기를 나누는 사이. 외국의 사절단이 그에게 다가왔다. 그 사이에는 크로넨버그의 사절인 모이즈 경도 있었다. 모이즈 경이 비굴하기까지 한 얼굴로 절절매는 것이 보였다.

저 모습을 보니 협정 때 일이 떠올랐다. 레타와 모르카는 공국으로 인정받아 편입되었지만, 크로넨버그는 그 과정이 순탄치 않았다. 세이블은 크로넨버그에 막대한 보상금을 요구하는 동시에 다음과 같은 조건을 내걸었다고 한다.

[전쟁 범죄자인 케인 크로넨버그를 왕위 계승자에서 제외하고, 지하 감옥에 유폐하지 않는다면 크로넨버그의 항복 선언은 받아들이지 않겠소.]

크로넨버그는 그 명령을 따를 수밖에 없었다. 그리고 내가 돌아온 뒤, 케인이 눈물 젖은 탄원서를 보내왔지. 구금형이 아니면 뭐든 다 하겠다길래 나는 전언을 전해 달라 부탁했다.

[구금형이 싫으면 교수형도 있는데요.]

그러자 더 이상 탄원서는 날아오지 않았다. 앞으로 두 번 다시 볼 일은 없을 거다. 찾아오면 저주라도 왕창 걸어버리지 뭐.

그런 생각을 하며 키득키득 웃던 중, 누군가가 내게 다가왔다.

"저, 왕비님……."

정면을 바라보니, 여러 명의 요정과 인어들이 내 앞에 서 있었다. 처음 보는 사람들. 그들은 조금 쑥스러운 낯으로 서 있었다.

"왕비님, 블랑슈 공주님의 결혼을 축하드립니다. 그리고 이거……."

한 남자 인어가 무언가를 불쑥 내밀었다. 흰 산호로 만든 머리 장식이었다. 참 예쁘다. 블랑슈의 머리카락에 꽂으면 잘 어울리겠네. 나는 기쁜 마음으로 그것을 받아 들었다.

"블랑슈에게 전해 주면 될까요?"

"아뇨. 그게…… 왕비님께 드리는 겁니다!"

"내게요?"

"예!"

그가 잔뜩 긴장한 어조로 말했다. 내가 선물을 받아 주지 않으면 어쩌나 걱정하는 눈치.

음. 내가 블랑슈 엄마니까 주는 거겠지? 나는 그것을 소중히 받아 들며 웃었다.

"고마워요. 잘 간직할게요."

"헉, 감사합니다!"

아니, 왜 선물을 주는데 감사하다고 하지? 내가 선물을 받아 들자, 다른 요정과 인어들이 너나 할 거 없이 내게 선물을 안겼다.

"제, 제 선물도 받아 주세요! 이거 제가 만든 마도구예요."

"바다에서도 진귀한 흑진주를 가져왔어요. 마음에 드시면 좋겠어요!"

뭐, 뭐야? 무슨 일이야? 내가 얼떨떨해하고 있자 옆에 서 있던 베리테가 슬그머니 끼어들었다.

"이봐, 선물은 나중에 전달하라고. 우리 장모님 바쁘시다."

"앗, 네. 알겠어요, 오베론 왕자님. 그, 그럼 왕비님. 평안하세요……!"

요정들은 후다닥 사라졌고, 인어들도 눈치를 보다가 슬금슬금 물러갔다. 떠나가는 그들에게서 들뜬 목소리가 들려왔다.

"왕비님이 내 선물을 받아 주셨어!"

"나한테는 눈을 마주치고 웃어주기까지 하셨다고!"

"바보야. 나한테 웃어주신 거야!"

나는 옆자리에 쌓인 선물들을 멍하게 바라보았다. 어느새 작은 바위만큼 상자가 쌓여 있었다.

누가 보면 내 결혼식인 줄 알겠다. 영문을 알 수 없는 선물 세례에 나도 모르게 혼잣말을 중얼거렸다.

"왜 나한테 선물을 주지……?"

내 말을 듣고 베리테가 히죽 웃었다. 그리고는 당연하다는 듯이 말했다.

"그야 장모님을 좋아하니까. 쟤네 전부 장모님 팬이라고."

팬? 아니, 저 친구들이 내 팬클럽이었단 말인가. 베리테의 말을 듣자 더더욱 이해가 가지 않았다.

"나를 좋아한다고? 왜?"

"뭐 여러 이유가 있겠지만, 장모님이 디자인하는 옷이 유명하기도 하고 마력에 끌리는 것도 있겠지. 이종족도 마도구처럼 강한 마력을 지닌 이들에게 본능적으로 끌리거든."

"아하, 그런 거였구나. 하긴······."

내 외모를 보고 좋아할 리는 없으니까 오히려 납득이 갔다. 보라색 마력이 생기면서 마력의 양도 부쩍 늘어났으니까.

베리테는 그런 나를 빤히 바라보다가 툭 던지듯 말했다.

"내 외모 때문에 좋아할 일은 없다, 그런 생각을 하는 건 아니지?"

"어떻게 알았어?"

마법으로 내 속내라도 읽은 건가? 내가 당황하는 사이 베리테가 주머니에서 무언가를 꺼냈다.

"사위가 우리 장모님 마음을 모르면 쓰나. 자, 이거 봐봐."

베리테가 내민 것은 작은 회중시계처럼 보였지만, 뚜껑을 열자 안에는 거울이 있었다. 그 안을 들여다보자 거울에 다른 장소가 비치기 시작했다. 아마도 궁 안의 풍경 같았다. 사람들이 재잘거리는 목소리가 들려왔다.

[요즘 왕비님, 되게 예뻐지지 않으셨어?]

[맞아. 원래도 좀 귀여우셨는데, 점점 얼굴이 밝아지셔서 그런지 더 보기 좋더라.]

[웃는 모습이 너무 예쁘셔. 게다가 멋지고, 우아하시고······!]

하녀와 하인들이 웃으며 수다를 떨고 있었다. 한 하녀가 헤실 웃으며 말했다.

[외모뿐만이 아니야. 똑똑하고, 유능하신 데다가 상냥하기까지 하시다니까.]

[지나갈 때마다 수고한다 말을 걸어 주시는데, 그런 분은 처음 봤어.]

이야기를 나누고 있는 사람들은 모두 인간이었다. 곧 화면이 바뀌고, 귀족들의 모습이 나타났다.

[하아, 왕비님과 한 번만이라도 무도회 때 춤을 출 수 있다면 좋으련만……. 자꾸 그분 모습이 눈앞에 아른거려.]

[저도 왕비님을 더 가까이서 뵙고 싶긴 합니다. 사랑스러운 분이니까요.]

내가 궁으로 돌아왔을 때, 나를 떨떠름한 시선으로 보던 사람들이었다. 그들은 미소를 띤 채 말을 이어 갔다.

[사실 이종족과 교류를 시작했을 때는 여러모로 불안했는데, 지금으로서는 정말 다행이라 생각합니다. 이 3년간 이렇게 나라가 부강해질 줄이야.]

[그것도 다 왕비님의 덕이지. 훌륭한 왕비님을 모시게 되어 영광일세.]

[왕비님이 만들어낸 옷들이 외국에도 유행하고 있다더군요. 정말이지 뛰어난 안목을 갖고 계신 분입니다.]

나에게는 모두 낯선 말들이었다. 이 사람들이 이야기하는 게 내가 맞나 싶을 정도로.

베리테가 거울을 다시 챙겨간 뒤에야 나는 정신을 차릴 수 있었다. 그가 뿌듯한 얼굴로 말했다.

"이 사람들은 다 인간이야. 마력을 느끼지 못해. 그런데도 장모님을 좋아해."

그러고 보니 궁에 들어온 지 몇 달이 지난 뒤부터는 딱히 불쾌한 시선을 느끼지 못하긴 했지만…….

"장모님은 어떤 모습이 되어도 태양 같은 사람이야. 그러니까 너무 걱정하지 마. 장모님이 웃어야 세상이 빛나는 거 같으니까."

은빛의 눈동자가 즐거운 듯이 반짝였다. 그때, 저 멀리서 요정들이 뭐라고 소리를 지르는 게 들려왔다. 아마도 베리테를 찾는 것 같았다. 베리테도 그 목소리를 듣고는 발을 옮겼다.

"그럼 나 결혼식 준비하러 갈게. 이따 봐, 장모님!"

"그, 그래."

나는 허둥지둥 떠나가는 베리테를 멍하게 배웅했다. 아직도 거울 속에서 들려온 말 때문에 어지러웠다.

매력적이라니. 이 얼굴을 칭찬받을 날이 올 줄은 몰랐다. 나는 조금 얼떨떨해져 내 거울 목걸이를 들여다보았다.

매력적인가……? 음, 이렇게 보니까 좀 귀여운 것 같기도 하고…….

그 사이 세이블이 내 옆에 다가와 앉았다. 크윽, 내 남편 오늘도 빛이 나네. 결혼식답게 꽃단장을 하고 있어 더더욱 예뻐 보였다.

"여보, 오셨습니까."

세이블이 참으로 환하게 웃었다. 그 미소를 보자 나도 덩달아 웃을 수밖에 없었다.

"네. 제가 좀 늦었죠?"

"아닙니다. 딱 맞춰 오셨는걸요."

"그렇다면 다행이고요. 아, 아까 대신들과 이야기 나누시던데…….
결혼식이 너무 격식이 없어서 대신들이 뭐라 할까 걱정이네요."

블랑슈의 결혼식은……. 좋게 말하자면 자유로웠고 솔직히 말하면 왕족답지는 않았다. 아비게일이 결혼할 때만 해도 홀에서 고위 귀족들만 모여 꽤 엄숙하게 치러졌으니까.

이렇게 야외에서 결혼식을 하는 것도 이례적인 일이었다. 지금 눈앞에 펼쳐진 풍경은 축제에 가까워 보였다. 일단 복장부터 가지각색이었다. 왕족의 결혼식이라 하면 모두가 격이 있는 옷을 입지만 오늘은 달랐다.

블랑슈와 베리테는 결혼식 날, 하객들이 아무런 제약 없이 자유롭게 옷을 입고 오길 바랐다. 그 결과 모두가 가지각색의 옷을 입고 왔다.

바지를 입은 영애가 보이고, 그 옆으로 바다 비단 치마를 입은 남자가 지나갔다. 키가 훤칠하게 큰 인어와 자그마한 요정이 서로 샴페인을 나눠 마시고, 발목을 드러낸 노부인이 그늘에 앉아 있었다.

허리를 조인 드레스를 입은 사람도, 구 귀족의 예복을 입은 사람도, 총천연색의 무지개 드레스를 입은 사람도 있었지만 아무도 뭐라고 하지 않았다.

제 몸에 알맞은 아동복을 입은 아이들이 행복한 얼굴로 케이크를 먹는 모습이 보기 좋았다. 수많은 색깔로 가득 찬 그림 같았다. 온갖 색과 형태를 지닌 꽃들이 바람에 흩날리는 것 같은 풍경.

와중에 대신들이 다소 얼떨떨한 얼굴로 지나가는 사람들을 보고 있었다. 이거, 분명히 끝나면 한소리 듣겠군. 세이블도 그들을 바라보다가 가만히 내 손을 잡았다.

"괜찮습니다. 애초에 결혼 당사자인 블랑슈랑 베리테가 원한 일이니까요. 대신들이 블랑슈에게 뭐라고 하면……."

그리고는 내 귀에 가만히 속삭였다. 장난스럽지만 믿음직스러운 목소리였다.

"그것을 막아 주는 것이 아빠의 역할이죠."

아이구, 블랑슈 아빠 예쁜 말만 골라 하네. 그래. 누가 우리 딸한테 뭐라 하면 엄마랑 아빠가 막아 주면 되지.

나는 한결 마음이 놓여, 세이블의 어깨에 고개를 기댄 채 사람들을 바라보았다.

동부에서 온 운디나 영주도 참석해 주었다. 인어들과 악연일 텐데도 군힐드와 호탕하게 웃으며 포도를 나눠 먹고 있었다. 인어, 인간, 요정들이 모인 풍경은 장관이었다. 온 세계가 블랑슈와 베리테를 축복하는 기분마저 들 정도로.

그러다 문득 나무 아래 누가 서 있는 것이 보였다. 레이븐이었다. 색색의 옷들이 가득한 터라 그가 입은 검은 옷이 도리어 눈에 띄었다. 눈이 마주치자 그는 조용히 고개를 숙여 인사했다. 세이블도 그를 발견하고 얼굴이 조금 굳었다.

"여보, 괜찮습니까? 지금이라도 마음이 바뀌셨다면 끌어내라고 하겠습니다."

"아니에요. 괜찮아요."

나는 세이블리안과 블랑슈, 베리테의 동의를 받고 레이븐을 초대했다. 레이븐을 용서하기로 했다. 그를 온전히 믿는 것은 아니지만, 마지막으로 딱 한 번만 더 기회를 주었다. 그가 목숨을 버리면서까지 나를 도와주려 했기 때문이었다.

내게 보라색 마력이 생기기 전. 나디아가 나를 찾아온 일이 있었다. 그녀는 단검 한 자루를 내게 보여 주었다.

[이건 저주를 푸는 마도구야. 내가 아비게일을 따라 이곳에 왔을 때, 언니들이 내 저주를 풀려고 머리카락을 대가로 받아온 것이지.]

『인어공주』에 나왔던 그 검이었다. 나디아는 조금 찜찜한 표정으로 말을 이어 갔다.

[다만 저주를 풀기 위해서는 누군가의 목숨이 필요해.]

[그렇군요. 그런데 이걸 왜 내게……?]

[레이븐이 부탁했어. 자신의 목숨을 대가로 바칠 테니, 아비게일

의 저주를 풀도록 도와달라고.]

저주를 온전히 풀 수 있다니. 그 말을 듣자 심장이 거세게 뛰었지만, 나는 곧바로 고개를 저었다. 다른 사람을 희생시켜가면서까지 아비게일의 모습을 되찾고 싶지는 않았다.

나는 레이븐을 찾아가 거절의 뜻을 전했다. 그의 입술에서 처연한 목소리가 새어 나왔다.

[어째서 거절하시는지 모르겠습니다. 저는 왕비님의 원수입니다. 제 목숨 따위, 왕비님을 위해서라면······.]

[나야말로 궁금하군요. 왜 당신이 나를 위해 희생하려는 건지. 나는 더 이상 아름답지도 않은데.]

그때 문득, 철창 너머로 본 레이븐의 금색 눈동자는 평소와는 다른 색을 띠고 있었다. 그것은 후회의 색이었다.

[왕비님께서 세이블리안으로 변한 저를 알아보셨을 때. 저는 절망하는 동시에 기쁨을 느꼈습니다. 내가 어떤 모습이 되든, 나를 알아봐 주는 사람이 있다는 사실에 세상이 다른 색을 띠는 것만 같았습니다.]

레이븐은 고개를 떨군 채, 부서질 듯한 목소리로 말을 이어 갔다.

[나를 알아봐 준 사람을 불행하게 만들고 싶지 않았습니다. 그걸 너무 늦게 깨달았기에 제 목숨으로라도 속죄하려는 것입니다.]

내가 죽어 달라 했으면, 그는 아마 죽었을 터였다. 하지만 나는 레이븐을 용서하기로 하였다. 그가 미웠으나 마냥 증오할 수는 없었다.

형태는 달랐으나 그도, 나도 자신의 겉모습을 저주했고 괴로워했다. 내가 어떤 모습이 되든 나를 알아봐 주는 사람. 전생의 나에게는 그런 사람이 없었다. 이 세계에 와서는 그런 사람들을 많이 만났다.

나는 그저 운이 좋았을 뿐이었다. 레이븐에게도 그런 사람이 조금만 더 일찍 찾아왔더라면, 그 역시 바뀌었을 테지.

그래서 그를 풀어 주었다. 대신 왕위 계승권을 박탈하고 공작 작위도 반환받았다. 지금은 마법관에서 일을 하고 있었다.

[왕비님께서 주신 목숨이니, 죽는 날까지 왕비님을 위해 살겠습니다. 조금이라도 왕비님께 도움이 될 수 있다면…….]

그의 지식과 발상은 꽤 놀라운 것이라 마법학 연구에 큰 도움이 되고 있다고 들었다. 왕위 계승자가 아니라 애초에 학자의 길로 갔다면 그는 더 행복해지지 않았을까. 사람들이 그를 궁으로 끌고 와, 세이블리안의 대체재로 삼지 않았다면.

투박한 로브를 입은 레이븐을 향해 가만히 손을 들어 인사하던 중 나팔이 울리는 소리가 들렸다.

"이제 슬슬 식이 시작될 모양입니다."

세이블이 자리에서 일어나자 나도 그를 따라 발을 옮겼다. 우리는 웨딩 로드 앞으로 향했다.

그곳에는 자그마한 요정들이 몰려와 있었다. 늙은 요정왕의 모습도 보였다. 정확히 말하자면 선왕이지만.

베리테가 돌아온 뒤 건강이 많이 호전되었다고 한다. 현재는 왕위를 물려주고 요양 중. 그는 감격한 얼굴로 자신의 아들을 보고 있었다. 베리테는 긴장하여 뻣뻣하게 굳은 채였다.

꼬마 신랑은 참 귀엽고 사랑스러워 보였다. 베리테가 쩔쩔매며 옷매무새를 매만지던 중, 어딘가를 보고 은색 눈이 휘둥그레졌다.

그와 동시에 사람들의 입에서 작은 탄성이 터져 나왔다. 나 역시 뒤를 돌아보고는 그 자리에서 넋을 잃고 말았다.

블랑슈가 웨딩 베일을 길게 늘어트린 채 걸어오고 있었다. 내가 일 년간 온갖 공을 들여 만든 드레스를 입은 채.

눈의 결정으로 짠 듯한 흰 옷감이었다. 인어들이 보내온 진주와 요정들이 가져온 투명한 레이스로 한껏 장식을 한 드레스.

프릴을 겹겹이 잡아 마치 작은 꽃송이처럼 장식을 해 두었다. 세상 모든 흰 것을 모아 만든 듯한 옷이었다. 하지만 그 어떤 것도 블랑슈보다 희지는 않았다.

아름다울 거라 생각하긴 했지만 이토록 눈이 부실 줄은 몰랐다. 블랑슈가 환하게 웃으며 나를 향해 다가왔다.

"엄마."

엄마라는 말이 이토록 따사로울 수는 없었다. 푸른 눈동자를 보석처럼 빛내며 블랑슈가 말을 이어 갔다.

"저의 엄마가 되어 주시고, 키워 주셔서 감사합니다. 엄마를 만난 게 제 삶의 가장 큰 행운이었어요."

뜨거운 눈물이 순식간에 눈가에 차올랐다. 울지 않겠다고 다짐했는데 어쩔 도리가 없었다. 네가 나의 아이라는 게 내 생에 가장 큰 축복이었다. 네가 내 삶의 빛이었으며, 가장 흰 색깔이었다.

블랑슈가 웃으며 내 눈물을 닦아 주었다. 그리고는 세이블을 바라보며 말했다.

"아빠, 감사해요. 언제나 제 꿈을 지지해 주셔서. 언제나 저를 믿어 주셔서."

남처럼 냉랭하던 부녀는 이제 세상에서 가장 다정한 딸과 아버지가 되었다. 아무도 부정할 수 없을 정도로.

블랑슈는 우리에게 다가와, 그 작고도 큰 팔로 우리를 힘껏 끌어안았다.

"엄마, 아빠. 사랑해요."

사랑하는 내 아이. 사랑하는 내 딸. 수만 번의 입맞춤과 수억 번의 축복을 건네주고 싶을 뿐이었다.

보아하니 세이블은 또 눈물이 터진 것 같았다. 그가 입술을 꽉 깨물고는 고개를 끄덕였다. 이대로 가다간 블랑슈가 우리 달래느라 결혼식을 밤에야 치르겠다. 나는 힘겹게 블랑슈의 손을 놓아주었다.

"블랑슈. 엄마가 너를 많이 사랑해."

"언제나 너를 사랑한다, 블랑슈."

그리고 우리 말고도 블랑슈를 사랑하는 또 한 사람이 있었다. 하늘색 머리카락을 한 소년이 웨딩 로드 앞에서 황홀한 듯이 블랑슈를 기다리고 있었다.

블랑슈가 손을 내밀자 베리테가 조심히 그 손을 잡았다. 두 사람은 함께 웨딩 로드를 걸어 나갔다. 참으로 앙증맞고 잘 어울리는 한 쌍이었다.

그리고 웨딩 로드의 끝. 주례석에는 커다란 바위 같은 누군가가 서 있었다. 군힐드였다. 그녀는 조금 긴장한 기색이었다. 이야기를 들어보니 주례는 처음이라고 한다.

자그마한 두 아이가 앞에 서자 가뜩이나 큰 군힐드의 덩치가 더욱 커 보였다. 그녀가 흠흠 목을 가다듬고 말했다.

"여름의 건국제 날. 네르겐의 차기 계승자, 블랑슈 프리드킨 전하께서 요정왕의 아들인 오베론 니베르겐을 반려로 맞이하고자 하오."

그녀는 주례라기보다는 든든한 근위병처럼 보였다. 군힐드가 뚝뚝한 목소리로 말을 이어 갔다.

"인간의 왕 세이블리안. 인어의 왕 나디아. 요정의 왕 제르다가 이 결혼을 축복하오. 모든 땅과 하늘과 바다가 두 사람을 가호할 것이며, 언제나 행복하게 살아가기를 기원하오. 그리고 이 결혼을 반대하는 자는⋯⋯ 있냐?"

그녀가 태워죽일 듯이 객석을 노려보았다. 누가 반대를 하면 당장 허리를 두 동강 낼 기세였다. 그 시선에 모두가 숨을 죽이고 있었다. 아무도 말이 없자 군힐드가 씩 웃었다.

"그러면 됐어. 반지 가져와."

요정들이 후다닥 반지가 든 함을 들고 왔다. 영롱한 푸른빛이 도는, 블랑슈의 눈동자를 닮은 사파이어였다.

블랑슈가 반지를 집어 든 뒤, 베리테에게 손을 내밀었다. 베리테는 조신하게 그 위로 손을 얹었다.

"블랑슈 전하, 평생 전하를 보필하며 전하의 꿈에 함께 하겠습니다."

"당신을 꼭 행복하게 해 줄게요, 오베론."

두 아이가 거울처럼 서로를 보며 배시시 웃었다. 반지를 교환한 뒤, 블랑슈가 베리테의 뺨에 입을 맞추었다.

박수 소리가 창공으로 멀리 울려 퍼졌다. 세이블은 울지 않으려 애를 쓰고 있었고, 밀러드는 꺼이꺼이 울고 있었다.

"자, 그러면 부케 던질게요!"

블랑슈가 하객들을 돌아보며 말했다. 이 역시 왕족으로는 이례적인 일이었으나 블랑슈는 꼭 부케를 던지고 싶다고 했다. 아마 이종족이 많이 참여하니 이참에 인간의 문화를 알리려는 마음인 것 같았다.

부케를 받으려는 여자들이 우르르 모여들었다. 그 사이에는 노마, 클라라, 군힐드, 달리아, 카린, 나디아, 제르다에 운디나 영주도 있었다. 정말 다양한 사람들이 모였다.

누가 받으려나? 키가 큰 군힐드가 유리할 것 같은데.

"그럼 던질게요! 하나, 둘…… 셋!"

블랑슈가 뒤를 돈 뒤, 힘차게 부케를 던졌다.

……응? 그런데 세이블이 왜 저기에 있지?

내가 그를 발견한 순간. 부케를 받으러 모였던 사람들이 뒤로 우르르 물러섰다. 그리고 나디아가 세이블을 앞으로 툭 밀었다.

멋지게 포물선을 그리며 날아간 부케가 홀로 남은 세이블의 품에 폭 안겼다. 아니, 왜 내 남편이 저기서 부케를 받고 있어? 재혼이라도 하려는 건가?

당황하고 있는 사이, 세이블을 둘러싼 여자들이 키득키득 웃고 있었다. 블랑슈와 베리테도 마찬가지였다. 나만 모르는 무언가가 있는 건가? 그때 블랑슈가 에헴, 헛기침을 하고 말했다.

"아바마마가 어마마마께 제대로 청혼을 해 본 적이 한 번도 없다고 그러시더라고요. 그래서 제가 아바마마를 좀 혼내드렸어요."

블랑슈는 생긋 웃고 있었다. 내 딸이 저토록 잔망스럽고 사랑스럽게 웃는 날을 볼 줄이야!

이제야 딸의 계략을 눈치챌 수 있었다. 세이블이 망설이고 있자, 블랑슈가 그를 끌고 내 앞으로 데려다 놨다.

그는 주저하다가 입을 열었다. 처음으로 고백을 하러 온 사람처럼 무척 쑥스러워하고 있었다.

"릴리. 당신은 내 세상에 빛을, 색깔을 돌려주었어요. 내게 사랑을 주었고, 사랑하는 방법과 사랑받는 방법을 알려 주었지요."

그의 푸른 눈동자에 우리가 함께해 온 시간이 담겨 있는 것만 같았다. 함께 울고, 웃고, 사랑해온 시간들.

"저는 더 이상 당신이 없는 삶을 상상할 수 없습니다. 내가 사랑했고, 사랑하고, 앞으로 사랑할 사람은 오로지 당신뿐일 겁니다."

세이블이 한쪽 무릎을 꿇었다. 그리고는 천천히 나에게 꽃다발을 내밀었다.

"정식으로 청혼하겠습니다. 릴리, 제 반려가 되어 주시겠습니까?"

그가 내민 것은 흰 꽃다발이었다. 백합으로 만들어진 꽃다발.

잃어버렸던 내 이름을 되돌려받는 기분이었다. 백합이라는 꽃이, 이름이 이토록 고왔던가. 나는 떨리는 손으로 그 흰 꽃다발을 받아 들었다. 웃음과 울음이 동시에 나올 것만 같았다.

햇빛이 너무도 환했다. 내 영혼마저 들여다보일 정도로 밝은 빛. 나는 힘껏 웃으며 입을 열었다.

"사랑해요, 세이블. 당신의 반려가 될게요."

그러자 그의 눈동자에 감격이 스쳐 지나갔다. 세이블이 벌떡 일어나 나를 와락 끌어안았다. 목소리에서 벅찬 감동이 느껴졌다.

"릴리, 릴리……. 고마워요. 내게 돌아와 줘서. 나를 선택해 줘서. 다시는 우리 헤어지지 말아요."

"응, 응. 절대로 떠나지 않을게요."

바람과 함께 꽃가루가 날아왔다. 블랑슈가 우리를 보고 싱긋 웃고는 베리테와 함께 웨딩 로드 위로 발을 내디뎠다.

웨딩 로드를 걷기 시작하자 다시 한번 사람들이 박수를 치기 시작했다.

"결혼을 경하드립니다!"

"네르겐 왕국 만세!"

"왕국에 번영을!"

수많은 목소리들이 떠들썩하게 축하의 말을 전하고 있었다. 주위를 둘러보자 온갖 옷을 입은 여러 종족들이 눈에 들어왔다. 다들 웃고 있었다. 그리고 그중에는 내가 디자인한 옷을 입고 있는 사람도 여럿이었다.

그 모습을 보자 세이블이 했던 말이 생각났다. 내가 낮과 밤 중 어느 쪽을 선택해야 하나 망설이던 그날. 자신은 이미 원하는 것을 얻었으니 내 소망이 이루어지길 원한다고. 세이블은 그렇게 말했다.

그 말을 들었을 때. 나는 언젠가 야근을 하던 날을 떠올렸다. 피로에 지친 눈으로 숙직실의 천장을 올려다보던 때마다 나는 어떤 디자이너가 한 말을 되새기곤 했다. 사람들을 좀 더 행복하게 만들 수만 있어도, 그 디자이너는 성공한 것이라고.

패션 디자이너가 한 말은 아니었지만 그 문장은 내 마음속에 깊이 새겨져 있었다. 그리고 지금 블랑슈는 내가 만든 옷을 입은 채 웃고 있었다. 너무도 행복하게.

그제야 나는 내가 원하는 것을 깨달을 수 있었다. 나는 아름다워지고 싶은 것이 아니라 행복해지고 싶었다. 그리고 내가 원하던 모든 것이 이곳에 있었다. 내가 사랑하는 사람들이 내가 만든 옷을 입은 채 웃고 있었다.

나는 지금 이 순간, 너무도 행복했다.

아름다워야지만 행복해질 줄 알았다. 동화 속의 많은 주인공들은 아름다웠고, 그렇지 않았다면 보상으로 아름다워지곤 했으니까. 하지만 언젠가는 그런 이야기가 쓰이면 좋겠다.

옛날 옛날 아주 먼 옛날에.

백합 같은 계모와 백설 같은 공주님, 담비 같은 국왕 전하가 살고 있었습니다. 백설공주님은 요정 왕자님과 결혼하게 되어 네 사람은 행복한 가족이 되었습니다.

그러던 어느 날. 계모는 저주에 걸려 원래의 모습으로 돌아가게 되었죠. 그렇지만 계모는 행복했답니다. 괴로운 날도 있었지만, 더 이상 그것은 계모에게 저주가 될 수는 없었습니다.

어떤 모습이 되어도 계모는 언제까지나, 언제까지나 오랫동안 행복하게 살았답니다. 아, 그래서 결국 저주는 풀렸냐고요?

뭐, 그게 뭐가 중요하겠어요? 그것은 이제 저주가 아닐뿐더러, 백설공주의 계모는 이미 행복해졌는걸요.

segue.

이어서

a due.

외전

✝

이상한 나라의 블랑슈

커다란 액자를 든 하인들이 부지런히 계단을 오르고 있었다. 혼자서는 엄두도 내지 못할 크기인지라 양 귀퉁이를 두 사람이 꼭 붙든 채였다.

혹여 흠집이라도 날까, 액자에는 부드러운 천을 덮어 놓았기 때문에 어떤 그림이 그려져 있는지는 알 수 없었다.

"자, 조심히 오르게."

앞장서서 걷던 밀러드가 하인들을 향해 말했다. 계단을 오르던 사람들이 발을 멈춘 곳은 왕궁의 최상단 층이었다. 그곳의 벽에는 역대 왕족들의 초상화가 줄줄이 걸려 있었다.

왼쪽 맨 끝에는 수백 년 전에 생사를 이미 끝낸 왕족의 그림이 걸려 있었고 오른쪽으로 올수록 최근의 시대였다.

"참 오래전의 일 같군요."

밀러드가 어떤 그림 앞에 서서 중얼거렸다. 노마 역시 그의 시선을 따라 액자를 바라보았다.

그곳에는 세이블리안과 아비게일의 초상화가 있었다. 아비게일이 막 이곳에 시집을 왔을 때 그린 것이었다.

두 사람은 결혼식 예복을 입고 있었다. 아비게일의 치렁치렁한 은발이 마치 달빛 같았다. 보라색 눈동자는 그녀의 고혹스러움을 한층 더 돋보이게 해 주었다.

그토록 아름다운 여자이건만 그림의 분위기는 흉흉하기 그지없었다. 아비게일은 표독스럽게 웃음 지은 채였고 세이블리안은 석상 같은 얼굴로 정면을 응시하고 있었다.

부부라기보다는 타인. 아니, 타인이라는 말조차 아까웠다. 마치 적국의 원수 같은 분위기가 풍겼다.

"지금 봐도 결혼식치고는 참 살벌한 것 같습니다. 그렇지 않습니까? 그나마 화가의 손을 거쳐서 이 정도가 된 것이겠지요."

다소 불손한 말임에도 노마는 지적하지 않았다. 그녀 역시 동의했기 때문이었다. 밀러드가 옆을 힐끔 보며 말했다.

"옆에 있는 그림 때문에 더 그렇게 보이는 것도 같군요."

밀러드의 말대로 옆에 걸려 있는 그림은 상당히 대조적인 분위기였다. 마치 겨울과 봄이 나란히 서 있는 것 같았다.

그것은 블랑슈와 베리테의 결혼식 초상화였다. 16살, 성인이 되었다고는 하지만 그림 속의 블랑슈와 베리테는 아직도 어린 티가 물씬 풍겼다.

작은 꼬마 신부와 꼬마 신랑이 사랑스럽게 웃고 있었다. 마치 동화 속의 한 장면 같았다. 세상의 모든 흰 것을 모아 만든 듯한 드레스가 블랑슈의 얼굴을 더욱 환하게 만들어 주는 것 같았다.

베리테 역시 흰 예복을 입고 있었다. 흰빛으로 가득 찬 그림을 보며 노마는 미소 지었다.

"벌써 1년이 지났다니. 시간이 참 빠르군요."

노마의 무뚝뚝한 목소리에 희미한 온기가 묻어 있었다. 그때의 결혼식을 떠올리면 누구라도 입가에 미소가 걸릴 터였다.

수많은 종족이 모여 두 사람의 결혼을 축복하는 광경은 마치 축제 같았다. 아직도 그때의 노랫소리가 들려오는 듯했다.

그림을 감상하는 사이, 뒤를 따르던 하인들이 상층에 도착하였다. 그들은 액자를 덮고 있던 천을 끌어 내린 뒤, 맨 오른쪽 벽에 액자를 걸었다.

"이쯤에 걸까요? 노마 보좌관님."

"흠, 조금 더 옆으로. 3도 정도 기울었군요. 오른쪽을 좀 더 올려 봐요. 아뇨. 좀 더 내려요. 네, 좋군요."

한참이나 꼼꼼하게 자리를 살핀 뒤에야 노마는 고개를 끄덕였다. 그녀는 흐뭇하게 그림을 올려다보았다.

천 뒤에 가려져 있던 것은 세이블리안과 왕비의 얼굴이었다. 그러나 방금까지 그들이 보고 있던 국왕 부부의 그림과는 사뭇 다른 모습이었다.

우선 왕비의 모습이 달랐다. 길고 치렁치렁하던 은발은 짧은 흑발로 변해 있었다. 체형도 달라졌다. 궁의 그 누구보다도 가느다란 허리를 자랑하던 옛날과 달리, 그녀는 키가 작고 통통한 모습이었다.

굳이 공통점을 찾자면 보라색 눈동자 정도였다. 그 외에는 모든 것이 달랐다. 특히, 표정이.

"두 분 정말 행복해 보이시는군요."

그림 속의 왕비는 더없이 행복한 얼굴로 웃고 있었다. 세이블리안도 마찬가지였다. 모르는 사람이 본다면 옆에 걸려 있는 그림과 조금 닮았을 뿐이지 다른 사람이라 생각할 정도였다.

국왕과 왕비는 너무도 행복하게, 부부처럼, 가족처럼 보였다. 두 사람 다 검은 머리카락이라 더욱 그렇게 보였다.

"몇 번을 봐도 멋진 그림입니다. 그런데 공주님 내외와 함께 초상화를 그리기로 하지 않으셨습니까?"

"예. 하지만 공주님께서 몇 달 뒤로 미루자고 하시더군요."

"몇 달 뒤요? 어째서……. 아!"

그는 뒤늦게 이유를 눈치챈 모양이었다. 밀러드가 함박웃음을 지은 채 말했다.

"그렇군요. 곧 새 가족이 찾아올 테니 말이지요."

들고 있는 옷감은 눈처럼 새하얗고 보드라웠다. 한 땀 한 땀 손으로 천을 꿰어 나갈 때마다 묘한 희열이 느껴졌다.

이제는 작은 옷을 만드는 것도 꽤 익숙해졌다. 나는 무릎 위에 올려둔 옷을 들어보았다. 진짜 작다. 조금 커다란 인형 옷을 만드는 기분이네. 이 옷의 주인은 언제쯤 만날 수 있으려나.

그런 생각을 하던 중 노크 소리가 들려왔다.

"어마마마! 저 들어가도 될까요?"

"블랑슈! 물론이죠. 어서 들어와요."

허락이 떨어지자마자 블랑슈가 다람쥐처럼 쪼르르 내게 달려왔다. 아유, 우리 애는 어쩜 날이 갈수록 이렇게 귀여워질까!

성인식도 치르고, 결혼도 했지만 아직 열일곱. 내 눈에는 아직도 처음 만났을 때 같은 열 살배기 아이 같았다.

"어마마마, 오늘 기분은 괜찮으세요? 불편하신 데는 없고요?"

"물론이죠. 오늘 하루 종일 아기 옷을 만들었답니다."

나는 자랑하듯 배내옷을 보여 주었다. 블랑슈가 눈을 초롱초롱 빛내며 작게 감탄했다.

"우와! 너무 작고 귀여워요. 이건 뭐예요? 꼭 주머니같이 생겼어요."

"그건 발싸개예요. 작죠?"

블랑슈가 신기하다는 듯 발싸개를 만지작거렸다. 아이고, 아기가 아기 옷을 만지고 있네. 귀여워라.

블랑슈는 여러 옷가지를 들여다보았다. 며칠 동안 만든 옷가지들이 테이블 위에 가득 쌓여 있었다. 두 뼘이 될까 말까 한 아기 옷. 내 손목에나 걸 수 있을 듯한 턱받이. 작은 콩주머니 같은 손 싸개와 발싸개…….

옷을 볼 때마다 옷 주인이 얼른 보고 싶어졌다. 나 말고도 이 아이를 기다리는 사람이 많으니까.

"선물도 많이 왔네요! 방을 더 큰 곳으로 옮겨야 하지 않을까요?"

"그러게 말이에요. 여기저기서 선물을 보내 주네요. 고마운 일이죠."

아기방은 수많은 물건으로 가득했다. 산호로 만들어진 작은 요람, 요정들이 보내 준 마력으로 돌아가는 모빌. 그 외에도 손 인형이나 나무칼 같은 장난감도 있었다.

이걸 갖고 놀려면 몇 년은 더 있어야겠지? 블랑슈랑 같이 노는 날도 곧 오겠지.

블랑슈가 내 옆에 찰싹 붙어 앉더니 수줍은 얼굴로 물었다.

"저어……. 배 만져 봐도 돼요?"

"그럼요. 물론이죠."

내 배를 만질 때마다 수줍어하는 블랑슈가 참 귀여웠다. 나는 블랑슈 쪽으로 몸을 틀었다.

블랑슈의 작은 손이 내 배 위로 올라왔다. 이제 산달이 가까워져 배는 눈에 띄게 불러 있었다.

"저도 이렇게 배 속에 있었겠죠? 저렇게 발싸개도 있었고……."

"물론이죠."

나는 블랑슈의 이마에 가볍게 입을 맞추며 말했다.

블랑슈가 어렸을 때 입은 옷가지들이 남아 있으면 좋을 텐데.

블랑슈를 꼭 끌어안고 있자니, 내가 모르는 블랑슈의 유년 시절이 참으로 간절해졌다.

내가 모르는 한 살짜리 블랑슈부터 열 살짜리 블랑슈까지. 이 아이의 배내옷도 내가 지어 주었다면 참 좋았을 텐데.

"흠, 흠."

그렇게 블랑슈를 쓰다듬던 중, 가벼운 기침 소리가 들려왔다. 문쪽을 바라보았지만 아무도 없었다. 아니, 뭔가가 있긴 했다.

문 너머에서 고슴도치가 삐쭉 머리를 내밀고 있었다. 정확히 말하면 고슴도치 손 인형이었지만.

고슴도치가 갸웃갸웃하며 말했다.

"왕비님, 공주님. 뭐하고 계세요?"

푸훗. 익숙한 목소리에 나도 모르게 웃고 말았다. 블랑슈도 작게 키득키득 웃더니 한쪽에 쌓여 있는 인형을 집어 들었다. 토끼 모양 손 인형이었다. 토끼가 인사하듯 앙증맞은 손을 좌우로 흔들었다.

"어마마마랑 동생이랑 같이 놀고 있었어요."

"흐음, 그렇군요. 공주님의 남편도 같이 놀고 싶다는데, 들어가도 될까요?"

고슴도치가 꼬물꼬물 몸을 틀었다. 마치 애교를 부리는 듯한 모양새에 토끼가 수줍은 듯 입가를 가렸다.

"물론 좋죠. 세상에서 가장 귀여운 고슴도치 님."

엉엉, 아니야. 세상에서 가장 귀여운 건 블랑슈, 너란다!

허락이 떨어지자 베리테가 빼꼼 고개를 내밀었다. 씩 웃는 베리테를 향해 블랑슈가 다가갔다.

"어서 오세요, 고슴도치 님."

토끼 인형이 고슴도치 인형에게 쪽, 뽀뽀를 했다. 베리테는 자신이 뽀뽀를 받은 것처럼 얼굴이 붉어졌다. 그리고는 잽싸게 블랑슈의 뺨에 입을 맞추었다. 쑥스러운 기색이 온 얼굴에 가득했다.

"흐, 흐음. 안녕하세요, 공주님. 장모님도 안녕."

내 앞에서 꽁냥댄 것이 부끄러운 듯, 베리테는 나와 눈을 마주치지 못하고 있었다. 나는 웃음을 참으며 말했다.

"안녕, 베리테. 그나저나 무슨 일이야?"

"아, 식사하러 가는 길에 같이 가려고 왔어. 슈가 장모님 방에 있다고 들어서."

그러고 보니 벌써 점심때가 다 되었네. 내가 엉거주춤 자리에서 일어나자 베리테가 후다닥 달려와 나를 부축했다.

"식당에 거울 있어. 거울로 이동할래?"

"아냐. 너무 안 움직여도 몸에 안 좋다고 의사가 그랬어."

베리테는 내가 세 발자국만 걸으려 하면 부리나케 뛰어와 거울을 가져다주었다.

그렇지만 가급적 사용하지는 않았다. 거울로 이동하는 게 편하긴 하지만 운동도 해야 하니까. 내가 자리에서 일어나자, 블랑슈가 다급히 나를 부축했다.

"저희 잡으세요, 어마마마. 혹시 모르니까요!"

"그래, 장모님. 꼭 잡아."

흑흑, 얘들아. 나 진짜 하나도 안 아픈데 이래도 되는 걸까. 조막만 한 아이들의 부축을 받으며 나는 식당으로 향했다.

식당에 도착하니 따스한 기운이 느껴졌다. 벽난로에서는 마력을 장작 삼아 불길이 조용히 타오르고 있었다.

자리에 앉은 지 얼마 지나지 않아 세이블이 들어왔다. 조금 핼쑥한 낯이었다. 그러나 나를 보고는 곧 얼굴이 환하게 피었다. 세이블이 내 뺨에 입을 맞추며 말했다.

"죄송합니다, 제가 조금 늦었군요. 일을 처리하느라 늦었습니다."

"아니에요, 여보. 나 때문에 힘들죠?"

"그럴 리가요. 여보 얼굴 보니까 하나도 안 힘듭니다."

크으, 여보야……! 식사는 아직인데 벌써 디저트부터 먼저 먹은 기분이었다.

세이블까지 자리에 앉자, 곧 요리가 나오기 시작했다. 테이블에 각종 요리가 풍성하게 차려지고 먹음직스러운 냄새가 풍겨 왔다.

빈자리는 없었다. 블랑슈와 나, 단둘이 식사를 하던 자리가 이제는 네 사람으로 시끌벅적했다. 곧 다섯이 되겠지?

흐뭇하게 내 가족을 바라보던 중, 베리테가 멀리 놓여 있는 그릇을 나와 블랑슈 앞으로 끌어오며 말했다.

"장모님, 슈야. 이거 좋아하지? 많이 먹어."

"응! 좋아해. 베리도 많이 먹……."

블랑슈가 말을 이어가던 중, 누군가가 짤그랑, 포크를 떨어트렸다. 그리고 그와 동시에 이상한 소리가 들려왔다.

"……읏."

세이블이었다. 그가 창백해진 얼굴로 입을 틀어막고 있었다. 시종이 당황하여 소리쳤다.

"도, 독이다! 전하의 식사에 독이 들었어!"

뭐? 독? 독이라고?! 감히 검은 마력을 가지고 있는 내가 있는 이 식탁에서 독살이라니, 배짱도 좋구나!

나는 다급히 세이블에게 다가갔다. 그리고 두 눈에 마력을 집중해 세이블의 상태를 확인했다.

……어라? 중독되지 않았는데?

"독은 아닌데……. 혹시 음식에 문제가 있나요? 다른 거로 가져오라고 할까요?"

"아니, 아닙니다."

그는 조용히 고개를 저었다. 그리고는 핏기없는 얼굴로 침착하게 말했다.

"음식은 괜찮습니다. 그저 흔한 입덧인 것 같습니다."

아, 그렇구나. 흔한 입덧이었구…….

"아니, 괜찮을 리가 없잖아요!"

내가 놀라 소리를 높였으나 세이블은 여전히 침착한 그대로였다. 그가 나를 진정시키려는 듯 말했다.

"일시적인 증상이었던 것 같습니다. 이젠 괜찮습니다."

세이블은 자신이 멀쩡하다는 것을 증명하려는 듯, 음식을 한 스푼 떠서 먹어보려 했다. 또다시 헛구역질하고 말았지만.

"일단 침실로 가요! 블랑슈, 베리테. 먼저 먹고 있으렴!"

내가 세이블을 부축하려 하자 베리테가 경악해서 일어섰다. 가뜩이나 커다란 눈이 더욱 휘둥그레 해졌다.

"아니, 장모님은 임산부잖아?! 장모님이 부축을 하면 어떡해! 이봐, 얼른 거울을 가져다줘!"

베리테의 말에 하인들이 부랴부랴 전신 거울을 가져왔다. 곧 침실로 통하는 길이 열렸다.

시종들이 간신히 세이블을 침대에 눕혔다. 그는 중병을 앓는 사람처럼 가느다란 숨을 내쉬었다. 엉엉, 우리 여보 어떡해.

차가워진 그의 손을 주무르던 중, 문이 벌컥 열리며 주치의와 밀러드가 뛰쳐 들어왔다.

"전하! 괜찮으십니까? 주치의가 입덧은 이제 다 끝일 거라 했는데……!"

밀러드의 두 눈에 눈물이 그렁그렁 맺힐 기세였다. 주치의는 쩔쩔매며 우리들의 눈치만 살피고 있었다. 그가 세이블의 상태를 살피더니 주저하며 입을 열었다.

"그으, 몸은 괜찮으십니다. 다만 종종 막달 즈음에 입덧이 다시 찾아오는 경우가 있어서……."

으악, 막달에도 입덧을 하는 경우가 있다니!

임신 초기에 세이블이 입덧으로 심하게 고생했던 것이 떠올랐다. 음식을 제대로 먹지 못하는 건 물론이고, 위액이 나올 때까지 구토해서 피까지 봤는데…….

간신히 나아졌다고 생각했는데 다시 입덧이라니.

그때 세이블의 눈꺼풀이 파르르 떨렸다.

"릴리……."

그가 힘겹게 눈을 뜨고 나를 바라보았다. 그 와중에도 웃고 있는 세이블을 보자 눈물이 핑 돌 것만 같았다.

그의 눈빛이, 목소리가 처연하게 떨려 왔다. 이렇게 사슴 같은 눈망울 갖고 있던 사람이었던가. 그 모습을 보자 보호 본능이 저절로 끓어올랐다.

안 된다, 우리 남편 이러다가 죽겠어!

"세이블, 지금이라도 저주를 풀어요. 당신이 이렇게 괴로워하는 모습 못 보겠어요!"

그때, 세이블을 말리지 못한 것이 너무 후회되었다.

내가 막 임신을 했을 때. 세이블은 기뻐하는 동시에 우려의 기색을 감추지 못했다.

[릴리, 괜찮겠습니까? 임신, 그리고 출산 때의 고통이 심각하다고 들었습니다.]

[아, 네. 보통 그렇다고 하더군요.]

애를 낳아본 적은 없지만 여기저기에서 온갖 이야기를 들어왔다. 각오는 하고 있었다. 세이블은 내 손을 꼭 잡고 말을 이어 갔다.

[그리고 타인의 고통을 대신 받을 수 있는 저주가 있다고 들었습니다. 맞습니까?]

[네. 있긴 해요.]

[그렇다면 릴리가 임신을 하고 출산을 할 때까지, 제게 그 마법을 걸어주실 수 있습니까?]

그 제안에 나는 놀랄 수밖에 없었다. 애초에 그런 용도로 만들어진 저주가 아니었다. 보통은 고문용으로, 아니면 귀족이나 왕족이 자신의 고통을 하인에게 떠넘기기 위해 만들어진 마법이었다.

그런데 그걸 자신에게 걸어 달라니!

나는 손사래를 치며 거절했고 주위 신하들도 만류했다. 그때 밀러드가 얼마나 경악을 했던가.

[전하, 다른 하인들에게 시키십시오. 아니면 죄수에게 그 저주를 걸어도 되는 것 아닙니까?]

[나와 릴리의 아이인데, 왜 그 고통을 다른 이가 받아야 하지? 우리의 아이이니 고통도 내가 받아가겠네.]

아무도 세이블의 고집을 꺾지 못했다. 그러면 기간을 절반씩 나누자고 했지만 그것도 싫다고 했다. 며칠 내내 논쟁을 반복한 끝에 내가 졌다. 그렇게 내가 겪는 모든 고통은 세이블의 몫이 되었다.

지금 세이블은 입덧으로 앓아누웠지만, 그가 겪어야 하는 고통은 입덧뿐만이 아니었다.

요통, 복통, 관절통, 치통, 우울증, 피로감, 불면증……

입덧 하나만으로도 이렇게 괴로워하는데 다른 통증까지 겹쳤을 때는 얼마나 힘들었을까. 고마움과 미안함에 눈물이 핑 돌았다. 나는 세이블의 뺨을 어루만지며 말했다.

"그동안 세이블이 너무 고생 많이 했으니 저주를 풀어요. 제가 겪었어야 할 고통이니 제가 다시 받아갈게요."

"그것만은 안 됩니다."

그는 식은땀을 흘리는 와중에도 단호하게 말했다. 세이블의 벽안이 예리하게 빛났다.

"여보가 고통스러워하는 모습을 지켜보는 게 제게는 더욱 고통스러운 일입니다. 그러니 괜찮습니다."

"하지만……."

"게다가 제가 감당할 것은 고통뿐이지 않습니까. 여보의 몸에 일어나는 후유증 모두 제가 대신할 수 있으면 좋으련만……."

그의 말대로였다. 이 저주는 고통을 전달받을 수는 있지만, 몸에 남는 영향까지 대신할 수는 없었다.

예를 들어 내가 칼에 찔린다고 치자. 나는 고통을 느끼지 못하고 세이블이 대신 통증을 느낀다. 하지만 흉터는 내게 남는다. 피가 흐르는 것도 나다. 결국 직접적인 데미지는 나에게 오는 셈이었다.

뼈가 뒤틀리는 고통은 세이블이 겪지만 실제로 뼈가 뒤틀리는 건 나였다. 하지만 그렇다 하더라도 세이블이 겪을 필요는 없는 고통이었다. 저토록 미안한 얼굴을 할 필요도 없었다.

그가 내 손을 꼭 잡았다. 세이블의 차가운 체온이 이상하게도 다정하게 느껴졌다. 그가 옅게 웃어 보였다.

"그래도 릴리와 함께 있으니 하나도 아프지 않습니다. 이렇게 손을 잡고 있으니 아무렇지도 않아요."

아니, 아프지 않을 리가 없잖아. 주위에 서 있던 사람들도 모두 침음을 삼키고 있었다.

블랑슈의 두 눈에도 슬픔이 가득했다. 그 아이가 침대 곁으로 다가오자 세이블이 다른 손으로 블랑슈의 손을 잡아 주었다.

"아바마마, 죄송해요. 제가 괜히 동생이 갖고 싶다고 해서……."

"블랑슈, 걱정하지 말거라. 나는 괜찮으니."

그는 의연하게 말했다.

정말이지 괜찮은 척하기로는 이 나라 제일이라니까.

약간 거리를 두고 서 있던 베리테도 옆으로 다가왔다. 손끝에서 하얀 마력이 새어 나오더니 내 주위를 감돌았다.

"일단 회복 마법을 조금 써 놨어. 장모님 몸이 나아지면 장인어른 입덧도 좀 가라앉을 거야."

"고맙다, 베리테."

"……인간의 번식 방법은 너무 무섭네."

베리테가 침통한 얼굴로 말했다. 내가 임신을 했다는 소식을 들었을 때 베리테는 거의 기절 직전이었지.

꽃에서 태어나는 요정에게는 너무나도 큰 문화충격인 것 같았다. 인간의 출산에 대해 알아보고 온 다음에는 더더욱.

그러다 죽는 거 아니냐며 야단법석을 피웠지. 지금도 여전히 걱정되는 모양이었다.

"덕분에 한결 나아진 것 같군. 식사 자리를 망쳐서 미안하다, 베리테. 나는 따로 먹을 테니 블랑슈랑 같이 식사를 하지 않겠느냐?"

그렇게 말하며 세이블은 블랑슈 쪽을 힐끗 보았다. 블랑슈는 가기 싫어하는 것처럼 보였지만 결국 고개를 끄덕였다.

"……네. 저희는 따로 먹고 있을게요. 이따 다시 와도 될까요?"

"그럼. 물론이지. 이따 보자꾸나."

그 말을 들은 뒤에야 베리테와 블랑슈가 머뭇머뭇 방을 떠나갔다. 밀러드도 분위기를 읽고는 사용인들과 함께 밖으로 나섰다.

"릴리, 릴리도 식사하러 가십시오."

"아니에요. 저도 이따 먹을래요. 지금은 그냥 이렇게 당신 곁에 있고 싶어요."

내 배우자가 입덧으로 고생을 하고 있는데, 나 혼자 어떻게 밥을 먹을 수 있겠어.

그는 더 이상 내게 강권하지 않았다. 그저 자리에서 몸을 일으키더니 내가 옆자리에 누울 수 있도록 도와주었다.

배가 부른 터라 몸을 살짝 옆으로 돌아누울 수밖에 없었다. 임신 때문에 통통 부은 내 손을 세이블이 조물조물 주물러 주었다.

"요즘 아기 옷을 짓느라 손이 고생이군요. 무리하는 것은 아닙니까?"

"괜찮아요. 저도 즐거운 일이니까요. 앗, 혹시 손이 아프세요?"

"아닙니다. 걱정하지 마십시오."

으음, 거짓말하는 거 아냐? 나도 모르는 사이 그에게 또 다른 고통을 안겼을까 봐 걱정이 들었다.

"그나저나 릴리, 아기 이름은 무엇으로 할지 정했습니까?"

세이블은 부드럽게 내 배를 어루만지며 화제를 돌렸다. 아까의 이야기를 더 할까 하다가, 그가 이끄는 대로 말을 이었다.

"아뇨. 아직도 못 정했어요. 딱 떠오르는 게 없네요."

여러 작명가를 부르고 여러 책을 찾아보았다. 하지만 마음에 와닿는 이름은 없었다. 이제 출산도 곧이니 슬슬 정해야 할 텐데…….

"일단 아이가 태어난 뒤에 정해도 늦지는 않을 겁니다. 직접 보면 떠오르는 이름이 있을지도 모르니까요."

그러게. 오히려 그게 나을지도 모르겠다.

우리 부모님은 내가 태어나기 전, 백합이라는 이름을 지어놓고 기다렸다고 했다. 이름을 먼저 지어 놓지 않고 얼굴을 본 뒤 결정했으면 어땠을까. 절대로 백합 같은 꽃 이름을 붙이지는 않았을 거다.

그때는 부모님 원망도 많이 했지. 이 얼굴을 보고서도 왜 백합이라는 이름을 붙였는지 의문이었다. 백합이라는 이름 때문에 놀림도 많이 당했으니까. 이름은 백합인데 얼굴은 호박이라든가.

"그러면 일단 나중에 정할까요. 둘째가 어떻게 생겼을지 궁금하네요. 세이블, 당신을 닮았으면 좋겠어요."

뭐, 걱정하지 않아도 세이블을 닮았을 것이다. 세이블이나 블랑슈, 레이븐을 보면 저 집안 유전자가 얼마나 강력한지 알 수 있었다.

돌아가신 선왕, 그러니까 세이블의 아버지이자 내 시아버지인 양반 얼굴도 봤는데 진짜 똑같이 생겼다. 그러니 아마도 세이블을 닮겠지. 그런 생각을 하며 흐뭇하게 웃고 있는데, 정작 세이블은 조금 아쉽다는 듯이 말했다.

"전 릴리를 닮았으면 좋겠습니다."

"으음. 저는 지금 제 외모가 마음에 들긴 하지만……."

객관적으로 봤을 때 예쁜 얼굴은 아니니까. 나는 세이블의 눈치를 보며 조심히 말을 이어 나갔다.

"어느 날 아이가 엄마 닮아서 못생겼다고 속상해하면……. 우왓!"

나는 깜짝 놀라 작게 소리를 쳤다. 갑자기 태동이 느껴졌기 때문이었다. 내 배 위에 손을 올려놓고 있던 세이블도 그것을 느낀 모양이었다. 그가 나와 눈을 맞추고는 조금 짓궂게 말했다.

"엄마가 그런 말 해서 둘째가 화가 났나 보군요."

그의 말대로 평소보다 태동이 조금 격했다. 정말 내 말에 항의하는 것처럼 느껴지기도 했다. 나는 조금 머쓱해져서 웃어 보였다.

"알겠어요. 앞으로는 그런 말 안 할게요."

그렇게 약속하자 태동도 곧 잠잠해졌다. 정말 효자인가?

뭐, 어떻게 생겼어도 나와 세이블의 아이니까. 이 아이를 만날 날이 기다려진다.

"좋습니다. 그러면 이만 식사를……. 우욱."

……그리고 빨리 애를 낳아야 세이블의 입덧도 멎을 테고.

아빠 그만 괴롭히렴, 둘째야!

◇

눈은 이른 아침부터 조용히 내리고 있었다. 날이 따뜻해 눈이라기
보다는 자그마한 솜뭉치가 내리는 것처럼 보였다.

왕성과 그 주변이 점점 하얗게 물들어 갔다. 레이븐은 잠시 창밖
을 바라보았다. 바람이 없는 탓인지 바깥 풍경은 마치 그림 속의 한
장면처럼 보였다.

그는 그 흰 풍경을 보며 블랑슈가 태어났던 겨울을 떠올리고 있
었다. 그래. 그때도 오늘처럼 눈이 참 많이 내렸더랬다. 밖이 고요한
것에 비해 안이 부산스러운 것도 꼭 닮은 날이었다.

밀러드의 다급한 목소리가 흐릿하게 들려오는 것도 같았다.

"전하! 곧 출산을 하실 것 같다고 합니다!"

오늘은 왕비의 출산 예정일이었다. 어젯밤부터 궁 안이 여러모로
부산스러웠다. 그리고 대기실 역시 소란으로 가득하였다. 산실 옆에
비치된 방에 세이블리안이 기절하듯 누워 있었다.

밀러드와 일곱 명의 중년 대신들이 그 옆에 모여 있었다. 밀러드
가 반쯤 화가 난 얼굴로 주치의를 채근했다.

"무엇 하는가! 진통제를 더 드리든 뭐라도 해 보게!"

"밀러드, 가만히…… 있게……. 난 괜찮으니……."

말은 그렇게 했지만 세이블리안의 온몸이 식은땀으로 젖어 있었다. 사실 이토록 심한 고통을 생전 겪어 본 적이 없었다. 아이를 낳아 본 여자들에게 훈장이라도 내리고 싶을 정도였다.

체통도 잊고 비명을 지르고 싶었다. 만약 산실에서 멀리 떨어져 있었다면 분명 그랬을 터였다.

자신이 비명을 지른다면 릴리도 그것을 듣게 될 것이었다. 마음씨 고운 왕비는 그 소리에 더욱 마음 아파할 것이 뻔했다. 그래서 사력을 다해 신음을 삼켰다. 와중에 옆에서 재재거리는 목소리들이 신경을 긁었다.

"전하, 조금만 더 힘내십시오! 곧 아기가 나온다고 합니다!"

"힘내십시오!"

일곱 대신이 침대 양쪽에서 열렬히 응원하고 있었다. 세이블리안은 이들을 다 내쫓고 릴리에게 가고 싶었다. 그녀가 미친 듯이 보고 싶었다. 지금 아이를 낳느라 고생하고 있을 릴리의 손을 꼭 잡아 주고 싶었다.

대기실에 대신들의 응원이 울려 퍼지는 가운데, 산실 역시 출산으로 인해 몹시 분주하였다.

릴리가 고통을 느끼지는 못한다지만 몸에 가는 부담은 여전했다. 세이블리안이 식은땀으로 젖어 가는 만큼 릴리 역시 기진맥진한 상태가 이어지고 있었다.

세이블리안도 그것을 느낄 수 있었다. 그녀가 무엇을 느끼고 있는지 명확하게 전해져왔다. 고통, 그리고 그리움. 서로가 서로를 보고 싶어 하고 있었다. 세이블리안이 시트를 꽉 움켜쥐었다.

"전하! 머리가 보인다고 합니다!"

"세이블리안 전하, 힘내십시오!"

다들 나가라고 소리를 지르기 직전. 문이 벌컥 열리고 옆 방에서 산파가 들어왔다. 그녀 역시 얼굴이 땀에 젖어 있었으나 미소가 가득했다.

"축하드립니다, 전하! 왕자님께서 태어나셨습니다! 왕비님께서도 무사하십니다!"

그 이야기에 밀러드의 눈가에 눈물이 핑 돌았다. 그가 장하다는 듯이 세이블리안을 바라보았다. 평소라면 무엄하다 질책했을 테지만, 세이블리안은 밀러드를 무시한 채 벌떡 몸을 일으켰다.

아니, 일으키려 했다. 통증 때문에 몸을 가누기가 쉽지 않았다. 온몸의 뼈가 부서지는 것만 같았다. 하지만 이리 누워 있을 수는 없었다.

"밀러드, 어깨를 빌려주게."

"예, 전하!"

그가 황급히 세이블리안을 일으켜 세웠다. 세이블리안은 부축을 받으며 간신히 산실로 들어섰다.

"릴리……!"

침대에 누워 있는 릴리를 본 순간, 그는 억장이 무너지는 것 같았다. 고통을 세이블리안이 분담해 주었는데도 그녀는 녹초가 되어 있었다.

"정말 고생 많으셨습니다, 여보. 힘들었지요?"

세이블리안은 릴리의 곁에 앉아 손을 꼭 쥐었다. 릴리는 도닥이듯 그의 손을 쓸어내렸다.

"세이블, 당신이 더 아팠을 거잖아요."

"이 아픔이 당신의 것이라 생각하니 아픈 줄도 몰랐습니다."

두 부부가 파리해진 얼굴로 미소 지었다. 그사이 산파가 조심스레 아이를 안고 다가왔다.

"전하, 안아 보시겠습니까?"

릴리는 조금 긴장한 얼굴로 고개를 끄덕였다. 아이는 강보에 싸여 있어 얼굴이 보이지 않았다.

이 아이는 누굴 닮았을까?

강보를 살짝 젖혀보자 쪼글쪼글한 얼굴이 드러났다. 아이는 두 사람처럼 까만 머리카락을 갖고 있었다. 그리고…… 아이는 릴리와 세이블리안. 둘을 꼭 닮은 얼굴이었다.

전체적인 이목구비는 세이블리안을 닮은 것 같고, 입매랑 코는 릴리를 닮았다. 릴리는 멍하게 아이를 바라보았다.

신기했다. 자기 자신을 닮았는데도 아이가 너무도 예뻐서, 순간 눈물이 날 것 같았다. 그리고 이상하게도 언젠가 부모님과 했던 대화가 떠올랐다.

[나 나중에 개명할래요. 백합이라는 이름, 나랑 진짜 안 어울리는데 왜 이런 이름을 지어줬어요?]

[그야 네가 백합 같으니까.]

그때는 그 말을 이해하지 못했다. 하지만 품에 아이를 안은 순간, 그녀는 그게 무슨 뜻인지 알 것만 같았다. 두 분도 이런 기분이었을까. 두 분의 눈에는 백합처럼 아리따웠을까.

"릴리, 당신을 닮아서 아이가 너무 예쁩니다."

세이블리안은 난생처음 보석을 보는 사람처럼 아이를 들여다보고 있었다. 그의 두 눈에는 미처 경험해보지 못한 경이가 가득히 고여 있었다. 릴리는 쿡쿡 웃으며 아이를 세이블리안의 품에 안겨 주었다.

"여보, 안아 봐요. 우리 아이예요."

그는 잔뜩 긴장하여 아이를 받았다. 산파가 안는 자세를 교정해 주었지만, 여전히 목각인형처럼 뻣뻣해 보였다.

아이가 몇 번인가 몸을 뒤틀며 투정을 부리더니 곧 얌전해졌다. 세이블리안이 무언가에 홀린 듯이 중얼거렸다.

"……아이가 태어난다는 게 이토록 기쁜 일이었군요."

릴리는 그 말에 뭐라 대답하지 못했다. 기쁜 동시에 슬펐고, 위안이 되는 동시에 서러웠다. 그리고 그와 동시에 문이 열렸다.

안으로 들어온 사람은 블랑슈와 베리테였다. 릴리의 얼굴이 순식간에 당황으로 물들었다.

방금 전, 세이블리안이 한 말을 블랑슈가 듣지는 않았을까? 두려움이 몰려왔다. 그러나 블랑슈의 커다란 두 눈에는 그저 걱정만이 고여 있었다. 블랑슈가 어쩔 줄 몰라 하며 릴리의 안색을 살폈다.

"어마마마, 괜찮으세요? 많이 아프셨죠?"

"그럼요. 나는 괜찮아요. 아빠가 고생을 많이 했지요."

블랑슈가 이번에는 세이블리안을 바라보았다. 여전히 걱정이 어린 눈빛. 세이블리안이 어색하게 웃었다.

"……나는 괜찮다. 아무렇지도 않으니 걱정하지 말거라."

본인도 방금 전에 한 말이 마음에 걸리는 모양이었다. 그 사이 베리테가 세이블리안의 품에 안긴 아이를 들여다보고 감탄했다.

"우와. 쪼글쪼글한 감자 같아."

"감자라니. 말이 심하군."

"정정. 쪼글쪼글한 고구마 같아. 귀엽네. 인간 아이는 이렇구나."

블랑슈도 베리테의 옆에 바짝 붙어 아이를 바라보고 있었다. 혹

큰 소리를 내면 놀랄까, 귀에 속살대듯 말했다.

"안녕, 난 네 누나인 블랑슈야."

"우웅⋯⋯."

아이는 목소리가 들린 방향으로 목을 틀려고 했다. 아직 눈도 채 뜨지 못한 채였다. 블랑슈가 신기하다는 듯이 보다가 릴리에게 물었다.

"맞아. 제 동생은 이름이 뭐예요?"

"아직 안 정했어요. 혹시 떠오르는 이름이 있나요, 블랑슈?"

"으음, 생각해 둔 건 있는데⋯⋯."

세이블리안은 말해보라는 듯 블랑슈를 바라보았다. 블랑슈가 수줍은 얼굴로 말했다.

"제가 태어났을 때도 겨울이었고, 제 동생이 태어난 지금도 겨울이니까⋯⋯. 겨울, 이베르^{hiver}는 어떨까요?"

그리고는 재빨리 말을 덧붙였다.

"너무 단순할까요⋯⋯?"

"이베르라. 좋은 이름이구나."

세이블리안의 목소리에는 만족이 묻어났다. 릴리 역시 무척이나 마음에 드는 눈치였다.

"이베르가 웃네요. 이름이 마음에 드나 봐요."

이베르는 입가를 오물거리며 웃고 있었다. 제 이름을 알아들은 것마냥.

이베르. 블랑슈랑 잘 어울리는 이름이라고 릴리는 생각했다.

하얀 겨울. 우리가 지켜 주고 싶은 색깔과 계절.

그렇게 이야기를 나누는 사이, 노마가 옆으로 다가왔다. 그녀는 평소보다 조금 미소를 띤 얼굴로 말했다.

"블랑슈 공주님. 왕비님께서는 이제 좀 쉬셔야 할 것 같습니다."

"아, 네. 알겠어요. 어마마마, 아바마마. 편히 쉬세요."

릴리는 미소 지은 채 눈인사를 건넸다. 블랑슈 역시 웃음 띤 얼굴로 자리에서 일어났다.

조용히 방을 나서던 중. 문이 닫히기 직전, 블랑슈는 문득 뒤를 돌아보았다. 침대에 옹기종기 모여 있는 세 사람이 보였다. 릴리와 세이블리안. 그리고 이베르.

무척이나 행복해 보이는 모습이었다. 블랑슈의 얼굴에 순간 그늘이 드리워졌다가 순식간에 사라졌다. 그리고 문이 닫혔다. 떠나가는 발소리가 조금은 초조하게 들려오는 듯했다.

"이베르 왕자님, 까꿍! 꺄악, 지금 제 쪽으로 고개를 돌리셨어요!"

클라라가 오두방정을 떠는 소리가 아기방에 울려 퍼졌다. 요람에 누워 있는 이베르가 까르르 웃음을 터트리자, 클라라는 방방 뛰며 온몸으로 기쁨을 표현했다.

"어떡해, 어떡해. 너무 예뻐요! 이렇게 귀여운 아기는 처음 보는 거 같아요!"

"클라라도 참."

나는 요람을 천천히 흔들며 이베르를 바라보았다. 클라라도 정말이지 과장이 심하다니까.

솔직히 나는 무척이나 객관적이고 이성적인 편이다. 아무리 내 자식이라지만……. 음. 이베르가 귀엽긴 귀엽지.

출산 소식을 듣고 오랜만에 궁에 방문한 클라라는 이베르에게 흠뻑 빠진 상태였다. 클라라가 양손에 딸랑이를 들고 격정적으로 흔들다가 고개를 갸웃했다.

"그나저나 이베르 왕자님이 태어나신 지 2주 정도 되지 않았나요? 아직 눈을 못 뜨신 것 같네요."

"응. 나도 조금 걱정했는데 별문제는 없대."

보통 아기들은 며칠이 지나면 눈을 한쪽이라도 뜬다고 하던데, 이베르는 2주가 되도록 눈을 감은 채였다. 걱정되어 의사를 불러 물어보았으나 건강에 이상은 없다고 했다. 일단은 기다려보자는 결론만이 나왔다.

클라라의 딸랑이 사위가 점점 격해지던 중, 세이블이 안으로 들어왔다. 클라라가 황급히 고개를 조아렸다.

"전하, 이베르 왕자님의 탄생을 경하드립니다!"

"고맙네, 클라라. 그리고 자네가 보내 주는 선물은 잘 쓰고 있네."

내가 임신을 한 뒤에는 임부용 속옷을 보내 주던 클라라였다. 그리고 오늘 가져온 건……. 크흠. 나중에 세이블이랑 단둘이 봐야지.

"그럼 저는 이만 물러나겠습니다."

"클라라, 더 있어도 괜찮아요."

"다른 시녀들이나 노마 님을 만나 뵈려던 참이었어요. 그럼 실례하겠습니다."

클라라는 헤죽 웃고는 방을 떠나갔다. 방 안에 나와 세이블리안, 이베르만 남게 되자 그가 내게 가까이 다가왔다.

"릴리, 괜찮습니까? 아직 무리하면 안 된다고 의사가 그랬는데."

"당신도 걱정이 많다니까요. 저 진짜 괜찮아요."

아이 돌보는 것도 하녀와 시녀들의 몫이었다. 나는 수많은 의사와 마법사들에게 둘러싸여 산후조리를 하는 중이었고.

서양은 몸을 빨리 푼다고 들었는데 그런 것도 아니었다. 세이블은 내가 혹 감기라도 들까, 나를 꽁꽁 싸놓은 뒤 침대에서 한 발자국도 못 나오게 했다!

이렇게 맘대로 돌아다니는 것도 오랜만이었다. 세이블은 여전히 걱정스러운 눈치였다. 나는 팔짱을 낀 채 그를 올려다보았다.

"그나저나 이제 저랑 약속 지키셔야죠."

"어떤 약속 말입니까."

"저주요. 제가 애 낳으면 저주 풀기로 했잖아요. 제 고통 저한테 다시 돌려주세요."

분명 출산할 때까지만 고통을 가져가기로 했는데, 여전히 그는 저주에 걸린 채였다. 세이블이 내 눈치를 보다가 가만히 미소 지었다.

"음. 릴리의 고통을 제가 평생 갖고 있으면 안 될까요?"

"약속이 다르잖아요! 아픈 게 그렇게 좋아요?"

"이 고통이 릴리의 것이라 생각하니, 조금 좋은 것 같기도……."

그가 장난스럽게 웃으며 내게 입을 맞추었다.

어휴, 진짜. 불리할 때마다 키스하면 내가 좋아할 줄 알아?

좋네. 협상은 이따 하고, 일단 키스는 해야지.

세이블의 부드러운 키스, 그리고 방 안에 감도는 아기 냄새 때문에 나른한 기분이 들었다. 그 포근한 분위기 사이로 이베르가 작게 옹얼대는 소리가 들려왔다. 나는 쿡쿡 웃었다.

"아빠가 온 줄 아나 봐요."

앞이 보이지도 않을 텐데도 이베르는 세이블이 올 때마다 저렇게 소리를 내곤 했다.

그가 제법 익숙해진 모양새로 이베르를 안아 들었다. 입가에는 인자한 미소를 띤 채였다.

"몇 번을 봐도 신기하군요."

신기하다. 아마도 여러 가지 의미가 있을 것이다. 이베르를 낳은 첫날, 그가 했던 말이 떠올랐다.

[아이가 태어난다는 게 이토록 기쁜 일이었군요.]

블랑슈를 품에 안았을 때, 그리고 이베르를 품에 안았을 때. 세이블이 느끼는 감정은 사뭇 다를 것이었다.

그건 무척 슬픈 말이었다. 세이블에게도, 그리고 블랑슈에게도.

그가 저 말을 할 때, 블랑슈가 방 안으로 들어왔지. 못 들었던 것 같긴 한데……

"저, 세이블. 요즘 블랑슈가 조금 달라진 것 같지 않아요?"

"달라졌다면 어느 부분이 말입니까."

"으음……. 평소랑 다르게 좀 기운이 없어졌달까. 과묵해졌달까."

평소라면 별 용건이 없어도 자주 찾아오는 블랑슈였으나 요즘은 뭔가 일이 없으면 오지 않는 것 같았다.

내 옆에 앉아 재잘재잘 여러 이야기를 떠들던 아이였는데. 말수도 줄었고. 얼굴이라도 자주 보면 뭔가 낌새라도 느낄 텐데. 요즘 식사를 침대에서 따로 하는 중이었다.

내 귀염둥이를 이틀 동안 못 본 적도 있었다! 지난번에 바쁘냐고 물으니까, 공부가 바쁘다고 하긴 했는데……. 진짜일까?

"확실히……. 요즘 들어 생각이 많아진 것 같았습니다."

세이블도 심각한 표정으로 말했다. 으으, 역시 둘째가 태어나서 여러 생각이 드는 걸까.

블랑슈는 자신의 탄생이 축복받지 못했다는 사실을 알고 있을 것이다. 보통의 아이들도 동생이 태어나면 서운함을 느끼거나 질투를 한다던데, 블랑슈도 비슷한 감정을 느끼지는 않을까.

"둘째가 태어나서 서운하다 느끼면 어떡하죠……."

"걱정이군요. 그리고 요즘 대신들 사이에서 이상한 말이 도는 것 같았습니다."

"이상한 말이라면요?"

이 자식들이 요즘 좀 잠잠하더라니, 또 시작인가? 세이블이 살짝 미간을 찌푸렸다.

"왕자가 태어나서 왕위 계승 문제가 해결됐다는 식으로 이야기하더군요. 아무래도 전통상, 여자보다 남자의 계승권이 우선시 되니 그런 말들이 나오는 것 같습니다."

나도 모르게 입이 떡 벌어졌다. 아니, 뭐라고? 지금 이놈들이 뭐라고 하는 거야? 블랑슈가 이제까지 얼마나 열심히 공부를 해오고, 나라를 위해 일해 왔는지 모르나?

내가 궁에서 사라진 기간 동안 폐인이 된 세이블을 대신해 국정을 살핀 것도 블랑슈였다. 그런데 이베르가 태어났으니 이베르한테 왕위를 물려주면 되겠다고?

"블랑슈도 그 말을 들었을까요?"

"모르겠습니다. 직접 이야기를 나눠 보지는 못했으니……."

만약 들었다면, 블랑슈의 성격상 우리에게 말을 하지 않고 속으로 끙끙 앓고 있을 것이 뻔했다. 당장 가서 안아 주고 달래줘야겠다. 감히 내 귀염둥이 뽀실이의 마음에 상처를 줘?

"저 잠깐 블랑슈한테 다녀올게요."

"같이 갑시다. 일단 이베르는 시녀에게 맡겨 두고······. 음?"

그때 세이블이 뭔가 이상한 것이라도 본 듯 말을 끊었다. 그의 시선이 이베르의 얼굴에 닿아 있었다. 어느 틈엔가 이베르가 우리를 보고 있었다. 닫혀 있던 눈꺼풀이 열리고 보라색 눈동자가 비쳤다.

······어? 잠깐만?!

"세이블, 안 돼!"

나는 다급히 세이블을 향해 손을 뻗었다. 그러나 이미 늦어버린 뒤였다.

테이블 위에는 수많은 책과 서류들이 가득히 놓여 있었다. 단단한 상판이 무게에 눌려 무너질 것처럼 보였다.

그리고 그 사이로 자그마한 인영이 보였다. 책상 앞에 앉은 소녀 역시도 책에 파묻혀 곧 사라질 것만 같았다.

블랑슈의 얼굴에는 웃음기 하나 없이 그저 진중했다. 자리에 앉은 지 족히 서너 시간은 지났는데 흐트러진 모습이라고는 조금도 찾아볼 수 없었다.

시녀조차도 잠시 쉬지 않겠느냐 말을 붙이지 못하고 있었다. 오히려 자신의 숨소리, 발소리 하나에 블랑슈의 집중이 깨질까 봐 조용히 방을 떠나갔다.

평소에도 일에 골몰하는 공주였지만 요즘은 뭔가 분위기가 달랐다. 어딘가 모르게 초조하고 긴장한 것처럼 보였다. 종이 속으로 들어가 버릴 듯 서류에 집중하던 중, 문가에서 인기척이 느껴졌다.

"공주님, 많이 바쁘신가요?"

그 목소리에 블랑슈가 퍼뜩 고개를 들어 문 쪽을 바라보았다. 지난번에 보았던 고슴도치 인형이 거기에 있었다. 블랑슈는 잠시 망설이다 펜을 내려놓았다. 작고 말랑한 손에는 어울리지 않게 펜 굳은살이 박여 있었다.

"아니, 괜찮아. 들어와도 돼."

블랑슈의 허락이 떨어지자 베리테가 슬그머니 안으로 들어왔다. 여전히 고슴도치 손 인형을 낀 채였다.

베리테는 조금 놀란 눈으로 책상 위를 보고 있었다. 언뜻 보아도 너무도 가혹한 양이었다.

"우리 공주님, 너무 무리하시는 거 아닐까? 고슴도치는 걱정이 된대요."

손인형이 눈물을 훔치는 시늉을 하였다. 블랑슈는 미소 지었지만 어딘지 모르게 피로해 보였다.

"베리, 나 괜찮아."

"으음. 안 괜찮은 것 같은데."

"아바마마랑 어마마마가 바쁘시니, 내가 두 분 몫까지 일해야지."

그리 말하며 블랑슈는 다시 펜을 집어 들었다. 그러자 고슴도치가 조심스레 펜을 쥔 손을 감쌌다.

"조금만 쉬자, 응? 고슴도치랑 베리테는 무지무지 걱정이 돼."

그 목소리에 묻어나는 감정은 영락없는 우려였다. 그의 말대로 블랑슈는 요즘 누가 봐도 무리를 하고 있었다. 마치 예전으로 돌아간 것 같았다.

아비게일이 되살아나기 전. 아버지와 어머니의 인정을 받으려고 안간힘을 다하던 것처럼.

"혹시 이베르가 태어나서 그래?"

도둑질을 하다 들킨 사람 같은 조급함이 블랑슈의 얼굴에 스쳐 지나갔다. 손의 떨림과 함께.

대답이 돌아오지 않자 베리테가 다시 물었다.

"이베르가 태어나서 싫어?"

"아냐! 싫을 리가 없잖아……."

싫을 리가 없었다. 릴리가 이베르를 임신한 동안, 동생이 태어나길 얼마나 손꼽아 기다려 왔던가. 이베르가 태어났을 때도 눈물이 날 정도로 기뻤다. 이 아이의 좋은 누나가 되어 주겠다고 다짐했다. 하지만…….

"……내가 태어났을 때, 아바마마는 기뻐하지 않으셨겠지."

블랑슈가 베리테에게 머리를 기댄 채 중얼거렸다. 어깨는 무너진 눈덩이처럼 축 처진 채였다.

세이블리안이 이베르를 품에 안고 했던 혼잣말을, 블랑슈는 들어 버렸다. 아이가 태어난다는 게 이토록 기쁜 일인 줄 몰랐다던 말.

모른 척하려 했다. 듣지 않으려 했다. 잘못 들은 것이라고 생각하려 했다. 하지만 알고 있었다. 자세한 상황은 모르지만, 자신은 사랑으로 태어난 아이가 아니라는 것을.

계산, 정치, 의무로 인해 태어난 아이.

이베르와는 다르다. 이베르는 그저 사랑만으로 태어난 아이였다.

"그리고……. 요즘 이베르를 왕위 계승자로 삼는 게 어떠냐는 의견도 있으니까."

자신의 꿈이 흔들리고 있었다. 꿈만이 아니라 모든 것이 흔들리는 것 같았다. 이베르와 세이블리안, 릴리가 함께 있는 모습은 아름다웠다. 그것만으로도 완벽해 보여서 자신이 낄 자리는 없어 보였다.

"그러니까, 나 열심히 해야 해. 더 열심히 공부하고, 국정도 잘 살피면……."

"블랑슈."

베리테가 조용히 펜을 가져갔다. 은색 눈동자는 거울처럼 블랑슈를 반사하고 있었다.

"나는 블랑슈가 왕이 될 거라 믿어. 대신들이 헛소리를 하는 거야. 네가 왕이 안 되면 누가 돼?"

"그렇지만……. 나를 지지하는 사람이……."

"내가 있잖아."

부드러운 미소가 베리테의 입가에 걸렸다. 어떠한 일이 있어도 그는 블랑슈의 영원한 지지자이며 동반자였다.

"말했지? 너의 꿈은 나의 꿈이기도 하다고. 누가 너의 정당성을 의심하면 내가 모두 물리쳐줄게."

고슴도치 인형이 펜을 잡고 창처럼 휘둘렀다. 장난스러워 보이지만 농담도, 허세도 아니었다.

"어떻게 하면 네가 안심할 수 있을까? 업적이 필요해? 마도 병기를 만들어 줄까? 아니면 비공정을 만들어 줄까?"

"베리……."

"말만 해. 네가 원하는 거라면 뭐든지 해 줄게."

평범한 사람이라면 농담이라고 넘길 일이지만, 천재의 입에서 흘러나온 말에는 현실감의 무게가 있었다.

그에게는 그 모든 것을 실재로 만들 수 있는 지식과 능력이 있었다. 베리테의 시선에는 흔들림이 없었다.

"난 언제나 너를 지지할 거야. 쓸데없는 말을 하는 대신들은 다 엉덩이를 쏴버려야지."

베리테가 입을 삐죽거리며 말하자 블랑슈는 그제야 웃을 수 있었다. 베리테의 말에 기분이 한결 나아지는 것 같았다.

베리테도 그제야 마음이 놓이는 눈치였다. 고슴도치의 코가 블랑슈의 보드라운 뺨을 콕 찔렀다.

"그리고 장모님이랑 장인어른이 그런 생각을 할 리가 없잖아."

······정말 그럴까? 사실 자신이 없었다. 자신이 어렸을 때, 세이블리안은 웃어주지 않았으니까.

불안함이 줄어들었지만 아예 사라진 것은 아니었다. 베리테는 묵묵히 블랑슈를 바라보다가 손을 꼭 잡았다.

"그러면 물어보러 갈까?"

"응?"

"직접 물어보러 가자. 혼자 끙끙 앓고 있으면 속만 상해."

"어, 어······?"

여름 햇살처럼 베리테가 환히 웃었다. 그리고는 말릴 사이도 없이 블랑슈의 손을 잡고 거울 속으로 들어갔다.

"장모님, 장인어른! 이베르 보러 왔어!"

베리테가 기세 좋게 외치며 아기방으로 들어섰다. 하지만 돌아오는 대답은 없었다. 방 안은 고요했다. 인기척도 없이 요람에 매달아둔 모빌만이 조용히 돌아가고 있었다.

"어라? 다들 어디 갔지?"

주위를 돌아보았지만 이상하게도 사람이 없었다. 릴리나 세이블리안이 자리를 비웠다 하더라도 아이를 돌보는 유모는 있어야 했다.

그런데 유모도, 시녀도, 하녀도 없었다. 요람에 홀로 누워 있는 이베르만 눈에 들어왔다.

"혹시 또 둘이서 뽀뽀하고 있는 거 아냐……?"

베리테가 수상하다는 듯 주위를 살펴보았다. 수사관처럼 엄중한 눈으로 방을 살피던 베리테가 짧게 비명을 질렀다.

"으악! 이게 뭐야!"

"베리, 왜 그래?"

갑작스러운 큰 소리에 블랑슈가 놀라 다가왔다. 베리테가 바닥에서 무언가를 집어 올렸다.

"왜 동물이 들어와 있지?"

궁 안에 동물이 있을 리가 없었다. 게다가 이런 동물은 더더욱.

베리테가 들고 있는 것은 흑담비였다. 귀여운 얼굴을 갖고 있지만 엄연히 육식 동물이었다. 이런 위험한 동물이 아기방에 있다니.

흑담비는 불쾌하다는 듯이 끽끽거리며 손에서 빠져나오려 했다.

"일단 내보내야겠다. 어쩌다 들어온 거지?"

베리테가 창문을 열고 흑담비를 내보내려 하자, 흑담비는 더욱 거세게 저항을 했다. 블랑슈가 다급히 다가갔다.

"베리테, 잠깐만. 내보내지 마! 나한테 줘 봐."

"어? 그렇지만 위험한데……."

"괜찮아. 잠깐이면 돼."

베리테는 망설이다가 조심스레 흑담비를 건네주었다. 흑담비는 얌전히 블랑슈의 품에 안겼다.

흑담비의 눈동자는 사파이어처럼 푸른빛을 띠고 있었다. 어딘가 모르게 익숙한 느낌이 들었다. 그 순간, 흑담비의 목소리가 들려왔다.

"블랑슈, 아빠다!"

"······아바마마?"

흑담비가 블랑슈를 올려다보며 끼잇끼잇, 애처롭게 울었다. 그러고 보니 푸른 눈동자가 세이블리안을 퍽 닮아 있었다.

"장인어른은 왜?"

베리테는 혹 흑담비가 블랑슈를 물지는 않을까 전전긍긍하는 중이었다. 블랑슈가 어쩔 줄 몰라 하며 말했다.

"이 흑담비가 아바마마인 것 같아!"

"뭐? 재수 없게 생긴 게 닮긴 했는데······. 아얏!"

베리테는 무언가가 자신의 발등을 퍽퍽 때리는 것을 느꼈다. 아래를 내려다보니 거기에는 흰 토끼 한 마리가 있었다. 하얀 토끼는 보라색 눈을 갖고 있었다. 블랑슈가 다급히 토끼를 들어 올렸다.

"설마······ 어마마마?"

"블랑슈, 맞아요. 나예요!"

"어마마마! 대체 무슨 일이 있었던 거예요?"

"일단 여기서 나가요! 이베르에게서 멀어져야 해요!"

이베르? 상황 파악을 하지 못해 얼떨떨해하는 사이, 베리테가 황급히 블랑슈를 잡아끌었다.

"슈야, 위험해!"

고개를 퍼뜩 든 순간, 블랑슈는 그제야 릴리의 경고를 이해할 수 있었다. 천장 쪽에 보라색 구름이 떠 있었다. 아니, 구름이 아니었다. 보라색 마력이었다.

마력은 요람에서 흘러나오고 있었다. 베리테가 블랑슈를 끌고 거울 쪽으로 다가가려 했으나 보라색 연기가 이미 거울을 둘러싸고 있었다.

"베리, 뛰어!"

블랑슈가 품에 토끼와 담비를 안은 채 소리쳤다. 두 사람은 황급히 아기방을 뛰쳐나갔다.

문이 벌컥 열림과 동시에 고여 있던 물이 터져 나오듯 보라색 마력이 방 밖으로 넘실넘실 흘러나오기 시작했다. 마치 해일 같았다. 마력의 파도가 궁 곳곳으로 퍼져 나감과 동시에 주위 풍경이 빠르게 변해갔다.

보라색 연기가 석고상을 훑고 지나갔다. 그러자 고풍스러운 말 조각상이 알록달록한 망아지 인형으로 바뀌었다. 마치 수채화로 덧칠을 하는 것처럼 사방이 변해가고 있었다. 어린아이의 사탕 상자처럼 궁 안은 알록달록한 색깔로 물들어 갔다.

"으악, 이게 뭐야!"

"꺄악! 다들 도망가!"

궁 곳곳에서 비명이 터져 나오고 있었다. 연기가 사람들을 집어삼키자, 그곳에는 자그마한 동물들만 남게 되었다.

블랑슈는 동물로 변해가는 사람들을 구하러 발을 멈췄다. 그리고 그 찰나, 연기가 블랑슈의 신발을 스치고 지나갔다.

"꺄악!"

블랑슈가 비명을 내지르며 바닥에 넘어졌다. 단정했던 구두가 어느새 찻잔으로 변해 있었다. 순식간에 보라색 연기가 블랑슈를 덮치려는 순간.

"블랑슈, 도망가!"

베리테가 몸을 날려 그 앞을 가로막았다. 거친 바람이 불 듯 연기가 베리테를 뒤덮었다.

"베리테!"

자지러지는 비명이 울려 퍼졌다. 연기가 사라지고 허공에서 무언가가 툭 하고 떨어졌다. 하늘색 가시를 가진 통통한 고슴도치였다. 베리테가 다급하게 삑삑댔다.

"뛰어! 블랑슈! 너까지 연기에 닿으면 안 돼!"

그 말에 동의한다는 듯이 흑담비와 흰 토끼도 주위를 펄쩍펄쩍 뛰어다녔다. 블랑슈는 이를 악물고 궁을 뛰어 내려왔다. 한참을 달려 밖으로 나왔다.

문이 쿵 닫히는 소리와 함께 뒤를 돌아본 블랑슈는 아연실색을 하고 말았다. 웅장하고 아름다웠던 네르겐 궁전은 마치 장난감 집 같은 모습이 되어 있었다. 여기저기에 커다란 버섯이 나 있고, 외벽은 물방울무늬로 도배가 되어 있었다.

궁 안에서는 여전히 비명이 울려 퍼지고 있었다. 블랑슈가 품에 흑담비와 흰 토끼, 고슴도치를 안고 황망해져서 중얼거렸다.

"이걸 어떻게 하면 좋지……?"

마법관 안에는 비통한 분위기가 흐르고 있었다. 마치 재해를 피해 모인 생존자들의 피신처 같은 분위기가 흘렀다.

실내에는 수많은 동물들이 모여 있었다. 블랑슈처럼 사람의 모습으로 도망을 친 사람들도 있었지만, 많은 수가 동물이 되어 버렸다. 본궁과 떨어져 있는 마법관까지 보라색 마력이 닿지 않았다는 것이 그나마 다행이었다.

고슴도치는 뚱한 얼굴로 블랑슈의 무릎 위에 앉아 있었다. 레이븐이 심각한 얼굴로 물었다.

"블랑슈 공주님. 대체 궁전에 무슨 일이 생긴 겁니까?"

"그게……."

토끼와 담비가 삣삣대며 뭐라고 울어댔다. 인간들의 귀에는 그 말이 들리지 않았지만, 블랑슈는 명확하게 이해할 수 있었다.

"어마마마랑 아바마마의 말씀에 따르면, 이베르에게도 어마마마와 같은 보라색 마력이 있다고 해요."

"보라색 마력이라면…… 변화의 마력이군요."

달리아는 그제야 이해가 간다는 듯이 고개를 끄덕였다. 고슴도치가 작게 울자 블랑슈가 이어서 해석을 해 주었다.

"요정의 아이들은 태어나자마자 마력 구속구를 채운대요. 마력을 스스로 제어할 수가 없어서 폭주하기가 쉽다고 하네요."

"삐잇, 삣……."

"이베르는 어마마마의 피를 이어서 상당히 많은 마력을 가지고 있는 것 같대요. 그래서 이렇게 무차별적으로 주위를 변화시키고 있다고……."

원인은 알았으나 해결할 방도가 마땅치 않았다. 블랑슈가 달리아에게 물었다.

"달리아 마법장. 지금 마법을 풀 수 있는 방법이 없을까요?"

"저희 측에 보라색 마력을 가진 이가 없어, 마법을 해제하는 데에 시간이 좀 걸릴 듯합니다."

그 말에 블랑슈는 흰 토끼를 바라보았다. 토끼의 자안이 반짝거렸다.

"어마마마, 혹시 어마마마께서 원래대로 돌려놓으실 수는 없으신 가요?"

"그게……. 아이를 낳으며 일시적으로 마력이 줄어들었어요. 회복을 하는 데에는 조금 오래 걸릴 것 같아요. 미안해요."

흰 토끼는 제 탓이라는 양 침울하게 고개를 떨구었다. 그러자 흑 담비가 나가와 머리를 비볐다.

"릴리, 릴리 탓이 아닙니다. 미안해할 필요 없어요."

"세이블……."

흰 토끼도 자신의 머리를 마주 비볐다. 그 사랑스러운 모습에 방 안의 분위기가 조금 풀어졌다.

그러다 흰 토끼가 부스스 머리를 들었다.

"이베르의 마법이 오래가지는 않을 거예요. 길어도 이틀 정도면 풀릴 거라고 생각은 하지만……."

"너무 길어요."

블랑슈의 말에 흑담비와 흰 토끼도 동의한다는 듯 고개를 끄덕였다. 보통의 경우라면 웃고 넘길 해프닝이다. 하지만 이곳은 왕궁이었다.

"이 사실이 외국에 알려지면 어떤 일이 일어날지 몰라요. 이틀 사이에 군대가 쳐들어오지는 않겠지만, 혹 밀정이 이 사실을 안다면……."

궁에 있던 수많은 사람이 동물로 변했다. 병사들 역시 마찬가지였다. 현재 몇 사람만 있어도 궁을 초토화할 수 있는 비상사태였다.

"그리고 이베르를 이틀씩이나 저기 홀로 둘 수는 없는걸요."

아기가 아닌 성인이라면 모를까. 이베르는 태어난 지 한 달도 지나지 않은 갓난아기였다. 먹지도 마시지도 못한 채 그 시간을 견딜 수 있을 리가 없었다.

흑담비와 흰 토끼의 눈동자가 슬픔에 젖어 들어갔다. 하지만 어떻게 하면 좋단 말인가. 마력 구속구를 채우러 들어갔다가 동물이 되어 버린다면 아무 소용이 없었다.

그때, 고슴도치가 뿔뿔거리며 블랑슈의 어깨 위로 올라갔다.

"슈야, 걱정하지 마. 내가 있잖아! 내가 들어가서 마력 구속구를 채우고 돌아올게."

"베리, 네가?"

"아기방에도 거울이 있으니 금방 갈 수 있어. 나만 믿어!"

그 말에 블랑슈의 얼굴에 화색이 돌았다. 베리테의 말을 모두에게 전달하자, 달리아는 다급히 마력 구속구를 가져왔다. 은으로 된 뱅글이었다. 베리테는 그것을 허리띠처럼 몸에 끼운 뒤 작은 거울 앞으로 다가갔다.

"금방 다녀올게!"

"조심히 다녀와, 베리테."

베리테는 잠수를 하듯 거울 속으로 들어갔다. 블랑슈가 작게 한숨을 내쉬곤 사람들과 동물들을 돌아보았다.

노마는 운이 좋게 보라색 연기에 닿기 전 탈출을 할 수 있었다. 밀러드는 아니었지만.

"블랑슈 공주님의 말씀대로 외국에서 이 사실을 눈치채면 큰일입니다. 전하, 어찌하면 좋을까요?"

작은 돼지로 변한 밀러드가 꿀꿀댔다. 노마의 품에 얌전히 안긴 상태였다.

그 말에 늙은 쥐 일곱 마리가 고개를 끄덕거리며 동의했다. 흑담비가 진중하게 주위를 돌아보았다.

"동맹국에 도움을 요청하려고 해도 이 모습으로는 대화조차 통하지 않겠지. 하지만……."

흑담비가 블랑슈를 올려다보았다. 그리고 작은 발을 블랑슈의 손 위에 턱 올려놓았다.

"블랑슈. 너만이 지금 이 상태를 정리할 수 있다. 너에게 모든 권한을 일임하겠다. 국왕 대리의 임무를 부탁하마."

"네? 제게요?"

왕비가 실종되어 정무를 대신 처리한 적은 있었지만, 이렇게 정식으로 국왕 대리로 명받는 것은 처음이었다.

"제, 제가 할 수 있을지 모르겠어요……."

"네가 할 수 있다고 판단하여 맡긴 것이다, 블랑슈."

평소라면 고개를 끄덕였을 텐데 오늘은 이상하게 말이 나오지 않았다. 그 사이 베리테가 거울 속에서 빠져나왔다.

"마력 구속구를 채우고 왔어. 이제 들어가도 괜찮아!"

흰 토끼가 다급하게 주위를 빙글빙글 돌았다. 마치 이베르를 구해 달라는 듯이.

블랑슈는 안심하라는 듯이 흰 토끼를 쓰다듬은 뒤, 베리테를 따라 거울 속으로 들어갔다.

몇 시간 사이 아기방은 난장판이 되어 있었다. 원래의 모습은 조금도 알아볼 수 없는 상태였다. 분홍색과 민트색 줄무늬로 변한 바닥 위로 온갖 과자와 괴상망측한 꽃들이 자라난 채였다. 그리고 커다란 완두콩으로 변한 요람 속에서 울음소리가 들려오고 있었다.

"이베르, 이베르. 착하지."

블랑슈가 다급히 이베르를 안아 들었다. 말은 통하지 않지만 이베르가 겁에 질렸다는 것만큼은 알 수 있었다. 그도 그럴 것이 주위에 사람들이 모두 사라진 채 몇 시간이나 방치되어 있었던 이베르다. 게다가 이토록 많은 마력을 사용하였으니 탈진을 하지 않은 게 용할 정도였다.

이베르는 훌쩍거리며 울다가 블랑슈와 눈이 마주치자 배시시 웃었다. 세이블리안, 릴리, 그리고…… 자신과 닮은 얼굴이었다.

저 눈물 젖은 얼굴. 자신도 저렇게 울 때가 많았는데.

이 아이는 내 동생이구나, 나도 가족이구나. 그런 생각이 들자 블랑슈는 절로 웃고 말았다.

"내 동생, 진짜 말썽꾸러기네."

이베르는 뭐가 그리도 좋은지 까르륵 까르륵 웃으며 블랑슈의 소매를 그러쥐었다. 블랑슈가 동생을 꼭 안아 주었다.

"배고프겠다. 얼른 가자."

"우웅……!"

블랑슈는 재빨리 마법관으로 돌아와 하녀들에게 이베르를 맡겼다. 하녀들이 다급히 이베르에게 우유를 먹이러 갔다.

흰 토끼는 그제야 안심을 한 듯 바닥에 털썩 앉았다. 말은 못 했지만, 그 누구보다 많은 걱정을 했을 릴리였다.

"일단 이베르는 무사해요. 이제 하나씩 정리하죠. 우선 마법관의 마법사들은 베리테에게 걸린 마법을 푸는 것을 우선해 주세요."

"예? 세이블리안 전하와 왕비님이 아니라요?"

"베리테를 특사로 보내, 요정들의 도움을 받는 편이 나을 거예요. 그쪽에 보라색 마력을 가진 요정이 있겠죠. 그리고……."

블랑슈는 냉정하게 지시를 내렸다. 혼란에 빠져 있던 사람들도 그

냉정함에 감화되어 빠르게 행동을 개시하였다. 흑담비와 흰 토끼는 몸을 꼭 붙인 채, 그 모습을 가만히 바라보고 있었다. 자긍심이 가득 어린 눈빛이었다.

그때, 늙은 쥐들이 구석에 옹기종기 모여 무언가를 쑥덕거리고 있었다. 한 마리가 흐뭇하게 말했다.

"그나저나 이베르 왕자님께 이런 마력이 있다니. 정말 놀랍군."

"이토록 강대한 마력을 지닌 분이 왕이 된다면, 그 존재만으로도 다른 나라에 경고가 되겠어요."

"아직 나이가 어리시지만, 세이블리안 전하도 젊으시니 오히려 다행입니다."

블랑슈의 어깨가 움찔 떨렸다. 다른 사람들은 아무도 듣지 못했지만 블랑슈는 똑똑히 들었다. 하지만 차마 뭐라 반박을 하거나 이의를 제기하지는 못했다. 맞는 말이기 때문이었다.

이종족도 놀랄 정도의 마력이었다. 나이도 적당했다. 아직도 세이블리안은 젊은 나이다. 자리에서 물러나기까지 20년은 더 기간이 있다.

블랑슈는 얼굴이 하얗게 질린 채 굳어 있었다. 사태를 눈치챈 고슴도치가 가시를 잔뜩 세우고 쥐들을 노려보았다. 저놈들의 엉덩이를 전부 꼬치구이로 만들어버릴 각오로 달려가려는 찰나.

"지금 자네들은 무슨 이야기를 하는 거지?"

탕, 탕 손으로 바닥을 내리치는 듯한 소리가 들렸다.

릴리가 분개하여 뒷발을 마구 구르고 있었다. 토끼의 얼굴이 저렇게 흉포할 수 있나 싶을 정도였다. 쥐들이 왕비의 발 구르기에 깜짝 놀랐다가 이내 굽실거리기 시작했다.

"이베르 왕자님의 비범함에 관해 이야기하고 있었습니다. 태어난 지 얼마 되지도 않으셨는데, 이런 마력이라니…….”

쥐들은 있는 힘껏 알랑대고 있었다. 분명히 왕비가 흐뭇해서 자신들을 칭찬하리라 믿었다. 그도 그럴 것이 이베르는 릴리의 친아들이다. 아무리 사이가 좋다 한들, 의붓딸인 블랑슈보다 친아들이 소중할 것이 분명했다. 이베르가 왕위에 오른다면 릴리의 입지도 한층 강화될 것이다. 그러니 왕비가 기뻐할 것이 뻔하리라 생각했건만.

“이베르의 마력이 강하긴 하다. 그런데 그게 왕위랑은 무슨 상관이지?”

릴리는 조금도 기뻐 보이지 않았다. 도리어 살기가 흘러나올 뿐. 쥐들이 당황하여 서로 눈치를 살피기 시작했다.

“그것이…… 아무래도 마력이 있는 왕자님이 왕위에 오르시는 편이…….”

하지만 그 말은 오히려 불에 기름을 뿌리는 격이었다. 또한, 세이블리안에게도.

흑담비가 네 발로 성큼성큼 다가왔다. 이를 드러내고 불쾌함을 분출하는 모습이 마치 흑표범처럼 보였다.

“더 이상 홀려넘길 수 없겠군. 자네들은 지금 뭘 보고 있는 거지?”

“예, 예? 전하, 어떤 말씀이신지…….”

쥐들이 무슨 말인지 영문을 모르는 눈치였다. 흑담비가 이빨을 드러내며 버럭 성을 냈다.

“블랑슈는 오래전부터 왕위 계승자가 지녀야 할 자질을 스스로 증명해 왔다. 또한 지금 궁이 침범당할지도 모르는 위급 사태를 해결하고 있는 것도 블랑슈다. 그런데도 자네들은 아직 말도 하지 못하는 아기가 더 유능하다고 어찌 감히 말을 하는가?”

대신들은 아무런 대답도 하지 못했다. 세이블리안의 위엄에 겁을 먹었기 때문만은 아니었다. 그의 말 중 틀린 것이 아무것도 없었다.

우스워 보이지만 심각한 사태였다. 블랑슈의 빠른 처리 덕분에 그 사실을 자각하지 못했을 뿐.

만약 블랑슈가 없었다면 어떻게 되었을까?

베리테는 세이블리안을 궁 밖으로 내쫓으려 했다. 만약 밖에 있던 병사들이 흑담비를 사냥하기라도 했다면?

쥐들은 무사했을까? 그렇지 않았을 것이다. 순식간에 떼죽음을 당했을지도 모르는 일이었다.

블랑슈는 유일하게 동물의 말을 알아들을 수 있는 사람이었고, 세이블리안만큼이나 유능한 사람이었다.

대신들은 그제야 제 목숨을 블랑슈에게 빚졌다는 사실을 깨닫고는 고개를 조아렸다.

"……정말 죄송합니다, 전하."

"사과를 할 사람은 내가 아니네. 블랑슈지."

"죽을죄를 지었습니다, 블랑슈 공주님."

사과를 받고 블랑슈는 당황한 눈치였다. 흑담비는 여전히 대신들을 노려보다가 밀러드를 향해 시선을 돌렸다.

"밀러드."

"예, 전하."

작은 돼지는 어떠한 명령에도 복종하겠다는 듯 고개를 숙였다. 세이블리안이 엄중하게 말했다.

"이 사태가 수습된 뒤, 블랑슈의 왕위 계승식을 거행하겠네. 준비하도록 하게."

그 말에 모든 동물들이 놀라 흑담비를 바라보았다. 블랑슈가 다급히 입을 열었다.

"아, 아바마마. 계승식이라니요?"

"말 그대로다, 블랑슈. 네게 왕위를 물려줄 것이다."

"하지만…… 너무 이른걸요."

"이르지 않다. 충동적으로 내린 결정도 아니다."

흰 토끼가 종종대며 블랑슈의 옆으로 다가왔다. 어느새 얼굴은 순하게 풀어져 있었다.

"사실 예전부터 둘이서 이야기를 나누고 있었어요. 블랑슈에게 왕위를 언제 물려주면 좋을까, 하고."

블랑슈에게 왕위를 물려준다면 반발이 심할 것이었다. 아직 세이블리안은 젊은 나이. 왕좌에서 물러나기에는 일렀다.

그러나 두 사람은 알고 있었다. 블랑슈가 얼마나 왕이 되길 꿈꿔 왔는지. 그리고 얼마나 그 준비를 착실히 해 왔는지.

"우리는 블랑슈의 꿈이 이루어지길 바란답니다. 그리고 지금이 적기인 것 같다고 생각하고요."

"저는 공부도 부족하고……."

"내가 섭정으로 네 뒤를 보좌하마."

두 사람이 다소 이르게 블랑슈를 왕위에 올리려는 것은 딸을 지키기 위함이기도 했다.

이베르가 나이를 먹어갈수록 이베르를 왕으로 추대하는 자들이 많아질 것이다. 그러니 블랑슈가 왕위에 올라 자신의 세력을 만들고 기틀을 다지게 하는 편이 나았다.

블랑슈는 좋다, 싫다는 말도 못 하고 어물거리고 있었다. 작은 손을 만지작대다가 힘겹게 입을 열었다.

"……저는 어마마마랑 아바마마가 이베르에게 왕위를 물려줄 거라고 생각했어요."

"왜요?"

"저는…… 어마마마의 친딸도 아니고. 아바마마도 제가 태어났을 때는 기뻐하지 않으셨을 테니까……."

목소리가 사라질 듯 작아졌다. 블랑슈는 뭐라 할 수 없는 감정에 시선을 마주치지 못하고 있었다.

그때, 흰 토끼가 블랑슈의 무릎을 톡톡 건드렸다. 자기를 보라는 듯이. 블랑슈가 슬픈 눈으로 토끼를 내려다보았다.

"블랑슈는 저를 엄마가 아니라고 생각했나요?"

"아니에요! 어마마마는 당연히 우리 엄마죠!"

"저도 그래요. 단 한 번도 블랑슈가 내 친자식이 아니라 생각한 적이 없어요."

이베르를 사랑했다. 하지만 그 뜻이 블랑슈를 사랑하지 않는다는 말은 될 수 없었다.

블랑슈를 만난 순간. 첫 만남부터 생각했다. 너를 지켜 주고 싶다고. 네가 행복해지길 바란다고. 네가 웃길 바란다고.

"블랑슈는 언제나 나의 사랑스러운 첫아이예요. 나의 친딸이고요. 이베르가 태어나도 그 사실은 변함이 없어요."

블랑슈의 말간 눈에 눈물이 고일 것만 같았다. 흰 토끼를 꼭 끌어안자 따스한 체온이 느껴졌다. 너무도 위안이 되는 온도였다.

"……너를 처음 만났을 때. 나는 어떻게 사랑을 해야 하는지 알지 못했다."

옆에서 흑담비의 목소리가 들려왔다. 그에게서는 짙은 후회와 회한의 기운이 느껴지고 있었다.

"블랑슈, 나는 너에게 너무 큰 잘못을 저질렀다. 너에게 지은 죄가 많은데, 도리어 너에게 너무 많은 것을 받았구나."

"네? 제가 무언가를 드렸나요……?"

"그럼, 물론이지. 나를 아빠라고 불러 주고, 그리고 네가 나에게 사랑을 알려 주었지."

블랑슈, 그리고 릴리 덕분에 세이블리안은 오랜 저주에서 깨어날 수 있었다.

아무도 사랑하지 못할 것이라 생각했다. 그 어떤 행복도 느끼지 못하고 차가운 옥좌에서 숨을 거두리라 생각했건만.

"블랑슈, 너를 사랑하게 되며 나는 사랑하는 방법을 알게 되었단다. 만약 네가 아니었다면 나는 이베르를 사랑하지 못했을 거란다."

또다시 세이블리안은 죄를 지었을 것이 분명했다. 자식을 자식이 아닌, 의무의 결과물로만 보았을 것이 뻔했다.

그런 비극을 막은 사람이 바로 블랑슈였다. 흑담비가 다가와 블랑슈의 손을 꼭 잡았다. 말랑하고 따스한 손이었다.

"이 모든 것이 네 덕분이란다. 너를 사랑한다, 블랑슈. 네가 우리의 딸이라 너무도 고맙고 행복하단다."

그제야 블랑슈를 묶고 있던 사슬이 풀어지는 것 같았다. 블랑슈는 한참이나 말없이 흰 토끼와 흑담비를 꼭 끌어안았다.

"아유, 우리 딸. 우리 딸이 세상에서 제일 예쁘지."

흰 토끼가 블랑슈의 뺨에 마구마구 뽀뽀를 퍼부었다. 그 간지러운 감각에 블랑슈가 쿡쿡 웃다가 말했다.

"저어, 만약 이베르가 왕이 되고 싶어 하면 어떡하죠?"

"그렇다면 정당하게 왕권에 도전해야겠지. 과연 제 누이를 이길 수 있을지는 모르겠지만."

그 말에 블랑슈의 얼굴이 밝아졌다. 품 한가득 안긴 흰 토끼와 흑담비의 체온이 너무도 따스했다.

옆에서 그 모습을 흐뭇하게 바라보고 있던 고슴도치가 가시를 눕힌 채 꾸물꾸물 그 사이로 끼어들어 갔다. 블랑슈가 작게 웃는 소리가 주위에 울려 퍼졌다.

◇

이베르의 마법은 블랑슈의 빠른 대처 덕분에 해가 지기 전, 흔적도 없이 사라지고 말았다.

며칠이 지나 마법이 풀린 홀도 예전처럼 우아하고 위엄이 있는 모습을 되찾았다. 오늘은 높게 트인 천장까지 햇빛이 닿을 정도로 맑은 날이었다.

"경사스러운 날에 딱 어울리는 날씨로군요."

사람의 모습으로 돌아온 밀러드가 옆에 서 있는 노마에게 작게 속삭였다. 그녀가 고개를 끄덕였다.

"예. 정말로요."

노마와 밀러드를 비롯해 수많은 사람이 홀에 모여 있었다. 그 사이로 길게 뻗은 레드카펫이 보였다.

그 끝에는 왕좌가 있었다. 세이블리안은 왕좌에 앉은 채, 누군가를 기다리고 있는 것처럼 보였다.

잠시 후, 문이 열렸다. 왕좌 옆에 앉아 있던 릴리가 안으로 들어온 사람을 보고 환히 웃었다. 블랑슈가 망토를 길게 끌며 들어오고 있었다. 세이블리안이 걸친 것과 똑같은 망토였다.

블랑슈는 천천히 걸어가 세이블리안의 앞에 멈춰 서서 그를 잠시 응시하였다. 푸른 눈동자의 부녀가 말없이 시선을 교환했다. 세이블리안이 고개를 끄덕이자, 블랑슈가 한쪽 무릎을 꿇고 앉았다.

세이블리안은 쓰고 있던 왕관을 벗어 블랑슈에게 씌워주었다. 백금으로 만들어진 왕관은 칠흑 같은 머리카락 위에서 별처럼 빛났다. 세이블리안이 엄격한 목소리로 말했다.

"나 네르겐 왕국의 국왕 세이블리안 프리드킨은, 네르겐 통일 왕국을 제국으로 격상함을 공표하고 국호를 네르겐 제국으로 명명한다. 또한 네르겐 왕국의 제1 왕위 계승자, 블랑슈 프리드킨을 통일 제국의 제1대 황제로 추대한다."

세이블리안은 백금으로 만들어진 왕홀을 건넸다. 왕홀은 생각보다 묵직하였으나 블랑슈는 힘든 내색 없이 그것을 받아들었다.

그녀는 왕홀의 무게도, 왕관의 권위도 모두 감당할 준비가 되어 있었다. 세이블리안은 그 모습을 보고 희미하게 웃더니 허리를 숙여 정중하게 인사를 올렸다.

"네르겐의 최초의 황제, 블랑슈 프리드킨 폐하에게 인사 올립니다."

"블랑슈 폐하께 인사 올립니다. 폐하께 충성을 맹세하겠습니다!"

사람들이 한목소리로 새로운 황제를 칭송하였다. 이베르도 시녀의 품에 안겨 좋아라 웃고 있었다.

"블랑슈 폐하."

너무도 반가운 목소리가 들려왔다. 옆을 돌아보니, 베리테가 더없이 행복한 얼굴로 블랑슈의 곁으로 다가와 있었다.

"폐하의 뒤를 지키며, 폐하가 가는 길을 따를 영광을 주시겠습니까?"

정중히 고개를 숙이는 베리테를 향해 블랑슈도 인사를 올렸다. 두 눈에는 푸른 행복이 가득했다.

"물론이에요, 오베론. 영원히 내 곁에 있어 줘요."

그 말에 릴리도 자리에서 일어났다. 그녀는 미소를 지은 채, 왕관을 벗어 베리테의 머리 위에 올려 주었다.

"블랑슈 황제 폐하 만세! 오베론 황후 마마 만세!"

사람들이 목청 높여 새로운 황제와 황후를 맞이하였다. 일곱 대신 역시 진심으로 블랑슈를 환영하고 있었다.

블랑슈는 감격에 찬 얼굴로 주위를 바라보았다.

세이블리안, 릴리, 베리테……. 그리고 자신을 지지해 주는 수많은 사람들. 자신의 능력을 의심하지 않고 자신을 믿어 주는 사람들.

훗날 블랑슈 프리드킨이라는 이름이 역사서에서 높이 평가되는 미래를 아무도 모르건만, 모두가 그 미래를 알고 있다는 듯 햇살 속에서 미소 짓고 있었다.

+

용이 지켜보는 곳

바닷바람이 시원하게 불어오고 있었다. 소금기가 섞인 바람에 여름 햇살이 어른거리는 것만 같았다. 나는 테라스에 서서 동부의 바다를 바라보고 있었다. 오랜만에 방문하는 동부는 그때나 지금이나 다를 것 없이 푸르른 바다를 자랑하고 있었다.

"이베르, 바다야! 바다!"

"바바!"

블랑슈가 이베르를 품에 안은 채 바다 쪽을 가리키고 있었다. 이베르는 열심히 옹알거리며 블랑슈의 말을 따라 하고 있었다.

두 아이가 사이좋게 바다 구경하는 걸 보고 있자니, 나도 모르게 엄마 미소가 나올 수밖에 없었다.

크으, 그림일세. 그림이야. 아이를 낳았던 친구들이 그렇게 애들을 자랑하던 심정을 이제야 알 것 같았다.

푸른 바다를 배경으로 서 있는 아이들의 모습을 내 눈에 담으려고 가만히 바라보았다.

훈훈한 장면이긴 했지만, 블랑슈가 들기엔 이베르가 무거울 텐데.

"블랑슈, 이베르가 무겁지 않아요? 자, 이베르. 엄마에게 오렴."

"마아!"

나는 가만히 이베르를 안아 들었다. 이베르는 조금 당황해서 나와 블랑슈를 번갈아 보고 있었다.

누나한테도 가고 싶고, 엄마한테도 가고 싶은데 이걸 어쩌나 하는 표정. 결국 내게 안긴 채, 블랑슈의 손을 꼭 잡고 있었다. 정말이지 누나 껌딱지라니까.

이베르는 쿵쿵거리며 바람 냄새를 맡고 있었다. 즐거워 보이네. 블랑슈가 이베르의 손을 잡은 채 흐뭇하게 말했다.

"이베르, 이제 곧 바다로 갈 거야. 신나지?"

"아앙."

우리의 흥분이 이베르에게도 전달된 것일까? 이베르는 그 말을 이해한다는 듯이 방긋 미소 지었다. 블랑슈만큼이나 나도 잔뜩 들뜬 상태였다.

이번에 동부를 방문한 것은 단순한 휴양 때문이 아니었다. 정확히 말하면 '동부'가 아니라 '바다'를 보러 왔다.

"해저에 있는 왕국이라니. 너무 기대돼요."

블랑슈의 두 눈은 바다를 옮겨 담은 것만 같았다. 기대감이 수면에 비친 물비늘처럼 반짝였다.

그랬다! 우리는 인어들의 왕국, 아틀란시아로 초청을 받았다.

바다 아래에 있는 인어 왕국은 역사 속에서 전설로나 접할 수 있는 곳이었다.

그런데 그곳에 실제로 가 볼 수 있다니. 인간 방문자를 수백 년간 받아들이지 않던 곳이라 초청장이 왔을 때, 온 궁이 술렁였지.

"릴리, 여기 계셨습니까."

그렇게 이야기를 나누는 사이, 뒤에서 세이블의 목소리가 들려왔다. 어느새 응접실로 온 그가 다급히 이베르를 받아갔다.

"무거울 텐데 저를 부르시지 않고."

"별로 무겁지도 않은걸요."

"그래도 안 됩니다."

애를 낳은 지 반년이 넘었는데도 그는 여전히 내 몸 상태를 우려하곤 했다.

사실 애가 좀 묵직하긴 했어. 세이블이 워낙 가볍게 들고 있긴 하지만. 이베르가 그의 가슴에 얼굴을 파묻고 옷 냄새를 맡았다.

"아바마마가 와서 좋은가 봐요!"

"음. 그런 거면 좋겠구나."

블랑슈의 말에 세이블은 조금 부끄러운 기색이었다. 얼굴이 살짝 붉어져 있었다.

크으, 블랑슈랑 이베르가 있을 때도 그림이었는데 이렇게 셋이 모여 있으니 정말 눈이 호강한다. 누구 집 딸이, 누구 집 남편이, 누구 집 아들이 저렇게 예쁘고 귀엽고 사랑스럽나!

잠시 세이블의 자태를 감상하고 있는 사이, 베리테와 인어가 뒤를 따라 들어왔다. 인어는 우리를 향해 가볍게 조아렸다.

"기다려 주셔서 감사합니다. 워낙 많은 인원이 이동을 할 예정이라 준비에 조금 시간이 걸렸습니다. 오베론 마마께서 도와주신 덕분에 곧 이동할 수 있을 듯합니다."

"이게 다 내가 유능한 탓이지."

베리테는 양 허리에 손을 올리고 에헴 잘난 척을 했다.

누구네 사위가 이렇게 귀엽지요? 백합이 사위요!

"베리, 고생 많았어."

"아니야. 우리 여보야를 위한 일인데 당연히 해야지."

블랑슈에게 칭찬을 받자 베리테의 입이 헤벌쭉 벌어졌다.

그 사이, 하인 한 명이 쟁반을 들고 왔다. 거기에는 유리병들이 놓여 있었다. 그는 정중한 어조로 설명을 덧붙였다.

"마법약입니다. 드시게 되면 물속에서도 편하게 호흡이 가능하고 움직이기도 수월하실 겁니다."

병 속에 든 것은 물빛의 약이었다. 블랑슈가 잠시 고민하는 눈치가 되어 물었다.

"어린 이베르가 먹어도 아무 문제 없나요?"

"내가 다 확인해뒀으니 걱정하지 않아도 괜찮아."

베리테가 씩 웃고는 마법 약을 삼켰다. 그리고는 아무 문제도 없다는 듯이 양팔을 벌려보았다. 외형적으로 눈에 띄는 변화는 없었다.

"우리 가족이 마실 약인데, 꼼꼼하게 체크 했지."

정말이지 그 어떤 사람의 말보다도 믿음직스러웠다. 나도 내심 이베르를 두고 가는 게 낫지 않을까 고민하고 있었는데.

베리테의 보장을 받았으니 걱정이 없다. 나디아랑 카린에게도 이베르를 소개해 주고 싶고!

아이를 낳은 뒤 만나는 것은 처음이었다. 우리는 마법약을 나눠마신 뒤, 베리테가 설치한 거울 속으로 천천히 들어갔다.

그 순간 상쾌한 바람 같은 것이 내 얼굴을 감쌌다. 아니, 바람이 아니라 물보라였다. 부드러운 물살이 내 머리카락과 옷자락을 흔들고 지나가는 것이 느껴졌다.

눈을 뜨자 온 세상은 파랑이 되어 있었다. 물속에서 바라보는 세계는 무척이나 투명하고 아름다웠다. 그 물빛 세상 사이로 새하얀 건물이 눈에 들어왔다. 마치 오래된 신전 같은 고풍스러운 궁전.

발아래 부드럽게 밟히는 수초가 마치 카펫 같았다. 그리고 풍경만큼이나 놀라운 건 내 몸의 감각이었다.

"숨을 쉬는 게 편하군요."

세이블이 신기하다는 듯이 제 목을 더듬으며 말했다. 목소리 역시 또렷하게 전달이 되고, 수압도 느껴지지 않았다. 물속에서도 이렇게 편하게 움직일 수 있다니. 하늘을 나는 게 이런 기분인가 싶을 정도였다.

내 몸에 일어난 변화에 놀라워하던 중, 궁에서 누군가가 나오는 것이 보였다. 짧은 금색 머리카락이 햇살처럼 반짝였다.

카린이었다. 그녀는 지상에서보다 이곳에서 더욱 자유로워 보였다. 그녀가 우리에게 다가와 깍듯한 태도로 인사를 올렸다.

"오랜만에 뵙습니다, 블랑슈 폐하. 오베론 황후 마마, 선왕 전하, 선왕비 마마께도 인사 올립니다."

예전에는 언제나 삐죽삐죽 성이 나 있었는데, 지금 내 눈앞에 서 있는 카린은 그저 노련한 외교관일 뿐이었다.

다 컸네, 다 컸어. 벅찬 마음으로 카린을 보고 있는데, 그녀가 나를 보고는 살짝 웃었다가 표정을 굳혔다.

"우선 안으로 오세요. 응접실로 안내해드릴게요."

우리는 카린의 안내를 받아 궁 안으로 들어섰다. 계단이 없이 천장이 확 트여 있는 독특한 구조였다.

응접실로 들어선 뒤, 카린은 여전히 담담한 표정을 유지하며 말했다.

"시중을 들 사람들을 불러오겠습니다. 저는 나가 있을 테니, 편하게 있으세요."

"가려고요?"

오랜만에 봤는데 이렇게 가다니. 어떻게 지냈는지 근황도 못 들었는데…….

카린이 움찔하는 기색이 되었다가 다른 사람들을 돌아보았다. 자신이 여기 있어도 되냐는 듯 눈치를 보는 것 같았다.

블랑슈와 세이블이 고개를 끄덕인 뒤에야, 그녀는 후다닥 달려와 내게 안겼다.

"왕비님, 보고 싶었어요! 왕자님도 낳으셨다면서요. 바로 찾아 뵙고 싶었는데……!"

카린이 허둥지둥 말을 쏟아 냈다. 아까는 공적인 자리라 티를 못 낸 모양이었다. 아이구, 귀엽기도 하지. 나는 반가움을 온몸으로 표출하는 카린을 듬뿍 쓰다듬었다.

"나야 잘 지냈죠. 맞아, 카린이 지난번에 갖고 싶어 하던 옷 만들어 왔어요."

"왕비님이 최고세요! 여기 옷도 좋지만 가끔은 인간의 옷이 그립거든요."

그녀의 눈웃음에서 희미한 그리움이 느껴졌다. 그러다 카린과 세이블의 눈이 마주쳤다. 그녀는 고개를 조아렸다.

"선왕 전하, 이렇게 뵈어 무척 기쁩니다. 또한 이베르 왕자님의 탄생을 경하드립니다."

한때 맹렬하게 구애를 하던 사람이라고는 믿기 어려울 정도로 정돈된 목소리였다. 세이블도 담담하게 고개를 끄덕였다.

"카린 외교관, 먼 타지에서 고생이 많군."

"당연히 제가 할 일입니다."

카린과 세이블이 이토록 편하게 이야기하는 모습을 볼 줄이야. 세이블은 자세를 틀어 품에 안은 이베르를 보여 주었다.

"이쪽은 알고 있겠지만 이베르일세."

"아앙!"

"왕자님이시군요. 처음 뵙겠어요."

이베르는 카린을 향해 손을 쭉 뻗었다. 그 모습을 본 카린은 어딘가 모르게 묘한 눈빛이 되었다.

흠? 왜 그러는 거지? 그 눈빛의 연유를 몰라 잠시 어리둥절하고 있던 사이, 카린이 가볍게 헛기침을 했다.

"음, 사실…… 미리 보고 드리지 못한 것이 있어요."

"보고? 무슨 일인지 말해 보게."

나도 그 옆에 서서 카린의 보고를 기다리는 사이, 무언가가 다가오는 듯 물살이 바뀌는 것이 느껴졌다.

"아비게일!"

그리고 경쾌한 목소리가 물보라를 타고 퍼져 나갔다. 나디아가 붉은 망토를 흩날리며 응접실에 해일처럼 들어섰다.

그녀는 마치 돌고래처럼 우리의 주위를 빙글 돌았다. 나디아의 하체는 물고기의 꼬리인 상태였다.

나디아가 반가워 어쩔 줄 몰라 하고 있었다. 마치 강아지가 꼬리를 치는 것처럼 꼬리지느러미가 살랑대는 것이 보였다.

"아비게일, 어서 와! 블랑슈도! 나머지도 안녕!"

그 말에 카린의 얼굴이 순식간에 일그러졌다. 그녀는 후다닥 나디아의 옆구리를 찌르곤 으름장을 놓았다.

"나디아 전하, 나머지라뇨. 예의를 지키세요."

"세이블리안 선왕, 오베론 황후. 아틀란시아에 온 것을 환영하오."

정말 빠른 태세 전환이다. 카린이 참 잘 길들였군. 이 나라의 미래가 밝아 보인다.

그렇게 흐뭇한 마음으로 지켜보던 와중, 한 아이가 나디아의 뒤를 따라 들어 왔다. 이베르만큼이나 작은 아이였다. 인어라서 정확히는 모르겠지만 태어난 지 일 년이 채 되지 않은 것 같았다.

붉은 머리카락인 걸 보니 인어 왕족인가?

그러고 보니 뭔가가 조금 달랐다. 귀부분이나 목에 난 아가미 부분은 같은데, 아이에게는 물고기의 꼬리가 없었다. 나는 의아해져서 물었다.

"나디아, 뒤에 있는 애는 누구예요?"

"아, 힐드 말이지?"

그녀는 헤엄을 치며 돌아다니는 힐드를 끌고 와 품에 안았다. 그리고는 싱긋 웃으며 말했다.

"나랑 카린 딸이야!"

"……딸이요?"

"응!"

나디아가 너무도 태연해서 도리어 기분이 이상해졌다. 나는 침착하게 생각을 정리하고 물었다.

"입양했나요?"

"아니? 친딸인데."

"어떻게 낳은 거죠?"

그러자 나디아가 기세등등하게 코를 쓱 매만졌다. 그녀가 우쭐한 얼굴로 말했다.

"훗, 내가 힘 좀 썼지. 어떻게 했는지 듣고 싶⋯⋯ 크억!"

얼굴이 새빨개진 카린이 거세게 나디아의 등짝을 갈겼다. 철썩철썩 때리는 소리가 요란했다.

"조용히 해요! 이 사람이 부끄러운 줄 모르고!"

"미안! 미안해, 카린! 한 번만 봐줘!"

한 나라의 왕이 무력하게 무너졌다. 역시 이 나라의 미래가 밝군. 카린이 씩씩대다가 헛기침을 했다.

"크, 크흠. 원래 인어들은 성별에 크게 상관없이 애를 낳을 수 있습니다. 혼혈도 해당이 되더라고요."

"그, 그렇구나⋯⋯."

요정도 꽃밭에서 태어난다고 하니 그럴 수도 있지. 블랑슈와 세이블도 납득한 것 같았다.

"이름은 힐드야. 군힐드 언니 이름에서 따왔어. 힐드, 저기 아비게일 언니한테 가 봐."

"응!"

힐드는 나디아의 품을 벗어나 쪼르르 내 쪽으로 헤엄쳐 왔다. 그리고는 해맑은 얼굴로 헤실 웃었다.

크윽, 귀여워!

힐드가 몸을 한 바퀴 틀자 부드럽게 물거품이 일었다. 그렇게 내 주위를 헤엄치던 힐드가 잠시 멈춰 서더니 어딘가를 바라보았다.

세이블 쪽이었다. 아니, 정확히 말하면 그 품에 안긴 이베르를 보고 있었다. 힐드가 이베르 쪽으로 열심히 헤엄쳐서 다가간 뒤, 초록빛 눈을 빛내며 방긋 웃었다.

"나, 힐드!"

이베르는 그 모습을 보고 조금 겁을 먹은 기색이었다. 세이블의 옷을 꼭 잡고 얼굴을 숨겼다.

"음. 이 아이의 이름은 이베르란다. 이베르."

세이블은 조용조용 이베르의 이름을 알려 주었다. 힐드는 이베르를 빤히 바라보다가 꼬물꼬물 세이블의 품으로 들어갔다.

얼떨결에 두 아이를 품에 안은 세이블은 당황한 눈치였다. 그런데 좀…… 귀엽다?

양손으로 아이를 안고도 그는 무거운 기색이 없어 보였다. 그저 새끼 고양이나 강아지를 처음 본 사람처럼 안절부절못하고 있을 뿐.

"음. 이 아이가 왜 날 따르는지 모르겠군."

아이 한 명만 안고 있어도 귀여웠는데 둘을 안고 있으니 더욱 귀엽군. 이 기회에 셋째를 만들어볼까.

그런 고민을 하던 사이, 어느새 이베르와 힐드는 사이좋게 놀고 있었다. 나디아가 흐뭇하게 말했다.

"이거, 사돈이 될 수도 있겠네!"

"그건 안 돼요, 나디아 님. 제가 블랑슈 폐하의 이모니까요."

아, 그렇네! 힐드가 우리 조카이기도 한 셈이구나.

새삼 네르겐의 위엄을 깨달았다. 요정 왕국, 인어 왕국 양쪽 모두 혈연으로 이어지다니.

조카라는 사실을 깨닫자 힐드가 좀 더 귀여워 보이는 것도 같네. 블랑슈가 힐드에게 다가가더니 손을 내밀었다.

"안녕, 힐드. 나는 블랑슈야. 너와 나도 형제네."

힐드가 까르륵 웃으며 블랑슈의 손을 잡았다. 흐뭇하게 내려다보는 세이블을 향해 블랑슈가 웃어 보였다.

"아바마마, 저에게 동생이 두 명이나 생겼어요!"

저 기뻐하는 모습을 보고 있자니 역시 셋째를 낳아야 할 것 같네.

세이블이랑 시선이 순간 마주쳤다. 왠지 그도 나랑 비슷한 생각을 하고 있는 듯한 기분이 든다.

그와 나 사이의 뜨거운 신호가 오가던 중. 블랑슈가 뭔가를 발견하고는 카린을 향해 물었다.

"아, 힐드에게 인어 꼬리가 없는 건 혼혈이라서 그런가요?"

"네, 맞아요. 혼혈인 아이가 오랜만에 태어나 문헌에서 간신히 찾아봤어요."

어, 그리고 보니 나디아와 카린의 결혼은 어떻게 되는 거지? 아이가 생겼으니 하려나? 나는 나디아를 향해 물었다.

"그나저나 두 사람 결혼은 아직이죠?"

"응. 카린한테 계속 결혼하자고는 하는데……."

나디아가 카린을 힐끗 보더니 조심조심 다가갔다. 그리고는 눈치를 보다가 슬그머니 손을 끌어당겼다.

그녀는 손등에 입을 맞춘 뒤, 그윽하게 카린을 바라보았다. 평소에 보지 못했던 진지한 얼굴이었다.

"카린, 나와 결혼해 주지 않겠어?"

"외교관 은퇴하고요."

아! 냉정한 거절이었다.

나디아는 말라버린 미역 같은 꼴이 되어 훌쩍거렸다.

"지금 531번째 차였어!"

"어머, 그랬어요?"

나디아와 달리 카린은 태연한 표정이었다.

531번이나 프로포즈라니. 어떤 의미에서는 정말 굉장하다.

그렇게 나디아가 실연의 슬픔을 삼키던 중. 한 인어가 허둥지둥 안으로 들어왔다. 무척이나 다급해 보였다.

"나디아 님. 잠시 드릴 말씀이 있습니다."

신하가 들어오자 나디아는 황급히 표정을 바꾸었다. 그리고는 제법 근엄한, 왕 같은 얼굴로 물었다.

"보고하라. 혹시 그 건인가?"

"예. 죄송합니다."

"……귀찮게 되었군."

그 건? 그 건이라는 게 뭔지는 모르겠지만 보고를 듣는 나디아의 얼굴이 순식간에 굳어갔다. 으음. 왠지 심각한 일 같은데.

블랑슈가 그 모습을 살피다 입을 열었다.

"나디아 님, 혹시 무슨 문제라도 있나요?"

"그게……."

나디아는 신하를 물린 뒤 블랑슈를 마주 보았다. 화기애애한 분위기는 가라앉고 물이 조금 서늘해진 것 같았다. 방금까지는 친구끼리의 만남이었다면, 지금부터는 왕들의 대화였다.

나디아가 냉철한 어조로 말을 꺼냈다.

"이번에 아틀란시아로 초대한 이유는 알고 있지?"

"네. 중립 지대 건 아닌가요?"

몇 년 전, 인간과 인어가 함께 살 수 있는 중립 지대를 만들고자 하는 계획은 차근차근 진행이 되어 가고 있었다. 그리고 블랑슈와 베리테가 결혼하며 중립 지대 건설에 요정도 협력하게 되었다.

모두를 받아들인다는 게 중립 지대의 규칙. 이제는 종족 구분 없이 머물 수 있는 도시가 되었다고 들었다.

어느 정도 도시로서 안정기에 들어서자, 아틀란시아 측에서는 중립 지대를 보여 주기 위해 우리를 초청했다.

"중립 지대는 잘 조성이 되어서 별 탈 없이⋯⋯. 아니, 탈이 생겼군."

"탈이라면요?"

"중립 지대에 여러 종족이 모여들자, 자연스럽게 무역업이 성행하게 되었어. 동방에서도 찾아오는 상인이 늘었고. 그래서 이 근방에 등대를 건설하려 했는데⋯⋯."

그때 나는 미세한 떨림을 느꼈다. 마치 지진, 아니면 해일 같은 감각. 그와 동시에 문이 벌컥 열렸다.

"꼬맹이 왔냐!"

우렁우렁한 목소리와 함께 군힐드가 들이닥쳤다. 우와, 오랜만에 보지만 변함없이 자연재해 같은 사람이다!

그녀는 폭풍처럼 들이닥쳐 블랑슈를 번쩍 들어 올렸다. 군힐드는 오랜만에 조카를 보는 사람처럼 싱글싱글 웃는 낯이었다.

"꼬맹이는 하나도 안 자랐네!"

"구, 군힐드 님. 괜찮으세요?"

반가운 기색이 역력한 군힐드와 달리 블랑슈는 경악하고 있었다. 나 역시 군힐드를 보고 놀랄 수밖에 없었다.

뭐, 뭐야? 왜 이렇게 많이 다쳤어?

온몸을 붕대로 꽁꽁 싸매고 있었고, 그 외에도 최근에 생긴 붉은 상처가 가득했다. 누가 봐도 중상인데 저렇게 움직여도 되는 건가?

군힐드는 개의치 않는다는 듯 웃었다.

"아, 좀 다쳤어. 괜찮아."

"조금이 아닌데요!"

그 와중에 태평한 것은 나디아 정도였다. 나디아는 심드렁하게 군힐드에게 말을 걸었다.

"언니, 그 꼬맹이는 인간 제국의 황제 폐하야. 내려드려."

"예, 예. 명대로 하죠."

군힐드는 다소 비꼬는 듯한 말투로 답하더니 블랑슈를 내려놓았다. 블랑슈는 여전히 놀란 얼굴이었다.

"어, 어쩌다 그렇게 다치셨나요?"

"그게⋯⋯."

군힐드는 쉽게 말을 꺼내지 못하고 있었다. 그녀가 보기 드물게 망설이다 한숨을 푹 내쉬고 말했다.

"용이랑 싸우다 좀 다쳤어."

용? 지금 용이라고 했지?

용에 대해서는 나도 알고 있다. 하지만 군힐드가 말하는 용이 이야기 속에서나 등장하는 가상의 동물은 아닐 터였다. 대체 무슨 일이 있었던 거야?

나디아가 미간을 꾹꾹 누르며 말했다.

"뭐, 아까 말했던 문제가 이거야. 등대 건설 중에 문제가 생겼어. 블랑슈, 혹시 용에 대해 알고 있어?"

"동양의 이종족인 용을 말하는 건가요?"

"맞아. 보통은 동양에서 지내고 서쪽까지는 잘 오지 않는데, 이 근처에 둥지를 틀었더군."

군힐드의 저 상처도 용에게 당한 건가? 그 강한 군힐드가 저렇게 큰 부상을 입을 정도라니. 어쩐지 피가 식는 기분이었다.

나디아는 입술을 짓씹고는 우울한 얼굴로 설명을 이어 갔다.

"영생을 산다고 할 정도로 수명이 길고, 강하지만 무리 지어 살지는 않는 종족이라 평생 볼 일이 없을 줄 알았는데……."

"하지만 공격적인 종족은 아니라고 들었어요. 어쩌다 싸움이 일어난 건가요?"

블랑슈의 물음에 나디아는 울적한 어조로 말했다.

"아마도 용의 둥지 근처에 접근한 게 문제였던 것 같아. 등대를 지으려는 섬이 둥지 근처였거든."

격노한 용이 바다를 날뛰는 모습이 눈앞에 그려지는 것 같았다. 나디아가 어깨를 한 번 으쓱했다.

"그 탓에 일단 등대 건설은 중지됐어. 힐드 언니가 싸워보긴 했는데 저렇게 됐지."

나디아 옆에 선 군힐드는 팔짱을 낀 채 얼굴을 구기고 있었다. 아프다기보다는 자존심이 상한 탓인 것 같았다.

"젠장. 다시 붙으면 내가 이길 텐데. 그땐 기습이었다고."

"용을 어떻게 이기겠어? 개체로만 따지면 이종족 중에서는 가장 강력한데."

베리테가 지적하자 군힐드의 이마에 핏줄이 섰다. 그녀가 눈을 부릅뜬 채 목소리를 키웠다.

"용에게는 역린이 있다. 그 급소를 찌르기만 하면 내 승리야. 용의 둥지에 결계만 쳐져 있지 않았다면, 당장 가서 죽였을……!"

"힐드! 착하지! 진정해!"

그때, 나디아가 갑자기 힐드를 붙들고 소리쳤다. 가만히 있던 힐드는 어리둥절한 눈치였다.

"힐드는 착한 아이! 힐드 얌전히 있자!"

"너 자꾸 딸한테 말 거는 척하면서 지적할래?"

"난 힐드한테 말한 거야. 힐드 언니는 무시해도 돼!"

그 말에 군힐드의 이마에 핏대가 섰다. '저걸 동생이라고'하는 눈으로 나디아를 잠시 바라보다 한숨을 내쉬었다.

일단 군힐드의 분노가 조금은 가라앉은 것 같았다. 블랑슈가 눈치를 보다 말을 건넸다.

"다른 섬에 등대를 세우면 안 되는 건가요?"

"할 수는 있는데……. 등대 건설보다 다른 게 문제야. 용이 날씨를 조종해서 방해하고 있어."

"날씨요? 오늘은 화창하던데요."

"얼마 전까지는 태풍이라 어업이랑 무역에 문제가 있더니, 지금은 또 가뭄이야."

그러고 보니 아틀란시아에 오기 전, 동부 영주가 했던 말이 떠올랐다. 세이블이 씹어 뱉듯이 말했다.

"동부 영주로부터 가뭄이 문제라고 들었는데, 그것도 용의 짓이었나."

"아마도."

으음. 정말 여러모로 곤란한 상황이네. 등대는 둘째 치더라도 날씨까지 조종한다니……. 이종족이라기보다는 신이 현신한 것처럼 느껴졌다.

다들 숙연하게 침묵을 삼키던 중, 나디아의 짧은 박수 소리가 정적을 깼다.

"뭐! 골치 아픈 이야기는 뒤로 미루고."

아니, 뒤로 미루면 안 될 것 같은데.

아무 일도 없었던 것처럼 그녀는 싱글벙글 웃으며 내게 말을 건넸다.

"일단 부른 건 중립 지대를 보여 주고 싶어서야. 너도 세이블이안도 늘 일 때문에 바빴지? 이 기회에 정체를 숨기고 '시찰'을 다녀오면 어때? 여기저기 구경할 곳이 많을 거야. 연인끼리 가기 좋은 곳도 많고."

나디아는 어딘가 모르게 짓궂게 웃는 낯이었다.

혹시 이거…… 시찰이라고 쓰고 데이트라고 읽는 건가?

결혼한 지 몇 년이 지났지만 사실 제대로 된 데이트를 해 본 적은 없었다. 워낙 여러 일이 있기도 했고, 세이블이 왕위에 있다 보니 쉽게 자리를 떠날 수도 없었지.

하지만 문제가 있는데 이렇게 나가도 될까. 시찰보다는 용에 대한 대처를 마련하는 게 먼저인 것 같은데.

"꼬맹이랑 꼬맹이 남편도 다녀와. 보면 제법 즐거울 거야."

군힐드의 제안에 블랑슈는 뭐라 대답하지 못하고 있었다. 잠시 망설인 끝에 블랑슈가 배시시 웃었다.

"저는 일단 용에 대해서 좀 알아보고 싶어요. 시찰은 어마마마랑 아바마마께 부탁드려도 될까요?"

"어? 우리가요?"

으음. 어떻게 하면 좋으려나. 세이블도 조금 곤란해하는 눈치였다.

우리가 머뭇대고 있자 블랑슈가 엄하게 말했다.

"황제의 명령입니다. 두 분은 시찰을 다녀와 주세요."

말투는 근엄했지만 우리를 바라보는 얼굴에는 장난기가 가득했다. 그 말에 세이블이 피식 웃더니 가볍게 고개를 조아렸다.

"황제 폐하의 명령이니 도리가 없군요. 그러면 시찰을 다녀오도록 하겠습니다."

"잘 부탁드리겠습니다, 선왕 전하."

귀여운지 엄중한지 알 수 없는 부녀간의 대화가 오갔다. 세이블이 나를 돌아보며 말했다.

"릴리, 함께 시찰 갑시다. 저도 중립 지대가 어떤 모습인지 보고 싶군요."

황제 폐하의 명령이니, 어쩔 수 없네!

어느새 베리테가 세이블의 곁으로 다가와 이베르를 받아갔다.

"이베르는 내가 보고 있을게. 장모님, 장인어른. 시찰 잘 다녀와!"

나는 고개를 끄덕이고는 세이블과 팔짱을 꼈다. 이베르도 우리를 향해 잘 다녀오라는 듯이 옹알이를 하며 손을 흔들었다.

길거리에 수많은 가게가 즐비하게 늘어서 있었다. 길 양쪽에 위치한 가게들 위로 온갖 색깔의 천이 가림막처럼 하늘을 가리고 있었다.

중립 지대는 커다란 무인도를 일궈 만든 도시였다. 곳에는 수많은 배가 정박한 채였다. 그리고 그 배를 타고 온 온갖 물건과 사람들이 시장에 흘러넘치고 있었다. 복식만큼이나 종족도 다양했다.

요정 손님과 인간 상인이 흥정을 하기도 하고, 한쪽에서는 인어가

광주리에 생선을 그득히 담아 팔고 있기도 했다.

"와, 정말 다 같이 사는구나……."

나디아는 언제나 인어들에게 더 넓은 세상을 주고 싶어 했다. 이 모습을 보니 그녀가 왜 그런 미래를 꿈꿨는지 알 것 같았다.

놀라움에 잠시 멈춰서 있는 사이, 내 옆으로 인간들이 스치고 지나갔다. 헉, 가까워! 내가 선왕비라는 걸 눈치채진 않겠지?

나도 모르게 어깨가 움츠러들었지만 다행히 내 정체를 알아차리지는 못했다. 사람들이 지나간 뒤, 나는 세이블을 향해 작게 속삭였다.

"우리를 못 알아보는 것 같네요."

"그러게 말입니다."

세이블과 나는 준 귀족이 입을 법한 옷으로 갈아입은 상태였다. 수수하지만 정갈한 옷.

하지만 그런 옷으로도 세이블의 후광은 숨길 수가 없었다! 누가 봐도 나는 왕족이라는 오오라를 뿜고 있어서 좀 걱정이 되었다. 역시 마법을 써서 변화하는 편이 좋을까.

세이블은 나를 달래듯이 말했다.

"왕족의 얼굴을 아는 사람은 소수니까요. 릴리가 실종되었을 때, 이 모습으로 돌아다녀도 알아보는 사람이 없었습니다."

그래. 그때 내가 일하는 의상실에 왔을 때도 가게 사람들이 그를 못 알아봤지.

나를 찾아와 주었던 세이블이 생각나자 나도 모르게 먹먹함이 밀려왔다. 이렇게 그와 다시 만나 데이트도 하게 되다니. 그와의 재회가 새삼 고맙게 느껴졌다.

"알겠어요. 그러면 맘 놓고 다녀야겠네요. 이렇게 세이블이랑 번

화가에 나온 건 처음이기도 하고."

"그러게 말입니다. 진작 나오면 좋았을걸. 네르겐에 돌아가서도 '시찰'을 나오면 좋을 것 같군요."

그가 빙그레 웃으며 말했다. 처음 하는 비밀 데이트에 나 역시 소리 없이 웃었다.

우리는 손을 꼭 잡은 채, 인파가 가득한 거리를 지나다녔다. 시선을 돌릴 때마다 온갖 물건들이 눈에 들어왔다.

"여보. 저쪽에 장신구와 의류를 파는 것 같습니다. 여보는 의상이 가장 먼저 보고 싶으시죠?"

그가 골목 한쪽을 가리키며 말했다. 그의 말대로 여러 옷감이 가게 앞에 걸려 있는 것이 보였다.

내 남편, 센스도 좋지. 내가 좋아하는 게 뭔지 정말 잘 안다니까! 나는 헤실 웃으며 그의 손을 끌고 골목으로 들어섰다. 가게들을 둘러보는 데 가슴이 마구 뛰었다.

"우와, 이건 뭐지? 처음 보는 옷이랑 옷감이 잔뜩 있어요……!"

요정의 옷을 파는 가게도, 인어의 옷을 파는 가게도 있었다. 어디부터 가야 하지? 안절부절못하고 있던 그때, 어떤 상인의 기운 좋은 목소리가 들려왔다.

"예쁜 아가씨! 동방에서 들여온 비단과 노리개 보고 가세요!"

동방? 동방의 의상이라는 말에 잠시 발을 멈추는데, 세이블이 나보다 먼저 상인 쪽을 물끄러미 보고 있었다.

"저 상인이 릴리를 부르고 있군요."

"저요? 저 상인은 예쁜 아가씨를 찾았는데요."

그는 내 말에 의아한 기색이 되었다. 세이블이 고개를 갸웃하고는 이해가 안 간다는 듯이 말했다.

"예. 예쁜 아가씨요. 여기서 제일 예쁜 아가씨는 릴리입니다만."

으악! 콩깍지다, 콩깍지!

나는 혹여라도 지나가는 사람이 들었을까 놀라 주위를 둘러보았다. 궁 안에서였으면 나도 안다고 되받아쳤을 텐데. 여기는 사람들이 다니는 대로였다.

다행히 들은 사람은 없는 것 같았다. 정말이지 이 사람 눈에 붙은 콩깍지는 떼질 기색이 없다니까!

"저, 저 말고 다른 사람이 더 예쁜데요?"

"아뇨. 릴리가 제일 예쁩니다."

세이블의 뜨거운 눈빛에 흐물흐물 녹아 버릴 것만 같았다. 으윽, 부끄럽지만 기분은 나쁘지 않고…….

어쩔 줄 몰라 하던 그때. 어느 틈엔가 상인이 싱글벙글한 얼굴로 우리를 향해 손짓하고 있었다.

"맞아요, 거기 단발머리 예쁜 아가씨! 와서 옷 좀 보고 가세요."

나랑 세이블이 하는 이야기를 들었나? 어쩐지 민망해져서 얼굴을 푹 숙이는데 세이블이 나를 끌고 가게로 갔다.

마침 궁금하기도 했으니까.

나는 히죽 웃는 상인과 시선을 마주치지 않으려 하며 주위를 둘러보았다. 가게 안에서는 무척 익숙한 분위기가 풍겼다. 상인이 입고 있는 옷도 그랬다. 따지자면 조선 시대풍의 한복과 비슷한 옷이었다. 가게 안에 걸린 것들도 그런 분위기였다.

왠지 모르게 고향에 온 것 같았다. 내 고향이 조선 시대는 아니지만.

"동방의 옷은 구하기 힘들죠. 이번에 특별히 가져온 물건입니다."

언뜻 봐도 상당히 고운 옷들이 잔뜩 걸려 있었다. 내 눈이 두 개뿐인 게 아쉬울 정도였다.

청색 두루마기를 하나 집어 세이블을 돌아보았다. 흐음, 세이블한테는 뭐든 다 잘 어울릴 것 같긴 한데. 눈대중으로는 잘 감이 오지 않았다. 나는 옷가지를 몇 개 집어 든 뒤, 주인을 향해 물었다.

"혹시 여기서 입어 볼 수 있나요?"

"예. 물론입니다."

일단 두루마기를 걸쳐보실까! 매번 내가 옷을 만들어줬는데. 이렇게 쇼핑을 나온 것도 참 신선했다.

"여보, 일단 이거 걸쳐볼래요? 내가 입혀줄게요."

"예. 릴리."

그는 얌전히 내 손길을 받아들였다.

세이블에게 두루마기를 걸쳐준 뒤, 몇 발자국 물러서서 살펴보자……. 너, 너무 잘 어울려……! 어울릴 거라 생각하긴 했지만, 예상보다도 더욱 찰떡같았다!

큰 키 덕분에 두루마기의 맵시가 잘 살아났다. 그의 검은 머리카락이 동방의 이국적인 의복과도 꽤 어울렸다. 단아하면서도 기품 있고, 그 와중에 살짝 벌어진 깃 사이로 보이는 목선……!

아니, 한복이 이렇게 섹시한 옷이었던가? 나는 나도 모르게 다른 옷을 집어 들었다.

"이것도 입어 봐요! 주인장, 여기 옷 갈아입는 곳 있어요?"

"네? 네, 네! 저기 커튼 뒤에 있습니다."

나는 세이블에게 옷을 안긴 뒤 커튼 너머로 밀어 넣었다. 그는 당황해하면서도 순순히 내 요구를 따랐다.

하아, 너무 기대된다. 발을 동동 구르며 기다리던 중, 세이블이 커튼을 걷고 나왔다. 그 모습을 보자마자 나도 모르게 말이 튀어나왔다.

"이거 살게요!"

살 수밖에 없는 비주얼이었다. 그는 소매가 좁은 검은색 철릭에 푸른빛이 도는 답호를 입은 채였다. 마치 사극에 등장하는 무사 같은 모습이었다.

왜 나한테 카메라가 없지? 이거 찍어 놔야 하는데! 돌아가자마자 베리테한테 카메라 만들어달라고 해야겠다.

세이블은 약간 어색한 자세로 제 모습을 돌아보았다. 좀 민망해하는 기색이었다.

"괜찮습니까?"

"네! 엄청, 엄청, 엄청 멋져요."

장난 아니야. 연예인 데뷔해야겠다.

내가 좋아 어쩔 줄 몰라 하자, 어색하게 굳어 있던 세이블의 뺨이 펴졌다. 그가 눈웃음을 지으며 말했다.

"다행입니다. 당신 옷은요?"

나? 기왕 이렇게 된 거 나도 한 벌 살까.

가게 안을 둘러보자 여자 한복도 쉽게 찾을 수 있었다. 쪽빛 원단인 한복을 보자 블랑슈가 생각났다.

와, 이거 블랑슈한테 잘 어울리겠다. 비슷한 색으로 해서 베리테랑 커플룩 해도 엄청 예쁘겠어! 그 옆에 있는 색동저고리는 이베르한테 딱 맞겠다.

애들 사이즈에 맞는 옷을 고르던 중, 장신구가 눈에 들어왔다.

"이 비녀도 하나 주세요."

나비 장식 비녀였다. 상인은 웃는 낯으로 입을 열었다.

"아, 이건 머리카락이 좀 길어야 할 수 있습니다. 손님이 하시기에는 머리카락이 짧을 것 같은데요."

"우리 딸 사다 주려고요."

"아하, 알겠습니다."

블랑슈가 머리를 틀어 올려 비녀를 꽂은 모습을 상상하니 당장 궁으로 돌아가고 싶어졌다.

한복을 입고 다소곳하게 앉은 블랑슈라니! 댕기도 예쁜 거 많은데 사서 머리 땋아줘야겠다.

흐뭇하게 그 모습을 상상하고 있는데 세이블이 입을 열었다. 의아해하는 목소리였다.

"여보, 지금 산 옷들…… 여보 옷은 아닌 것 같습니다만."

"아, 저는 안 사도 괜찮아요."

"여보 것도 하나 삽시다."

그의 눈빛이 조용히 불타오르고 있었다. 이거, 안 산다고 하면 여기서 안 내보낼 기세네.

나는 잠시 고민하다가 작은 머리 장식을 집어 들었다. 흰 꽃 장식인 것, 그리고 매듭 장식으로 만들어진 것이었다.

"둘 중 뭐가 나아요? 이건 어때요?"

우선 꽃 모양 장식을 귓가에 꽂아보고 세이블을 돌아보았다. 그가 빠르게 고개를 끄덕였다.

"예쁩니다."

"그러면 이건요?"

이번에는 매듭 장식을 가져다 댔다. 세이블은 이번에도 같은 반응이었다.

"그것도 예쁩니다."

뭐야, 다 예쁘다고 하면 어떡해. 나는 괜히 입을 삐죽거리며 말했다.

"뭐 전부 예쁘대요?"

"릴리가 예쁜 걸 어떡합니까?"

그의 눈빛은 흔들림 없이 진중했다. 아니, 그렇게 진지하게 나오면 오히려 내가 부끄럽잖아!

양손에 장식을 들고 굳어 있는 사이, 세이블은 가게 안을 둘러보고는 옷을 하나 집어 들었다. 연보라색 비단을 쓴 저고리였다.

그가 옷을 내게 살짝 대보고는 고개를 끄덕였다. 그리고 그다음은 분홍색 한복, 그다음에는 연두색 한복, 그다음에는 자수가 놓인 연노란색 한복…….

그가 이토록 옷에 열정적인 모습을 보이는 건 처음인 것 같았다.

"이 옷도 예쁘군요. 이것도 잘 어울립니다."

그는 대부분의 옷을 집어 들며 말했다. 한복이 무척 마음에 드는 눈치였다.

이 사람, 핏속에 한국인의 혼이 흐르는 건가.

"아가씨에게 잘 어울리시네요!"

"주인장의 안목이 탁월하군요."

가게 주인은 옆에 서서 열심히 세이블을 부추기고 있었고, 세이블은 흐뭇하게 고개를 끄덕였다. 앞으로는 세이블 혼자서 쇼핑 보내지 말아야겠다.

그런 다짐을 하던 중, 주인이 꽃신 한 켤레를 가져왔다.

"이 신발은 꽃신이라고 하는데…….

가게 주인이 세이블에게 뭐라 작게 속삭이자, 그의 눈에 광채가 돌았다. 세이블이 고개를 끄덕였다.

"색깔별로 다 주시오. 꽃신 말고 옷이랑 장신구도."

"네?"

나와 가게 주인이 동시에 말을 뱉었다. 몇 초 뒤, 주인의 얼굴에 화색이 돌았다.

안 돼! 내 남편이 덤터기 쓰는 걸 볼 수는 없어! 나는 부리나케 그 사이에 끼어들었다.

"아뇨! 다 안 살 거예요! 잠시만 기다려 주세요."

나는 다급히 세이블을 끌고 가게 구석으로 향했다. 그가 나를 멀뚱멀뚱 바라보고 있었다.

"세이블, 그게 무슨 소리예요. 가게에 있는 걸 다 사겠다니!"

"전부 릴리에게 어울릴 것 같아서 사고 싶습니다."

"돈 낭비하면 안 돼요!"

"낭비 아닙니다. 릴리의 옷을 사는 거니까요. 제 개인적인 돈으로 사는 거니, 걱정하지 않으셔도 됩니다."

한국인이 아니라 팔불출의 피가 흐르고 있었다. 기쁘지만, 기쁘지만……! 그래도 이렇게 과소비하는 건 안 돼!

나는 간신히 세이블을 설득해서 우리가 당장 입을 옷과 장신구 몇 개만을 사기로 했다.

음, 우리 것은 그래도 적게 샀는데……. 왜 이렇게 상자가 많지?

블랑슈랑 베리테, 이베르에게 줄 선물을 고르다 보니 자제할 수가 없었다. 하지만 후회는 없다! 다 귀여운걸! 우리 애들 선물은 하나도 아깝지 않아!

"다른 짐은 돌아오는 길에 들러 가져갈게요."

"예, 예. 알겠습니다."

가게 주인은 밝은 얼굴로 우리를 배웅했다. 돈을 너무 많이 썼나 싶다가도 세이블이 입은 옷을 보니 함박웃음이 지어졌다.

잘 샀네, 잘 샀어. 후회 없는 소비였다. 세이블도 나를 바라보며 흐 뭇한 미소를 짓고 있었다.

"릴리한테 그 옷이 참 잘 어울립니다. 꽃신도 잘 어울리고요."

그러고 보니 아까 가게 주인이 꽃신을 가져오며 세이블에게 귓속 말을 했었지. 뭐라고 했던 걸까?

"세이블, 아까 주인이 꽃신 가져왔을 때 뭐라고 했어요?"

"아, 그게……."

그는 잠시 고민하다 내 손을 꼭 잡았다. 그리고는 내 손가락에 가 볍게 입을 맞추며 말했다.

"꽃신을 신으면 꽃길만 걷는다는 이야기가 있다더군요. 우리 여 보, 꽃길만 걸으셔야지요."

으악, 으아악!

너무 부끄러워서 속으로 비명을 질러댔다. 와중에 세이블은 부끄 러운 기색 하나 없었다.

"그러면 계속 시찰을 해 볼까요."

이 사람, 언제부터 이렇게 능글맞아졌지? 나는 그의 손을 꼭 잡은 채, 종종걸음으로 그 뒤를 따라갔다.

우리는 동방의 옷을 입은 채 거리를 걸어 다녔다. 하지만 아무도 이상하게 보지 않았다. 온갖 사람과 온갖 옷이 흘러넘치고 있다 보 니 동방의 옷은 도리어 자연스러워 보였다. 우리가 왕족임을 알아보는 사람도 없었다.

……아니, 알아보는 편이 나았으려나?

"거기 형씨, 예쁜 애인에게 선물 하나 어때요?"

"사겠소."

"손님, 요즘 이 목걸이가 아내분에게 참 잘 어울릴 것 같네요."

"사겠소."

가는 길마다 여러 상인이 우리를 호객했고, 세이블은 지나치는 법이 없었다.

큰일이다. 이러다가 이 거리에 있는 물건을 다 사겠어! 어떡하지? 나는 세이블을 열심히 말리다가, 그의 주의를 돌리기 위해 황급히 어딘가를 가리켰다.

"여보! 저 저거 먹고 싶어요!"

먹을 거 사다가 파산하는 일은 없겠지! 다행히 세이블은 내 말을 듣고는 집어 들었던 진주 목걸이를 내려놓았다.

"뭐가 드시고 싶으십니까, 릴리."

"으음, 으음……. 아, 저거요!"

과일상이나 작은 빵집이 있는 가운데 사탕을 파는 가게가 있었다. 설탕을 녹여 모양을 내는 것이 마치 공예품처럼 보였다.

"저, 이거 먹고 싶어요."

나는 작은 물고기 모양의 사탕을 가리키며 말했다. 세이블이 커다란 사탕 쪽을 힐끗 보며 말했다.

"하나로 충분하십니까?"

"네! 충분해요!"

세이블은 약간 아쉬운 표정으로 사탕값을 치렀다. 이 사람, 설마 사탕 가게를 통째로 사주려던 건 아니겠지. 분위기만 보면 충분히 그럴 것 같았다.

주인이 사탕을 건네며 생긋 웃었다.

"두 분, 관광객이신가 봐요? 처음 뵙는 것 같네요."

"그렇소."

"혹시 산호 해변에는 가 보셨나요? 마력으로 만들어진 해변인데 무척 아름다워요. 이 근방에서 꽤 유명한 곳이에요."

"산호 해변? 어디에 있습니까?"

가게 주인은 대략적인 위치를 설명해 주었다. 세이블은 고개를 끄덕이곤 나를 돌아보았다.

"가 보시겠습니까."

"네, 시찰을 나왔으니 구석구석 살펴봐야죠."

그가 내 말에 빙긋 웃고는 가게 주인이 알려준 방향으로 발을 옮겼다. 왁자지껄하던 거리를 벗어나 외곽으로 나오니 주위가 조금 한적해졌다. 멀리서 파도 소리가 들려왔다.

아마 이 근처 같은데…… . 우리는 산호 해변으로 향하는 동굴 입구에 발을 내디뎠다.

"미끄러우니 조심하십시오."

나는 세이블의 도움을 받아 조심조심 아래로 내려갔다. 곳곳에 등불이 걸려 있는 걸 보니 사람들이 이동하는 길은 맞는 것 같았다.

그런데 이 동굴, 생각보다 깊은데?

해변이라는데 이렇게 아래까지 내려가도 되는 건가. 길을 잘못 들은 건 아니겠지?

다시 돌아가자고 말하려던 찰나, 출구가 보였다. 그곳으로 빛이 들어오고 있었다. 동굴을 빠져나와 고개를 든 순간, 나도 모르게 감탄사를 터트리고 말았다.

주위에는 오색의 산호들이 군락을 이루고 있었다. 마치 바닷속의 정원을 보는 것만 같았다. 실제로 바다 밑으로 온 것 같았다. 사탕 가게 주인이 그랬지. 마력으로 만들어진 해변이라고.

아마도 마법을 사용해 바다 아래에 호흡할 수 있는 공간을 만든 것 같았다. 천천히 위를 올려다보자 수면에 닿은 햇빛이 보석처럼 반짝이고 있었다. 머리 위로 물고기 떼가 유유자적 헤엄을 치며 지나가는 것도 보였다.

아름다운 풍경에 넋을 놓고 있는데 세이블이 내 손을 꼬옥 쥐었다. 옆을 보니 그 역시 위를 올려다보고 있었다.

"참으로 아름답군요."

그가 나를 돌아보며 말했다. 수면에 비친 빛이 그의 눈동자에도 일렁이고 있었다. 그 모습을 가만히 바라보다, 나는 작게 입을 열었다.

"저기, 세이블. 아까 그랬잖아요. 제가 꽃길을 걸어야 한다고."

"예, 그랬죠."

"하지만……."

나는 그의 손을 꼭 잡았다. 마치 그와 처음으로 사랑에 빠졌을 때처럼 가슴이 콩콩 뛰고 있었다.

"이미 저는 꽃길을 걷고 있는걸요. 세이블, 당신이 제 세상을 꽃으로 가득 채워주었어요. 고마워요."

그가 내게 프러포즈를 하며 백합 꽃다발을 건네주었을 때가 생각났다. 온 세상이 흰 꽃으로 가득 차 있던 기분. 이미 오래전부터 내 세상은 천국이었지만.

세이블은 내 말에 놀란 듯, 잠시 입이 벌어졌다가 이내 얼굴이 빨개졌다. 그가 빈손으로 자기 얼굴을 가렸다.

"……정말, 무척 기쁩니다."

더듬더듬 흘러나오는 말은 투박하지만 진심이 담겨 있었다.

나한테는 낯부끄러운 말 잘하더니 정작 나한테 들으니까 부끄러워하는 거 봐! 흑흑, 내 남편이 너무 귀여워.

그 와중 그를 좀 더 놀리고 싶어졌다. 나는 그의 눈을 지긋이 들여다보며 말했다.

"우리 여보, 귀엽고 사랑스럽고 어떡하면 좋지요. 매일 매일 이렇게 귀여워서 누가 잡아가면 어떡하나요?"

그 말에 세이블은 귀까지 빨개졌다.

아, 진짜 이러다 누가 데려가는 거 아냐? 그가 더듬더듬 말했다.

"저는 귀엽지 않습니다. 릴리가 귀엽지요."

"아닌데요, 세이블이 더 귀여운데요."

키득키득 웃으며 그에게 가까이 다가가자, 시선을 피하던 그와 눈이 마주쳤다.

열기, 애정, 그리고 묘한 긴장감.

우리는 한참이나 서로를 바라보고 있었다. 그가 가만히 내 손목을 잡았다. 밭게 뛰는 내 맥박이 그에게 전달되는 것은 아닐까.

세이블은 여전히 내 눈을 응시하더니, 가만히 고개를 기울였다. 속삭이는 목소리가 귓가에 닿았다.

"키스하고 싶습니다, 릴리."

나지막한 저음이 귀를 간지럽혔다. 치명적이라는 말이 잘 어울리는 목소리였다.

귀엽다가, 치명적이었다가. 정말이지 한순간도 방심을 못 하겠다.

"해도 됩니까?"

보지 않아도 내 얼굴이 달아올랐음을 알 수 있었다. 나는 고개를 빠르게 끄덕였다. 그가 원하는 것이 내가 원하는 것이기도 했다.

우리는 빛 사이에서 조용히 입을 맞추었다. 방금 전 먹은 사탕 때문인지 유독 달콤한 키스였다. 그가 한참이나 내 숨을 삼키다 내 눈을 들여다보았다.

그가 작게 한숨을 내쉬곤 나를 꼭 끌어안았다.

"……음. 셋째는 만들지 않으려고 했는데."

셋째? 잠깐 놀랐지만 덕분에 긴장이 풀렸다. 나는 키득키득 웃으며 말했다.

"왜요? 동생 만들어 주면 좋지."

"릴리의 몸에 부담이 가지 않는 임신 방법을 찾을 때까진 안 됩니다."

"흠. 하지만……. 동생은 안 만들어도 할 수는 있잖아요?"

대낮부터 내가 무슨 소리를 하는 거지? 왠지 모르게 분위기에 휩쓸려서 민망한 말을 뱉고야 말았다.

농담이라고 하는 편이 나으려나? 웃으며 흘려보내려는데 세이블이 내 손을 꽉 잡았다.

"궁으로 돌아갑시다."

"네, 네? 시찰은 어떡하고요?"

"내일 또 나옵시다."

그의 눈빛은 그저 진지했다. 크, 크흠. 예상보다 조금 이르지만 돌아가도 괜찮겠지. 슬슬 해가 질 때도 되었고.

그런 생각을 하고 있던 중. 근처에서 소란스러운 목소리가 들려왔다.

혁, 우리만 있던 게 아니었잖아? 키스하는 모습을 들킨 건 아니겠지.

그런데 들려오는 소리를 들어 보니 어딘가 모르게 좀 위급한 상황 같았다.

"세이블. 들었어요? 지금 우는 소리가 들린 것 같았는데."

"예. 저도 들었습니다."

무슨 일이지? 설마 또 용이 나타난 건가?

소리가 들린 쪽으로 향하자, 거기에는 한 아이가 앉아 있었다. 보아하니 뭔가 문제가 생긴 것 같았다. 아이는 눈물이 그렁한 상태로 제 다리를 내려다보고 있었다.

마치 독이 오른 듯 다리가 퉁퉁 부어 있었다. 나는 놀라 아이에게 다가갔다.

"무슨 일이니?"

"해, 해파리한테 쏘여서……."

으아, 많이 아파 보인다. 이걸 어떡하면 좋지? 일단 의사한테 데려가는 편이 좋을 것 같아 자리에서 일으키려 했지만…….

아이는 몸을 일으키는 것만으로도 고통스러워 보였다. 세이블이 업어 주려고 했지만 그것도 무리였다.

으으. 상처가 꽤 심각한가 보네. 나는 잠시 고민 끝에 세이블을 돌아보았다.

"여보, 잠깐 가서 의사를 데려와 줄 수 있어요? 내가 이 애를 돌보고 있을게요."

"알겠습니다. 금방 오죠."

시내가 멀지 않았으니 30분이면 돌아오겠지. 세이블이 떠나간 뒤 나는 옆에 앉아 아이의 상처를 살펴보았다.

와, 다리가 온갖 색깔로 변했다. 마치 엉망으로 섞어둔 물감 팔레트처럼.

아이는 고통을 참으며 숨을 몰아쉬고 있었다. 훌쩍거리는 모습을 보니 마음이 아팠다. 뭔가 도울 방법이 없으려나. 나는 잠시 고민하다가 눈에 마력을 집중해 보았다.

고통을 내게 옮기는 저주를 걸까 싶었는데, 상처 부위를 보니 중독된 부분이 검은빛을 발하고 있었다.

다행이다! 처음 보는 독이지만 해석이 어렵지는 않았다. 이거라면 내가 중화시킬 수도 있을 것 같긴 한데……. 검은 마력이 흔하지 않으니 왕비라는 게 들통날지도 모르는걸.

나는 잠시 고민 끝에 입을 열었다.

"얘, 잠깐만 눈 좀 감아 볼래?"

"왜요?"

"치료할 건데, 보면 더 아플 것 같아서."

그러자 아이는 황급히 두 눈을 감았다. 나는 근처에 나 있는 해초를 대강 뜯어낸 뒤, 상처를 가볍게 건드렸다. 그리고 조용히 해독 주문을 걸었다.

검은 마력이 잉크처럼 아이의 상처 위를 감싸더니, 서서히 부기가 빠지기 시작했다.

"이제 눈 떠도 돼."

아이는 다리를 내려다보고는 놀란 눈이 되었다. 펄쩍 일어나는 걸 보니 완치가 된 모양이었다.

"어, 어떻게 하신 거예요?"

"약초가 마침 근처에 있어서. 혹시 몰라서 써봤는데 잘 들어서 다행이다."

"감사합니다. 이제 하나도 안 아파요!"

아이는 눈물 자국이 말라붙은 얼굴로 방긋 웃었다. 금방 나아서
정말 다행이다.

연거푸 고개를 숙이며 감사 인사를 한 뒤, 아이는 해변을 떠나갔
다. 아이가 치료된 건 좋은데, 세이블을 괜히 보냈다. 세이블은 언제
쯤 돌아오려나.

나도 거리 쪽으로 가는 게 나을까, 아니면 여기서 기다릴까 고민
하다가 바위에 걸터앉았다. 길이 엇갈릴 수도 있고, 풍경도 멋지니
까. 몇 시간이고 구경할 수 있을 것 같았다.

눈을 감아도 즐거웠다. 조용한 파도 소리. 물이 흘러가는 소리. 정
적도 훌륭한 음악이었다. 그리고 그 사이로 뭔가가 다가오는 소리가
들렸다. 마치 물고기가 다가오듯, 조용히.

"그쪽도 동방 출신이오?"

부드러운 목소리였으나 낯선 이의 것이었다. 눈을 뜨자 저 앞에
한 남자가 서 있었다. 그는 흰 두루마기를 걸치고 있었다. 옷만큼이
나 흰 머리카락이 눈에 들어왔다. 치렁치렁한 백발이 허리까지 내려
오고, 절반은 올려 묶은 상태였다.

그 와중에 눈만큼은 무척 붉었다. 나는 조금 신기한 기분으로 그
를 보고 있었다.

"동방에서 왔소?"

그가 다시 한번 질문을 던진 뒤에야 아직 대답하지 않은 걸 깨달
았다. 나는 황급히 입을 열었다.

"아. 조금 다르긴 한데 비슷해요."

"그렇군. 나도 그쪽 출신이오."

나를 동방 사람으로 착각한 모양이었다. 복장도 그렇고, 얼굴도 그러니까.

정작 나에게 말을 건 사람은 동방에서 온 것처럼 보이지는 않았지만. 그가 빙그레 웃으며 말했다.

"그나저나 그쪽은 검은 마력을 지니고 있나 보군."

검은 마력. 그의 입에서 흘러나온 단어에 등줄기가 쭈뼛 섰다. 뒤늦게 경계심이 찾아왔다.

아까 아이를 치료하는 모습을 본 건가? 굳이 내 마력에 대해 언급하는 이유가 뭐지?

그를 가만히 노려보았지만 내 정체를 알아차린 기색은 아니었다. 그가 자신의 무해함을 증명이라도 하려는 듯, 양손을 들어 보였다.

"그렇게 볼 필요 없네. 그저 동병상련의 처지를 만나, 반가워서 그런 것뿐이니."

"……그쪽도 검은색 마력을 갖고 있나요?"

집중해 보니 그에게서도 마력이 느껴졌다. 그러나 남자는 천천히 고개를 저었다.

"검은색 마력은 아니지만 비슷하네. 자네가 동방 출신은 아니지만 비슷한 것처럼."

남자는 태연하게 웃고 있었다. 불길한 기운이 느껴지지도 않았고, 굳이 따지자면 내게 우호적인 태도를 보였다. 그러나 이 남자가 어째서 내게 말을 거는지, 나로서는 짐작이 가지 않았기에 더 이상 이야기를 나누고 싶지는 않았다.

먼저 여길 떠나는 게 좋을까. 잠시 고민하던 중, 그가 입구 쪽을 돌아보았다. 마치 무언가를 들은 사람처럼.

"아. 생각보다 일찍 왔군. 나는 이만 가 봐야 할 것 같네."

그의 태도는 무척이나 가벼웠다. 그냥 고향 사람을 만나 반가웠던 걸까? 그가 천천히 산호 사이로 발을 옮기다 뒤를 돌아보았다.

"혹시 그쪽 이름은 뭔지 물어봐도 되나?"

"……릴리, 라고 해요."

대외적인 이름은 아비게일이니까 별문제 없겠지? 그가 빙그레 미소 지었다.

"그것은 백합을 뜻하는 서역의 말이지? 좋은 이름이군. 나는 윤이라고 하네."

그때 저 멀리서 세이블의 목소리가 들려왔다. 그쪽으로 고개를 돌린 순간, 바람처럼 윤의 목소리가 스쳐 지나갔다.

"그럼 다음에 또 봅세, 백합."

다음? 나는 그 말에 놀라 윤이 있는 방향을 돌아보았다. 하지만 윤은 사라지고 없었다. 갑자기 어디로 간 거지? 마력을 지녔으니 딱히 이상할 일은 아닌가. 여러모로 묘한 사람이었다. 중립 지대다 보니 다양한 사람이 있나 보네.

그 사이 세이블이 의사로 보이는 사람을 데리고 다급하게 들어왔다. 그가 주위를 둘러보았다.

"릴리. 의사를 데리고 왔습니다. 아이는……?"

으으, 세이블을 보내지 말고 일단 마력으로 치료해볼걸. 미안한 마음에 목소리가 살짝 수그러들었다.

"다행히 근처에 약초가 있었어요. 고생시켜서 미안해요."

"아닙니다. 빨리 치료했다면 다행인 일입니다."

의사 역시 다행이라는 듯이 고개를 끄덕였다. 우리는 의사에게 감사의 말과 치료비를 전달한 뒤, 해변을 빠져나왔다. 수면에 노을이 비치고 있었다. 붉은 보석 파편이 머리 위를 덮고 있는 것만 같았다.

돌아오는 길은 고즈넉했다. 세이블이 물끄러미 내 안색을 살피다 물었다.

"릴리. 혹시 무슨 일이 있었습니까?"

"으음, 그게……."

나는 잠시 망설이다 윤과 만났던 일을 이야기했다. 세이블의 표정이 살짝 굳었다.

"그렇습니까. 죄송합니다. 제가 홀로 자리를 비우면 안 되었는데."

"아뇨, 괜찮아요! 그 사람이 저한테 해를 끼친 것도 아니고, 아이가 다쳤는걸요."

"그렇다면 다행입니다만……."

"가게 문 닫기 전에 얼른 가서 짐 챙겨서 가요! 애들 옷 가져가야죠."

나는 괜히 말을 돌린 뒤, 황급히 발걸음을 서둘렀다. 세이블 역시 묵묵히 내 뒤를 따랐다.

선물을 한 아름 들고 성으로 돌아오니 블랑슈와 베리테가 마중을 나와 있었다.

"어마마마, 아바마마! 시찰 잘 다녀오셨어요? 와, 옷이 정말 예뻐요."

블랑슈가 나와 세이블의 새 옷을 보고 눈을 반짝였다. 그 모습을 보니 절로 웃음이 나왔다.

"예쁘죠? 블랑슈 옷도 사 왔어요. 식사 후에 보여 줄게요."

마음 같아서는 지금 당장 보따리를 풀고 우리 애한테 옷을 입히고 싶지만, 그랬다가는 밤이 될 게 뻔했다.

한복을 입히고 곱게 머리를 땋아 댕기 머리를 해 주면 얼마나 귀여울까. 이베르도 색동저고리가 참 잘 어울리겠지. 광대가 치솟는 것을 참으며 식당으로 향했다.

"어서 와, 아비게일. 시찰은 즐거웠어? 멋진 옷을 입었네!"

식당에 미리 도착해 있던 나디아와 카린이 반갑게 우리를 맞아주었다. 나는 두 사람 몫으로 산 귀걸이를 건네주었다.

"네! 정말 좋았어요. 이렇게 많은 종족이 같이 지낼 수 있다니……. 산호 해변도 다녀왔는데 정말 멋지더군요."

"그렇지? 그거 만드느라 고생했어. 카린한테 선물로 주려고."

뭐? 해변이 카린에게 주는 선물이었다고?

카린은 민망한지 얼굴이 붉어진 채였다.

"그렇게 멋진 곳을 인간이나 요정이 볼 수 없다는 게 아쉬웠을 뿐이에요! 그래서 인어 외의 종족도 편하게 볼 수 있으면 좋겠다고, 별 생각 없이 말을 꺼낸 건데……."

"네가 원하는 거라면 뭐든 줄 수 있어, 카린."

우와, 물속에서도 불이 붙을 듯한 뜨거운 눈빛이었다. 카린 역시 그 눈빛에 감화된 것 같았다.

나디아는 천천히 카린의 뺨을 감쌌다. 그리고는 촉촉한 눈으로 입을 열었다.

"그러니 나랑…… 결혼해 줄래?"

"외교관…… 은퇴하고 나서요."

정말이지 철벽같은 방어막이었다.

나디아가 532번째 실연을 삼키는 사이, 한 시종이 안으로 들어섰다.

"나디아 님. 드릴 말씀이 있습니다."

"나 지금 실연했어……. 급한 일이야?"

"예. 급한 일입니다."

실연의 상처를 치료할 틈도 없다니. 정말이지 왕도 힘든 직업이라니까. 나디아가 자세를 바로 하고 말했다.

"무슨 일인지 보고하도록. 모두가 듣는 자리에서 해도 상관없다."

"그것이…… 용인으로부터 연락이 왔습니다. 교섭에 응하겠다고."

용이 교섭에 응하겠다고? 이제까지는 결계 밖으로 나오지 않던 용에게 무슨 바람이 분 것일까? 이유는 모르겠지만 희소식이었다.

나디아 역시 잔뜩 들뜬 기색이 되었으나, 시종의 표정은 굳어 있었다.

"그런데 조건이 있다고 합니다."

"조건이라면?"

"교섭인을 지정해 왔습니다."

나디아는 이야기해 보라는 듯 시선을 주었다. 시종은 잠시 머뭇거리다 입을 열었다.

"……릴리라는 이름을 지닌 여자가 아니면 응하지 않겠다고 했습니다."

릴리? 예상치 못한 이름에 당황했다. 나디아도 놀라 나를 바라보자, 세이블이 입을 열었다.

"선왕비의 공식적인 이름은 아비게일이다. 릴리는 애칭 같은 것이니 해당하지 않는다. 설마 아비게일을 보낼 생각은 아니겠지?"

혹여라도 나를 교섭인으로 지정할까 봐 다급함이 묻어나는 목소리였다. 나디아가 뒤늦게 미소 지었다.

"아, 물론이지. 릴리라는 이름이기만 하면 되는 거 아냐?"

"이름 외의 인상착의도 지정해 왔습니다."

시종은 그렇게 말하며 가죽으로 된 서신을 건넸다. 나디아가 서신을 읽어내려갈수록 표정이 좋지 않았다.

"검은 머리, 단발, 보라색 눈동자, 동방의 외모……."

항목 하나하나를 읽을 때마다 벽에 몰리는 기분이었다. 나디아의 시선이 떨리는 듯하더니 그녀가 힘없이 중얼거렸다.

"……그리고 검은색 마력을 소지하였음."

검은색 마력. 용인은 명백하게 나를 지명하고 있었다. 시종은 못을 박듯 말을 덧붙였다.

"또한 오늘이 지나면 교섭을 하지 않겠다고 했습니다. 그러니, 만약 교섭에 응하신다면 지금 바로 출발하셔야 합니다."

밤바다 위로 달빛이 비치고 있었다. 길게 늘어진 그 빛이 바다 위에 만들어진 길처럼 보였다.

용인의 거처는 바닷가 근처의 동굴이었다. 만월이라 꽤 밝은 밤인데도 동굴의 입구는 그저 어두워 내부가 쉬이 보이지 않았다.

그리고 동굴 입구에 릴리가 서 있었다. 그녀는 초조한 기색이었다. 옷도 갈아입지 못하고, 식사조차 제대로 끝내지 못한 채 이곳으로 왔으나 허기는 느껴지지 않았다.

그때 문득 목소리가 들렸다.

"어마마마, 괜찮으세요?"

릴리는 퍼뜩 놀라 고개를 틀었다. 딸이 제 손을 잡고 있다는 사실조차 지금에서야 깨달았다. 그녀는 간신히 미소 지었다.

"네, 물론이죠."

그녀는 희미하게 웃었으나 어딘가 모르게 꺼림칙해 보였다. 그리고 그 감정은 모두가 느끼고 있을 터였다.

"당일만 교섭을 하겠다니. 우리가 수를 쓰지 못하게 할 생각인가."

나디아가 짓씹듯이 말했다. 그녀의 말대로 시간적 여유가 없으니, 손을 쓸 방법이 없었다.

"게다가 왜 하필 아비게일을 지정한 거지? 이해가 가지 않아."

릴리 역시 그 지점이 가장 의문스러웠다. 용이 어째서 자신을 부른 것일까. 하지만 릴리는 나디아를 달래려는 듯, 조곤조곤한 어조로 말을 건넸다.

"그래도 이제까지 교섭에 응하지 않았는데 잘된 일이죠."

"끄응…… 하지만……."

나디아는 앓는 소리를 내며 세이블리안을 돌아보았다. 그녀는 마치 죄수처럼 죄책감이 가득한 표정이었다.

이 중에서 가장 날이 서 있는 사람은 단연코 세이블리안이었다. 그 역시 경황이 없어 낮에 산 옷을 입은 채였다. 그 모습이 마치 동방의 호위 무사 같았다.

그가 미간을 일그러트린 채 릴리의 앞을 가로막았다.

"릴리, 무리하지 않아도 됩니다. 당신을 이런 위험한 곳에 혼자 보내다니……. 차라리 제가 대신 가겠습니다."

릴리가 교섭에 응하겠다 했을 때, 세이블리안은 그 누구보다도 맹렬히 반대했다. 다른 곳도 아닌 용의 둥지다. 그런 곳에 아내를 보내다니. 그로서는 용납할 수 없었다.

"제가 릴리로 변한 뒤 들어가겠습니다. 그렇게 하게 해 주십시오, 릴리."

"아까도 이야기했지만 그런 눈속임이 통하지는 않을 거예요. 그리고……."

릴리는 짐짓 쾌활한 어조로 말했다. 굳어 있는 세이블리안과는 대조적인 모습이었다.

"그렇게 위험하지는 않을 거예요. 게다가 이 기회를 놓치면 중립지대에 큰 문제가 생기잖아요. 혼자 들어가는 것도 아닌걸요."

용인은 호위병들을 데려오는 것은 허락해 주었다. 그러나 호위병 정도로 세이블리안의 마음은 쉬이 풀어지지 않았다.

"어마마마, 괜찮으시겠어요? 베리테랑 같이 가는 게 나을 것 같은데……."

"맞아. 호위병보다는 내가 나을 거야."

블랑슈와 베리테 역시 걱정이 가득한 얼굴이었다. 그 얼굴을 보자 릴리는 도리어 마음이 차분해졌다.

"둘 다 고마워요. 하지만 용인은 마력이 있는 자를 호위로 데려오는 건 허락하지 않았으니까요."

군힐드가 그 소식에 얼마나 분개했던가. 아마도 그런 사태를 예측하고 내건 조건이었을 터였다.

몰래 동굴 안으로 들어가 보려 했지만, 마력에 반응하는 결계가 쳐져 있는 듯 군힐드는 곧바로 튕겨 나왔다.

"교섭이 잘 되면 네르겐에도 좋은 일이잖아요. 인어에게도, 요정에게도!"

"릴리, 그래도 저는 당신이 걱정됩니다."

세이블리안의 목소리가 떨리고 있었다. 시선과 함께. 그가 릴리의 머리카락을 쓸어넘기며 말했다.

"인간도, 언어도, 요정도 생각하지 마세요. 그 무엇보다 당신이 소중합니다."

인간을 위해서, 언어를 위해서, 요정을 위해서. 그 모든 대의명분도 릴리와 비교하면 그저 빛바랜 종이와도 같았다.

릴리는 그의 푸른 눈동자에 빨려 들어갈 것만 같았다. 슬픔이 이렇게 아름다운 색이었나. 릴리는 고개를 끄덕이고 싶은 충동을 억눌렀다. 대신 짧게 입 맞춘 뒤 뒤로 물러섰다.

"저는 황제의 어머니이며, 제국의 선왕비예요. 겁을 먹고 도망칠 수는 없어요."

자신은 세이블리안이, 블랑슈가, 베리테가, 이베르가 사는 이 세상을 지키기로 했다. 그러니 이 교섭을 포기할 수는 없었다.

세이블리안은 그녀를 이길 수 없다는 사실을 스스로도 잘 알고 있었다. 때문에 더 만류하지는 못했으나 걱정하는 기색은 여전했다. 릴리가 당차게 웃었다.

"그리고 저는 마력이 두 종류나 있는 마법사라고요. 그러니 너무 걱정하지 말아요, 세이블."

그리고는 재빠르게 호위병들을 돌아보았다. 혹여라도 세이블리안이 붙잡기 전에.

"자, 가죠."

모두가 염려의 시선을 보내는 가운데, 그녀는 호위병들과 함께 동굴로 들어섰다. 뒤돌아보고 싶었지만 그녀는 꾹 참은 채 발을 내디뎠다. 돌아보지 않아도 세이블리안이 자신을 응시하고 있다는 것은 잘 알 수 있었다.

여러 사람의 그림자가 동굴 벽에 그림처럼 드리워졌다. 선두에 서 있는 호위병이 랜턴을 든 채 말했다.

"선왕비 마마, 조심하십시오. 용이 어떤 수작을 부릴지 모르는 일입니다."

무장 병사들이 릴리의 앞뒤로 포진한 채였다. 그들의 긴장이 릴리에게도 전해져 왔다.

다소 좁은 길을 지나자 동굴 밖으로 나온 것 같았다. 아니, 밖이 아니라 거대한 공동이었다. 너무 넓은 공간인지라 밖이라고 착각을 해버릴 정도였다.

천장에 뚫려 있는 구멍을 통해 달이 비치고 있었다. 우물에서 하늘을 올려다보는 기분이었다. 만월의 밤이었다.

곳곳에 난 구멍을 통해 빛이 새어 들어오고, 그 빛을 받고 자라난 꽃들이 동굴 안에서 고개를 내밀고 있었다. 어딘가 모르게 환상적인 풍경이었다. 잠시 긴장을 풀어줄 정도로.

릴리가 멈춰 서서 잠시 하늘을 올려다보는 사이 무언가가 풀썩 쓰러지는 소리가 들렸다. 호위병들이 차례차례 쓰러지고 있었다. 들고 있던 칼이 카랑카랑 날카로운 소리를 내며 추락하고, 횃불도 고개를 숙였다.

"서, 선왕비 마마……."

그들은 자신을 침범하는 무언가를 저항해 보려 했지만 모두 쓰러지고 말았다. 릴리가 다급히 사람들에게 달려갔다.

"이봐요, 정신 차려봐요!"

설마 죽은 것일까? 릴리의 얼굴이 창백해졌다. 그녀는 호위병의 입가에 손을 가져다 댔다.

가느다란 숨이 와 닿았다. 실신한 모양이었다. 반쯤 안도의 한숨을 내쉬는 찰나. 누군가의 목소리가 들렸다.

"걱정하지 말게. 다들 잠시 잠든 것뿐이니."

나지막한 목소리임에도 어딘가 모르게 소름이 오소소 돋았다. 기억에 있는 목소리였다. 위를 올려다보자 누군가가 바위에 걸터앉아 있었다. 저 허상 같은 흰 옷자락.

머리카락이 달빛을 받아 더욱 은빛을 띠는 가운데, 붉은 눈동자가 그녀를 응시하고 있었다.

"⋯⋯윤?"

분명히 오늘 해변에서 본 얼굴이었다. 윤이 그때와 마찬가지로 긴장감 없는 얼굴로 빙긋 웃었다.

"기억해 주는가. 고마운 일이군."

그가 천천히 바위에서 뛰어내렸다. 그 모습이 너무도 가벼워 사람이라기보다는 유령처럼 느껴졌다.

그와 거리가 가까워지자 릴리는 재빠르게 일어나 뒤로 물러섰다. 그녀가 윤을 노려보며 물었다.

"윤이 용인가요?"

"그래, 내가 용일세."

"하지만⋯⋯."

윤은 아무리 봐도 인간이었다. 요정이나 인어 역시 인간과 흡사하긴 하지만, 귀나 아가미 등의 차이점이 있었다.

릴리가 미심쩍어하는 눈치이자 윤이 슬금슬금 거리를 벌렸다.

"이러면 믿겠나?"

그 말과 함께 순식간에 물보라 같은 것이 눈앞을 가로막는 듯했다. 릴리가 눈을 찌푸렸다가 다시 뜬 순간, 거기에는 용이 있었다.

마치 거대한 뱀 같은 모양새였으나 위압감은 뱀과 비교할 수 없었다. 날카로운 발톱은 마치 매의 것 같았다. 흰 갈기가 불꽃처럼 너울거리고 거목 같은 사슴뿔이 머리에 자라나 있었다.

마치 작은 산을 마주하고 있는 것 같았다. 릴리가 경악한 눈으로 바라보자 백룡은 곧 사라졌다. 그리고 그 자리에 다시 윤이 나타나 있었다. 그가 여전히 미소를 띤 채 물었다.

"이제 믿겠는가?"

"……네."

사실 아직도 얼떨떨했다. 마치 환상이라도 마주한 듯한 기분.

하지만 온몸에 돋아난 소름은 용의 존재를 증명해 주고 있었다.

"그러면 차라도 한잔하지. 손님이 온 것은 무척 오랜만인지라."

릴리는 쭈뼛대며 호위병들을 바라보았다. 윤이 그들의 안전을 보장해 준 뒤에야, 그녀는 윤을 따라갔다. 긴장한 그녀와 달리 윤은 그저 유유자적해 보였다. 말씨도, 발걸음도 나긋하기 그지없었다.

동굴 안쪽으로 들어서자 거기에는 생활 공간으로 보이는 처소가 마련되어 있었다. 마치 집 하나를 이곳에 옮겨둔 것만 같았다. 낯선 동시에 낯익은 동양풍의 방이었다.

"제가 뭘 도우면 될까요?"

"앉아 있게. 손님에게 일을 시킬 수야 있나."

윤이 미소 지을 때마다 눈매가 갸름해졌다. 붉은 눈의 살기를 흐리게 할 정도로 부드러운 미소였다. 릴리는 어정쩡하게 앉아 윤을 기다렸다. 생각만큼 윤이 나쁜 용은 아닌 것 같다는 생각을 하며.

얼마 지나지 않아 윤이 다구를 들고 돌아왔다. 차에서는 국화 향기가 풍겨왔다. 용이 내려준 차라니. 이토록 호화로운 차는 또 없을 터였다. 릴리는 짐짓 감탄하며 국화차를 한 모금 머금었다.

"입에는 맞나?"

"네. 아주 맛있네요."

"다행이로군."

그렇게 말하며 윤도 차를 한 모금 마셨다. 그러나 차보다는 릴리에게 관심이 있는 듯하였다.

붉은 눈이 다정하게 그녀를 보고 있었다. 릴리는 저 다정함의 연유를 알 수가 없었다. 사실 알 수 없는 것이 한둘이 아녔다. 그녀는 망설이다가 입을 열었다.

"저기. 물어보고 싶은 게 있어요."

"무엇인가?"

"왜 저를 교섭인으로 고르셨나요?"

윤이 조용히 찻잔을 내려놓았다. 그리고는 여전히 미소를 띤 채로 말했다.

"자네처럼 아름다운 여인은 처음 보았다네."

픕. 릴리는 마시던 차를 뱉을 뻔했다. 윤이 깜짝 놀라 릴리를 바라보았다.

"왜 그러는가?"

"아, 아니……. 그런 말을 남에게 듣는 것은 처음이라……."

아비게일의 모습일 때는 자주 들었지만, 릴리일 때는 드문 말이었다. 세이블리안이야 매일같이 예쁘다, 귀엽다, 사랑스럽다고 말하지만 릴리는 잘 알고 있었다. 그에게 콩깍지가 씌었다는 걸.

윤에게도 콩깍지가 씌었나? 릴리가 수상쩍다는 눈으로 응시하자 윤은 잠시 생각에 빠지더니 고개를 끄덕였다.

"그러고 보니 동방과 서역의 미인상은 사뭇 다른 듯했지."

이제야 이해가 간다는 눈치였다. 그는 소년처럼 풋풋하게, 혹은 현자처럼 진중하게 웃어 보였다.

"자네가 동방에서 태어났다면 절세미인이라는 말을 인사처럼 들었을 걸세."

릴리는 그 말에 웃고 말았다. 전생에 조선 시대에 태어났으면 미인이었을 상이라고 종종 듣곤 했었다.

"웃으니 더 예쁘군."

윤은 부끄러움 없이 말했다. 그 말에 릴리는 황급히 얼굴을 굳혔다. 분위기가 어쩐지 묘해져 버렸다. 긴장이 풀린 것은 좋았지만, 자신에게 호감이 있는 사람과 단둘이 있다는 사실이 달갑지는 않았다.

"외모 때문에 교섭인을 고르신 건가요?"

릴리의 어조는 사무적이었다. 예전 같았으면 이런 외모를 보고 칭찬해 준 윤에게 고마움을 느꼈을지 모른다. 그러나 고마움은 없었다. 그저 세이블리안이 보고 싶을 뿐.

아름다움이 상대적인 것이란 건 잘 알고 있었다. 만약 아비게일의 모습이었다면, 윤은 자신을 교섭인으로 요청하였을까? 자신이 어떤 모습이 되어도 변함이 없는 것은 세이블리안뿐이었다.

릴리가 그를 무뚝뚝하게 대하는 것에 비해 윤의 어조는 여전히 부드러웠다.

"외모, 외모라……. 그것만은 아닐세. 자네가 아이를 치료해 줄 때, 여러 생각이 들었지."

그의 입가에 뜻 모를 연민이 스쳐 지나갔다. 윤이 쓸쓸한 목소리로 말을 이어 갔다.

"검은색 마력이라니. 자네도 고생이 많았겠군. 숨기며 사는 것이 보통은 아니었을 게야."

그 말에 릴리의 시선이 잠시 굳었다. 예쁘다는 말보다 고생이 많았겠다는 말이 더욱 가슴에 와닿았다.

평화로운 시대가 찾아와 잠시 잊고 있었다. 마력의 색깔만으로 죽을 뻔했었던 기억. 횃불을 든 병사들에게 쫓기던 그 밤은 쉬이 잊히지 않았다.

릴리가 찻잔을 만지작거리다 입가에 가져다 댔다.

"네. 고생을 좀 했죠."

따스한 국화차로 입을 축였다. 잔이 비자 윤은 손수 찻주전자를 들어 다시 차를 따라주었다.

"그래서 자네에게 할 제안이 있네."

"어떤 제안인가요?"

향긋한 꽃내음이 퍼지는 가운데, 윤이 입을 열었다.

"여기서 나와 같이 살지 않겠는가?"

찻잔을 쥐려던 릴리의 손이 멈칫하였다.

같이 살자니? 왜 그런 결론이 나오는지 이해할 수가 없었다.

"왜 그런 제안을 하시는지 모르겠군요. 그리고 용은 혼자 산다고 들었는데요?"

"혼자 살거나, 아니면 반려랑 단둘이 살거나 한다네. 이제까지는 홀로 살아왔지만……."

윤의 목소리가 마치 젖은 낙엽처럼 처연했다. 그는 이내 말을 돌렸다.

"검은색 마력을 갖고 사는 것이 힘들었겠지. 나는 자네의 마력이 어떤 색이든 신경 쓰지 않고, 자네를 보호해 줄 수도 있네."

그 말에 릴리는 의아함을 느꼈다. 이제 검은색 마력은 차별받지 않는 분위기가 만들어지고 있는데, 윤은 그 사실을 모르는 걸까?

윤은 자신의 찻잔을 채운 뒤 조곤조곤 말을 이어 갔다.

"또한 자네가 여기에서 살아준다면 등대를 만드는 것도 허락해 주고. 나 역시 외로웠던 참이니 서로에게 좋은 일이겠지. 그러니 내 반려가……."

"아니, 잠깐. 잠깐만요!"

물 흐르듯 흘러가는 이야기에 릴리가 다급히 끼어들었다. 그녀가 황당하다는 듯이 말했다.

"저는 남편이 있어요!"

"아, 그런가. 그래도 괜찮네. 신경 쓰지 않네."

괜찮긴 뭐가 괜찮단 말인가. 릴리는 조금도 괜찮지 않았다. 이런 제안을 들은 것 자체만으로도 모욕받은 기분이었다.

나쁜 사람은 아닐 것 같다는 생각은 취소하기로 했다. 이 자는 유부녀임을 알면서도 협박을 하는 불한당이었다.

마음 같아서는 상이라도 엎은 뒤 나가고 싶었다. 그러나 이곳은 교섭의 자리. 어떻게든 설득을 해야 했다.

릴리는 부글부글 끓는 속을 진정시키며 어떻게든 상식적인 대화를 이어 가 보려 했다.

"윤 님이 저와 같이 살고 싶어 하는 건, 외로워서 그러시는 거죠?"

"뭐, 그런 이유도 있지."

"그렇다면 밖으로 나오면 되지 않나요? 중립 지대에서는 이종족들도 편하게 지낼 수 있어요."

그 말에 윤이 천천히 고개를 들었다. 그의 시선이 색을 달리하고 있었다. 마치 순진무구한 아이를 보는 듯한 눈.

약간의 동정, 측은함도 느껴졌다.

"자네는 다른 종족이 서로를 이해하며 교류하는 것이 가능하다고 생각하나?"

회의와 비웃음이 어린 목소리였다. 그런 한편 왠지 모를 중압감이 느껴졌다. 릴리가 그 중압감에 뭐라 대답하지 못하는 사이, 윤이 말을 이어 갔다.

"나는 오랜 세월을 살아왔네. 아주 오랜 세월을 살아왔어. 그리고 그 긴 시간 동안 느낀 것은……."

그가 잠시 눈을 감았다가 천천히 떴다. 흰 속눈썹 사이로 붉은 눈동자가 비치고, 동공이 세로로 길게 찢어져 있었다.

"타 종족끼리 서로를 이해하는 것은 불가능하다는 것이었다네."

그 붉은 눈동자에는 수백, 혹은 수천 년의 세월이 고여 있는 것 같았다. 어쩐지 핏빛 같았다.

"인어와 인간이 평화롭게 살던 시대도 있었으나, 결국은 전쟁으로 끝났네. 다른 종족끼리 서로를 이해하는 것은 불가능하네. 특히 강력한 힘을 지닌 존재라면 더더욱."

달이 구름 뒤로 숨었는지, 창 너머로 들어오던 달빛이 한순간 사그라들었다. 아니면 윤이 내보이는 살기에 달빛마저 도망간 것인지도 몰랐다.

릴리 역시 숨이 조금 받아졌다. 윤에게서 흘러나오는 기운은 단순한 이종족이라고 하기에는 너무도 강력했다.

"나는 인간으로 화해 그들과 살아가려 했네. 그러나 내가 용인 것을 알게 되면 더 이상 그곳에 머무를 수 없었지."

어둠 속에서 그의 눈빛이 살벌하게 빛나고 있었다. 수백 년간 벼려온 것처럼 날카로운 눈빛이었다.

"사람은 강인한 힘을 지닌 존재를 두려워할 뿐. 서로를 이해할 수는 없지. 자네도 알지 않는가?"

윤의 질문에 릴리는 퍼뜩 고개를 들었다. 자신이 안다니. 용의 기분을 알 리가 없지 않은가.

"저는…… 잘 모르겠는걸요."

"자네도 검은 마력이 있으니 비슷한 일을 겪었겠지."

그제야 윤의 목소리가 부드러워졌다. 빽빽하게 날이 서 있던 어둠도 조용히 바람에 흩어지는 것 같았다.

"검은 마력을 지닌 자들은 오랫동안 박해를 받아왔지. 내 눈으로 몇 번이나 봐왔어. 너무 강력한 힘을 가진 존재는 배척받기 마련이고, 자네의 마력을 알게 되면 모두가 자네를 떠나겠지. 하지만 나는 달라."

'다르다.' 그는 못을 박듯 그 단어를 발음했다. 윤이 릴리의 손등 위로 제 손을 겹쳤다. 뱀의 피부처럼 차가운 손이었다.

"나는 자네를 이해할 수 있네. 자네가 가진 고독을 이해할 수 있어. 그리고 자네도 나를 이해할 수 있겠지. 자네의 낭군이라는 자도 별 다를 바 없을 걸세. 자네가 검은 마력의 소유자라는 것을 알면 태도가 바뀌겠지."

"세이블리안은 그렇지 않아요!"

릴리가 참다못해 소리를 쳤다. 아무리 교섭이 중요하지만 더 이상 버틸 수 없었다.

거칠게 손을 빼내는 탓에 잔이 엎어지며 차가 왈칵 흘러내렸다. 아직 윤은 상 위에 손을 올려두고 있어, 그의 옷자락이 회색빛으로 젖어 들어갔다.

"그는 오래전부터 제 마력의 색을 알고 있었어요. 그런 것으로 태도가 변하지 않는 사람이에요."

릴리는 망설임 없이 자리에서 일어났다. 자신이 교섭인이라는 것을 잊은 것은 아니다. 하지만 이런 식으로 거래가 이루어지는 것은 납득할 수 없었다. 그녀뿐 아니라 다른 이들도 마찬가지였을 터였다.

이 모습을 본다면 세이블리안도, 블랑슈도, 베리테도. 나디아나 카린 역시 분노할 것이 뻔했다. 이것은 자신에 대한, 세이블리안에 대한 모욕이었다. 그녀는 마지막 인내심을 발휘해 작별 인사를 남겼다.

"저는 돌아가겠습니다. 차는 잘 마셨습니다."

그녀는 문을 박차고 나왔다. 잠이 든 호위병들을 어떻게든 깨워 돌아갈 생각뿐이었다.

그렇게 저벅저벅 걸어가던 중. 뒤에서 나지막한 한숨 소리가 들려왔다.

"어쩔 수 없군."

포기한 것일까? 그러나 릴리는 그것이 착각임을 곧 깨달았다. 다리가 움직이지 않았다. 마치 덫이라도 밟은 것처럼.

뒤에서 윤이 걸어 나오는 소리가 들려왔다. 그는 릴리를 조롱하듯 가벼운 발걸음으로 다가와 그녀와 마주 보았다.

"이게 무슨 짓이죠? 당장 풀어요!"

"나는 자네를 보호하려는 걸세."

"당신……!"

릴리는 마법을 풀려고 해 봤지만 저주 계통의 마법이 아니었다. 윤의 눈웃음 사이로 붉은 눈동자가 뱀처럼 빛났다.

"편하게 지내도록 하게. 원하는 것은 뭐든 마련해 주겠네. 그러다 보면 생각이 바뀌……."

그 순간, 릴리는 윤의 얼굴이 멀어지는 것을 느꼈다. 그가 뒤로 물러선 것은 아니었다. 누군가가 자신을 안아 들고 있었다. 자신을 감싼 이 품, 이 익숙한 감각.

"감히 누구를 겁박하려 하느냐!"

세이블리안의 노성이 동굴을 울렸다. 이를 드러낸 채 증오의 빛을 드러낸 그는 마치 맹수와도 같았다. 용을 앞에 두고서도 두려워하는 기색이 없었다.

릴리는 반가움과 동시에 당혹감을 느꼈다.

"세이블리안? 당신이 어떻게 여기에……!"

"죄송합니다, 여보. 당신이 걱정되어 몰래 따라 들어왔습니다."

윤이 불쾌하다는 듯이 그를 바라보았다. 방금 전, 릴리를 대할 때와는 전혀 다른 표정. 마치 하찮은 벌레라도 보는 듯 멸시와 조롱이 섞인 얼굴이었다.

"마력이 없는 인간인가. 그래서 기척을 못 느꼈군."

그는 당황 없이, 조급함 없이 세이블리안을 훑어보았다. 마치 어떻게 죽일지 고민하는 사람처럼.

그리고 윤은 결정을 내렸다. 어디선가 바람이라도 불어오는 듯, 그의 옷자락이 흩날리는가 싶더니 점점 모습이 변하기 시작했다.

어느새 두 사람 앞에는 거대한 용이 나타나 있었다. 한 인간이 대적하기에는 너무도 거대한 존재였다.

"마력도 없는 인간 따위가 나를 상대하려 하다니. 무지하구나."

조롱이 역력한 목소리였다. 용의 얼굴이라 표정을 읽기 어려웠지만, 그에게는 잔인한 무관심이 어려 있었다.

세이블리안을 상대할 생각 따위는 없어 보였다. 붉은 눈이 커다란 보석처럼 세이블리안과 릴리를 반사하고 있었다.

"그 여자를 여기에 두고 가라. 그렇게만 한다면 너희들이 원하는 것을 다 주겠다."

용의 둥지에 들어와 목숨을 건지고 나가는 것만으로도 감지덕지한 데 윤은 그 외에도 원하는 것은 뭐든 주겠다 말하고 있었다.

많은 이들이 혹할 만한 제안이었다. 그러나 세이블리안은 뒤로 물러서는 대신, 검집에서 칼을 빼 들었다.

"웃기는 소리를 하는군."

피조차 얼려버릴 듯한 시선이었다. 그는 앞으로 나와 릴리를 보호한 채, 검을 겨누며 말했다.

"이 사람이 내가 원하는 세상의 전부다."

더 이상의 자비는 없었다. 용이 거대한 꼬리를 휘둘러 세이블리안을 압사시키려 했다.

세이블리안이 날렵하게 공격을 피해낸 뒤, 고개를 치켜들었다. 그의 시선이 용을 뚫을 듯이 응시하고 있었다.

그 찰나, 용이 다시 한번 꼬리를 들어 올렸다. 세이블리안이 검을 머리 위로 올려 공격을 막으려 했다. 그러나 꼬리가 향한 곳은 아래가 아니었다.

동굴 벽을 강하게 내리치자, 천장에서 돌무더기가 산사태처럼 쏟아져 내렸다.

"세이블리안!"

릴리의 비명조차 삼킬 정도의 굉음이었다. 돌무더기가 단말마처럼 무너져 내린 자리에 흙 안개가 피어올랐다.

세이블리안의 모습은 없었다. 돌무더기 아래로 빠져나온 옷자락이, 그 아래에 누군가가 있다는 것을 알려 주고 있었다.

저토록 커다란 돌무더기에 깔렸으니 크게 다쳤을 게 틀림없었다. 윤은 무정한 눈으로 그곳을 바라보았다.

"죽지는 않았네. 곧 치료해 줄 테니 안심하게."

돌무더기 아래에서 생명의 기운이 감지되고 있었다. 윤은 몸을 틀어 릴리를 바라보았다.

그녀가 흠칫 놀라 뒷걸음질을 치려 했다. 하지만 아직 다리가 움직이지 않아 바닥에 주저앉고 말았다. 얼굴에 두려움이 가득했다. 윤은 그것을 기뻐해야 할지, 비참해해야 할지 알 수 없었다.

"두려움으로 자네를 속박하고 싶지는 않았지만."

용의 그림자가 천천히 기울었다. 윤이 릴리에게 다가가는 찰나. 무언가 왼편에서 번쩍이는 것이 느껴졌다.

그가 몸을 튼 순간, 통증과 함께 얼굴에 피가 튀었다. 달빛을 받은 검날이 매섭게 빛나고 있었다.

세이블리안의 검이 용의 얼굴을 예리하게 배어 내자, 윤의 잇새로 신음이 새어 나왔다.

자상에서 피가 흘러내려 눈을 적셨다. 윤은 얼굴을 일그러뜨린 채 이해가 가지 않는다는 듯 소리쳤다.

"어떻게, 어떻게 빠져나왔지?"

"다 내 아내 덕분이지."

다급히 릴리를 바라보자, 그녀의 손에서 보라색 마력이 흘러나오고 있었다. 어느새 돌무더기는 먼지로 부스러지고 있었다.

윤의 이빨이 원수의 목덜미라도 물어뜯는 듯, 으득 소리를 내며 맞부딪쳤다. 포효와 함께 꼬리를 휘두르자 돌무더기가 다시 떨어지기 시작했다.

"멍청한 놈 같으니! 아까 같은 요행이 또 있을 것 같은가!"

방금 전보다 훨씬 많은 낙석이 떨어지기 시작했다. 그러나 아까와는 달리, 세이블리안은 무너지는 돌 사이를 가볍게 내달렸다. 마치 바위산을 오르는, 아니 먹이를 노리는 흑표범과도 같았다.

그의 눈은 오로지 단 한 곳, 윤의 가슴을 응시하고 있었다. 딱 하나. 비늘이 거꾸로 난 곳이 있었다. 저곳이 군힐드가 말했던 용의 급소, 역린이었다.

역린을 찾느라 첫 번째 낙석은 피하지 못했으나 이제는 거리낄 것이 없었다.

'역린에 대해 알고 있나. 하지만 아무 소용 없어.'

역린은 용의 가슴 중앙. 인간의 힘으로는 도약할 수 없는 위치였다. 때문에 윤은 그의 시선이 제 급소를 향하고 있다는 걸 알면서도 경계하지 않았다.

단, 그가 간과하고 있는 것이 하나 있었다. 릴리가 이곳에 있었다.

보라색 마력이 순식간에 주위를 감싸기 시작했다. 방금 전, 무너졌던 돌무더기가 요란한 소리를 내며 형태를 바꾸었다.

그것은 마치 계단처럼 윤에게 향하고 있었다. 세이블리안은 즉시 그곳으로 향했다. 윤은 그 움직임에 당황했다.

'두 사람은 아무런 이야기도 나누지 않았을 텐데?'

두 사람은 아무런 의논도 하지 않았다. 이런 사태를 염두에 두고 사전에 계획을 짰을 리도 없다.

그럼에도 그들은 마치 하나의 영혼이 두 개의 몸에 들어 있는 것처럼 움직이고 있었다. 아무런 말 없이도 서로를 이해하고 있는 것 같았다.

릴리가 만들어 준 계단을 세이블리안이 날쌔게 박차며 오르고, 답호의 옷자락이 날개처럼 흩날렸다. 윤이 피할 새도 없이 검이 역린에 박혔다.

까드득 하며 역린이 부서지는 감각이 손끝을 향해 전달 되었다. 윤의 비명이 동굴에 울려 퍼졌다. 그리고 용은 사라졌다.

동굴을 가득 채우던 그 거구가 어디 갔나 싶어 릴리가 주위를 살피던 중, 바닥으로 시선이 갔다. 그 자리에 인간으로 변한 윤이 쓰러져 있었다.

아직 죽지는 않은 것 같았다. 하지만 그게 전부였다. 도망칠 기운도 없었고, 마력도 모두 소진해 버렸다. 그는 갓 태어난 새끼 뱀보다 약한 존재였다.

윤은 씨근덕거리며 세이블리안을 노려보고 있었다. 세이블리안은 동정심 없는 시선으로 말했다.

"릴리, 어떻게 할까요?"

죽인다면 지금이 절호의 기회였다. 용을 죽일 기회가 또 찾아올지는 미지수였다. 그러나 릴리는 망설이고 있었다. 정말 죽이는 것밖에는 방법이 없나?

"정말로 마력이 없는 이 자가 자네를 이해할 수 있을 거라 믿는가?"

그때, 윤이 사력을 다해 소리쳤다. 빈사에 가까운 상태임에도 그의 눈에는 간절한 애원이 담겨 있었다.

"겉모습은 같아도 자네랑 이 인간은 다른 종족이야. 타 종족이 함께 살아갈 수 있을 거라 믿는가?"

윤의 그 절박한 시선에 담긴 감정을, 릴리는 읽을 수 있었다. 그녀는 시선을 피하지 않은 채 입을 열었다.

"믿어요."

망설임 없는 목소리였다. 릴리는 세이블리안의 손을 꼭 잡았다.

"온 세상이 나를 배신해도, 나는 이 사람을 믿어요."

서로 다른 부분이 있다 한들 그것이 이별의 이유는 될 수 없었다. 세이블리안 역시 그녀의 손을 깍지껴 굳게 잡았다.

"그리고 세상은 바뀌어 가고 있어요. 더 이상 검은색 마력을 갖고 있어도 박해받지 않아요."

"웃기는 소리. 그게 얼마나 갈 것 같지? 자네와 자네의 반려 같은 사람이 또 있을 것 같나?"

"여기에 있다."

어느새 동굴 안으로 여러 사람이 들어서고 있었다. 뜻밖의 손님이었다. 윤이 눈을 가늘게 뜨고 중얼거렸다.

"……인어의 왕인가."

"그렇다. 용인이여."

나디아와 카린, 그리고 군힐드도 함께였다. 인어의 왕은 서늘한 시선으로 윤을 내려다보았다.

"그대는 방금 전, 다른 종족이 함께 사는 것이 불가능하다고 말했지."

윤은 침묵으로 긍정했다. 나디아는 제 손을 카린 쪽으로 내밀며 말을 이어 갔다.

"이쪽은 카린 스토크. 인간이고, 나의 연인이지."

그 말에 윤의 눈에 놀라움이 깃들었다. 카린 역시 당황한 듯 얼굴이 붉어졌지만, 아무런 말도 하지 않았다.

"그리고 딸도 태어났다. 인간 황제는 요정을 반려로 맞이했고."

윤은 조용히 이야기를 듣고 있었다. 잠시 시간이 지나자 놀라움은 사라지고 회의적인 빛이 떠올랐다.

"그것은 모두 일시적인 일이네. 결국 또다시 흩어지고, 전쟁이 일어나서 파괴되겠지. 나는 수백 년간 그것을 지켜봐 왔다. 너희들이 아이를 낳았다 하더라도 아무 소용 없어. 아무것도 변하지 않을 거야."

"아무 소용이 없다고요?"

그 말에 카린이 발끈해서 나섰다. 그녀는 저벅저벅 걸어가 윤의 앞에 섰다.

"우리 아버지 같은 소리를 하고 계시네요. 안 될 거라고, 안 바뀔 거라고. 변하는 건 없을 거라고. 뭐, 나도 인어랑 결혼할 줄은 몰랐지만."

그리고 그 아버지는 지금 감옥에 갇힌 채였다. 카린이 팔짱을 끼고는 윤을 쏘아보았다.

"그러면 지켜봐요."

"······무슨 뜻이지?"

"당신은 오래 산다면서요? 그러면 지켜보라고요. 당신이 맞는지, 내가 맞는지."

그 말에 윤이 피식 웃었다. 가소롭다는 듯한 반응이었다.

"기껏해야 백 년을 사는 종족 주제에……."

"백 년으로 모자라면 이백 년, 이백 년으로 모자라면 삼백 년 지켜보라고요! 내가 죽으면 내 아이가, 그리고 그다음 세대가 증명할 테니."

그 앙칼진 목소리에 윤은 당황한 기색이었다. 나디아는 역시 내 아내라는 듯이 뿌듯한 얼굴로 고개를 끄덕이고 있었다.

"난 내가 옳다고 생각해요. 내기할래요? 내가 옳은지, 당신이 옳은지."

카린의 도발에 윤은 비척비척 몸을 일으켜 간신히 앉았다. 그리고 낮게 웃기 시작하더니, 곧 웃음소리가 우렁우렁하게 퍼져 나갔다.

"이번 세대의 인간들은 참 당돌하군, 그래."

그가 카린을 올려다본 뒤, 릴리에게 시선을 주었다. 윤이 바람처럼 미소 지으며 말했다.

"좋다. 지켜봐 주마. 내 수명이 다할 때까지."

저 멀리 작은 섬에 여러 일꾼이 모여 있는 것이 보였다. 바쁘게 석재를 나르고 등대의 토대가 될 부분을 쌓고 있었다.

날씨는 잔잔하고 맑았다. 흐음. 풍경이 너무 아름다워 떠나기 아까운 지경이네. 나는 나디아를 돌아보았다.

"다음에 또 오고 싶어요. 그때는 등대가 건설되어 있을까요?"

"물론이지."

그 미소를 보자 다음 방문이 기대가 되기 시작했다. 이별의 아쉬움을 접을 수 있을 만큼.

다른 사람들 역시 이별을 준비하느라 여러모로 분주해 보였다. 카린이 조금 침울한 기색으로 다가왔다.

"왕비님. 이제 가시면 또 언제 보려나요······."

"카린, 괜찮아요. 거울도 있고, 무슨 일 있으면 또 올게요."

나는 카린을 가볍게 포옹한 채 등을 도닥여 주었다. 그 모습을 보다가 나디아가 장난스레 웃으며 말했다.

"아마 곧 보지 않을까?"

"응? 무슨 일 있어요?"

"나랑 카린 결혼식 때 와야지."

오잉? 결혼이라고? 드디어 카린이 승낙을 해 준 것인가!

그러나 결혼 당사자인 카린 역시 영문을 모르겠다는 표정이었다. 카린이 미간을 찌푸린 채 물었다.

"결혼이라뇨, 전하? 저는 승낙한 적 없는데요."

"지난번에 윤 앞에서 그랬잖아! 나도 인어랑 결혼할 줄은 몰랐다고."

아. 맞아. 분명히 카린이 그렇게 말했었지. 카린도 뒤늦게 그 사실이 떠올랐는지, 어물어물하다가 몸을 홱 틀었다.

"그, 그건 분위기상 그런 거고요! 아무튼 당장은 결혼 안 할 거예요!"

"카린, 너무해!"

"전 처리해야 할 일이 있어 이만 가 볼게요!"

카린이 도망치듯 자리를 떠나갔다. 나는 쿡쿡 웃으며 그 모습을 바라보았다. 나 말고 다른 사람들도 작별 인사를 하느라 바빠 보였다.

다른 쪽을 보자 군힐드와 블랑슈가 있었다. 군힐드가 덩치에 맞지 않게 조금 시무룩해진 모습으로 말했다.

"빨리 돌아가는군."

"네. 아무래도 너무 오래 비울 수는 없을 듯하니……."

블랑슈도 아쉬운 눈치였다. 군힐드가 블랑슈의 머리를 슥슥 쓰다듬었다.

"많이 먹고 많이 커라. 너는 너무 작아."

"헤헤, 그럴게요."

"특산물을 많이 챙겨놨으니 넉넉히 먹을 수 있을 거다. 베리테, 너도."

"요정은 원래 작다고! 그나저나 얼마나 옮길 셈이야? 옮길 때마다 마력을 쓴단 말이야!"

그녀의 말대로 하인들이 엄청난 양의 짐을 옮기고 있었다. 이거, 다 옮길 수는 있으려나.

그리고 세이블은 아이들을 돌보느라 경황이 없어 보였다. 힐드가 이베르의 옷자락을 잡고 빽빽 울고 있었다.

"시허! 가지 마!"

"으앙……!"

세이블은 이걸 어찌해야 하나 쩔쩔매는 중이었다. 카린이 다급히 다가가 힐드를 말리느라 여념이 없었다.

애들 때문이라도 조만간 다시 봐야겠네. 그렇게 웃음을 참으며 사람들을 둘러보던 중, 나는 한쪽 구석에 서 있는 누군가를 보았다.

흰 머리카락과 흰 옷자락. 윤이었다. 그는 그늘진 곳에서 우리를 보고 있었다. 나는 나디아에게 걱정스레 물었다.

"저어, 윤은 이제 어떻게 되나요?"

"음. 일단 중립 지대에서 같이 지내기로 했어. 모두를 받아들인다는 게 이 지역의 규칙이니까."

와, 정말 대범한 판단이다. 용마저 수용하겠다니. 그 결단력에 내심 감탄하던 와중, 나디아가 씩 웃으면서 엄지를 치켜들었다.

"대신 카린이 피해 보상은 철저하게 받아내자고 했어. 용이니까 써먹을 곳이 많겠지. 휴, 카린은 정말 똑똑하다니까."

아니, 용을 그렇게 이용해도 괜찮은 거야? 대범한 건지 무모한 건지 구분이 가지 않았다.

"위험하지는 않겠죠? 아무래도 용이니까."

"뭐, 일단은 역린이 회복되기 전까지는 용으로 변하지도 못한다고 하더라. 군힐드 언니가 무지 섭섭해했어. 못 싸운다고."

음. 최소한 심심하지는 않겠네. 윤과 군힐드가 싸우는 모습을 생각하니 왠지 소름이 돋았다.

그래도 윤은 이곳에서 받아들여졌다. 여전히 그늘 속에 있었지만. 나는 잠시 망설이다 발을 옮겼다.

"나디아, 저 잠깐 윤이랑 이야기 나누고 올게요."

지난번 용으로 변했던 게 떠올라 조금 무섭긴 했지만 나는 주춤주춤 윤에게 다가갔다. 그가 물끄러미 나를 바라보았다.

"이제 돌아가는가 보군."

그는 조금 힘없이 웃었다. 가슴에 생긴 균열이 목까지 뻗어 있었다. 나는 고개를 끄덕였다.

윤의 시선에는 어떤 따스한 기운이 배어 있었다. 그의 입술이 달싹이더니 간신히 열렸다.

"……백합. 부탁 하나만 해도 되겠는가?"

"제가 들어줄 수 있는 거라면요. 어떤 부탁인가요?"

또 자기랑 살자는 말을 하려는 건 아니겠지. 그는 한참이나 말을 고르다 입을 열었다.

"나중에…… 아주 나중에. 자네가 여든이 되거나, 아흔이 되었을 때. 낭군도 죽고 홀로 남게 되었을 때. 그 이후에는 내게 와 줄 수 있 겠는가?"

나는 그의 부탁을 이해할 수가 없었다. 내가 이해를 못 했다는 걸 눈치챘는지 그가 설명을 덧붙였다.

"인간일 때의 삶은 그와 살고, 그 이후에는 용이 되어 나와 함께 살아가 줄 수 있겠는가?"

"어? 용이 될 수 있어요?"

"그렇다네. 용이 되고 싶어 수많은 재물을 바치는 사람들도 있었 지. 불로장생은 수많은 사람의 꿈이니까."

불로장생이라니. 어안이 벙벙해지는 제안이었다. 얼마나 많은 사 람이 그것을 원할까.

게다가 윤은 기다려 주겠다 했다. 내가 여든이 되고, 아흔이 되어 호호 할머니가 될 때까지 나를 수십 년이나 기다리겠다니.

정말 엄청난 제안이지만……. 내가 할 대답을 오로지 하나였다. 나는 고개를 저었다.

"제 반려자는 언제나 세이블리안 한 사람뿐이니까요."

영생을 살아도 세이블이 없다면 의미가 없었다. 짧은 생이라도 그 와 끝까지 함께하는 것이 중요했다. 비록 세이블리안이 죽은 뒤라 할지라도.

나는 언제까지나 세이블리안의 아내, 그의 동반자였다.

"음. 역시 그렇군. 괜한 말을 해서 미안하네."

그는 예상했다는 듯 실망한 기색은 없었다. 윤이 부드럽게 웃으며 말했다.

"언제나 자네와 자네의 나라를 지켜보고 있겠네. 건강하시게, 백합."

"윤도 건강하세요."

나는 가볍게 고개를 숙이고는 자리를 떴다. 어느새 세이블이 이야기를 끝내고 나를 찾고 있었다.

"릴리, 이제 슬슬 가실까요."

"네, 세이블."

나는 내 영원한 반려의 손을 잡았다. 그때, 무언가가 머리 위로 떨어지는 것이 느껴졌다.

"어라, 비?"

때아닌 비가 조금씩 내리고 있었다. 하늘에는 먹구름 한 점 없는데? 세이블이 옷을 벗어 내 머리 위를 가려 주며 말했다.

"동부의 가뭄도 해소가 되겠군요."

설마 윤인가? 나는 황급히 뒤를 돌아보았지만, 윤은 어느새인가 사라지고 없었다.

언제나 나를, 이 나라를 지켜보겠다는 그의 말이 떠올랐다. 지켜보겠다는 게 아니라 지켜 주겠다는 말처럼 들리기도 했다.

비는 바람도, 구름도 없이 오래오래 마른 땅을 적셔주었다. 따스한 비였다.

＋

기억의 색깔

언젠가 옷을 고르려고 옷장 앞에 섰을 때, 나는 그곳이 옷의 무덤이라고 생각한 적이 있었다.

계절에도 색이 있다. 봄에는 화사한 톤의 옷이, 여름에는 시원한 색상이, 가을에는 차분한 컬러가 유행하듯이.

하지만 내 옷장은 시간이 흐르지 않는 것처럼 언제나 겨울에 머물러 있었다. 검정, 회색, 혹은 더 옅거나 진한 검정.

검정은 그 무엇보다 세련되고 고상한 색이라고 말한 의상 디자이너도 있었다. 딱히 그 말 때문에 검정을 택한 것은 아니었다. 밝은색 옷을 입으면 살이 더 쪄 보이니까 검은색이나 회색 계열의 옷이 대다수였다.

창밖의 옷들이 봄에서 여름, 여름에서 가을로 색을 바꿔 가는 동안에도 나는 늘 검정이었다. 내게 옷장은 시침이 멈춘 시계, 정지된 흑백텔레비전과 같은 존재였는데.

그랬는데…….

"아! 이거 어마마마께서 제게 처음으로 만들어 주신 옷이에요."

블랑슈가 슈미즈 드레스를 꺼내며 말했다. 희디흰 색깔이 마치 눈으로 만든 옷 같았다.

길이를 재보려는 듯, 블랑슈는 옷을 제 몸에 가져다 댔다. 역시 몇 년 전에 만든 옷이라 지금의 블랑슈에게는 무척 작았다.

와, 이걸 만든 게 대체 몇 년 전이지? 저렇게 옷이 작아진 것을 보니 시간이 참 빨리도 지나갔구나 싶다. 왠지 모를 그리움에 미소가 지어졌다.

"그러게요. 오랜만에 본다. 어느새 이렇게 작아졌네."

수년이 흘렀어도 슈미즈 드레스는 여전히 새하얗게 아름다웠다. 그 부드러운 옷감을 쓸어내리자 그때의 기억이 되살아나는 듯했다.

여름 햇살 사이에서 나비처럼 춤을 추던 블랑슈. 그때 홀에 흐르던 음악 소리마저 생생하게 들려오는 것 같았다.

우리 애는 그때나 지금이나 어쩜 이리 예쁠까. 흐뭇하게 추억을 더듬고 있는데 블랑슈가 옷장에서 또 다른 옷을 꺼냈다.

"앗, 이 르댕고트도 오랜만이에요. 아바마마랑 똑같은 거!"

아, 이게 여기 있었네! 이제는 내게 한없이 작아진 르댕고트지만 반가웠다. 본의 아니게 세이블과 커플 룩을 입었더랬지.

나는 이제 사이즈가 안 맞고, 세이블도 너무 많이 입고 다니는 바람에 못 입게 되었는데.

나는 조금 신기한 기분으로 옷을 둘러보았다. 옷장에는 수많은 색깔의 옷과 수많은 시간의 기억이 있었다.

"이 벨벳 드레스는 겨울에 블랑슈에게 만들어줬던 거네."

"무척 따뜻했어요! 아, 마린 룩이에요. 동부에 갔을 때 입었던 거네요. 동부에 또 가고 싶어요…….”

“다음에 또 가면 되죠. 이건 블랑슈 결혼식 때 쓴 목걸이네요. 웨
딩드레스도 오랜만에 보고 싶군요.”

신기하다. 예전에는 옷장의 옷을 봐도 아무런 기억도 떠오르지 않
았는데. 옷장을 볼 때마다 작년에는 뭘 입고 다녔더라, 왜 이렇게 입
고 다닐 옷이 없지 하는 생각 정도?

하지만 이제는 옷장 속을 보면 마치 사진을 들여다보듯 옛날의 추
억이 떠오르곤 했다. 이렇게 드레스룸이 즐거운 곳이었던가.

블랑슈는 옷을 쓸어 보다가 다시 슈미즈 드레스를 집어 들었다.

“이 드레스 만들어 주셨을 때, 정말 기뻤어요. 처음으로 만들어 주
신 거니까……. 어마마마랑 춤을 출 때도 즐거웠는데.”

블랑슈가 미소를 머금은 채 슈미즈 드레스를 꼭 껴안았다. 아이
고, 우리 애 예쁘기도 하지.

우리가 서로 같은 추억을 떠올리고 있다니. 너무도 행복해 나도
모르게 웃음이 나왔다.

“그러게요. 그때 춤추는 블랑슈가 참 귀여웠는데, 이제는 베리테
랑 추면 되겠네요.”

그때만 해도 블랑슈한테 별 관심 없던 베리테였는데. 이렇게 둘이
결혼을 다 했네! 오랜만에 결혼식 초상화나 다시 볼까.

그렇게 감상에 젖어 있는데 블랑슈가 놀란 눈이 되어 날 보고 있
었다. 응? 왜 저렇게 보고 있지?

블랑슈의 목소리가 충격으로 떨리고 있었다.

“어마마마……. 저랑 춤 안 춰주실 건가요?”

“네? 어……. 베리테가 있으니까 저랑은 안 춰도 괜찮잖아요?”

그런데 내 대답이 뭔가 잘못됐나 보다. 블랑슈의 얼굴이 삽시간에 어두워졌다. 그리고는 어렸을 때와 마찬가지로, 감정이 그렁그렁하게 맺힌 눈으로 나를 올려다보았다.

"저는 엄마랑 춤추고 싶은데……. 안 되나요?"

우리 애의 눈빛 공격은 해가 갈수록 강력해지네. 버틸 수가 없다! 나는 블랑슈의 눈빛이 더 초롱초롱해지기 전, 다급히 소리쳤다.

"되죠! 당연히 되죠!"

"정말이지요? 약속하시는 거예요!"

그제야 블랑슈는 환히 웃으며 좋아라했다. 아니, 나랑 춤추는 게 그렇게 좋은가. 블랑슈가 나와 팔짱을 끼며 말했다.

"이번에도 어마마마가 만들어 주신 옷이 입고 싶어요!"

잔뜩 기대하는 얼굴로 그렇게 눈을 반짝이면……!

크윽, 당장 디자인을 그리고 싶어서 내 오른팔이 요동을 친다!

"물론이에요. 블랑슈가 입고 싶은 거 다 만들어 줄게요!"

"와아, 감사해요! 그리고 이베르 것도……! 저랑 비슷한 옷이면 좋겠어요."

"그래요, 그래요. 이제 곧 이베르의 세 번째 생일 연회기도 하고."

시간이 참 빠르다. 갓난아기였던 이베르가 어느덧 세 살!

매 생일이 특별했지만 올해는 조금 더 특별한 생일이었다. 이 나라에서 세 번째 생일은 큰 의미가 있다고 한다. 그래서 연회를 평소보다 크게 열고, 외국에서도 여러 사람이 올 계획이라고 했지.

블랑슈가 잔뜩 들뜬 얼굴로 말했다.

"이번에는 인어 왕국과 요정 왕국에도 공식적으로 초청장을 보낼 계획이에요. 레타와 모르카, 그리고 크로넨버그에도 초청장을 보낼까 하는데 괜찮으세요?"

"크로넨버그요?"

흠. 거긴 아비게일의 모국이자 전쟁을 일으킨 범죄자의 나라이기도 하지. 마음 같아서는 크로넨버그를 무시하고 싶지만, 일단 네르겐에 흡수된 나라였다. 아예 배제할 수는 없겠지.

그리고 요즘 들어 얌전히 지내는 것 같기도 했고. 징징대는 케인의 탄원서도 오지 않게 되었다. 나는 고개를 끄덕였다.

"괜찮아요. 그나저나 중요한 자리니까 옷 만드는 거에 더 신경을 써야겠네요. 이베르 옷도, 블랑슈 옷도 멋지게 만들어 줄게요!"

"감사해요, 어마마마!"

블랑슈가 해맑게 웃으며 내 품에 안겼다. 따끈하고 말랑하고 귀여워! 요즘 들어 이렇게 단둘이 있을 시간이 별로 없었는데 너무 좋다…….

그렇게 블랑슈와 이야기를 나누던 중, 가볍게 노크 소리가 들려왔다.

"세이블리안입니다. 들어가도 괜찮겠습니까?"

"아, 세이블. 들어와요."

곧 문이 열리고 무언가가 안으로 뛰어 들어왔다. 세이블치고는 자그마한데?

"엄마!"

이베르가 쪼르르 달려와 내 치마에 얼굴을 묻었다. 아휴, 자기 누나랑 꼭 닮았다니까.

"이베르! 이베르도 아빠랑 같이 왔어요?"

"네!"

이베르는 씩씩하게 대답했다. 이제는 말도 제법하고, 잘 뛰어다니는 나이! 이베르가 내 옷을 꼭 잡고는 나를 올려다봤다.

"엄마 뭐 했어요?"

"누나랑 옷 정리하고 있었지요."

"누나!"

이번에는 도도도 달려가 블랑슈에게 폭 안겼다. 블랑슈도 귀여워 어쩔 줄 모르겠다는 얼굴이었다.

후, 이 순간을 그림으로 기록해서 미술관에 걸어놔야 하는데. 이 사랑스러움을 나만 보고 있을 순 없으니까.

나 홀로 명화의 한 장면을 감상하던 중, 이베르가 블랑슈에게 머리를 비비다가 블랑슈의 손을 바라보았다. 아직 블랑슈는 슈미즈 드레스를 들고 있었다. 이베르가 빤히 블랑슈를 바라보다 말했다.

"예뻐요."

"옷이 예뻐?"

하늘하늘하니 예뻐 보일만도 하지. 하지만 이베르는 우물쭈물하다가 다시 옷에 얼굴을 묻고 말했다.

"……누나가 예뻐요."

신이시여. 여기에 천사가 있어요. 제가 착하게 살아서 저에게 이런 사랑스러운 천사들을 보내 주셨군요.

블랑슈가 키득키득 웃더니 이베르의 머리를 쓰다듬어 주었다.

"고마워, 이베르. 이베르도 예뻐."

"이베르는 누나가 좋아요."

그렇게 말하며 이번에는 블랑슈에게 매달렸다. 정말이지 애교 많은 건 이 집안 전매특허라니까.

그리고 또 다른 애교쟁이, 귀염둥이인 세이블이 그 모습을 지켜보다 입을 열었다.

"낮잠 잘 시간인데 누나랑 엄마가 보고 싶다고 투정을 부려서 찾아왔습니다."

그러고 보니 얼굴에 졸음이 조금 묻어나 있었다. 아까 안겼을 때 체온도 조금 높은 것 같았고. 나는 슬그머니 이베르의 어깨를 끌었다.

"이베르, 자야지. 졸리잖아."

"싫어, 이베르 안 잘래요. 옷 구경할래요. 여기 예쁜 게 많아요!"

이베르는 앙탈을 부리다가 후다닥 도망을 갔다. 그리고는 방 안 여기저기를 구경하기 시작했다. 화려한 것이 많으니 아무래도 눈이 가는 모양이었다.

뭐, 조금 더 깨어 있어도 괜찮겠지. 즐거워하는 것 같기도 하고. 내가 흐뭇하게 지켜보는데 이베르가 무언가를 집어 들고 물었다.

"엄마, 이건 뭐예요?"

이베르는 분홍색 보닛을 들고 있었다. 흰 리본과 꽃장식이 가득해서 이베르가 관심을 가질 법했다.

"이거는 보닛이에요. 머리에 모자처럼 쓰는 거랍니다."

그러자 이베르가 보닛을 만지작거리더니 제 머리에 폭 썼다. 그리고는 세이블과 닮은 얼굴로 해사하게 웃었다.

"이베르 예뻐요?"

아니, 이럴 수가! 보닛이 이렇게 잘 어울리는 어린이는 블랑슈 이후로 처음이야!

나는 어느새 박수까지 쳐가면서 오두방정을 떨고 있었다.

"네, 예뻐요! 잘 어울리네요. 이베르. 누구 닮아 이렇게 예쁠까."

이베르는 만족감과 쑥스러움이 섞인 얼굴로 헤실헤실 웃었다. 그리고는 다른 옷장을 열심히 뒤지다가 뭔가를 집어 들었다.

"엄마, 이건 뭐예요?"

"아, 그건······."

그것은 클라라가 만들어 준 캐미솔이었다. 나는 침착하게 이베르의 손에서 캐미솔을 가져갔다.

"안 예쁜 거예요."

아냐, 클라라. 이건 내 진심이 아니야. 사실은 예쁘다고 생각해!

"그나저나 이베르, 낮잠 자야지요."

"이베르는 자기 싫은데······."

엄마가 귀여운 거에 약한 거 어떻게 알았니? 보닛을 쓴 채 그렇게 시무룩해진 표정을 지으면 엄마 마음이 약해지잖아!

이걸 어쩌나 고민하는데, 블랑슈가 다가와 이베르의 손을 잡고 다정한 목소리로 말했다.

"이베르, 누나가 책 읽어줄게. 가서 낮잠 자자."

"정말? 누나 안 바빠요?"

"응. 괜찮아. 무슨 책 읽어줄까?"

그 말에 이베르의 눈이 초롱초롱 빛났다. 그리고는 아까 전 투정을 부리던 사람은 어디 갔냐는 듯, 블랑슈의 손을 잡고 드레스룸 밖으로 이끌었다.

"어마마마, 아바마마. 그러면 저는 이베르 좀 재우고 올게요!"

"괜찮겠어요? 내가 해도 괜찮은데······."

으음, 황제 폐하의 시간을 이렇게 써도 되는 걸까.

그런 고민이 무색하게 블랑슈는 이베르를 꼭 끌어안았다. 마치 동생을 넘겨주지 않겠다는 듯이.

"요즘 이베르랑 많이 못 놀아줬는걸요. 그러면 이베르, 엄마랑 아빠한테 인사하자."

"엄마, 아빠. 안녕!"

이베르는 손을 흔들고는 블랑슈와 함께 방을 나섰다. 떠나가는 동안 블랑슈와 이베르가 재잘재잘 떠드는 소리가 들려왔다.

아이고, 우리 애들. 정말 많이 컸다. 나도 모르게 눈물이 다 나오네. 마음 같아서는 양어깨에 블랑슈와 이베르를 올려놓고 우리 애들 좀 보라고 자랑하며 다니고픈 심정이었다.

이제 이베르가 커가면 이 옷장도 점점 이베르의 옷으로 채워지겠지. 그것은 또 다른 행복일 터였다.

세이블 역시 흐뭇한 표정을 짓고 있다가 나를 돌아보았다. 살짝 걱정이 어린 목소리가 들려왔다.

"그나저나 릴리. 제가 방해를 한 건 아닐까 모르겠군요. 뭘 하고 계셨습니까?"

"아. 잠깐 옛날 옷 좀 보고 있었어요. 이거 무슨 옷인지 기억나요?"

나는 옷장에서 르댕고트를 꺼내 그에게 펼쳐 보였다. 그의 눈빛에 반가움이 깃들었다.

"예. 기억납니다. 릴리가 저에게 처음으로 만들어줬던 옷과 같은 디자인 아닙니까. 아껴 입었는데 결국 옷이 상해서 아쉬웠었죠."

그래, 그때 정말 열심히 입고 다녔지. 옷이 해질 때까지 입어서 빈티지 룩이 유행할 뻔했던 기억이 났다.

그나저나 그도 기억하고 있구나. 왠지 모르게 기뻤다. 이번에 똑같은 디자인으로 다시 커플 룩을 만들어볼까?

세이블이 나를 보며 가만히 웃더니 옷장을 들여다보았다. 그리고 그 사이에서 엠파이어 드레스를 한 벌 꺼냈다.

"이 옷도 오랜만입니다. 작년 초여름, 소풍갈 때 입었던 옷이군요."

"어? 세이블. 그런 게 기억이 나요?"

"예. 물론이죠."

작년 소풍 때 입은 옷이 뭐였는지 정작 나는 생각이 나지 않았다. 나는 호기심이 발동해 다른 옷을 집어 들었다.

"이건요? 기억나세요?"

"예. 이년 전, 저녁 식사 때 릴리가 입었는데 당신이 참 예쁘게 웃었던 기억이 납니다."

"우와. 세이블, 기억력 엄청 좋네요."

내가 그의 기억력에 감탄하는 사이, 그는 갸름하게 웃었다. 그리고는 내 이마에 가볍게 입을 맞추며 말했다.

"릴리에 관한 일을 어떻게 잊을 수 있겠습니까."

후후, 세이블리안. 그렇게 방심할 때마다 치고 들어오는 것도 벌써 8년째. 이젠 나도 익숙……

……해지지 않았어! 정말이지 세이블도 꾸준하다. 어떻게 매일매일 이러지?

나는 괜히 부끄러워 그의 등에 얼굴을 파묻었다. 그러자 세이블이 내 손을 끌어 자신의 허리를 감싸게 했다.

"이 르댕고트. 참 마음에 들었습니다. 릴리랑 같은 디자인이라 더 좋았죠."

나는 슬그머니 고개를 들었다. 그의 조곤조곤한 목소리를 듣자 괜히 놀려주고 싶은 기분이 들었다.

"어머, 그랬어요? 그때는 우리 사이 안 좋았잖아요."

그러자 그가 뒤를 돌아보았다. 마치 봐달라는 듯 간절한 눈빛.

그 눈빛이 귀여워 소리죽여 웃자, 그가 괜히 말을 돌리려는 듯 옷장을 뒤졌다.

"음. 그나저나 아까 이베르가 찾은 란제리는 뭐죠? 처음 보는 것 같습니다만."

그가 캐미솔을 집어 들었다. 아, 저거 예전에 클라라가 선물해 준 건데 까먹고 있었다.

"아, 이거요. 제가 예전에 사과 안 하면 동침할 거라고, 벗고 잘 거라고 했을 때 입은 속옷이랑 같은 디자인인데……. 사이즈도 안 맞고 낡았다고 하니, 클라라가 새로 만들어줬어요."

그때도 사이가 안 좋다 못해 최악이었지. 세이블에게 트라우마가 있는 줄도 모르고 협박했던 과거가 떠올랐다.

세이블 역시 당시의 기억이 떠올랐는지 기묘한 표정이 되었다. 얼마나 무서웠을까. 그가 입술을 꾹 깨물곤 중얼거리듯 말했다.

"……사과하지 말 걸 그랬나 봅니다."

"네?"

"그걸 봐야 했는데……."

아니, 이 아쉬워하는 표정은 뭐야?

웃으면 안 되는데 그가 고맙고 사랑스러워서 자꾸 입꼬리가 올라갔다. 세이블이 내 쪽으로 몸을 틀었다. 그리고는 여전히 간절한 눈으로 나를 보다 말했다.

"릴리, 혹시 오늘 저에게 불만은 없으십니까?"

"불만이요?"

"예. 제가 사과를 해야 할 만한 일 말입니다. 사과를 안 하면……."

그가 뒷말을 흐렸지만 무슨 뜻인지 알 것 같았다. 이 요망한 흑담비 같으니라고.

"그러고 보니 오늘 뽀뽀를 좀 덜 받은 것 같아요. 사과하세요."

"사과하지 않겠다면요?"

"합방할 거예요."

나는 팔짱을 낀 채 새침하게 말했다.

"가운도 벗고 잘 거고요. 안에는 끝내주게 섹시한 속옷을 입은 채로."

결국 세이블은 웃음이 터졌다. 그가 작게 소리 내어 웃다가 내게 입을 맞추었다. 나를 달래려는 듯, 가볍게 여러 차례.

"알겠습니다. 그러면 사과는 그 이후에 해야겠군요."

오늘의 추억도 옷이라는 형태로 남게 되는 것 같았다. 올 생일 연회에도 새로운 옷이, 새로운 추억이 쌓이겠지. 그리고 오늘 밤에도.

"……이베르 왕자의 생일 연회가 열린다고?"

"예. 그렇습니다, 케인 저하."

우중충한 목소리가 탑 안에 메아리치고 있었다. 탑이라기보다는 거대한 우물 같았다. 말 그대로 우물이었다. 계단이 있는 우물. 탑은 아름다운 장식이나 세공 따위는 없이 그저 길쭉하게 위로 치솟아 있기만 하였다.

우물이 나은 점이 있다면 햇빛이었다. 그나마 우물은 위가 트여 있기라도 하지 않은가. 탑에는 손바닥만 한 작은 구멍만 나 있었다. 그마저도 햇빛이 들어오는 것은 하루에 한두 시간 정도뿐.

그리고 그 감격스러운 햇빛은 시종이 내민 서신에 닿아 있었다. 아비게일의 오빠인 케인은 그 서신을 낚아챘다. 조카의 탄신 연회를 알리는 글임에도 표정은 굳어 있었다. 그가 찢듯이 말을 내뱉었다.

"제 오빠를 감옥에 처박아 두고 자기는 호의호식하고 있군."

케인의 두 눈에서 증오가 뚝뚝 떨어져 내렸다. 바람이 들지 않는 이곳에 태풍이 감도는 것만 같았다.

"아들아, 너무 노하지 말아라."

그늘 속에서 느릿한 목소리가 들려와 케인은 고개를 들었다. 어느새 입구에 아버지인 크로넨버그 왕이 와 있었다. 케인의 얼굴이 일순간 밝아졌다가 다시 어둑해졌다. 그가 어린아이처럼 투덜댔다.

"어떻게 화를 안 내겠습니까? 아비게일 때문에 제가, 우리나라가 이 꼴이 되었는데."

국왕은 그 말에 반박하지 않았다. 오히려 침묵으로 동조하고 있다는 것을 표정으로 충분히 알 수 있었다.

왕자였던 케인은 일순간 범죄자로 전락하였고, 패전국인 크로넨버그는 막대한 보상금을 치러야 했다.

누군가는 그래도 아비게일이 이제 제국의 어머니가 되었으니 좋은 일이 아니냐 했다가 태형을 치렀다.

"우리가 전쟁에서 이겼다면 크로넨버그가 제국이 되었을 텐데. 속국이 되어 연명하는 꼴이라니……!"

"나 역시 그것을 생각하면 잠이 오지 않는다, 아들아. 아비게일 그 계집은 제 고국을 챙길 생각은 하질 않고……."

"얼굴마저 흉측하게 변했다고 들었는데 꼴 좋게 됐죠."

그것만이 케인의 유일한 위안거리였으나, 사실 반쪽짜리 위안이었다. 모습은 변했어도 아비게일은 행복했으니까. 진작 궁에서 쫓겨나거나 냉대받을 줄 알았는데 오히려 아이를 낳았다는 소식이 날아왔다.

"제기랄. 왜 우리만 이렇게……."

"너무 걱정하지 말아라, 케인. 방법이 있으니."

"방법이라뇨?"

케인이 기대감 없는 목소리로 물었다. 국왕은 석상 같은 얼굴로 말을 이어 갔다.

"외국 중 네르겐이 점점 커지는 것을 경계하는 국가가 많다. 연합을 맺으면 우리에게도 희망이 있을지 모른다."

"하지만 누가 감히 네르겐을 대적하겠어요? 요정과 인어와 손을 잡고 있는데."

케인의 말대로 네르겐의 우군은 너무도 강력했다. 그럼에도 왕은 주름진 얼굴로 미소 지었다.

"그래, 그렇겠지. 그래서 우선 종족 간의 연합을 와해시킬 생각이다. 요정이나 인어가 네르겐과 적대하게 되면 빈틈이 생기겠지."

케인은 여전히 찜찜한 눈빛이었다. 과연 어떻게 와해를 시킬 거냐고 묻는 듯하였다.

"지난번, 마법사 하나를 데려왔다는 말 기억하느냐?"

"마법사……? 아. 그 검은색 마력을 지닌 자 말인가요."

"그래. 왕자의 생일 연회 때 그 마법사를 보낼 생각이다."

크로넨버그의 왕은 비스듬히 웃었다. 입술이 일그러진 것처럼 보이기도 했다. 케인은 여전히 불안한 눈치였다.

"들키지 않을까요?"

"들키지 않는다. 그리고 들킨다 하더라도 상관없다. 버리는 말이니까."

국왕의 목소리가 얼음 조각처럼 날카롭고 딱딱했다. 그는 아비게일과 닮은 보라색 눈동자로 말했다.

"아비게일에게 잊지 못할 선물을 보내 주자꾸나."

고즈넉했던 황궁에 경쾌한 음악이 울려 퍼지고 있었다. 축하의 말과 안부를 전하는 여러 목소리가 함께.

수많은 마차가 궁으로 들어서고, 하인들은 바쁘게 손님을 맞이하는 중이었다. 드디어 오늘! 이베르의 세 번째 탄생 연회가 열리는 날이었다. 준비하느라 다들 며칠 전부터 분주했지.

바쁘게 움직인 만큼 궁은 멋지게 새 단장을 하고 있었다. 연회가 진행되는 홀 안에는 아름답게 세공한 얼음 조각과 수많은 꽃장식이 있었다.

그리고 장식만큼이나 아름다운 옷들도 눈에 들어왔다. 나는 내가 만든 옷들을 흐뭇하게 바라보았다. 블랑슈와 베리테는 왕관에 망토까지, 제대로 된 성장을 갖추고 있었다.

흰색과 자주색을 포인트로 잡아 우아함과 권위를 살리려고 노력했다. 망토에는 촘촘한 자수 장식이 보석으로 장식된 채였다.

황제와 황후에 걸맞게 위엄 있는 옷을 디자인해 봤는데, 그래도 귀여움은 가려지지 않는군.

이베르도 블랑슈와 비슷한 느낌으로 만들어줬다. 조금 더 귀여운 느낌으로. 그리고 오늘 연회의 주인공인 이베르는 빛이 가장 잘 드는 자리에 앉아 있었다.

무척이나 겁먹은 얼굴로.

"엄마⋯⋯. 사람이 많아요⋯⋯."

이베르는 인파에 놀라 어찌할 줄 몰려 하고 있었다. 원래 낯가림이 심한 편이긴 한데 오늘은 한층 더 한 것 같았다.

"이베르 왕자님, 탄생일을 축하드립니다."

"축하드립니다, 왕자님!"

대신들이 우르르 몰려오자 이베르는 얼굴이 창백해졌다. 그들은 귀여운 왕자를 보고 흐뭇한 미소를 짓고 있었지만, 그 왕자는 생각이 좀 다른 것 같았다.

나는 대신들을 거의 쫓아내 버리듯 물린 뒤, 이베르와 시선을 맞추었다. 이베르의 눈동자가 불안하게 흔들리고 있었다.

"괜찮아요, 이베르. 전부 이베르의 생일을 축하해 주러 온 사람들이에요."

"그치만⋯⋯. 무서운데⋯⋯."

으음, 이를 어떡하면 좋지. 오들오들 떨고 있는 게 정말 무서워하는 것 같았다. 어찌해야 하나 고민하고 있는데 뒤에서 인기척이 느껴졌다.

"이베르, 아빠도 어린 시절에 사람이 많은 게 무서웠단다."

그가 어느새 다가와 내 옆에 같이 한쪽 무릎을 꿇고 앉았다. 이베르는 세이블의 말을 듣고 눈이 휘둥그레졌다.

"아빠처럼 센 사람도 무서웠어요?"

"그래. 이베르가 많이 무섭다면, 잠깐 다른 곳에 가서 쉬는 것도 방법이지.”

“으응…… 괜찮아요. 여기 엄마도 있고, 아빠도 있고, 누나도 있으니까…….”

이베르는 소리 없이 웃었다. 긴장이 조금 풀어진 것 같았다. 세이블이 장하다는 듯 머리를 한 번 쓰다듬어 주었다.

그때, 어린아이의 가벼운 발소리가 홀 안에 울려 퍼졌다. 마치 물고기가 헤엄치며 물방울이 튀어 오르는 듯했다.

“이베르! 이베르!”

사람들 사이를 헤치고 힐드가 뛰어오고 있었다. 지난번에 봤을 때보다 부쩍 커진 모습이었다.

친구가 오자 이베르의 얼굴에 화색이 돌았다. 이베르도 의자에서 풀쩍 뛰어 달려갔다.

“이베르, 생일 축하해!”

“힐드, 어서 와……!”

힐드가 바람처럼 달려와 이베르를 꼭 끌어안았다. 이베르는 평소처럼 해맑게 웃고 있었다. 긴장이 풀린 모양이었다.

휴우, 다행이다. 역시 또래 친구가 없어서 더 무서웠나 보네. 재잘재잘 떠드는 두 아이를 보니 안심이 되었다.

“힐드가 와서 다행이군요.”

세이블이 자리에서 일어나며 말했다. 나는 선이 짙은 그의 옆얼굴을 올려다보다 문득 궁금증이 들었다.

아까 어린 시절 겁이 많았다고 했지. 이베르를 달래려고 한 거짓말이었으려나?

“세이블, 정말로 어렸을 때 겁이 많았어요?”

"예. 이베르처럼 어릴 때는 툭하면 울곤 했다더군요."

그는 울상을 짓고는, 검지로 제 볼을 살짝 쓸어내리며 우는 시늉을 하였다.

크윽, 누가 이렇게 귀여운 짓 하래? 와중에 울먹이는 어린 세이블이 상상되어 참을 수가 없었다!

어린 세이블을 봤다면 맨날 업고 다녔을 텐데! 물론 어른 세이블도 업고 다니고 싶다. 나디아에게 근육 트레이닝이라도 받아야 하나.

지금도 귀여운데 어렸을 때는 얼마나 더 사랑스러웠을까? 겁먹고 삐약삐약 우는 아기 흑표범을 보는 듯한 기분이었겠지?

주먹으로 벽이라도 치고 싶은데 공식 석상이라 참을 수밖에 없었다. 나는 최대한 자제력을 발휘하려 노력했다.

"어린 시절 겁이 많았다니, 의외네요."

"의외입니까?"

"사실 겁 많은 당신은 상상이 잘 안 가요. 지금이랑은 꽤 차이가 있는 모습이니까요."

"그렇습니까? 사실 이 궁에서 가장 겁이 많은 사람은 저일지도 모릅니다."

응? 그건 더욱 의외였다. 내가 아는 세이블은 그 어떤 것도 두려워하지 않는 것 같았는데.

"하지만 용 앞에서도 겁먹지 않았잖아요."

"그렇게 보였습니까? 저는 그때도 정말 두려웠습니다."

그가 가만히 내 눈을 들여다보며 손을 잡았다. 그때 나를 붙든 것처럼 단단한 손이었다.

"당신이 다칠까 봐 얼마나 두려웠는지 모릅니다. 사실 언제나 두렵지만요."

"네? 언제나요?"

"당신을 만나기 전, 저는 아무것도 두렵지 않았습니다. 죽는 것조차. 하지만 이제는……. 당신이 다칠까 봐, 상처 입을까 봐 늘 두렵습니다."

그의 눈빛은 처음 봤을 때와 많이 달라져 있었다. 그때는 아무런 온기도 느껴지지 않는 차가운 파랑이었는데.

이제 내가 이 사람의 두려움이 되었다니. 고마운 동시에 미안했다. 그러다 세이블이 낮게 중얼거렸다.

"……그리고 릴리가 저에게 질릴까 봐도 두렵습니다."

"네에에?"

어이가 없어 목소리가 높아지고 말았다. 아니, 내가 세이블한테 질린다고? 무슨 말도 안 되는 걱정을 하는 거지?

"제가 세이블한테 질릴 리가 없잖아요. 질린다면 세이블이 저한테 먼저 질리겠죠."

"그건 불가능한 일입니다. 제가 어떻게 당신에게 그런 마음을 품을 수 있겠습니까?"

그는 이상한 말이라도 들은 듯한 표정을 하고 있었다. 나는 괜히 부끄러워져서 시선을 돌렸다.

"제가 당신에게 질릴 거라고, 그런 생각을 평소에 하고 계셨습니까?"

"아니, 뭐……."

이 사람 콩깍지가 언제 벗겨질까 두려워하긴 했지. 답을 못하고 어물대자, 그가 내 뺨을 감싼 뒤 작게 입을 맞추었다.

어딘가 모르게 간절한 입맞춤. 마치 이 입맞춤이 없다면 죽을지도 모르는 사람처럼.

그가 입술을 떼어낸 뒤 내 눈을 들여다보았다. 내 소소한 불안을 하나하나 없애려는 듯.

"그런 일은 없습니다. 릴리, 당신은 이제 내게 호흡과도 같아요. 호흡이 질릴 수 있습니까?"

이 사람, 요즘 시집을 많이 읽더니 말이 점점 청산유수다. 으아, 얼굴은 왜 이렇게 뜨겁지?

쩔쩔매고 있던 그때, 어디선가 경쾌한 휘파람 소리가 들려왔다.

"오, 풍경 좋은데?"

화들짝 놀라 소리가 난 곳을 돌아보자 거기에는 나디아가 서 있었다. 카린과 함께.

나디아는 싱글벙글 웃으며 우리를 보고 있었고, 카린은 머리가 아프다는 듯 이마를 짚고 있었다.

"변함없이 애틋하네. 덕분에 좋은 구경 했어."

주위를 돌아보니 다른 사람들도 우리를 보고 있었다. 오랜만에 온 클라라가 노마와 함께 흐뭇하게 미소 지은 것이 보였다.

아악, 맞아! 연회 중이었지! 이베르와 힐드도 빤히 우리를 올려다보고 있었다. 힐드가 눈을 깜빡이다 물었다.

"뽀뽀 더 안 해요?"

"안 해요!"

"이상하다, 우리 엄마들은 뽀……."

그때 카린이 날쌔게 힐드를 낚아채 갔다. 그녀의 얼굴이 확 붉어져 있었다.

"힐드! 그런 이야기는 하면 안 돼!"

"왜요?"

"예의에 어긋나요!"

그렇게 말한 뒤, 카린은 나디아를 바라보았다. 그리고 목소리를 한껏 낮춘 채 으르렁거렸다.

"그리고 나디아 전하. 전하도 그렇게 휘파람 불면 돼요, 안 돼요?"

"안 돼요……."

"집에 가서 두고 봐요."

그 말에 힐드랑 나디아의 어깨가 축 처졌다. 이 집안의 최상위 권력자가 누구인지 참 자명하다.

"나디아 님, 먼 길까지 와주셔서 감사해요."

그때 블랑슈가 다가왔다. 덕분에 주의가 그쪽으로 쏠리자, 나디아는 황급히 인사를 건넸다.

"당연히 와야 하는 일이오. 초청해 주어서 고맙소."

그렇게 말하며 나디아는 카린의 눈치를 보았다. 블랑슈가 무슨 일인지 알겠다는 듯, 작게 소리 내어 웃었다.

"말 편하게 하셔도 괜찮아요."

"그렇지? 선물 잔뜩 챙겨왔어! 이베르 것도, 네 것도. 우선 이베르 것부터 줄게! 이베르, 이리 와 볼래?"

힐드와 놀고 있던 이베르는 나디아의 부름에 재빨리 달려왔다. 나디아는 이베르를 번쩍 안아 들었다.

"이베르, 네게 선물로 산호검을 주마. 날은 안 세웠어. 나중에 네가 더 나이가 들면 그때는 진짜 검을 줄게."

그녀가 시선을 주자, 곧 인어 시종이 무언가를 들고 다가왔다. 흰색의 검이었다. 나디아가 이베르에게 검을 건네주었다.

"이베르, 인어와 같이 용맹하고 강인한 의지가 너와 함께할 것이다. 생일 축하한다."

"가, 감사합니다……."

이베르는 칼을 들고 어쩔 줄 몰라 하는 눈치였다. 좋은데 신기한 모양이었다.

나디아가 이베르를 바닥에 내려주자, 베리테와 제르다가 그 옆으로 다가왔다. 제르다는 자기 눈이 의심스럽다는 듯 이베르가 들고 있는 검을 바라보았다.

"어머, 벌써 선물 증정식인가요? 인어는 검을 가져온 거예요?"

"당연히 검이지. 우리 딸은 태어나자마자 쥐여 줬다."

나디아가 팔짱을 끼고 자랑스러운 목소리로 말했다. 옆에서 힐드가 똑같이 따라 하는 게 보였다. 제르다가 작게 한숨을 내쉬었다.

"아직 어린데 칼은 너무 일러요. 게다가 용맹함과 강인함만으로는 부족하죠."

"헹, 그러면 넌 뭘 갖고 왔는데?"

"후후, 보고 놀라지나 말라고요."

제르다는 보란 듯이 선물을 내밀었다. 그것은 금박이 박힌 책으로, 장정만 봐도 눈이 휘둥그레질 정도로 아름다웠다.

저기에 박힌 보석이랑 금만 떼다 팔아도 한 살림 차리겠다. 옆에서 베리테도 흐뭇한 표정을 짓고 있는 걸 보니, 학술적 가치가 더 큰 것 같았지만.

"이베르, 보라색 마력을 지녔다고 들었어요. 요정처럼 지적이고 뛰어난 현자가 되기를 기원하겠어요. 생일 축하해요."

"감사합니다……."

품에 검과 책을 안은 이베르는 눈을 반짝반짝 빛내고 있었다. 블랑슈가 웃으며 이베르와 눈높이를 맞췄다.

"두 분께 좋은 선물을 받았네. 그 모든 것을 올바르게 사용할 수 있도록 누구보다 상냥하고 선한 아이로 자라나길……."

축복의 말이 끝나갈 때쯤, 블랑슈는 뒤에 숨기고 있던 손을 앞으로 내밀었다.

"그리고 누나 선물은 이거야. 지난번에 갖고 싶다 그랬지?"

"아!"

블랑슈가 내민 것은 토끼 인형이었다. 이베르와 꼭 닮은 인형. 이베르의 얼굴이 환해졌다. 이로써 우리 가족 인형이 모두 모인 셈이었다.

세 개의 선물, 세 왕의 축복을 받은 이베르는 어쩔 줄 몰라 하는 기색이었다. 그저 고개를 꾸벅꾸벅 숙이며 감사의 인사를 전하고 있었다. 흑흑, 우리 애 인사성도 밝고 귀엽기도 하지.

"저어, 블랑슈 폐하……."

그때 쭈뼛대는 목소리가 들려왔다. 뒤를 돌아보니 레타와 모르카의 사절들이 서 있었다.

"아, 어서 오세요. 먼 길 오느라 고생 많으셨어요."

블랑슈가 사랑스럽게 미소 짓자, 사절들의 표정이 순간 녹아내리는 것처럼 보였다.

휴, 역시 블랑슈의 귀여움은 세계를 지배한다. 역사서에 오늘 이 순간도 기록되겠지.

오늘도 블랑슈 폐하는 사랑스럽고 깜찍하고 귀여우셨다고. 후대에게 미안하군. 나 혼자 이 장면을 보고 있어서.

사절들이 잠시 넋이 나가 있자, 옆에서 베리테가 가볍게 기침을 했다. 그 소리에 황급히 정신을 차렸다.

"이, 이베르 왕자님의 탄신일을 축하드립니다. 그리고 또한 네르겐의 번영을 기원하며, 블랑슈 폐하께 드릴 선물을 가져왔으니 부디 받아 주시길 부탁드립니다."

그들은 부랴부랴 선물을 꺼냈다. 역시 이베르의 생일도 생일이지만, 가장 중요한 실세는 블랑슈구나.

줄줄이 들어오는 시종들은 다들 가지각색의 선물을 들고 있었다. 와, 엄청 많다. 블랑슈에게 전달된 선물도 상당한 양이었다.

"정말 고마워요. 소중히 간직하도록 하겠어요. 편히 쉬다 가세요."

그렇게 선물이 쌓여 가고, 여러 사절이 오고 가던 중 작은 인영이 다가왔다. 요정이었다.

"……블랑슈 폐하. 이베르 왕자님의 탄생을 축하드립니다. 전부터 꼭 뵙고 싶었습니다."

요정이 고개를 푹 숙인 채 말했다. 앞머리를 길게 길러 왼쪽 얼굴은 거의 보이지 않았다.

제르다의 선물 증정은 아까 끝났는데, 블랑슈의 개인적인 팬인가? 요정의 낮은 목소리가 이어져 왔다.

"평소부터 존경하던 블랑슈 폐하께 드릴 선물을 가져 왔습니다. 제가 드릴 선물은……."

그 요정의 목소리를 들을수록 나는 이상한 위화감을 느꼈다. 뭔가 이상하다. 말로는 축하한다 하지만 목소리에는 감정이 실려 있지 않았다. 마치 외워온 대사를 읊는 것처럼.

그리고 순간, 역한 감각이 내 목을 틀어막았다.

요정의 옷소매 사이로 연기 같은, 검은 연기 같은 무언가가 흘러 나오고 있는 것이 보였다.

검은 마력. 내가 그를 말리기도 전, 검은 마력이 폭발하듯 터져 나오고 요정의 우렁우렁한 목소리가 울려 퍼졌다.

"블랑슈 프리드킨! 너에게 저주를 걸겠다! 너는 올해를 넘기지 못하고 죽게 될 것이다!"

검은 마력이 폭우처럼 쏟아져 내렸다. 막으라고, 얼른 뛰어가라고 이성이 내게 소리를 지르는 것이 뒤늦게 느껴졌다. 그리고 그 순간.

"이 자식! 블랑슈한테 뭐 하는 짓이야!"

어느새 베리테가 블랑슈의 옆으로 달려왔다. 베리테의 은색 눈동자가 살기로 번뜩이고, 그 눈동자와 닮은 은색 빛이 블랑슈의 앞을 가로막고 있었다.

은색의 방호막이 블랑슈를 지키고 있었다. 미처 닿지 못한 검은 마력이 죽은 뱀처럼 바닥에 떨어져 나갔다. 그 모습을 본 요정이 작게 칫, 소리를 내곤 주머니에서 무언가를 꺼냈다. 그리고 그것을 자신에게 뿌리려는 찰나.

"아악!"

"내 딸에게서 물러나라!"

요정의 비명 소리와 함께 들고 있던 병이 떨어졌다. 어느새 세이블이 요정의 팔을 비틀어 꺾고 있었다.

지금 무슨 일이 벌어진 거지? 모두가 아비규환인 가운데, 세이블이 악을 지르는 것이 들려왔다.

"이 자를 당장 구속하라! 마법을 쓰는 자이니 마법 구속구도 함께. 경비병!"

그 외침에 다급히 경비병들이 다가와 요정을 끌고 갔다. 나는 그제야 제정신이 들었다.

블랑슈, 우리 블랑슈……!

나는 다급히 블랑슈에게 다가갔다. 블랑슈가 놀라 굳어 있는 것이 보였다. 베리테가 미처 막지 못한 검은 마력이 블랑슈의 주위에 감돌고 있었다.

"브, 블랑슈. 이리 와. 엄마한테 얼굴 좀 보여줘."

내 아이. 내 딸이 죽는다니……. 덜덜 떨리는 손으로 블랑슈의 얼굴을 감쌌다.

열쇠, 열쇠가 뭐지? 얼른 저주를 풀어야 하는데……!

미친 사람처럼 저주 수식을 풀던 중, 가까스로 해석을 할 수 있었다. 베리테가 방해를 한 덕에 저주는 미완의 상태였다.

나는 다급히 유리잔을 깬 뒤, 유리 조각으로 내 팔을 그었다. 붉은 피가 내 옷자락을 적셨다.

"엄마! 팔이……!"

"괜찮아, 괜찮아."

나는 기겁한 블랑슈를 달래며 다급히 마법을 걸었다. 피를 사용해 저주를 해제하자, 블랑슈의 주위에 감돌던 검은 기운이 사라졌다.

저주가 풀린 것을 확인한 뒤에야 내 손이, 팔이, 온몸이 덜덜 떨리고 있는 것을 깨달았다. 나는 블랑슈를 와락 끌어안았다.

"블랑슈, 블랑슈……. 이제 괜찮아. 저주는 해제했어. 엄마가 해제했어."

몇 분이 지나지 않았을 텐데 수십 시간이 흐른 것만 같았다. 나도 모르게 눈물이 흐르고 있었다.

그때, 블랑슈의 손이 내 얼굴에 와 닿았다.

"엄마, 엄마. 저 괜찮아요. 베리테랑 아빠가 막아 주고, 엄마가 저주를 풀어 주셨잖아요."

블랑슈가 괜찮다는 듯 말했지만, 입술에는 핏기가 없었다. 얘는 죽을 뻔했는데 이 와중에도 다른 사람 걱정이라니……!

나는 블랑슈를 더욱 힘주어 끌어안았다. 모두가 흉흉한 사태에 술렁이는 가운데, 당황한 목소리가 들려왔다.

"보좌관, 저놈은 대체 누구인가요?"

제르다의 목소리였다. 그녀의 얼굴에는 경악과 공포가 함께 머물러 있었다. 다른 사람보다 더욱 당혹한 것처럼 보였다. 나는 그 이유를 뒤늦게 이해했다.

블랑슈를 죽이려 한 사람은 다름 아닌 요정이었다. 보좌관이 식은땀을 흘리며 말했다.

"아, 알아보고 오겠습니다. 아마 하인 중 하나인 것 같은데……."

그는 서둘러 요정 사절단을 불러 모았다. 그러나 그들의 표정에도 의문이 어려 있기는 마찬가지였다.

잠시 후, 보좌관이 제르다의 앞에 섰다. 그는 머뭇거리다가 입을 열었다.

"그것이…… 저자를 아는 자가 아무도 없다고 합니다."

"아무도 없다뇨?"

"말 그대로입니다. 이곳에 방문하기로 예정된 요정 중, 저자는 없었습니다. 명단에도 없고, 본 적조차 없는 얼굴입니다."

분위기가 삽시간에 흉악해졌다. 인간들의 눈에 불신이 깃들고, 소란 사이로 작게 속삭이는 소리가 들려왔다.

"요정은 간악한 종족이라더니…….저 요정왕이 사주한 건가?"

"결국 이 좋은 날 배신을 하는군요. 역시 믿어서는 안 되는 자들이야."

그 목소리가 들릴 것이 뻔한데, 베리테는 아무런 반박도 하지 못했다. 마치 자신이 죄를 짓기라도 한 듯한 표정.

그때 블랑슈가 입을 열었다.

"베리테, 걱정하지 마."

그 목소리에 베리테는 퍼뜩 정신을 차린 것 같았다. 블랑슈는 나에게 놓아달라는 듯 눈빛을 보냈다.

평생 품에 안고 있고 싶었지만, 놔줄 수밖에 없었다. 팔을 풀자 블랑슈는 내 뺨에 가볍게 뽀뽀를 한 뒤 자리에서 일어났다.

내 딸, 제국의 황제는 꼿꼿이 선 채 혼란에 빠진 좌중을 응시하였다. 블랑슈의 목소리가 등대의 불빛처럼 곧고 또렷하게 퍼져 나갔다.

"억측은 그만두세요. 저는 제르다 왕이 이런 일을 저질렀다고 믿지 않아요. 요정처럼 현명한 자들이 이렇게 노골적인 암살을 시도할리가 없지 않나요?"

블랑슈의 차분한 목소리에 떠들썩했던 자리가 순식간에 고요해졌다. 요정들을 힐난하던 자들도 고개를 숙였다.

"우선 축하연은 여기까지 해야 할 것 같군요. 손님들을 모두 손님방으로 안내해드리겠습니다."

블랑슈는 방금 전 암살 위협을 당한 것이라고는 믿기지 않을 정도로 침착한 대응을 보여 주고 있었다.

그렇게 명령에 따라 연회는 끝이 나고, 모두가 방으로 돌아갔다. 홀에 남은 사람은 우리 가족 정도였다.

사람들이 떠나자 블랑슈의 표정이 삽시간에 풀어졌다. 그리고는 다급히 나를 향해 다가왔다.

"어마마마! 상처부터 치료해요. 피가 너무 많이 나요. 베리테, 어마마마 좀 치료해 줘!"

베리테가 내 옆으로 와 조용히 상처를 치료했다. 하지만 치료받기 전부터 딱히 고통은 느껴지지 않았다. 아니, 고통을 느낄 여유가 없었다.

방금 전, 내 세상이 무너질 뻔했었다. 블랑슈를 잃는 줄로만 알았다. 상처 따윈 아무것도 아니었다. 그리고 나뿐만이 그런 게 아니었을 것이다.

치료를 하는 동안 베리테는 아무런 말도 하지 않았다. 표정 역시 범상치 않았다. 베리테의 눈동자가, 그 은색이 이렇게 흉흉했던가. 이토록 날이 서 있는 베리테는 처음 보는 것 같았다.

피가 멎자 베리테는 곧바로 발을 돌려 문으로 향했다. 블랑슈가 당황해서 소리쳤다.

"베리테, 어디 가?"

베리테가 잠시 발을 멈추었다. 그러나 돌아서지는 않았다.

"그놈이 세상에 태어난 걸 후회하게 만들어 주려고."

농담이 아니었다. 농담일 리가 없었다. 블랑슈도 그 사실을 눈치채고 다급히 입을 열었다.

"안 돼. 그러지 마! 내가 가서 심문을……."

블랑슈는 베리테를 따라나서려다 휘청거리며 주저앉았다. 세이블이 다급히 블랑슈를 부축했다.

"블랑슈, 무리하지 말거라."

"아니에요, 아바마마. 그냥 잠깐 다리가……."

"너는 방금 전 죽을 뻔한 사람이야. 무리할 필요 없다."

그의 목소리는 굳어 있었으나 미세하게 떨리고 있었다. 세이블의 우려와 분노가 그 떨림에 묻어나고 있었다.

블랑슈 역시 그걸 느낀 것 같았다. 잠시 망설이다 블랑슈가 입을 열었다.

"하지만 저는 황제고……."

"그리고 너는 내 어린 딸이지. 나와 릴리가 얼마나 걱정인지 알지 않느냐."

억누른 감정이 단어 하나하나에 박혀 있었다.

슬픔, 증오, 분노, 경악, 두려움.

나 역시 그 모든 감정을 느끼고 있었다. 다만 블랑슈가 혼란스럽지 않도록 참고 있을 뿐. 나는 블랑슈의 손을 간절히 잡았다.

"블랑슈, 심문은 다른 사람한테 맡겨 줘요. 아니면 내가 베리테랑 갈게요. 우리 둘 다 마력이 있으니, 오히려 그편이 상대하기 나을 거예요."

블랑슈를 범인과 대면하게 할 수는 없었다. 내 딸은 지금 무조건 안정을 취해야 하는 상태였다. 무리를 한다면 강제로 기절이라도 시킬 생각이었다. 그러나 다행히 블랑슈는 고개를 끄덕였다.

"……네, 그러면 부탁드릴게요."

그렇게 말한 뒤 블랑슈는 자리에서 일어나려 했지만, 여전히 휘청거리고 있었다. 그러자 세이블이 블랑슈를 번쩍 들어 안았다.

"저, 저 걸을 수 있어요!"

"제발 이 아비 부탁 한 번만 들어다오!"

그 간절한 목소리에 결국 블랑슈가 지고 말았다. 블랑슈는 우리에게 미안하다는 눈빛을 남긴 채 홀을 떠나갔다.

블랑슈가 사라지자 분위기는 더욱 무겁게 가라앉았다. 대체 누가 어떤 목적으로 블랑슈를 해하려고 한 것일까. ……무엇이든 간에 용서할 수 없었다.

베리테가 차가운 얼굴로 말했다.

"장모님, 가자. 지하 감옥에 포박되어 있대."

나는 고개를 끄덕인 뒤 베리테와 발을 옮겼다. 계단을 밟고 내려갈 때마다 차가운 발소리가 울려 퍼졌다.

요정은 철창 속에 있었다. 양 손목에는 마력 구속구가 걸린 채로. 마치 죽은 듯이 고개를 늘어트리고 있었다.

입에는 재갈이 물려 있어 신음만이 들려왔다. 그러다 우리가 가까이 다가가자 요정은 퍼뜩 고개를 치켜들었다.

그 두 눈에 증오가 가득했다. 저 뻔뻔한 얼굴이라니! 감히 내 딸을 죽이려 했으면서! 나는 소리 지르고 싶은 것을 간신히 참으며 말했다.

"네게 마력 구속구를 달아 놓았다. 그리고 네가 블랑슈에게 걸어 두었던 저주도 해제했어."

그러자 요정은 순간 맥이 풀린 얼굴이었다. 그런데 어딘가 모르게 낯이 익었다.

누구지? 기억이 나지 않았다. 그 사이, 베리테가 시선을 주자 경비병이 조심스레 재갈을 풀었다.

"넌 누구지? 대체 누가 널 보냈지?"

베리테의 물음에 요정은 답이 없었다. 그러다 잠시 웃는가 싶더니 말을 툭 뱉었다.

"네가 날 보냈잖아?"

그 말과 동시에 베리테의 얼굴이 일그러졌다. 온몸에서 새어 나오는 마력이 베리테의 증오를 대변해 주고 있었다.

"이 자식, 죽여 버리겠어!"

"베리테! 참아. 아직 죽이면 곤란해."

"하지만, 장모님……."

베리테가 억울하다는 듯이 나를 바라보았으나, 이내 고개를 떨구었다. 꽉 쥔 주먹이 부들부들 떨려 왔다.

베리테의 심정은 백번 이해하지만, 일단 이 요정이 누구인지부터 알아내야 했다. 문제라면 이 요정은 사실대로 말할 생각이 없어 보인다는 것이었다. 이대로라면 심문은 무리였다.

이제껏 배워온 저주 마법을 오늘 쓰게 되는가. 머릿속에서 온갖 저주 마법이 스쳐 지나가던 중, 뭔가 이상한 것이 눈에 들어왔다.

대체 뭐지? 귀 끝에 살짝 금이 가 있었다. 요정의 얼굴에 손을 가져다 대자, 요정이 당황하여 몸을 뒤틀었다.

"뭐, 뭐 하는 거야!"

이 반응은 대체 뭐지? 나는 귀 부분을 힘껏 잡아당겨 보았다. 그러자 무언가가 뚝 끊기는 소리가 들렸다.

"……장모님 힘이 셌구나."

내 손에는 귀가 들려 있었다. 길쭉한 요정의 귀가. 나는 분노를 이기지 못하고 요정의 귀를 뜯어 버렸다.

…….

아니, 왜 귀가 내 손에 있지?! 뭔가 귀에 금 같은 게 보여서 당겨 본 건데!

나는 귀를 들고 당황하다, 잘린 단면을 보았다.

"아, 아냐. 이건 가짜 귀야."

귀 끝에는 피 한 방울 묻어 있지 않았다. 베리테가 의아한 얼굴이 되어 요정을, 아니 요정인 척을 하고 있는 인간을 보았다.

나머지 귀도 잡아당기자 쉽게 떨어져 나왔다. 동그란 귀를 보니 영락없는 인간이었다. 나는 황망하게 암살자를 내려다보았다.

요정이라고 생각했을 때는 이상한 점을 느끼지 못했지만 지금은 아니었다. 바로 외모 때문이었다. 눈앞에 있는 남자아이는 아무리 잘 쳐도 10살을 넘기지 않을 것처럼 보였다.

요정들은 원체 늙지를 않으니 어린아이로 보여도 스무 살을 넘긴 경우가 잦았다. 그런데 눈앞에 있는 것은 인간. 인간 어린아이일 뿐이었다.

나를 죽일 듯이 노려보는 남자아이를 향해 더듬더듬 질문을 던졌다.

"넌…… 대체 몇 살인 거니?"

"네가 알 게 뭐야!"

이 어린아이가 어째서 저주를 걸려고 한 것일까?

분노조차 잠시 잊게 만들 정도로 당혹스러웠다. 혹시 다른 변화 마법을 써서 아이인 척하는 것은 아닐까? 자세히 살펴보자 변화 마법이 걸려 있는 것 같았다.

나는 변화 해제 마법을 걸었다. 그러자 아이의 어깨가 움찔 떨렸다.

"……쳇."

그 소리와 함께 아이의 금발이 조금씩 흐려지기 시작했다. 마치 빛을 받아 색이 바라는 것처럼.

금색이 돌던 머리카락은 어느새 표백이 된 것마냥 은발이 되어 있었다. 아이는 제 얼굴을 보이기 싫다는 듯이 고개를 푹 숙였다. 그렇게 하지 않아도 앞머리 때문에 왼쪽 얼굴은 보이지 않았다.

왜 얼굴을 숨기는 거지?

나는 아이를 붙잡고 앞머리를 옆으로 넘겼다. 머리카락 너머에 숨겨져 있던 얼굴을 본 순간, 나도 모르게 숨이 멈추었다.

아이가 이죽대는 소리가 들려왔다.

"왜? 두렵나?"

아이의 왼쪽 얼굴에는 커다란 화상 자국이 있었다. 하지만 내가 놀란 것은 상처 때문만이 아니었다.

상처 사이에서 빛나는 저 눈동자.

그 눈동자. 어디선가 아이를 본 것 같다고 느꼈는데 지금에야 그 답을 알 수 있을 것 같았다.

예전에 받았던 아비게일의 초상화가 떠올랐다. 아이의 눈동자는 아비게일과 마찬가지로 보랏빛을 띠고 있었다. 어린 아비게일과 꼭 닮은 얼굴. 그 아이에게서 흘러나오는 검은색 마력.

마치, 아비게일이 살아 돌아온 것만 같았다.

마법관에 위치한 도서관에서는 나른한 약초 냄새가 풍겨오고 있었다. 수많은 고서에서 나는 책 냄새와 함께.

나는 묵직한 책에 둘러싸인 채 멍하게 천장을 올려다보고 있었다. 여러모로 머리가 복잡했다. 블랑슈의 암살 사건으로부터 약 사흘이 흘렀다. 사실 시간이 어떻게 지나갔는지도 모르겠다.

블랑슈가 죽을 뻔했다는 공포와 분노, 그리고 암살자가 어린아이라는 충격. 그리고 아비게일과 똑같이 생긴 외모가 내 머리를 더욱 어지럽게 만들었다.

"릴리, 들어가도 괜찮습니까?"

그때 세이블의 목소리가 들려와 나는 퍼뜩 정신을 차렸다. 곧바로 일어나 문을 열어주었다.

얼굴을 마주한 순간, 우리는 서로를 구조하는 사람처럼 입을 맞추었다. 실제로도 그것은 일종의 구조였을 것이다.

세이블 역시 며칠 전의 사태로 얼굴이 초췌해져 있었다. 입술의 온기가 우리에게 짧은 위로를 가져다주었다.

"팔의 상처는 괜찮습니까?"

그가 천천히 입을 떼어낸 뒤, 내 팔을 바라보며 말했다. 베리테가 치료해 준 덕에 거의 아물어가고 있었다.

"네, 다 나았어요. 하나도 안 아픈걸요."

"무리하지 마십시오. 그나저나 제가 조사하는 걸 방해한 건 아닌지 모르겠습니다."

"아니에요. 마침 쉬려던 참이었어요. 란타나는 아직도 아무런 말을 하지 않고 있나요?"

"예. 회유하고 협박해도 반응이 없더군요."

란타나. 그것이 암살범의 이름이었다.

이름을 알아내는 데에도 꽤 오랜 시간이 걸렸다. 나이는 8살이라고 들었다.

8살. 아비게일이 죽고 내가 이 몸에 들어온 것도 8년 전의 일이었다. 아무리 봐도 란타나는 남이라고 보기에는 어려웠다. 성별은 다르지만 너무도 똑같은 외모, 그리고 검은색 마력.

그 모습을 보자, 한 가지 가능성을 떠올랐다.

나는 죽은 뒤 아비게일에게 빙의했다. 그렇다면 죽은 아비게일의 영혼은 어떻게 되었을까?

"저, 세이블. 아까 이런 걸 찾았는데요…….."

나는 책상 위에 펼쳐져 있던 책을 끌어왔다.

제목은 『영혼의 순환』. 제목 그대로 환생, 빙의, 전생 등에 대한 내용이 적혀 있었다. 나는 한 구절을 읽어내려갔다.

"「영혼은 소멸하지 않고 순환을 반복한다. 경우에 따라서는 세계를 넘나든다. 이때, 자신과 동조율이 높은 사망자가 있으면 빈 육체에 영혼이 머무르는 예도 있다.」"

"그 말인즉, 릴리와 아비게일의 동조율이 높았다는 의미군요."

나는 고개를 끄덕였다. 겉모습만 보면 완전히 다른 사람이고, 성격도 다르지만 어떻게 보면 당연한 일이라는 생각도 들었다.

언젠가 색채학 수업을 들었던 적이 떠올랐다. 그때, 교수님은 검정(Black)과 하양(Blanc)은 사실 어원이 같다 했지.

세이블리안과 블랑슈의 이름을 떠올리고 간혹 웃곤 했었다. 이름의 뜻은 다르지만 결국 두 사람은 똑같구나 싶어서.

그리고 나와 아비게일도 그런 것이 아닐까. 정반대의 색이 결국에는 같은 뿌리에서 나온 것처럼.

아비게일이 듣는다면 비웃을까. 나는 쓰게 웃으며 천천히 다음 페이지를 읽어 내려갔다.

"「마력은 영혼과 육체, 양쪽 모두에 깃든다. 때문에 마법사의 빈 육체에 다른 영혼이 빙의해도 해당 마력을 사용할 수 있다. 반대로 마법사의 영혼이 환생을 하는 경우. 그 영혼 역시 동일한 마력을 사용하는 것이 가능하다.」"

나는 거기까지 읽고 책을 내려놓았다. 세이블은 살짝 충격받은 표정이 되어 입을 열었다.

"란타나가 아비게일의 환생이라면, 릴리와 마력이 같을지도 모르겠군요."

"네. 맞아요."

내가 원하던 답을 찾았지만, 후련한 것은 한순간이었다. 세이블은 가만히 고개를 주억거릴 뿐, 표정의 변화는 없었다. 오히려 조금 심란해 보였다.

"란타나는 어째서 블랑슈에게 저주를 건 걸까요. 누구의 사주를 받은 건지……."

단독 범행은 아닐 텐데 란타나는 아무런 말도 꺼내지 않았다. 사실 란타나는 지금 일종의 특별 대우를 받는 상황이었다.

란타나는 왕족 시해범. 왕족 시해범에게는 중형이 선도된다. 지금 당장 사형에 처해져도 이상할 것이 없는 사태. 배후를 알아내기 위해 처벌을 미루고 있지만, 사면받을 수는 없을 터였다.

그 사실이 나를 더욱 심란하게 만들었다.

"사실 머리가 많이 복잡해요. 블랑슈를 죽이려 한 란타나가 너무 미워요. 하지만 동시에 마냥 미워할 수가 없어요."

아비게일과 닮은 외모가 아니었더라도 심란하기는 똑같았을 터였다. 나는 작게 한숨을 내쉬었다.

"……블랑슈에게 걸린 저주를 해석할 때 살펴보니, 저주의 대가는 란타나의 수명이었어요."

열쇠를 없애는 대신 란타나는 수명을 바쳤다. 베리테의 방해로 대가는 치러지지 않았지만.

8살 아이가 자신의 수명까지 깎아가며 블랑슈를 저주할 이유가 뭘까? 누군가가 명령을 한 것일 확률이 높았다. 8살 아이를 희생양으로 삼는 쓰레기가 어딘가에 숨어 있는 셈이었다.

"그리고 그 얼굴의 흉터……. 어쩌다 그런 상처를 입은 걸까요."

얼굴의 절반을 뒤덮은 화상 흉터. 그 고통이 어느 정도인지 감당이 되지 않았다. 대체 어쩌다 그런 상처가 생긴 걸까?

신경이 쓰이는 게 상처뿐만은 아니었다. 앙상하게 마른 몸. 란타나의 눈빛. 그것은 아이의 눈이 아니었다.

수십 년의 고통을 겪은 듯, 증오가 풍랑처럼 일어나던 눈동자. 그때 세이블의 중얼거림이 들려왔다.

"……저 때문에 블랑슈가 다쳤군요."

"네?"

이건 또 무슨 이야기지? 세이블은 지금 어딘가를 찔린 사람처럼 고통스러워 보였다.

"아비게일의 환생이라면, 개인적인 복수를 위해 온 것인지도 모릅니다. 그녀는 저를 미워했을 테니……."

"세이블. 그건 아닐 거예요. 그러면 왜 당신이 아닌 블랑슈를 죽이려 했겠어요?"

"그건……."

그는 뭐라 대답하지 못하고 있었다. 내 말이 딱히 그에게 위안을 준 것 같지는 않았지만.

나 역시 마음이 무겁기는 마찬가지였다. 란타나를 용서할 수도 없고, 그렇다고 처벌하기에는 걸리는 부분이 많았다.

차라리 나를 공격했다면 용서하기가 쉬웠을 텐데. 그렇게 한숨을
내쉬는 사이. 작게 노크 소리가 들려왔다.

"어마마마, 블랑슈예요. 들어가도 괜찮을까요?"

"아, 네. 들어와요."

나는 책을 덮었다. 환생이나 전생에 대해서는 세이블과 나만 아는
비밀. 블랑슈에게 할 수 있는 이야기는 아니었다.

안으로 들어온 블랑슈는 평소와 같은 얼굴이었다. 저 태연한 모습
에 마음이 시큰거렸다. 몇 날 며칠 앓아누워야 하는 일이었는데.

"저어, 란타나의 일로 드리고 싶은 말씀이 있어서 왔어요."

"무슨 일이니. 말해 보거라."

세이블은 자세를 바로 하고 블랑슈를 바라보았다. 블랑슈는 망설
이다가, 뭔가를 결심한 듯 우리를 바라보았다.

"저어······. 란타나를 용서해 주실 수는 없을까요?"

"안 돼! 절대 용서 못 해!"

베리테가 버럭 소리를 지르고는 집무실을 빙빙 돌고 있었다. 화가
머리끝까지 나는데 풀 방법이 없어 맴돌기만 하는 중이었다.

그리고 그의 장인, 세이블리안이 착잡한 눈으로 베리테를 보고 있
었다. 베리테는 다시 한번 버럭 화를 냈다.

"나는 란타나 용서 못 해! 잘못했으면 블랑슈가, 블랑슈가······."

죽었을지도 모른다, 그 말조차 입 밖으로 내지 못했다.

그 분노를 알기에 세이블리안은 베리테의 화풀이를 그저 묵묵히

들어주고 있었다. 평소라면 진작 내쫓았을 터였다.

베리테는 그 사실을 아는지 모르는지, 그저 제 감정을 노골적으로 흘려보내고 있었다.

책상 상판을 양손으로 쾅 내리치는 소리가 들렸다.

"장인어른, 장인어른이 블랑슈 좀 설득해 봐!"

"나도 시도는 해 봤다만……. 베리테, 너도 알지 않느냐. 우리는 릴리와 블랑슈를 이길 수 없다는 걸."

담담한 어조에 베리테도 뭐라 반박하지 못했다. 세이블리안이 무언가를 씹어 삼키듯 말했다.

"나 역시 과거에 레이븐을 처벌하고자 했고, 릴리는 용서하고자 했다. 결국 릴리를 이길 수는 없었지."

그렇기에 지금 베리테의 마음이 어떤지 이해할 수 있었다. 자신 역시 란타나를 처벌하고 싶은 마음이 굴뚝 같았으니까.

베리테는 입술을 꾹 물었다. 그리고는 괜히 세이블리안을 한 번 노려본 뒤 거울로 다가갔다.

"장인어른은 도움이 안 돼! 내가 블랑슈를 설득할 거야!"

돌아오는 답은 없었다. 애초에 기대도 하지 않았기에, 베리테는 망설임 없이 블랑슈의 방으로 향했다.

방 안은 적막했다. 펜촉이 종이를 긁는 소리 정도만이 들려오고 있을 뿐.

블랑슈가 무언가를 쓰는 데에 열중하고 있다가 베리테를 발견하고 손을 놓았다.

"베리."

그 목소리와 함께 눈꼬리가 휘자, 베리테도 희미하게 웃었다. 반사적인 반응이었다.

"슈야, 많이 힘들지?"

베리테가 슬그머니 다가가 블랑슈의 어깨를 조물조물 주물렀다. 간지러운지 키득거리는 소리가 들려왔다.

"아니, 베리가 평소에 많이 도와줘서 하나도 안 힘들어."

그런 것 치고는 작은 어깨가 단단히 굳어 있었다. 베리테는 말없이 한동안 안마에만 열중했다.

블랑슈는 가만히 베리테의 손등에 얼굴을 기댔다. 어떤 위안을 얻으려는 듯. 베리테가 슬그머니 입을 열었다.

"……나한테는 다 말해도 괜찮아. 란타나 일 때문에 더 정신없잖아."

란타나의 이름이 조심스럽게 언급되자, 블랑슈는 살짝 뒤를 돌아보았다. 굳은 표정의 베리테가 보였다. 블랑슈는 베리테와 눈을 마주치려 애쓰며 말했다.

"베리, 아직도 화났어? 내가 란타나를 용서한다고 해서."

제 속을 들켜 베리테는 뜨끔한 눈치였다. 차마 아니라고 말할 수는 없어, 한참을 침묵하다 입을 열었다.

"나는……. 그때 정말 무서웠어."

어깨를 주무르던 손이 정적처럼 멈췄다. 뒤를 돌아보면 베리테의 얼굴이 두려움에 표백된 것을 볼 수 있을 터였다.

"세상이 무너지는 줄 알았어. 란타나가, 세상이, 내가 너무도 증오스러웠어."

베리테는 뒤에서 블랑슈를 꼭 껴안았다. 팔이 조금씩 떨려 오고 있었다. 그 떨림을 억누르려는 듯, 블랑슈를 더욱 힘주어 안았다.

"혹여라도 란타나가 다시 널 해할까 봐 두려워. 내가 막지 못할까 봐 두려워. 나는……. 널 잃을까 봐 두려워."

자신은 뛰어난 마법사라 생각하고 있었다. 실제로도 그랬다. 자신보다 강한 마법사는 거의 없을 터였다.

그러나 지금 이 순간. 자신의 능력이 너무도 하찮게 느껴졌다. 블랑슈를 제대로 지키지도 못했는데, 뭐가 잘났다고 자만하고 있었을까.

"난 최선을 다해 널 보호할 거라고, 보좌할 거라고 다짐했어. 그런데도……."

그렇게 후회를 삼키던 중, 입술에 따뜻한 것이 와 닿았다.

블랑슈였다. 짧은 입맞춤에 자책이 잠시 멈추자, 베리테는 조금 진정한 것 같았다.

"베리, 널 힘들게 해서 미안해. 그래도 나는…… 란타나를 용서해 주고 싶어."

"란타나의 배후를 알아내려고?"

그렇다면 배후를 알아낸 뒤 처벌하면 될 일 아닌가?

블랑슈는 그런 베리테의 마음을 안다는 듯 입을 열었다.

"그런 것도 있지만, 사실 란타나의 개인적인 복수여도 용서했을 거야."

"뭐? 어째서?"

"나는 이 나라의 왕이고, 란타나는 내 백성이니까."

블랑슈의 얼굴에는 자비와 결단이 동시에 머물러 있었다. 그러다 조금 경계가 허물어진 얼굴로 쓰게 웃었다.

"란타나가 누군가에게 이용을 당했다면 란타나도 피해자야. 배후를 찾아서 처벌해야지. 그리고 만약 란타나의 자의라면……. 8살 아이가 나를 죽이고 싶어 할 정도의 일을 내가 한 거겠지."

자비는 약자를 위한 것, 결단은 악인을 위한 것이었다. 그러니 란타나를 용서할 수밖에 없었다.

베리테는 그제야 용서의 이유를 알았다. 하지만 도저히 고개를 끄덕일 수 없었다.

"그러니까 란타나를 용서해 주자. 응? 베리."

블랑슈가 베리테의 이름을 간지럽히듯이 불렀다. 그토록 사랑스럽게, 선하게 웃는 얼굴을 보니 어찌할 도리가 없었다.

"미안해. 언제나 널 지지하겠다고 해놓고서 이렇게 반대하는 꼴이라니."

이번에는 베리테 쪽에서 블랑슈에게 입을 맞추었다. 어느새 평소처럼 부드러워진 표정으로.

"노력해 볼게. 란타나를 용서하도록."

"정말이지?"

"음……. 역시 손가락 열 개 정도는 부러트려 놓는 편이……."

"베리!"

블랑슈가 입술을 꾹 깨물었다. 그 모습이 성난 토끼 같았다.

베리테는 농담이라는 듯 키득키득 웃으며 블랑슈에게 뺨을 맞췄다.

"거짓말이야. 슈, 내가 널 어떻게 거역하겠어."

'이상한 일이야.'

란타나는 감옥에 몸을 구기고 앉은 채, 이상한 일이 일어나고 있다고 생각했다.

네르겐에 온 지 일주일. 즉 암살을 시도한 지 약 일주일이 흘렀다. 그는 아직 자신이 살아있다는 사실이 놀라웠다.

평온한 날이 흐르고 있었다. 이곳에 온 지 첫날, 그리고 둘째 날은 나름 긴박한 상황이었지만.

네르겐 측에서는 배후가 누구인지 알아내려 했다. 당연한 수순이었기에 놀라지도 않았다. 낮과 밤. 협박과 회유가 번갈아 가며 찾아왔다. 그러나 란타나는 입을 열지 않았다.

'아무런 말도 하지 않으면 고문이라도 할 줄 알았는데.'

하지만 조금의 위해도 없었다. 그저 이곳에 가둬두고 방치하고 있을 뿐. 란타나는 쪼그려 앉은 채 무릎을 끌어안았다.

'크로넨버그의 왕 말대로인가.'

그들은 란타나를 보내며, 잡히더라도 큰 문제는 없을 것이라고 말했다.

[네르겐은 위선자 집단이다. 주위의 시선을 신경 쓰는 자들이니, 어린 너를 함부로 대하지는 않을 거다.]

위선자.

란타나는 입안에서 그 단어를 발음해 보았다. 위선자라는 그 말이 잘 어울린다고 생각했다.

'다들 날 죽이고 싶어 할 텐데 참는 꼴이라니.'

네르겐의 선왕비만 해도 그랬다. 자신의 얼굴을 보고 시체라도 본 것처럼 놀란 주제에, 아무렇지 않은 척하고 있다.

'재수 없어.'

선왕비를 본 것은 처음이지만, 란타나는 오랫동안 알아 온 것처럼 그녀가 싫었다. 이유는 알 수 없었다. 사실 싫은 것은 선왕비 뿐만이 아니었다. 네르겐의 국왕도, 그 딸도 오래전부터 알아 온 것처럼 낯이 익었으며 미웠다.

'왜 이렇게 익숙한 걸까.'

자신에게 물어봐도 돌아오는 답은 없었다. 자신을 이곳으로 보낸 크로넨버그의 왕이 그들의 험담을 입에 달고 살아서였을까.

[그 나라의 선왕비인 아비게일은 친가족조차 외면하는 악녀다. 이 종족을 끌어들인 배신자고 너와 같은 검은 마력을 가진 마녀이기도 하지.]

선왕비가 싫은 이유는 수두룩했으나, 마력의 색깔도 그중 하나였다. 란타나는 양팔에 고개를 파묻었다.

'그 여자. 검은 마력이 있는데도 행복해 보였어.'

란타나는 태어나자마자 화롯불에 내던져졌다. 검은 마력을 갖고 있기 때문이었다.

차라리 그때 죽었더라면 좋았을지 모른다. 불에 태워져도 이 흉측한 검은 마력은 사라지지 않았고 얼굴에 씻을 수 없는 상흔만을 남겼다. 누군가가 죽어가는 란타나를 주워갔지만, 그 이후의 생활도 평탄치 않았다.

[뭐? 검은 마력이라고? 당장 나가!]

[물에 빠트려 죽여!]

자신에게 다정히 말을 건네고, 따스한 식사와 잠자리를 주던 사람들 역시 검은 마력이 있다는 것을 알면 돌변했다.

그 이후로 검은 마력이 있다는 걸 숨겼지만 상황은 나아지지 않았다. 여관의 다락방에서 엎혀살 때도 자신을 보는 시선은 곱지 않았다.

[란타나랑 같이 있기 싫어요. 얼굴이 무섭단 말이에요.]

[저렇게 끔찍한 흉터를 가진 걸 보면 분명 저 아이도 문제가 있는 걸 거예요.]

처음에는 억울했다. 이런 상처를 갖게 된 것이 자신의 잘못은 아닌데. 란타나는 수차례 버림받았다. 마력 때문에, 그리고 얼굴 때문에.

서서히 웃는 방법을 잊어갔다. 세상이 미웠고 증오스러웠다. 고작 검은 마력이 있다는 이유로 세상은 란타나를 버렸다.

'그런데 어째서 선왕비는 저렇게 행복해 보이지?'

선왕비도 자신과 같은 검은 마력의 소유자, 마녀였다. 배척받아야 마땅한 존재.

자신이 불행한 만큼 선왕비도 불행하길 바랐다. 그것이 공평하게 느껴졌다.

'블랑슈보다 그 여자가 죽었으면 좋겠어.'

마음 같아서는 제 피를 모두 써서라도 선왕비에게 저주를 걸고 싶었다.

'일단 여기서 나가야 해. 무사히 돌아오기만 하면, 크로넨버그의 왕이 포상을 주겠다고 했으니까.'

왕은 암살을 명하며 포상을 약속했다. 마법사를 불러 얼굴의 상처를 치료해 주고, 새로운 신분과 막대한 돈을 주겠다고 했다. 그것만 있다면 새 삶을 살 수 있을 것이다. 그러려면 탈출을 해야만 했다.

'내 투명 물약은 처분했을까. 그것만 있다면 탈출이 쉬워질 텐데.'

크로넨버그 국왕은 도주할 때 사용하라며 투명 마법이 걸린 약을 주었다. 사용하기 직전, 세이블리안이 저지하는 바람에 사용하지는 못했지만.

'일단 구속구부터 풀어야 해.'

구속구를 벽에 내리쳐 보았지만 소리만 요란했다. 그리고 동시에 감옥 문이 열리는 소리가 들려왔다. 란타나는 흠칫 놀라 손을 숨겼다. 간수가 눈치를 채기라도 한 것일까?

잠시 후 발소리와 함께 누군가가 나타났다. 그 모습을 보고 란타나는 이를 악물었다. 증오스러운 얼굴, 증오스러운 여자. 선왕비가 눈앞에 서 있었다.

간수가 쩔쩔매며 말했다.

"선왕비 전하, 조심하십시오. 사나운 것이 마치 들개보다 더합니다."

란타나에게 깨물린 전적이 있는 간수였다. 란타나는 안으로 들어선 릴리를 죽일 듯이 응시하였다.

반면 릴리의 시선은 차분했다. 제 딸을 죽이려 한 원수를 보는 사람 같지 않았다.

"뚱땡이. 왜 왔어?"

"나와. 같이 갈 곳이 있어."

이제 고문을 하려는 참인가. 각오한 일이니 두렵지는 않았다. 산 채로 불에 던져진 적도 있는데 고문쯤이야 가소로웠다.

곧 문이 열렸다. 란타나는 조용히 릴리의 뒤를 따랐다. 고문실이라면 어디에 있을까. 이 지하 감옥보다 더 낮은 곳에 있겠지.

하지만 릴리는 위로 향했다. 흐릿한 햇살이 눈에 닿았다. 오늘은 비가 내리는 모양인지 사방이 어둑했다.

'고문실은 대체 어디에 있는 거지? 지하에 있을 줄 알았는데.'

다른 건물에 있는 건가 싶었지만 밖으로 나가지는 않았다. 릴리가 어떤 방문을 열자 그늘 속에 누군가가 앉아 있는 것이 보였다.

블랑슈였다. 순진해 빠진 얼굴이라 생각했는데, 오늘은 어딘가 모르게 비장해 보였다.

그녀는 자리에서 벌떡 일어나 릴리에게 다가갔다.

"어마마마, 제가 갈 걸 그랬어요. 괜히 감옥까지 가시고……."

"말했죠, 이런 건 하나도 힘들지 않다고. 블랑슈는 좀 쉬어야 해요."

자신을 앞에 두고 저 태연한 대화는 대체 뭐란 말인가. 모녀가 애틋하게 이야기를 나누던 중, 은밀한 속삭임이 들려왔다.

"블랑슈. '그것'은 다 준비되었나요?"

"네. 물론이죠. 철저하게 준비해 두었답니다."

두 사람이 불길한 미소를 흘리며 웃었다. 먹구름 때문에 낮인데도 안은 어두웠다. 그 음산한 분위기에 란타나는 등줄기가 쭈뼛 섰다.

'나한테 무슨 짓을 할 생각이지?'

릴리가 소리 낮춰 웃다가 란타나를 돌아보았다. 그리고는 빙긋 미소 지었다. 보라색 눈동자에는 계략이 가득했다.

"란타나, 앉아."

저도 모르게 홀린 듯이 자리에 앉았다. 이상하게 무릎이 떨렸다. 떨림을 가라앉히려 애쓰느라 괜히 센 척을 했다.

"나한테서 정보를 캐낼 생각인가 본데, 포기하는 게 좋아. 회유하든 고문을 하든 뭘 하든 말하지 않을 테니까."

빈정대는 목소리에도 두 사람은 차분했다. 릴리는 그런 란타나를 가만히 응시하다 입을 열었다.

"배후를 말해 주면 제일 좋지. 하지만 그건 중요한 게 아니야. 중요한 건……."

릴리가 덥석 란타나의 손목을 잡았다. 마치 어둠 속에서 뻗어 나온 손 같았다. 유령의 목소리처럼 릴리의 말이 들려왔다.

"손목이 나뭇가지처럼 말랐네."

"……뭐?"

왜 갑자기 손목 타령을 하는지 이해가 가지 않았다. 그 사이, 블랑슈가 하녀들을 향해 말했다.

"여기 '그것'을 내와 줘."

릴리의 명령에 하녀들이 부지런히 무언가를 나르기 시작했다. 란타나는 무슨 일이 벌어지는지 몰라 더욱 두려웠다.

날카로운 날붙이들이 테이블 위에 놓이기 시작했다. 날이 잘 갈린 나이프, 찌르면 살에 잘 파고들 것 같은 포크, 그리고 스푼……?

곧 접시들이 눈앞을 가득 채웠다. 하얗고 말랑말랑한 빵에 크림 스튜에서는 먹음직스러운 냄새가 풍겨왔다. 두껍게 썬 고기와 각종 과일이 그득히 쌓여 있었고, 디저트로 나온 체리 파이까지 완벽했다.

란타나는 어안이 벙벙했다. 그때, 릴리의 웃음소리가 들려와 황급히 옆을 돌아보았다. 그녀가 자신을 보고 있었다. 블랑슈 역시 말릴 생각이 없는 듯 사악하게 미소 지은 채였다.

뭘 하려는 건지 이해가 가지 않아 란타나가 입만 뻐끔대던 중, 릴리가 냉정한 목소리로 말했다.

"먹어. 내 눈에 띈 이상, 표준 체중은 되어 줘야겠어."

란타나의 예상대로 고문이 기다리고 있었다. 그것은 너무나도 잔인한, 밥 고문이라는 이름의 고문이었다.

"란타나, 얘는 또 어디 갔지?"

하녀들이 란타나의 방을 기웃거리고 있었다. 방 안에는 사람의 흔적이 없었다. 흐트러진 침상이 아니었더라면 애초부터 빈방이라 생각했을 터였다.

"식사 시간 때마다 사라지네."

"그러게요. 선왕비님이 알면 서운해하실 텐데……."

이제 점심 시각이 다 되어 가고 있어 란타나를 데리러 왔지만 당사자는 보이지 않았다.

"근처에 숨어 있겠지? 찾아보자."

이런 일에 익숙해진 하녀들은 포기하는 대신 란타나를 찾아다녔다. 그러나 오늘따라 란타나의 모습이 보이지 않았다.

한참이나 주위를 맴돌던 하녀들이 2층으로 올라가자, 란타나는 조각상 너머에서 빼꼼 고개를 내밀었다.

'갔나?'

식사 시간 때마다 란타나는 원치 않는 술래잡기를 하는 중이었다. 더 이상 하녀들의 목소리가 들리지 않게 된 뒤에야 복도로 나왔다.

'젠장. 그 여자는 밥 못 먹어 죽은 귀신이 붙기라도 했나.'

그런 생각을 하기가 무섭게 배에서 꼬르륵대는 소리가 났다. 란타나는 화풀이를 하듯 제 배를 한 번 퍽 쳤다.

예전에는 며칠 정도는 굶어도 아무렇지 않았는데, 그사이 익숙해진 모양이었다. 란타나는 그러한 변화가 싫었다.

'일단 나가자. 여기 있으면 또 사람이 올 테지.'

란타나는 주위를 살피다가 창문 너머로 훌쩍 뛰어넘었다. 아직 굳지 않은 눈이 사박사박 소리를 내며 밟혔다.

밖으로 나오니 주변이 한결 조용했다. 주위를 휘휘 둘러보던 중 문득 2층이 눈에 들어왔다.

릴리가 보였다. 그녀가 하녀들과 무슨 이야기를 나누고 있었다. 그리고 근심 어린 표정으로 작게 한숨.

자신을 찾는 모양이었다. 란타나는 수풀 너머로 몸을 숨긴 채, 릴리가 떠나가는 모습을 지켜보았다.

'이상한 여자.'

이상한 여자라고밖에는 할 말이 없었다. 자기 딸을 죽이려고 한 원수와 왜 밥을 먹으려 하는가?

사실 식사 시간이 싫지는 않았다. 싫을 리가 없었다. 8년이라는 짧은 삶을 사는 동안, 언제나 바라왔던 순간이었으니까.

따스한 식탁을 얼마나 꿈꿔 왔던가. 그 온기에, 향기에 저도 모르게 눈물이 비어 나올 것만 같았다.

첫날은 이성을 잃고 먹었고, 다음날은 도망쳤다. 저 여자에게 길들여지는 것 같았기 때문이었다. 자존심이 상했고, 여전히 의심스러웠다.

'진짜 나한테 무슨 짓 한 거 아냐? 요즘 들어 악몽도 점점 심해지고.'

오래전부터 란타나는 이상한 꿈을 꾸곤 했다. 은발에 표독스러운 얼굴을 가진 여자가 나오는 꿈이었다.

자신의 또래일 때도 있었고, 스물을 훌쩍 넘긴 모습일 때도 있었다. 공통점이 있다면 그녀는 언제나 질책을 들어왔단 것이었다.

[그만 먹거라, 아비게일. 식탐을 내는 것만큼 추한 모습도 없다.]

[아름답지 못한 여자는 가치가 없어. 제발 자기 관리 좀 하거라.]

[왜 우는 게냐? 다 너를 위해 하는 말이다.]

꿈속의 여자는 늘 고통스러워했다. 자신이 아름답지 않아서 두려워했고, 방심한 사이 추해질까 봐 언제나 신경이 곤두서 있었다.

그런 여자의 마음을, 란타나는 어느 정도 이해할 수 있을 것 같았다. 추한 것은 행복해질 자격이 없다. 자신도 그랬지 않았던가. 이 얼굴 때문에 모두가 자신을 경멸하고 피해 왔다.

'그런데 왜 선왕비는……'

선왕비는 잘 쳐줘 봐야 평범한 미인이었다. 도리어 그녀의 주위에 있는 시녀나 하녀들이 더욱 미인이었다. 그럼에도 언제나 행복해 보였다. 란타나는 그 사실에 화가 났다.

'왜 너는 행복하지? 나는, 꿈속의 여자는 얼굴 때문에 이토록 불행한데.'

그런 판국이니 릴리와 대면하고 먹을 것이 목 너머로 넘어갈 리가 없었다. 한 끼 정도는 굶어도 상관없었다. 나중에 주방에서 음식을 훔치면 되는 일이다. 예전에는 며칠 내내 흙을 씹은 적도 있다.

잠잠해질 때까지 어딘가에 숨어 있어야겠다. 그런 생각을 하며 수풀에서 빠져나오는데, 그 앞에 누군가가 서 있었다.

"어? 란타나 아니에요?"

블랑슈였다. 하필 마주쳐도 이 여자랑 마주치다니. 이 여자도 릴리만큼이나 달갑지 않았다. 오늘은 베리테도 함께였다. 베리테의 서늘한 시선이 란타나에게 닿았다.

"네 놈, 여기서 뭐 하는 거지?"

란타나는 이죽 웃었다. 경계심이 가득한 반응이 오히려 반가웠다. 웃을 때마다 화상 자국이 땡겨 다시 무표정한 얼굴로 돌아왔지만.

"왜? 내가 또 암살이라도 할까 봐?"

도발은 성공적이었다. 베리테가 욱해서 앞으로 나서려 했지만 블랑슈가 저지했다.

"란타나에게 그런 의도는 없을 거야. 베리, 괜찮아."

베리테는 잘 길들여진 사냥개처럼 한 발자국 물러섰다. 블랑슈는 살짝 쓴웃음을 지은 뒤 란타나를 보았다.

"저기, 란타나. 마침 하고 싶은 제안이 있었는데요."

"뭔데?"

"마법관에서 검은색 마력 연구를 진행 중인데, 좀 도와줄 수 있을까요? 봉급은 당연히 지불할 거고요."

그 제안에 란타나는 얼굴을 찌푸렸다. 급료를 지불한다고? 노예로 삼는다면 차라리 이해가 갔을 터였다.

"참 웃기지도 않는군. 내 마력이 무섭지도 않나?"

"검은색 마력은 귀중한 재능인걸요. 왜 무서워해야 하나요?"

왜냐니. 당연히 무서워해야 한다. 검은색 마력은 불길하고 저주받은 능력이니까.

그런데도 블랑슈는 그것을 재능이라 했다. 란타나는 눈을 가늘게 뜨고 블랑슈를 노려보았다.

진심이라기엔 믿기지 않고, 연기치고는 참 훌륭했다. 그러고 보니 크로넨버그의 왕이 그런 이야기를 한 적이 있었다.

[블랑슈, 그 계집이 아비게일을 용서했다지만 그럴 리가 없지. 어린 시절, 아비게일에게 그토록 괴롭힘을 받았는데. 분명 칼을 갈고 있을 거다.]

왕은 그렇게 말했지만 선왕비와 그 의붓딸은 무척이나 애틋해 보였다. 이야기를 듣지 못했다면 친모녀라고 생각할 정도로.

그렇다면 그 다정한 딸의 모습도 연기였을 것이다. 자신을 학대한 부모를 어떻게 용서하겠는가. 란타나 자신도 친부모를 용서하지 못했는데.

"너, 옛날에 선왕비한테 학대당했다면서?"

툭 내뱉은 질문에 블랑슈의 표정이 흔들렸다. 그 동요를 보자 란타나는 희미한 승리감을 느꼈다.

"그런데도 그 여자랑 잘도 지내는군. 참 대단한 연기력이야. 그 정도 연기력이면 내 마력을 보고도 태연한 척할 수 있겠지."

"······연기가 아니에요."

이번에도 연기를 하는군. 란타나는 속으로 비아냥거리며 블랑슈를 보았다.

그런데 연기가 능하면, 눈빛도 바꿀 수가 있던가? 블랑슈의 벽안에 한점의 그늘도 없어 란타나는 잠시 당황했다.

"어마마마가 제게 못되게 구신 적이 있죠. 하지만 용서했어요."

"어떻게 그게 가능하지?"

"이곳에 어마마마의 편이 아무도 없었고, 어마마마께서 사과해 주셨으니까요."

그 말을 듣자 란타나는 짧은 두통을 느꼈다. 또 그 꿈속의 여자가 잠시 환영처럼 스쳐 지나갔다.

이번에는 평소와는 조금 다른 장면이었다. 눈앞에 서 있는 황제와 닮은, 어린 여자애를 향해 고함을 지르는 장면.

그 뒤로 아이에게 물건을 던지고, 옷을 갈기갈기 찢는 장면이 차례대로 스치고 지나갔다.

그 여자애에게 동정심이 들 정도였다. 왜 저렇게 어린아이를 괴롭히는 거지? 저 아이에게 무슨 잘못이 있다고?

"······란타나?"

블랑슈의 말에 란타나는 퍼뜩 정신을 차렸다. 걱정 어린 시선이 그 앞에 있었다. 그 시선에 순간 숨이 막혔다.

어째서? 이유를 알지 못한 채 란타나는 무작정 도망쳤다. 뒤를 따라오는 발소리는 없었다.

한참이나 달음박질을 치던 란타나는 인적이 드문 구석으로 간 뒤에야 멈춰 섰다. 거친 숨을 토해내며 란타나는 중얼거렸다.

"······이상한 여자."

이상한 여자였다. 검은 마력은 훌륭한 재능이라고 하질 않나, 자신을 괴롭힌 계모를 용서하질 않나.

이상한 것은 블랑슈뿐만이 아니었다. 선왕비부터 시작해 온 사람이 이상한 나라였다.

자신은 중범죄자다. 그런데도 대우는 나쁘지 않았다. 오히려 좋았다. 궁 밖으로 나가는 것은 불가능했지만, 궁 안이라면 얼마든지 돌아다닐 수 있었다.

그러고 보니 선왕이라는 작자도 이상했다. 자신을 볼 때마다 이상하게 죄책감을 느끼는 것처럼 보였다. 그 모습이 꼴 보기 싫어 버럭 소리를 지른 적도 있었다.

[왜 그런 눈으로 날 보지? 난 네 딸을 죽이려고 한 사람이다!]

[그래. 맞아. 그래서 네가 증오스럽다. 하지만······.]

그 회한의 빛.

왜 저 남자는 그렇게 고통스러운 표정을 짓고 있을까?

[나도 누군가에게 죄를 지었다. 언젠가 사과를 할 수 있다면 좋겠지만.]

그렇게 말하고 선왕은 떠나갔다. 무슨 말을 하는지는 이해하지 못했다.

'이상한 놈들투성이야, 여긴.'

그렇게 투덜거리며 란타나는 숨을 골랐다. 아까는 경황이 없어 몰랐는데, 어느새 처음 보는 장소에 와 있었다.

한적하고 고요했다. 마치 작은 숲 같았는데 그사이에 온실 화원이 보였다. 안에는 사람도 없고 따뜻해 보였다.

'여기라면 선왕비도 못 찾겠지.'

아이는 슬그머니 화원 안으로 들어섰다. 그 안은 마치 봄처럼 따스했고 좋은 향기가 났다.

향기가 무척 진했다. 오색의 꽃과 향기에 잠시 넋을 잃고 말았다. 이렇게 아름다운 공간을 보는 것은 처음이었다. 쭈뼛거리며 주위를 둘러보던 중, 란타나는 우뚝 멈춰 서고 말았다.

화원 한구석에 잘 가꾸어진 화단이 있었다. 여기에는 흰 꽃 한 종류만이 빼곡하게 자라나 있었다. 다른 꽃들도 관리를 잘 받았지만, 이곳은 특별히 더 신경을 쓴 것 같았다.

취할 듯한 향기 때문에 더욱 얼떨떨했다. 이 아름다운 꽃의 이름은 대체 무엇일까?

란타나가 저도 모르게 꽃을 꺾었다. 꽃대가 반쯤 부러지는 찰나, 차가운 목소리가 들려왔다.

"건드리지 마."

란타나가 움찔하며 뒤를 돌아보았다. 검은 머리카락이 허리까지 내려오는 남자가 자신을 노려보고 있었다.

처음 보는 남자였다. 하지만 누군지 알 수 있었다. 세이블리안과 쌍둥이처럼 닮은 얼굴, 금색 눈동자.

"……당신은 레이븐이군."

레이븐은 무표정한 얼굴로 란타나를 내려다보았다. 꽤나 무관심한 시선이었다.

자신이 누군지 모르는 건가, 그런 생각을 할 때쯤 레이븐이 입을 열었다.

"내가 더 이상 왕족이 아니라지만, 왕족 시해범에게 하대 받을 정도는 아니라고 생각하는데."

무관심이라 생각했던 시선에 일종의 경멸이 섞여 있었다. 란타나는 저도 모르게 움찔하고 말았다.

수년간 길바닥에서 길러온 본능이 경고하고 있었다. 이 자는 위험한 사내라는 걸.

란타나가 저도 모르게 주춤주춤 물러섰다. 불행인지 다행인지, 레이븐은 아이가 없는 것 마냥 그 옆을 스쳐 지나갔다.

그가 발을 멈춘 곳은 화단이었다. 정확히 말하면 란타나가 반쯤 꺾다 만 꽃 앞이었다. 레이븐은 머리카락을 묶고 있던 끈을 풀어 꺾인 꽃대를 고정하였다.

고작해야 꽃인데 그의 손길은 무척이나 진중했다. 마치 중상을 입은 사람을 살피는 듯한 손길. 자신이 비싼 꽃을 꺾은 건가. 란타나는 변명하듯 구시렁거렸다.

"어차피 죽을 거잖아."

"녹색 마력을 지닌 사람에게 회복을 부탁하면 된다."

다행히 자신을 책하는 것 같지는 않았다. 무심한 어조에 마음이 놓이자, 란타나는 조금 떨어진 곳에 앉아 레이븐을 구경했다.

온실은 따뜻했고 좋은 냄새가 났다. 자신을 귀찮게 구는 그 여자보다는 레이븐이 더 편하게 느껴지기도 했다.

레이븐은 묵묵히 화단 가꾸기에 열중하고 있었다. 다행히 자신을 내쫓을 것 같지는 않아, 란타나가 툭 던지듯 물었다.

"그 꽃은 이름이 뭐야?"

"……백합."

백합(Lily)? 선왕비의 애칭도 백합이었다. 레이븐이 선왕비를 한 차례 납치했다가 사면받았다는 이야기가 뒤늦게 떠올랐다.

"아직도 그 여자 좋아하는 거야?"

레이븐이 미간을 구긴 채 란타나를 노려보았다. 란타나는 도리어 웃었다.

"방해하지 말고 썩 꺼져."

"너도 범죄자잖아. 나 좀 숨겨줘."

방금 전까지는 무서웠는데, 레이븐의 약점을 잡았다는 생각을 하니 여유가 좀 생겼다. 긴장이 풀리자 재잘재잘 말이 쏟아져 나왔다.

"그 여자도 참 이상해. 왜 자신을 납치한 사람을 용서해 줬지? 사실 널 좋아하는 거 아냐?"

"꺼지라고 했다."

"너도 이상하지. 왜 좋아해도 그런 여자를 좋아해? 그런 못생긴 여……."

그 순간, 쾅 소리를 내며 란타나의 몸이 붕 떴다.

"세 번이나 경고를 해야 이해하는 건가?"

정신을 차려 보니 레이븐에게 멱살이 잡혀 벽에 밀어 붙여진 채였다. 캑캑거리며 발버둥을 치는데도 레이븐은 미동이 없었다.

"그분은 다정하셔서 네게도 호의를 베푸시지. 하지만……."

날카로운 가윗날이 란타나의 목에 닿았다. 란타나의 온몸에 소름이 돋아났다.

"나는 다정하지 않지. 그분께 미움받는 것도 익숙해. 만약 그분에 대해 함부로 말한다면 각오하는 게 좋을 거다."

"미안, 미안해. 취소할게. 취소!"

뒤늦게 제정신이 들었다. 레이븐의 금빛 눈동자가 마치 칼날 같았다. 그는 잠시 노려보다가 란타나를 놓아주었다. 란타나는 제 목을 더듬더듬 만져보았다.

'이 자식, 완전 미친놈 아냐?'

레이븐은 아무런 일도 없었다는 듯 다시 화단을 돌보고 있었다. 자신의 목에 닿아 있던 가위는 화단을 정리하는 데 쓰고 있었고, 시선은 평화로웠다.

'그래도 차라리 이런 게 낫지. 저 위선자 집단보다는 이렇게 노골적으로 적의를 드러내는 편이 나으니까.'

란타나는 레이븐의 눈치를 보다가 다시 자리에 주저앉았다. 무섭기는 했지만 이곳이 마음에 들었고, 또 레이븐에게 묻고 싶은 것도 있었다.

사각사각, 정원을 손질하는 가위질 소리가 들렸다. 란타나는 레이븐의 화가 가라앉길 기다렸다가 넌지시 물었다.

"저기……."

"……."

"뭐 하나만 물어봐도 돼?"

"답하면 나갈 거냐?"

란타나가 고개를 끄덕이자 레이븐은 한숨을 내쉬며 손을 멈췄다. 그리고 뭐가 궁금하냐는 듯이 응시했다.

"나도, 너도 선왕비에게 용서받았잖아."

"그래서?"

"음⋯⋯. 왜 용서했는지 궁금해."

위선이었을까, 선의였을까. 이 남자라면 답을 알 것 같았다.

레이븐의 금안에 순간 온기가 깃들었다. 방금과는 전혀 다른 눈빛이었다. 어쩐지 세이블리안을 떠올리게 하는 시선이었다.

"⋯⋯선왕비님은 다른 사람의 고통을 이해하려는 사람이다. 우리의 고통도 이해하고, 용서해 주신 거겠지."

고통을 이해한다니. 그 여자도 자신과 같은 고통을 겪어 봤나? 마력의 색깔만으로 죽을 뻔한 적이 있나? 외모 때문에 차별을 받아본 적이 있나?

모르겠다. 겉으로만 봐서 릴리는 그저 행복해 보였다. 그 어떤 고난도 겪지 않았던 사람 같았다. 그리고⋯⋯.

"왜 당신이 아직도 그 여자를 좋아하는지도 궁금해. 그 여자보다 예쁜 사람도 많잖아."

어째서 그토록 많은 사람이 릴리를 좋아하는 것일까? 결국 사람들이 보는 것은 표면일 뿐인데.

은근슬쩍 두 개의 질문을 던졌지만 레이븐은 야박하게 셈하지 않았다. 그가 천천히 입을 열었다.

"나를 구원해 준 건, 선왕비님의 얼굴이 아니라 말이었으니까."

란타나는 그게 무슨 말이냐는 듯 레이븐을 보았다. 선왕과 빼닮은 얼굴이 거기에 있었다.

"나는 내 얼굴이 싫었다. 증오스러웠어. 하지만 선왕비님은 내 얼굴이 아닌 레이븐이라는 사람을 봐주었지."

그의 입가에 희미한 미소마저 떠오른 것 같았다. 레이븐이 천천히 고개를 틀어 란타나를 응시했다.

"너도 느꼈을 거 아냐?"

그 질문에 란타나는 대답하지 못했다. 아까와는 다르게 반박이 잘 나오지 않았다.

그의 말대로였다. 선왕비는 자신을 대할 때, 자신의 상처가 아닌 눈을 바라보고 있었다.

"질문에는 답했다."

나가라는 의미였다. 란타나는 망설이다 화원을 빠져나갔다. 침입자가 떠나간 뒤, 레이븐은 다시 꽃을 돌보기 시작했다.

유리창에 서리가 끼어 있었다. 마치 얼음의 깃털, 얼음의 잎맥이 퍼져 나간 듯한 모양새였다.

날은 점점 추워지고 있었다. 가장 추운 시기를 지나 봄에 가까워져 오고 있는데, 꽃샘추위라도 온 것일까.

다행히 실내는 따뜻했다. 잠투정을 부리던 이베르는 새 옷을 입고 꾸벅꾸벅 졸고 있었다.

"블랑슈, 날이 춥네요. 감기 조심해요."

나는 블랑슈에게 도톰한 케이프를 둘러주며 말했다. 베리테와 같은 디자인으로 만든 것이었다.

케이프 안으로 들어간 긴 흑발을 정리해 넘겨주었다. 블랑슈가 볼을 붉히고는 수줍게 웃었다.

"감사해요, 어마마마!"

"고마워, 장모님. 이번 옷도 멋지네! 그런데 그 옷은 누구 거야?"

베리테가 내 팔에 걸린 숄을 가리키며 말했다. 나는 머쓱하게 웃었다.

"아, 이거⋯⋯. 란타나에게 가져다주려고."

예상했던 대로 베리테의 표정이 굳었다. 란타나를 싫어하니까 어쩔 수 없는 일이지만. 나는 괜히 변명하듯이 말했다.

"그런데 못 줄 것 같아. 요즘 안 보이더라고."

그건 사실이었다. 란타나는 방에 거의 없었다. 잠도 다른 곳에서 자는 것처럼 보였다.

어디로 간 걸까. 실내에 있다면 다행인데, 밖으로 나갔을까 걱정이 되었지만 베리테 앞에서 티를 낼 수는 없었다.

베리테는 입을 삐죽대다가 고개를 휙 틀었다.

"⋯⋯아까 보니까 정원에 있었어."

"어? 뭐가?"

"란타나 말이야. 찾는 거 아니었어?"

나는 눈만 깜빡이다가 웃고 말았다. 목소리는 퉁명스러웠지만 결국 란타나를 챙겨 주는구나. 내가 웃자 베리테가 성질을 냈다.

"블랑슈가 용서해 주라고 했으니까 노력하는 것뿐이야!"

그 말에 블랑슈가 쿡쿡 웃더니 베리테의 뺨에 입을 맞추었다. 베리테의 귀가 살짝 움직였다.

"고마워, 베리."

"……슈가 원하는 일이면 난 뭐든지 할 수 있어."

어휴, 어휴. 오늘도 깨가 쏟아지는 커플이네. 둘이서 오붓하게 있도록 난 나가 봐야겠다. 란타나를 찾으러 가야 하기도 하고.

나는 과자를 조금 챙긴 뒤 방을 나섰다. 출구 쪽으로 걸어가는데 저 멀리서 세이블이 다가오는 게 보였다.

"세이블, 세이블!"

"아, 릴리. 어디 가시는 길입니까."

"란타나를 찾으러 가는 중이에요. 옷이랑 먹을 것도 좀 주려고요."

"아직도 란타나는 식사를 거부하는 모양이군요."

"네. 예전에는 식당에서 식재료를 훔쳐 먹고 있다고 들었는데, 요즘은 그것도 손을 안 대나 봐요."

란타나가 훔쳐 가기 좋게 입구 근처에 파이 같은 걸 놔달라고 요리사들에게 명령해 둔 참이었다.

예전에는 두는 족족 사라진다고 했는데, 요즘은 손도 대지 않는다고 요리사들이 울상이었지. 왜 란타나는 식사를 거부하는 걸까? 독이 들었다고 오해라도 한 것일까?

세이블이 나를 가만히 보다 입을 열었다.

"릴리는 블랑슈 때도 그렇고, 아이가 굶는 걸 못 보나 보군요."

"당연하죠!"

애들은 잘 먹고 잘 커야 한다!

내가 의상실에 숨어 사는 동안, 굶고 지내는 아이들을 너무도 많이 봐왔다. 아이들을 볼 때마다 블랑슈가 떠올라, 박봉을 털어서 어떻게든 맛있는 것을 잔뜩 먹였다.

아이들이 행복한 얼굴로 식사를 할 때마다 나도 웃을 수 있었다.

그 모습을 보며 나 역시 위로받았고. 아이들은 잘 먹고 잘 노는 게 최고지. 그리고 란타나도 마찬가지다.

"그나저나 세이블, 어디 가던 길이었어요?"

"릴리를 찾고 있었습니다. 마법관에서 연락이 와서."

그렇게 말하며 세이블은 조심스레 서신 하나를 꺼냈다.

아, 마력 검사 결과인가보다. 마법관에는 나와 란타나의 마력이라는 걸 알려 주지 않은 채 검사를 부탁했다.

우리는 사람의 눈을 피해 방으로 들어갔다. 심호흡을 하고 서신을 펼쳐 읽었다.

「두 종류의 마력이 일치하는 것을 확인. 동일 인물의 마력.」

역시 예상대로였다. 세이블이 서신의 내용을 함께 보더니 표정이 굳었다.

"……그렇다면 란타나가 아비게일의 환생이군요. 역시 복수를 하러 온 것이 아닐까 싶습니다만."

"아니, 아니. 그건 아닌 것 같아요!"

나는 다급히 세이블의 말을 막았다. 이 사람, 블랑슈가 죽을 뻔한 게 여전히 자신의 탓이라 생각하고 있다.

"생일 연회 때, 란타나가 품에서 병을 하나 꺼냈었죠?"

"예. 기억납니다."

"그때, 란타나가 쓰려고 했던 마법약. 베리테가 내용물을 확인해 봤는데……."

어쩐지 입이 바싹 말랐다. 나는 굳은 혀를 움직여 간신히 말을 뱉을 수 있었다.

"……사용자를 태워 버리는 약이었어요."

"예?"

세이블 역시 놀란 눈이 되었다. 산채로 사람을 불태우는 약. 란타나는 그걸 자기한테 뿌리려고 했었다.

나는 작게 한숨을 내쉬고 말을 이어 갔다.

"굳이 수명을 깎아서 저주를 건 뒤에 자살하는 건 뭔가 이상해요. 그냥 자기 목숨을 대가로 저주를 거는 편이 더 나았겠죠."

그렇다면 왜 란타나는 굳이 그런 번거로운 방법을 썼을까? 세이블이 굳은 얼굴로 입을 열었다.

"……보통 입막음을 위해 암살자에게 자살을 명령하곤 하죠."

나 역시 그 결론밖에 내지 못했다. 누군가가 란타나에게 암살을 사주하고, 자살을 하게 유도했다. 아마 란타나는 몰랐을 가능이 컸겠지.

나는 들고 있는 숄을 꼭 끌어안았다. 누가 대체 블랑슈를, 그리고 란타나를 죽이려 한 것일까?

"일단 란타나와 이야기를 나눠야 할 것 같아요. 그리고 옷이랑 먹을 것도……."

"같이 갈까요?"

"괜찮아요. 여럿이 가면 더 무서워하는 것 같으니."

세이블은 고개를 끄덕였다. 그리고는 내 옷매무새를 정돈해 주며 말했다.

"릴리도 몸 챙기십시오. 아이들 옷 만들어 주는 것도 좋지만, 릴리 겨울옷도 챙겨야죠."

"작년에 만든 옷이 있어서……."

"자꾸 그러시면 제가 릴리의 드레스룸을 하나 더 만들어, 가득 채워버릴 겁니다."

그가 웃으며 진심을 말했다.

아, 안 돼! 나는 황급히 고개를 끄덕였다.

"알겠어요. 저도 겨울옷 새로 만들게요."

그렇게 약속을 한 뒤에야 세이블은 나를 보내 주었다. 어휴, 잘못하면 또다시 세이블이 과소비를 할 뻔했네.

나는 정원으로 나와 주위를 둘러보았다. 하지만 란타나는 보이지 않았다. 마른 몸만큼이나 옷차림도 얇은 애인데…….

그렇게 두리번두리번 란타나를 찾아다니던 중. 뒤에서 볼멘소리가 들렸다.

"뚱땡이. 뭐하냐?"

돌아보자 거기에는 란타나가 서 있었다. 한쪽 눈으로 나를 쏘아보면서.

"널 찾고 있었어. 이리와 봐."

뭐, 오라고 해도 도망가겠지만. 그러나 의외로 란타나는 순순히 내게 다가왔다.

아니, 웬일이지? 나는 어안이 벙벙했지만 일단 숄을 둘러주었다. 내 손에 스치는 뺨이 차가웠다.

"……넌 왜 그렇게 행복해?"

역시 얌전하면 란타나가 아니지. 란타나는 뜬금없이 힐난을 던졌다. 나는 그런 란타나를 바라보다가 질문으로 답했다.

"왜 행복하면 안 돼?"

"넌 검은 마력을 지녔으니까."

"그게 이유야?"

"그리고 넌…… 아름답지 않으니까."

상처가 될 만한 말이었지만, 나는 아무렇지도 않았다. 왠지 그 말은 내가 아닌, 란타나 자신에게 하는 말 같았다.

자신은 검은 마력이 있으니까, 자신은 아름답지 않으니까 행복해져서는 안 된다고.

그리고 내가 빙의하기 전의 아비게일도 스스로에게 그런 저주를 걸어왔을 것이다.

안타까웠다. 전생도, 현생도 아비게일이 자신의 외모로 괴로워하고 있다는 게.

"마력의 색깔도, 외모도 비난의 이유는 될 수 없어."

"……역시 넌 위선자야. 너는 몰라. 태어나자마자 불구덩이에 던져지지 않아서 몰라."

뭐? 불구덩이에 던져졌다고?

경악해서 말을 잊은 사이, 란타나가 이를 악물고 중얼거렸다. 나를 노려보는 보라색 눈동자가 나와 너무도 닮아 있었다.

"겉으로는 그럴싸한 말을 하지만, 너 역시 내 상처가 흉측하다고 생각하잖아. 내가 징그럽다고 생각하잖아."

란타나의 손이 부들부들 떨리고 있었다. 나는 숨을 멈춘 채 그 모습을 보고 있었다.

나는 란타나의 상처가 사고라고 생각했다. 사고라 할지라도 너무도 비극적인 일이었다. 그런데 사고가 아니라 누군가의 고의였다니. 나는 더듬거리며 말을 꺼냈다.

"누가……. 누가 널 불구덩이에 던졌어?"

"내 친부모가."

친부모라는 단어가 마치 상스러운 욕처럼 들렸다. 나는 그저 얼어붙어 있었다.

어린 란타나에게서는 이상하게 찬바람이 새어 나오는 것 같았다. 그리고 타오르는 듯한 열기와 함께.

그것은 란타나가 실제로 살아오며 겪은 온도였을 것이다. 나는 한참이 지난 후에야 간신히 입을 열었다.

"……나는 란타나가 끔찍하지 않아."

힘겹게 나온 목소리는 형편없이 갈라져 있었다. 나는 조심스레 란타나에게 손을 뻗었다. 란타나는 움찔하면서도 물러서지는 않았다. 얼굴을 가리고 있는 숄을 조심히 내리자 붉은 흉터가 드러났다.

"징그럽지? 내가 봐도 징그러워."

"아니. 나는 란타나가 징그럽지 않아. 너에게 이런 상처를 낸 인간이 징그러울 뿐이야."

왜 상처 입은 사람을 두려워해야 하는가. 왜 피 흘린 자에게 손가락질을 하는가. 징그러운 것은 오로지 가해자일 뿐이다.

나는 입술을 꾹 깨물고 말했다.

"란타나, 난 네가 조금도 징그럽지 않아."

내 것과 똑같은 보라색 눈동자가 흔들렸다. 나는 그 눈동자를 응시하다 입을 열었다.

"란타나가 원한다면 그 얼굴의 상처를 없애줄 수 있어."

그 말에 란타나의 눈이 휘둥그레졌다. 이제까지 본 것 중, 가장 어린아이다운 표정이었다.

"정말…… 정말로?"

식사마저 거부하던 아이가 이토록 간절한 눈으로 나를 보고 있었다.

나는 고개를 끄덕인 뒤 한쪽 손을 들어 올렸다. 손끝에서 보라색 마력이 흘러나오기 시작했다.

변화의 마법이 란타나의 얼굴에 와 닿았다. 그러자 붉은 흉터가 조금씩 옅어지기 시작했다.

"자. 다 끝났어."

잠시 후, 왼쪽 얼굴에서 상처는 사라졌다. 손거울을 건네주자, 란타나는 황급히 거울을 낚아채 제 얼굴을 들여다보았다.

마치 난생처음 자신의 얼굴을 보는 사람 같았다. 거울 속의 자신이 믿기지 않는듯한 표정.

란타나는 더듬더듬 제 얼굴을 만져보았다.

"치료가 아니라 겉모습만 변화시킨 거라⋯⋯. 통증은 그대로 남아 있을 거야. 제대로 된 치료는 천천히 받자."

일종의 눈가림이지만 이걸로 란타나가 위안을 받는다면⋯⋯.

다행히 란타나는 자신의 얼굴이 마음에 드는 듯했다. 하지만 이내 투덜대듯 말했다.

"어차피 내가 너에게 협조하지 않으면 원래대로 되돌려 놓을 거지?"

"뭐? 그런 짓을 할 리가 없잖아. 평생 가는 건 아니니까, 주기적으로 다시 마법을 걸어야 하긴 하지만."

"그럴 줄 알았지."

말투는 여전히 삐딱했지만 목소리 톤은 한층 누그러져 있었다. 란타나가 나를 힐끗 보았다가 고개를 돌리고 중얼거렸다.

"⋯⋯넌 이런 마법을 갖고 있는데도 왜 모습을 바꾸지 않아?"

"응?"

"어떤 모습으로든 변화할 수 있잖아. 예전에는 아름다운 모습이라고 들었어. 그런데 왜 지금 이 모습으로 살아?"

여러 차례 들어온 질문이기에 대답이 어렵지는 않았다. 란타나가 이해할지는 모르겠지만.

"음······. 그냥 이 모습이 편해서? 난 이 모습에 불만 없어."

역시나 란타나는 이해가 안 된다는 표정이었다.

"사람들이 널 우습게 여겨도?"

"뭐, 가끔 겉모습만 보고 뭐라 하는 사람들이 있었지. 게으르다, 노력을 안 한다, 욕을 먹기 싫으면 살을 빼면 되는 거 아니냐······."

나는 어깨를 한 번 으쓱했다.

"그렇지만 내가 잘못한 것도 없는데 겉모습만 보고 욕하는 사람이 나쁜 거잖아."

지금은 이토록 쉽게 말을 하지만, 이 말을 하기까지 너무도 오랜 시간이 걸렸다.

전생의 나는 내 외모로 인해 수많은 비난을 받아왔다. 왜 살을 안 빼냐고, 네가 살을 빼면 욕먹을 일도 없지 않느냐고.

나도 그 당시에는 그게 내 잘못인 줄 알았다. 내가 욕을 먹는 건 당연한 거라고 생각했다. 그래서 과로하는 와중에도 다이어트를 병행하다 죽었다.

"네가, 그리고 내가 뭘 잘못했지? 상대의 모습이 어떻든 그게 비난의 구실이 될 수는 없는 거잖아."

전생의 나는 그 사실을 받아들이지 못했다. 죽은 뒤, 여러 사람을 만나게 된 뒤에야 나는 진심으로 웃을 수 있게 되었다.

란타나는 고개를 숙인 채 내 이야기를 듣고 있었다. 꽤 오랜 시간이 지난 뒤에야 얼굴을 들었다.

아이는 웃고 있었다. 어이가 없다는 듯이. 웃기지도 않는다는 듯이.

"……이상해, 진짜. 너도 이상하고 황제도 이상하고 이 나라 인간 들은 전부 이상해."

그래, 역시 이해하기 어렵겠지.

그러던 중, 나는 무언가가 내 옷자락을 잡아당기는 것을 느꼈다.

란타나가 내 소맷자락을 꼭 쥐고 있었다. 마치 구조를 요청하듯, 간절하게.

"나도…… 이 이상한 나라에서 살아도 돼?"

란타나의 말대로 이곳은 이상할지 모른다. 하지만 별종 취급을 받 아온 우리에게는 오히려 이 이상한 나라가 어울릴 것이다. 아비게일 의 전생을 바꿀 수는 없지만, 란타나가 앞으로 살아갈 세계는 바꿀 수 있을지 모른다.

나는 란타나의 머리카락을 쓸어 넘겼다. 그 보라색 눈동자를 응시 하며 나는 웃었다.

"물론이지. 같이 살아가자, 란타나."

"란타나가 결국 실패한 것 같더군요."

오늘도 탑 안에는 우중충한 기운이 감돌고 있었다. 날씨 탓은 아 니었다. 케인은 의자에 등을 깊이 붙인 채 이를 갈고 있었다. 이미 한 차례 분풀이를 한 듯, 나머지 의자 하나는 박살이 나 있었다.

의자를 하나만 박살 낸 것은 아버지 때문이었다. 나머지 의자마저 부러트린다면 둘 중 하나는 서 있어야 할 테니.

"저주를 거는 데에도 실패했고, 마법 약도 쓰지 않았다더구나. 인간이라는 사실도 들통이 났고."

왕은 덤덤하려 애썼으나 불안해 보이기는 마찬가지였다. 케인이 힐끗 고개를 들었다.

"우리에 대한 걸 이야기하지는 않겠죠? 젠장. 곧바로 자살하는 마법이라도 걸어놔야 했는데."

흉흉한 이야기를 하면서도 표정에는 거리낌이 없었다. 케인이 손톱을 깨물었다.

그와 그의 아버지는 절실하게 란타나의 죽음을 바라고 있었다. 계획은 실패했으니, 입을 다물게 하는 수밖에 없다.

말을 하지 않아도 서로가 무슨 생각을 하고 있는지는 불 보듯 뻔했다. 그때, 보좌관이 안으로 들어섰다.

"전하, 란타나가 도착했습니다."

그 말에 케인과 왕의 눈이 크게 뜨였다. 방금 전까지 란타나의 죽음을 기도하고 있었는데, 생환이라니. 나쁘지는 않았다. 어느 쪽이든 비밀만 지켜지면 되니까.

왕은 들여보내라는 듯 고개를 까딱였다.

잠시 후, 란타나가 모습을 드러냈다. 네르겐으로 떠날 때와 마찬가지로 마르고 허름한 모습이었다. 아니, 오히려 더욱 초췌해 보였다. 그 모습에 왕은 한 차례 혀를 찼다.

"어떻게 잘 탈출했나 보군."

구사일생하여 돌아온 란타나였건만 왕의 목소리에 다정함은 없었다. 도리어 호된 질책이 돌아왔다.

"블랑슈에게 저주를 거는 게 실패했다 들었다."

"……네."

"그런데 뻔뻔하게도 돌아오다니. 키워 준 은혜를 모르는구나."

방금 전까지는 란타나가 사실을 고할까 두려워하더니, 이제는 살아온 것을 아쉬워하고 있었다.

투명 물약이라 속이고 준 발화 물약을 쓰고 죽어 버리지. 그랬다면 요정과 네르겐의 사이가 순조롭게 틀어졌을 텐데.

란타나는 고개를 숙인 채 그들을 노려보았다. 새하얀 머리카락 사이로 화상 흉터와 살벌한 눈동자가 보였다.

"어쨌거나 저는 블랑슈 황제에게 저주를 걸었어요. 약속을 지켜주세요. 이 상처를 지워줘요."

쓰고 있던 후드를 벗자 화상 흉터가 적나라하게 드러났다. 크로넨버그의 왕은 못 볼 것이라도 본 듯 시선을 틀었다.

"약속? 임무를 수행하지 못했는데 뻔뻔하구나."

"하지만……."

"아버지, 애가 불쌍하잖아요. 최소한 솔직하게 말해 줘야죠."

케인이 사람 좋은 미소를 지었다. 그가 나긋하게 말했다.

"그 흉터를 치료할 방법이 없다고."

"……뭐?"

란타나의 얼굴이 하얗게 굳었다. 케인은 실실 웃고 있었다. 분풀이 상대를 찾은 것이 퍽 기쁜 모양이었다.

"그런 중상을 치료할 수 있는 마법사는 우리에게 없어. 그래도 공로는 인정해 주지. 이봐, 란타나에게 보수를 줘라."

그 말에 보좌관은 품에서 작은 주머니를 하나 꺼내 던졌다. 초라

하게 짤랑이는 소리가 들렸다.

모든 것이 거짓이었다. 상처를 치료해 주겠다는 말, 새 신분과 막대한 돈을 주겠다는 말.

그 모든 거짓을 마주한 채, 란타나는 침묵했다. 케인은 란타나가 울며 날뛸 거라 생각했다. 하지만 란타나는 울지 않았다. 그저 두 눈에 분노만이 타오르고 있을 뿐.

"……그랬나. 역시 란타나를 속였군."

그 말투에 왕과 케인은 위화감을 느꼈다. 마치 다른 사람이 그 몸에 깃든 듯한 말투.

뭔가가 잘못되었다는 것을 깨달은 순간, 보라색 마력이 란타나를 감쌌다. 자그마한 아이의 모습은 점점 사라져가고, 그들 앞에 나타난 흑발의 여인이 나타났다. 변하지 않은 것은, 증오를 담은 보라색 눈동자뿐이었다.

"너, 넌 대체 누구지……? 마법사인가?"

케인과 국왕은 그녀를 보고 기겁하여 물었다. 릴리가 귀찮다는 듯이 뒷머리를 매만졌다.

"아. 당신들은 이 모습이 익숙지 않겠네."

한 번 혀를 찬 뒤, 그녀는 다시 변화 마법을 걸었다.

이제는 그들도 아는 얼굴이었다. 거기에는 케인의 누이, 왕의 딸인 아비게일이 나타나 있었다.

"아, 아비게일……?"

"너, 란타나로 변해서 우릴 속인 거였나!"

그들은 버럭 소리를 지르며 분노를 표했다. 자신들의 처지가 어떤지도 모른 채.

아비게일의 모습을 한 릴리는 증오스러운 눈으로 그들을 보고 있었다. 피가 끓어 오르는 것만 같았다.

"어떻게 그 어린아이를……. 그것도 당신의 자식을 닮은 아이를 죽이려 했지?"

란타나는 네르겐에 망명을 부탁하며, 모든 것을 사실대로 고백하였다. 그러나 암살의 대가로 돌아올 보상이 모두 거짓이라는 것을 란타나는 알지 못했다.

릴리는 이해할 수 없었다. 자신은 굶고 고통받는 모든 아이에게서 블랑슈를 보았다. 그런데 이들은 아비게일과 똑같이 생긴 아이를 보고도 사지로 몰아넣었다. 이미 아비게일을 한 번 죽였고, 그리고 그것으로 모자라 란타나마저 죽이려 했다.

분노로 온몸이 떨려 오고, 검은색과 보라색의 마력이 칼바람처럼 일렁였다. 그제야 왕과 케인은 뭔가가 잘못되어감을 깨달았다. 황급히 표정을 바꾼 뒤 비굴한 자세로 다가갔다.

"아, 아비게일. 용서해다오. 우리는 널 위해……!"

"날 위해서라고?"

"그, 그래! 블랑슈가 죽으면 이베르가 왕이 될 거 아니냐. 네 친자식이 왕위에 오르게 하기 위해……. 윽!"

검은 마력이 왕의 목을 졸랐다. 그녀는 울고 싶었다. 아비게일을 위해, 란타나를 위해 울고 싶었다.

"경, 경비병! 당장 이 여자를……!"

케인이 소리를 지르기가 무섭게 경비병들이 들이닥쳤다. 그러나 크로넨버그의 군대는 아니었다. 네르겐 황실 문장이 새겨진 갑옷을 입은 병사들. 릴리의 호위병이었다.

그 사실에 케인은 황망한 얼굴이 되어 주저앉았다. 점점 사위가 어둑해지기 시작했다.

"당신들은 반역자고, 살인자야. 두 번의 용서는 없어."

검은색 마력이 사방을 가득 채우고 두 사람의 눈을 가렸다. 어둠 속에서 아비게일의 목소리가 들려왔다. 마치 지옥에서 올라온 듯한 목소리가 탑 곳곳으로 퍼져 나갔다.

"너희는 평생을 혹한의 추위와 지옥의 염화를 겪을 것이다. 비아냥과 굶주림 사이에서 모든 낮과 밤을 맞이할 것이며, 거울을 볼 때마다 너희가 생각하는 가장 추한 얼굴을 맞이할 것이다."

저주의 말이 끝남과 동시에 두 사람은 살을 엘 듯한 추위를 느꼈다. 그리고 화롯불에 던져진 것처럼, 고통스러운 열기가 뼈마디를 태우는 듯했다.

귓가에는 사람들의 비아냥과 욕설이 가득했고, 내장을 긁어내리는 듯한 허기를 느꼈다. 그 모든 것은 아비게일이, 그리고 란타나가 겪어 왔던 것이었다.

그들이 비명을 질러댔다. 그 끔찍한 소리를 들으면서도 그녀는 저주를 멈추지 않았다.

"이 저주를 푸는 방법은……."

열쇠? 열쇠가 있단 말인가?

케인과 왕이 헐떡거리며 자신의 가족을 올려다보았다. 자신들이 죽이려 했던 그 얼굴을 보며, 고통 사이에서 희망을 보고 있었다.

그런 둘을 바라보며 그녀가 칼을 내리치듯 말했다.

"란타나와 내가 너희를 용서하는 것이다. 또한 란타나가 조금이라도 불행해지거나, 고통스러워진다면 저주는 더욱 강화된다."

그들은 뜻밖의 말에 당황했다. 저주가 강화된다니? 지금도 괴로운데 이보다 더한 고통이 찾아온단 말인가? 게다가 그 저주가 있는 한, 그들은 란타나에게 해를 끼칠 수 없었다. 란타나가 불행해지면 자신들도 불행해질 테니까.

"또한 나는 당신들을 평생 용서할 생각이 없어."

아비게일의 목소리에는 소름 끼치는 분노가 서려 있었다. 아비게일을 두 번이나 죽도록 만든 자들이다. 그들을 용서할 마음은 조금도 없었다. 결국, 이 저주에는 열쇠가 없는 셈이었다.

"아비게일, 대체 무슨……! 이건 모두 널 위해서 한 일인데!"

"란타나는 너랑 아무 상관도 없는 놈이다! 고작 빌어먹을 고아 한 명 때문에 우리에게 이런 짓을 하는……. 으윽!"

아비게일의 검은 마력이 그들을 뒤덮자, 그들은 고통스러운 신음을 흘리며 꼬꾸라졌다. 아비게일은 망설이지 않고 쓰러진 두 사람을 뒤로 했다. 마지막까지 동정심은 들지 않았다.

"란타나에게 속죄하고, 그 아이가 행복해지길 바라라고."

"아비게일……!"

고통 속에서 그들은 제 딸의, 누이의 이름을 부르짖었다. 하지만 이미 문은 닫혀 있었다.

어제는 오랜만에 꿈을 꾸었다. 아비게일의 꿈이었다.

마지막으로 꿈속에서 그녀를 본 것이 언제였는지 잘 기억이 나지 않았다. 내가 이곳에 막 빙의했을 때는 자주 꿨지만, 시간이 흐르며

빈도수가 점점 줄어갔다.

꿈속의 아비게일은 드레스룸에 서 있었다. 그녀는 옷장에 증오하는 무언가라도 있는 듯, 그 안을 노려보고 있었다.

옷장 안에는 옷들이 있었다. 아름답고, 화려한 옷들. 모두가 선망할 법한 옷을 보면서도 그녀의 표정은 어두웠다.

그 모습을 보며, 나는 뜻밖에도 내 옛날을 떠올리고 있었다. 검은색으로 가득 찬 옷장을 바라보던 나. 옷의 무덤을 바라보던 그때의 나.

아, 아비게일에게도 저곳은 화려한 무덤이었구나. 그런 생각이 들었다.

"……타나 그 자식. 여러모로 마음에 안 든다니까."

잠시 창밖을 바라보며 어젯밤 꿈을 더듬다, 베리테의 불퉁한 목소리에 고개를 들었다. 햇살이 응접실을 적시고 테이블에는 우리 가족들이 앉아 있었다.

아이쿠, 식사가 끝나고 차를 마시던 중이었는데 나도 모르게 딴생각을 하고 말았네. 나는 황급히 화제에 귀를 기울였다. 베리테는 투덜거리며 말을 이어 갔다.

"그 자식. 무려 내가 치료를 해 주겠다는데 귀찮다고 안 오고 있단 말이야."

란타나의 화상 치료는 베리테가 전담하고 있었다. 아무래도 오래된 상처라 꾸준한 치료가 필요한 상황이었다.

그런데 그 치료를 베리테가 자처해서 맡을 줄은 또 몰랐는데 말이지. 말로는 툴툴대도 다정한 아이라니까.

세이블은 조용히 차를 마시다 말했다.

"네가 편해져서 그러는 것일지도 모르지."

"아냐, 날 무시하는 거라고."

베리테가 입을 삐죽 내밀자, 옆에 앉아 있던 블랑슈가 놀란 토끼 눈이 되어 말했다.

"어? 나도 그렇게 생각하는데. 란타나가 베리를 편하게 생각하니까 투정 부리는 것 같다고."

"그래? 듣고 보니 블랑슈 말이 맞는 것 같아."

정말이지 블랑슈 한정 팔랑귀라니까.

세이블은 흐뭇한 눈으로 베리테를 바라보았다.

그나저나 치료를 안 받는다니. 나한테는 종종 찾아와서 마법을 다시 걸어 달라고 하긴 했는데. 그쪽이 더 편해서일까? 나야 란타나의 속을 알 수 없지만.

이베르는 우리의 이야기를 들으며 열심히 슈크림을 먹고 있었다. 블랑슈가 입에 묻은 크림을 닦아 주며 말했다.

"그나저나 란타나가 이곳에 잘 정착한 것 같아 다행이에요. 벌써 한 달이 됐네요."

그래. 어느새 한 달.

내가 분노하여 크로넨버그를 방문한 것도 한 달 전이었다.

이야기를 들어보니 케인과 국왕은 여전히 고통 속에서 지낸다고 들었다. 그쯤 되면 네르겐에 찾아와 블랑슈와 란타나에게 무릎을 꿇고 사죄라도 할 줄 알았는데 말이지.

뭐, 어차피 찾아와도 만나게 해 주진 않을 거지만. 고작 한 달로는 부족했다.

"그나저나 레이븐이 란타나를 맡다니, 좀 놀랐어."

베리테가 밀크티를 마시며 말했다. 분명 달콤한 음료일 텐데, 쓴 무언가를 마신 듯 얼굴을 찌푸린 채였다. 세이블 마찬가지였다.

"그래. 다른 사람도 아니고 레이븐이 란타나를 양자로 들일 줄은 예상치 못했다."

두 사람의 말대로 현재 란타나는 레이븐과 함께 거주하고 있었다.

란타나가 네르겐에서 살게 되면서 몇 가지 문제가 있었는데, 그중 하나가 보호자였다. 거처는 궁에 마련해 주면 되지만, 보호자가 없는 것은 조금 곤란했다. 8살 아이를 홀로 지내게 할 수는 없었다.

그래서 란타나를 입양할 사람을 찾고 있었는데, 뜻밖에 레이븐이 입양을 하겠다고 먼저 제안을 했다.

레이븐에게 란타나와 가까운 사이였는지 묻자, 그가 산뜻하게 웃으며 답했던 기억이 났다.

[딱히 란타나와 막역한 사이는 아닙니다. 그저 란타나를 아직 믿지 못해, 가까이에서 감시하려고 하는 것뿐이죠. 물론 보호자의 역할도 성실히 할 테지만.]

이런 사람에게 란타나를 맡겨도 되나 싶었는데, 란타나 역시 레이븐을 양부로 받아들였다.

[다른 녀석들은 착한 척해서 기분 나빠. 범죄자는 범죄자끼리 어울리는 편이 낫지.]

그 이야기를 듣고 나니, 차라리 이 둘이 같이 있는 편이 낫겠다는 생각이 들었다. 실제로도 잘 지내는 것 같았고.

"살짝 못 미더운 감도 있었는데, 의외로 레이븐이 란타나를 잘 키우고 있는 것 같더라고요. 마법도 가르치고 있고."

"그래도 그 둘을 붙여놔도 괜찮을까……."

베리테는 내 말을 듣고도 여전히 의심스러운 얼굴이었다. 그럴 만도 하지. 그때 블랑슈가 밝은 얼굴로 답했다.

"사실 저는 두 사람이 가족이 되어서 기뻐요. 레이븐 백부님은 저희랑 교류가 거의 없잖아요. 결혼도 안 하시고……."

레이븐이 그 이후 홀로 살고 있었다. 연인은 물론 친구도 만들지 않는 것 같았다. 우리와도 접촉하지 않으려 했다. 그것이 나와 세이블에 대한 예의라면서.

그런 반응이 이해가 가긴 하지만, 레이븐이 홀로 마법관에 틀어박혀 지낸다는 소식을 들으면 걱정이 되기도 했다.

하지만 요즘은 어딜 가나 란타나와 함께인 듯했다. 두 사람의 사이가 애틋하거나 다정하다고는 말할 수 없었지만.

그때 가볍게 노크 소리가 들려왔다. 안으로 들어온 사람은 밀러드였다.

"담소를 나누시는 와중 죄송합니다. 레이븐 마법사와 란타나가 알현을 요청합니다."

"아, 네. 들라 하세요."

응? 두 사람이 웬일이지?

블랑슈의 허락이 떨어지자 곧 두 사람이 안으로 들어섰다.

"실례하도록 하겠습니다."

레이븐은 우리와 전혀 연관이 없는 사람인 것처럼 정중히 고개를 조아렸다.

세이블의 얼굴에 순간 경계심이 스쳐 가는 것이 보였다. 블랑슈도 그 사실을 눈치채고 빠르게 입을 열었다.

"오랜만에 뵈어요, 백부님. 무슨 일로 오셨나요?"

"다름이 아니라 란타나가 두 분께 드릴 말씀이 있다고 해서……."

레이븐은 뒤에 서 있는 란타나를 힐끗 보았다. 그 시선이 제법 엄한 아버지 같았다.

란타나가 망설이다 앞으로 나왔다. 그리고는 우리의 눈치를 보다가 에라, 모르겠다 하는 얼굴로 고개를 푹 숙였다.

"정말…… 죄송합니다. 폐하께 저주를 걸어서."

뭐야? 란타나가 지금 사과를 한 거야? 게다가 공대까지? 쟤가 갑자기 왜 이러지?

뜻밖의 사과에 블랑슈도 얼떨떨한 눈치였다. 하지만 이내 표정이 바뀌었다. 감격한 것 같기도 하고, 기뻐하는 것 같기도 한 표정.

블랑슈가 그 모든 감정을 담은 채 미소 지었다.

"난 이미 다 용서했어요. 걱정하지 마요, 란타나."

"감사합니다, 폐하."

"란타나를 용서해 주셔서 감사합니다, 폐하."

레이븐도 함께 감사의 말을 남겼다. 그런데 아직 할 말이 남은 눈치였다. 란타나가 쭈뼛거리다가 나를 돌아보았다.

"그리고 릴리…… 전하. 뚱땡이라 해서 죄송해요."

"……릴리를 뚱땡이라 불렀다고?"

그 말에 세이블의 살기가 한 단계 더 증가했다. 레이븐 역시 눈빛이 맹수처럼 빛났다.

"란타나, 그런 말을 했다고는 듣지 못했는데?"

"그, 그게……."

이러다간 가까스로 만들어진 훈훈한 분위기에 금이 가겠어! 나는 빠르게 사태를 수습했다.

"난 괜찮아요. 사과를 받아들일게, 란타나!"

간신히 두 사람의 살기가 누그러졌다. 란타나는 고맙다는 듯 내게 고개를 꾸벅 숙인 뒤, 제 숄을 만지작거리며 말했다.

"그리고 숄 선물해 줘서 고마워요. 마음에 들어요."

아, 그러고 보니 란타나는 내가 준 숄을 두르고 있었다. 사실 오늘뿐만이 아니라 종종 마주칠 때마다 늘 두르고 있었던 것이 생각났다. 입을 게 없어서 그런 줄 알았는데 마음에 들었던 거구나.

란타나의 말, 그리고 표정에 문득 어젯밤 꿈이 떠올랐다.

옷장 앞에 서 있던 아비게일은 무척 초췌한 얼굴이었다. 그 어떤 옷을 눈앞에 두어도 기쁨이 없는 얼굴.

"사실…… 선물이라는 거 처음 받아봤어요. 고마워요."

란타나는 작게 웃었다. 꿈속의 얼굴과는 달리.

어색한 미소였지만 내 눈에는 무척이나 빛나는 것처럼 보였다.

"그리고 반성하고 있어요. 여러분이 시키는 거라면 뭐든 할게요."

그 말에 블랑슈는 미묘한 표정이 되었다. 평소라면 곧바로 괜찮다고 할 아이인데?

"음……. 생각할 시간이 필요해요. 잠시 물러나 주겠어요?"

그 말에 레이븐은 곧장 란타나를 데리고 밖으로 나갔다. 대체 뭘 시키려는 거지? 그때 블랑슈가 우리를 향해 고개를 돌렸다.

"저기, 제안 드릴 게 있는데요……."

그렇게 말한 뒤 블랑슈가 작게 속삭였다. 세이블과 베리테는 그 이야기를 듣고 잠시 침묵하더니 고개를 끄덕였다.

"릴리가 괜찮다면 나도 좋다."

"나도. 나도 장모님이랑 슈가 괜찮다면 좋아."

그리고 나 역시 블랑슈의 의견에 동의했다. 곧 블랑슈가 다시 두 사람을 불러왔다. 란타나는 무슨 일인지 잘 모르겠다는 표정이었다. 블랑슈가 엄숙한 표정으로 말했다.

"란타나, 시키는 거라면 뭐든 하겠다고 했죠?"

"······네."

"그러면 여기 앉아요."

방금 전, 하인들이 테이블에 의자를 가져다 놓아 빈자리가 있었다. 의자는 두 개였다. 레이븐이 조금 의아한 듯이 의자를 보고 있자, 블랑슈가 입을 열었다.

"그리고 백부님도요."

"저 말입니까?"

"네. 백부님도 같이 차 마셔요."

블랑슈는 환하게 웃으며 두 사람을 초대했다. 란타나는 의자에 앉았지만 레이븐은 여전히 제자리에 서 있었다.

"······제가 감히 어떻게 이곳에 앉겠습니까. 저는 제 죄를 압니다."

목소리는 단호했다. 레이븐이 앉을 기색이 없자, 세이블이 그를 노려보고는 입을 열었다.

"나는 당신을 용서하지 못했습니다. 하지만 릴리가 용서했기에 당신을 이 자리에 앉게 한 겁니다. 선왕비의 명령을 거역할 셈입니까?"

모난 말임에도 불구하고 레이븐의 얼굴에 불쾌함은 없었다. 그의 얼굴에 드문 당혹이 지나쳐갈 뿐.

여전히 앉지 못하고 망설이고 있자, 이베르가 레이븐의 옷자락을 잡아당겼다.

"레이븐 백부님, 란타나. 이베르가 이거 줄게요!"

그렇게 말하며 이베르는 두 사람의 접시에 슈크림을 턱 내려놓았다. 이베르는 해사하게 웃고, 다른 이들도 그가 앉기를 가만히 기다리고 있었다.

레이븐의 입술이 살짝 벌어졌다가, 닫혔다. 떨리는 것처럼 보였다. 그는 울 듯이 웃었다.

"……감사합니다. 정말…… 감사합니다."

그의 목소리에 형언할 수 없는 벅참이 담겨 있었다. 레이븐이 가까스로 자리에 앉자, 더 이상 빈 의자는 없었다.

와, 뭔가 신기한 기분이다. 처음에는 혼자 식사를 했는데, 그 뒤에는 블랑슈와 둘이 앉게 되었고 그다음에는 세이블이, 베리테가…….
외로웠던 식탁에 수많은 사람이 찾아오게 되었다. 다들 침묵을 유지하고 있자, 베리테가 란타나를 향해 버럭 소리를 질렀다.

"그나저나 란타나, 너 자꾸 치료 안 받을래? 오래전 상처라서 꾸준히 치료해야 한단 말이야!"

"……어차피 선왕비님이 마법으로 바꿔 줄 수 있잖아요."

"그러면 계속 장모님한테 부탁하려고?"

그 말에 란타나가 움찔하더니 나를 돌아보았다. 그리고는 아비게일과 닮은 얼굴로 주눅이 들어 물었다.

"……부탁하면 안 되나요?"

"괜찮아. 매일 와도 돼."

"정말? 정말이죠?"

순간, 란타나의 눈동자에 빛이 든 것 같았다. 그동안 늘 그늘이 드리워져 있던 눈동자였는데.

란타나는 들뜬 얼굴로 말했다.

"그럼 맨날 올게요!"

그렇게 말하며 란타나는 웃었다. 환하게 웃는 그 모습이 평범한 아이, 평범한 사람 같았다.

란타나는 그제야 긴장이 풀린 듯 차를 마시기 시작했다. 그 모습이 이상하게도 어색하거나 낯설지 않았다.

오래전부터, 나는 아비게일과 이렇게 한자리에 앉아 이야기를 나누고 싶었던 게 아닐까.

나는 그녀와 친구가 되고 싶었다. 모습은 많이 달랐지만, 그녀도 나도 같은 이유로 죽었으니까. 우리는 영혼의 쌍둥이였는지도 모른다.

우리는 그렇게 먼 길을 돌아왔다. 나는 죽은 뒤에야 행복해졌다. 그러니 아비게일도, 너도 지금 생을 행복하게 살아가면 좋겠다. 내 옷장이 행복한 기억으로 가득 찬 것처럼, 너 역시 그런 기억을 갖게 되면 좋겠다.

매일 나를 만나러 오렴.

매일 같이 이야기를 나누고, 매일 새로운 기억을 쌓아가자.

란타나, 너의 기억이 언제나 행복한 색으로 가득할 수 있기를.

힐드의 고민

안녕하세요? 저는 힐드라고 해요!

해저 왕국 아틀란시아에서 살고 있는 인어공주입니다!

저희 엄마가 바로 그 인어 왕, 루사르카 일 나디아거든요. 저는 인어공주인데, 다른 인어공주들과는 다르게 좀 특별한 점이 있어요. 그건 바로 제가 인어와 인간의 혼혈이라는 거예요!

다른 엄마의 이름은 카린 스토크. 종족은 인간이고 직업은 외교관이에요. 저는 잘 몰랐는데 이종족끼리 결혼을 하는 경우가 무척 드물다고 하더라고요. 옆 나라의 왕인 블랑슈 님도 요정이랑 결혼했길래 흔한 건 줄 알았는데 아니더라고요.

뭐, 이게 중요한 건 아니고.

그것보다 중요한 일이 있어요! 저에게는 고민이 하나 있어요. 그건 바로 엄마들 때문입니다. 우리 엄마들은 서로 사귀는 사이인데 꽤 자주 싸우는 편이에요. 그렇지만 보통 나디아 엄마가 바로 사과를 해서 금방 화해한답니다. 그런데 이번에는 싸움이 꽤 길어지고 있지 뭐예요.

"제가 말했죠. 당장 그만두라고."

나디아 엄마의 방에서 날카로운 호통 소리가 들려왔습니다. 저는 문밖에서 빼꼼히 그 모습을 들여다보고 있었어요.

카린 엄마는 잔뜩 화가 나서 나디아 엄마를 노려보는 중이었습니다. 평소에도 외교 문제 때문에 종종 다투곤 했는데, 오늘은 사안이 심각해 보였어요.

나디아 엄마가 진지한 얼굴로 말했습니다.

"카린, 나도 웬만하면 물러서고 싶어. 하지만 이건 절대로 양보할 수 없는 사안이야."

"양보할 수 없는 사안이라고요?"

카린 엄마가 들고 있던 서류를 테이블에 내려치듯 내려놓았습니다. 그나마 종이라서 다행이지, 석판이었으면 책상이 부서졌을 것만 같은 위압감이었습니다.

요정 왕국에서 물속에서도 쓸 수 있는 종이를 만들기 전까지는 석판이나 가죽을 썼다고 그래요.

카린 엄마가 눈을 부릅뜨고 말했습니다.

"제 동상을 만들어 온 바다에 세운다는 게 대체 무슨 계획이죠?"

"대체 어디가 문제지?"

나디아 엄마는 무척이나 진중한 얼굴로 말했습니다.

"카린, 너라는 존재를 널리 알리는 것만큼 시급한 업무가 또 있나? 너는 이 세계가 내려 준 기적과 다름없는데."

"제정신이에요?!"

"매우 제정신이야."

카린 엄마가 얼굴이 새빨갛게 달아올라 씩씩거리는 중이었습니다. 와중에 나디아 엄마는 카린 엄마의 손을 꼭 잡고 애원하듯 말했습니다.

"카린, 난 너의 멋짐과 귀여움, 사랑스러움을 모두에게 알리고 싶어. 나만이 이 사실을 알고 지내는 건 전 인류적인 손해라고."

"아악! 그만둬요! 날 수치스럽게 해서 죽일 생각인가요?"

카린 엄마는 나디아 엄마의 손을 뿌리치고는 더 이상 듣기조차 싫다는 듯 귀를 틀어막았습니다.

나디아 엄마가 울상이 되어도 카린 엄마는 여전히 가자미눈이 되어 있었습니다.

"게다가 저는 일개 외교관이라고요. 그런데 동상이라고요? 아직 저는 그런 위업을 달성하지 못했어요!"

"외교관도 동상 세울 수 있지! 그리고 나중에는 왕비도 될 거고……. 아! 외교관인 게 문제면 지금 당장 결혼하자. 왕비 동상은 괜찮지?"

"바보! 전하는 바보예요!"

카린 엄마가 씩씩대며 나디아 엄마를 투닥투닥 양주먹으로 때렸습니다. 싸우는…… 걸까요? 싸우는 것 같기도 하고 안 싸우는 것 같기도 하고, 저는 어리둥절 했습니다.

그렇게 엄마들을 몰래 훔쳐보고 있던 중, 뒤에서 물결이 움직이는 것이 느껴졌습니다.

"힐드, 뭐하냐?"

"앗, 군힐드 이모!"

뒤에서 다가온 사람은 군힐드 이모였습니다! 군힐드 이모는 무척 다정하고 강한 사람이라 좋아해요.

군힐드 이모가 저를 번쩍 들어 올렸습니다. 그리고는 유쾌하게 웃으며 말했습니다.

"그래서 뭐 하고 있었냐, 꼬맹이? ……응? 나디아랑 카린이잖아?"

이모는 안을 슬쩍 들여다보았습니다. 아직까지 엄마들은 동상을 세우느니 마느니로 싸우고 있었어요. 그 소리를 들은 이모는 무슨 일인지 알겠다는 듯이 푹 한숨을 내쉬셨죠.

"또 저러는군. 정말이지 볼 때마다 믿기지 않아. 옛날에는 둘이 연적이었으면서……."

"연적이 뭐예요?"

"같은 사람을 사랑해서 서로 적이 되었다는 뜻이야."

적이 된다? 카린 엄마는 별로 세지 않은데 어떻게 싸운 걸까요? 카린 엄마는 인간이라 몸도 약하고 마법도 못 쓰는데 말이에요.

군힐드 이모는 심드렁하게 말했습니다.

"어차피 곧 또 화해하겠지. 아, 네르겐에서 간식 왔는데 같이 가자."

이모가 저를 안고 근처에 있는 이모의 개인실로 데려갔습니다. 이모의 개인실에는 온갖 무기가 있어서 마치 무기고 같았어요.

여러 무기가 놓인 가운데 작은 주머니가 보였습니다. 이모가 그것을 집어 들어 제게 주었습니다.

"이거 먹어, 힐드. 블랑슈가 보내줬다."

"앗, 감사해요!"

작은 주머니 안에는 건포도라는 것이 들어 있었어요. 달콤해서 제가 좋아하는 간식 중 하나입니다.

저는 간식을 받아서 기쁘지만 좀 아쉬운 마음도 있었어요.

"저 다음에 언제 또 네르겐 가요? 이베르랑 같이 나눠 먹고 싶은 데……."

"참나, 이틀 전에 보고 왔잖아."

"그래도 또 이베르랑 놀고 싶은걸요!"

이베르는 무척 상냥하고 귀여운 남자애예요. 같이 놀면 무척 즐거워서 같은 궁에서 살지 않는 게 아쉬워요.

"그러면 너도 나중에 이베르 여기로 데려오던가."

"그래도 돼요?"

"나중에 더 큰 다음에."

좋아요. 나중에 크면 이베르를 여기로 데려와서 살아야겠어요!

군힐드 이모는 힘내라는 듯이 제 머리를 몇 번인가 툭툭 쓰다듬었습니다.

"자, 그럼 이모는 훈련해야 해서 이만 가 볼게. 간식 부족하면 말하고."

"응, 알겠어요!"

저는 주머니를 받아 이모의 방을 빠져나왔습니다. 이베르랑 같이 나눠 먹지 못하는 건 아쉽지만, 어쩔 수 없지요. 대신 궁 안에서 애완용으로 기르는 아기 해마에게 건포도를 나눠 주었습니다.

그나저나 엄마들끼리 싸움은 끝났으려나요?

아기 해마와 함께 다시 나디아 엄마의 방 근처로 다가가는데, 카린 엄마가 씩씩대며 나오는 것이 보였어요. 이런, 아무래도 화해하지 못한 것 같아요.

슬쩍 들여다보니 나디아 엄마가 시무룩한 얼굴로 왕좌에 앉아 있는 것이 보였습니다. 저는 엄마를 위로해 줄 겸, 궁금한 것을 물어볼

겸 슬그머니 안으로 들어갔어요.

"어마마마? 괜찮아요?"

"아, 힐드구나. 이리 오렴."

나디아 엄마는 빙긋이 웃으며 저를 향해 양팔을 벌렸습니다. 제가 다가가자, 엄마는 저를 자신의 무릎 위에 올려놓았어요.

"어마마마, 이거 드세요. 건포도!"

"오, 블랑슈가 보내 준 거구나. 고마워, 잘 먹을게."

저는 건포도를 건네며 나디아 엄마를 살펴보았습니다.

어마마마가 군힐드 이모를 이겼다고 했던 것이 생각났어요. 이모보다 체구는 훨씬 작고 말랐는데 말이죠. 카린 엄마도 약해 보이지만 사실 강할지 모릅니다.

저는 나디아 엄마에게 물었습니다.

"어마마마, 어마마마랑 카린 엄마가 싸우면 누가 이겨요?"

"당연히 카린이 이기지."

이럴 수가! 역시 체구와 승부는 상관이 없었던 것입니다.

나중에 카린 엄마에게 찾아가 대련을 신청할까 고민하고 있는데, 나디아 엄마가 물었습니다.

"그런데 그건 왜 물어보는 거지?"

"군힐드 이모가 예전에 엄마들끼리 연적이었다고 해서요……!"

"아, 언니도 맨날 쓸데없는 소리를 한다니까!"

나디아 엄마가 퉁명스럽게 말했습니다. 뭔가 좀 부끄러워하는 것 같았어요. 저는 궁금한 것이 남아 있어 엄마에게 또 물어보았습니다.

"저기요, 엄마들끼리 좋아했던 사람이 누구예요?"

"으음……."

나디아 엄마는 말할지 말지 고민하는 얼굴이 되었다가, 결국 어쩔 수 없다는 듯이 말했습니다.

"안 알려 주면 군힐드 이모한테 물어볼 거지?"

"네!"

"어휴, 그럴 줄 알았다. 릴리 알지? 우리는 릴리를 좋아했어."

릴리! 이베르네 엄마입니다. 인간 제국의 선왕비기도 하고요.

몇 번 봤는데 무척 다정하고 아름다운 사람이었어요. 그러다 저는 의아해져서 고개를 갸웃했습니다.

"그런데 어떻게 엄마들끼리 사귀게 됐어요?"

싸우다가 승부가 안 나서 서로 결혼한 것일까요?

나디아 엄마가 쑥스럽다는 듯이 뺨을 매만지며 말했습니다.

"그게…… 음. 내가 고백했어."

"어떻게요? 어쩌다가요?"

"그건……."

나디아 엄마는 어디서부터 설명해야 하나, 고민하는 듯한 표정이 되었습니다.

잠시 아무 말도 하지 않던 어마마마가 입을 열었습니다.

"사실 우리는 서로 사이가 안 좋았거든. 옛날에 인간과 인어의 사이가 나빴다는 거 배웠지?"

저는 고개를 끄덕였습니다. 역사 시간에 배웠어요. 옛날에는 인간들이 인어를 마구 납치했다고 해요. 그리고는 눈물을 흘리게 해서 진주를 착취하기까지 했대요.

그것 때문이 아니더라도 그냥 종족이 다르다는 이유만으로도 싫어하는 경우가 많았다고 해요. 잘 이해는 안 가지만요.

"카린도 인어를 무작정 싫어했고, 나도 카린이 이해가 안 가는 점이 많았어. 그래서 처음에는 사이가 안 좋았지."

카린 엄마가 그랬다니, 믿기지 않았어요. 지금은 그 누구보다 열심히 인간과 인어의 교류를 위해 일하시거든요.

"그러다 어느 날, 내가 너무 슬퍼서 울었던 날이 있었거든. 진주가 많이 흘러내렸는데 난 그걸 카린에게 주려고 했어. 왜냐면 인간은 진주를 좋아하니까."

그렇게 말한 뒤, 나디아 엄마는 추억에 잠긴 채 희미하게 미소 지었습니다.

"그런데 거절하더라. 자신은 슬픔의 증거를 탐낼 정도로 천박하지 않다면서."

뭔가 어려운 말이라 이해는 잘할 수 없었지만, 좋은 뜻 같았습니다. 나디아 엄마는 천천히 말을 이어 갔습니다.

"그날부터 뭔가 좀…… 다르게 보였어. 겁도 많으면서 아버지의 뜻을 거역하고, 다른 사람이 자신을 배신자라 욕해도 오히려 뻔뻔하게 나오고. 그러면서 뒤에서는 울고 있더라."

나디아 엄마가 제 머리를 쓰다듬으며 말을 이어가셨습니다.

"그걸 보니까 마음이 너무 안 좋았어. 카린이 울지 않았으면 좋겠다고, 자유로워졌으면 좋겠다고 생각했고."

응, 응. 저는 이해할 수 있었어요. 왜냐면 저도 카린 엄마가 울면 너무 속상할 것 같거든요.

"그러다 외교관이 되어서 나랑 같이 바다에 오게 되었는데……. 인어들은 인간을 싫어해서 당연히 카린도 싫어했어. 괴롭히고 무시하기 일쑤였지. 그런 상황이니 네르겐으로 돌아갈 법도 한데, 카린은 용감하게 맞서 싸웠어.”

맞아요. 카린 엄마가 외교 업무를 할 때 봤는데, 엄마는 정말 멋있었어요. 마치 장군 같았죠.

카린 엄마가 강하다는 말을 이제야 이해할 수 있을 것 같았어요. 엄마는 다른 인어들에 비하면 아주 작고 약하지만 동시에 강한 사람이었던 거예요.

“맞아요. 카린 엄마 멋있어요!”

“그치? 나도 그랬어. 그렇게 이곳에 와서 카린이랑 같이 지내다가, 어느 날 깨달았지.”

“뭘요?”

나디아 엄마가 부드럽게 미소 지으며 말했습니다.

“이 사람과 평생을 하고 싶다. 이 사람이 울지 않았으면 좋겠다. 내가 이 사람을 사랑하는구나, 하고.”

우와, 뭔지는 모르겠지만 지금 나디아 엄마의 얼굴이 엄청 예뻐 보였어요!

나디아 엄마는 제 눈을 들여다보며 웃었습니다.

“그래서 그 이후로 고백했어. 물론 계속 차였지만. 그렇게 한 100번쯤 고백하니까 사귀어주더라.”

“100번…….”

누군가랑 사귀려면 100번 정도는 고백해야 하는가 봅니다. 저도 좋아하는 사람이 생기면 빨리 고백해야겠어요.

나디아 엄마는 그렇게 말한 뒤 양손을 펼치며 유쾌한 어조로 말했습니다.

“그렇게 해서 엄마들끼리 사귀게 되었고, 힐드가 태어났답니다!”

"와아!"

저는 양팔을 크게 벌려 만세했어요. 너무 기뻤기 때문입니다. 제가 좋아하는 두 사람이 결혼해서 제가 태어났다니!

나디아 엄마가 저를 번쩍 들어 올렸습니다. 저는 그런 엄마를 보며 말했습니다.

"그런데 왜 이렇게 자주 싸워요? 오늘도 싸우던데……."

"……봤니?"

"응. 카린 엄마가 동상 때문에 화났던데……."

나디아 엄마가 푹 한숨을 내쉬었습니다. 저는 슬그머니 엄마의 품에서 빠져나와 말했습니다.

"일단 화해하는 게 좋지 않을까요? 저는 엄마끼리 싸우는 거 싫어요."

"응, 응. 그래야지."

나디아 엄마는 왕좌에서 조용히 일어났습니다. 붉은 망토가 물결을 따라 춤을 추는 것이 보였습니다. 어마마마가 저를 돌아보며 빙긋 웃었어요.

"그러면 카린에게 사과하고 올게. 화해하고 올 테니 셋이서 같이 식사나 하자꾸나."

"네!"

와, 다행입니다! 역시 사이좋은 게 제일 좋은 거죠!

그렇지만 화해를 하러 갔다가 또 싸우진 않을까 싶어, 저는 나디아 엄마의 뒤를 몰래 따라갔습니다.

어마마마가 카린 엄마의 집무실로 들어서는 것이 보였습니다. 저는 문 근처에 바짝 붙어 두 사람이 하는 이야기를 엿들었어요.

"……할게. 미안해. 네가 싫어하는 일을 하면 안 되는 거였는데."

"그래요! 싫었다구요!"

카린 엄마가 아직도 답답하다는 듯이 말했습니다. 씩씩대는 언성이 이어졌어요.

"물론! 저도 전하 동상을 만들어서 여기저기 세워 자랑하고 싶지만 생각에서 끝낸단 말이에요!"

"어? 진짜? 그러면 우리 둘이 있는 동상 세울까?"

"진심이에요?"

"아니, 농담. 농담이야!"

나디아 엄마가 다급히 변명하였습니다.

내심 진짜로 동상 두 개를 세우고 싶었던 것 같았는데요…….

저는 소리가 좀 더 잘 들리게 문에 바짝 다가갔습니다. 옆에 있는 아기 해마가 좀 당황한 것처럼 보였어요.

"그렇지만 우리 둘의 동상을 만드는 건 좋은 거 같아. 지난번에 네르겐에 갔는데, 가족 그림 그려진 거 보기 좋았거든. 우리는 작게 가족 동상 만들어서 방에 두면 좋겠다."

"그건 나쁘지 않네요. 힐드도 좋아할 테고."

"그렇지? 음, 그런데 말이야……."

나디아 엄마의 목소리가 조금씩 작아지기 시작했습니다. 저는 귀를 쫑긋 세우고 두 사람의 이야기에 귀 기울였어요.

"릴리네 가족 그림에는 여러 명이 그려져 있잖아? 셋도 좋긴 한데, 여럿이 있는 게 더 좋아 보이고……."

"그래서 무슨 말을 하고 싶으신 거예요, 전하?"

"크흠. 아니, 뭐. 블랑슈도 동생 생겨서 좋아하잖아? 우리도 힐드 동생 하나 만들어 주면 어떨까 싶어서……."

"네에?"

카린 엄마의 당황한 목소리가 들려왔습니다. 그렇지만 싫어하는 것 같지는 않았어요.

"뭐, 뭐어…… 나쁘지는 않죠. 동생 있어도 괜찮을 것 같고……."

"진짜? 진짜지?"

"꺄악! 전하, 잠깐만요……!"

카린 엄마의 짧은 비명 소리가 들린 뒤, 갑자기 주위가 조용해졌어요. 대체 무슨 일이 일어나는 걸까요?

너무 궁금해서 가까이 다가가려는데, 어느새 아기 해마가 그 앞을 가로막았어요.

"응? 왜?"

아기 해마가 제 옷자락을 물고 슬슬 잡아당기고 있었어요. 배가 고픈 걸까요? 엄마들이 뭘 하고 있을지 궁금하긴 했지만, 아기 해마가 어쩐지 급해 보여서 저는 자리를 떠났습니다. 뭔지는 잘 모르겠지만 엄마끼리 화해한 것 같아 다행이에요!

내일 또 싸울지도 모르지만, 또 화해하겠죠? 그나저나 저한테 동생을 만들어 주겠다고 하셨는데……. 동생은 어떻게 만드는 걸까요? 지금 만들고 계신 건가?

또 다른 고민이 생기고 말았어요. 이 고민은 대체 누구에게 물어보면 좋을까요? 저는 오늘도 고민에 빠져 있답니다. 빨리 답을 알고 싶네요!

+

한여름 밤의 영원

매미 우는 소리가 창 너머에서 희미하게 들려오고 있었다.

여름이었다. 아직 초여름이라 무더운 느낌은 없이, 그저 밝은 햇빛과 기분 좋은 바람만이 궁전 곳곳을 맴도는 중이었다.

피크닉을 가기에 좋은 날씨였다. 마지막 서류 검토를 끝내고 자리에서 일어나던 그때, 가볍게 노크 소리가 들려왔다.

"아비게일 전하, 블랑슈 황제 폐하께서 오셨습니다."

"아, 들어오세요."

내 대답에 시종이 문을 열어주었다. 문이 열리자 순간 빛이 쏟아지는 줄만 알았다. 빛, 아니 블랑슈였다. 어차피 둘 다 비슷한 뜻이니 블랑슈를 빛이라 불러도 될 것이다.

블랑슈가 밝게 웃으며 내게 다가왔다. 여름의 햇살보다도 눈부신 미소였다. 큭, 눈이 부셔서 차마 똑바로 바라볼 수가 없잖아!

우리 딸이 후광을 내뿜으며 다가오더니 걱정스러운 얼굴로 나를 보았다.

"어마마마, 혹시 어디 편찮으신가요?"

"아뇨, 아뇨. 아주 멀쩡하답니다."

나는 황급히 웃어 보였다. 그럼에도 블랑슈는 여전히 내 눈치를 보고 있었다.

"그러면 혹시 제가 일을 방해했나요?"

"아니에요. 지금 막 다 끝났어요."

나는 이것 보라는 듯이 책상 위에 올려 둔 서류 더미를 가리키며 말했다. 블랑슈가 깜짝 놀라 말했다.

"어마마마, 벌써 다 처리하신 거예요?"

"네. 일이 좀 많았지만 어떻게든 했네요."

네르겐이 제국으로 통일되고 요정 왕국 슬레비엔, 인어 왕국 아틀란시아와 교류를 하게 되며 내가 처리해야 하는 일은 날이 갈수록 많아지고 있었다. 그래서 며칠간 좀 무리를 했지만 기분은 좋았다. 나는 살짝 웃었다.

"바쁘지만 오늘은 다 같이 쉬기로 한 날이니 다 끝내놨답니다."

오늘은 가족들끼리 피크닉을 가기로 한 날이었다. 요즘 일이 많아지는 바람에, 모두가 같이 식사를 하는 자리조차 드물어지고 있었다. 오늘은 다같이 쉬면서 피크닉을 가기로 했으니 며칠 무리하는 것쯤이야.

"전 이제 외출 준비만 하면 돼요. 블랑슈는요?"

"그게……"

블랑슈는 곤란한 표정이 되어 말끝을 흐렸다. 혹시 무슨 일이라도 있나? 나는 블랑슈의 안색을 살피며 물었다.

"블랑슈, 혹시 급한 일이라도 생긴 건가요? 아니면 어디 아픈 건 아니죠?"

"아, 저는 괜찮아요! 그런데 아바마마가 조금······ 걱정이 되어서요. 요즘 무리하신 것 같아서."

세이블은 국왕 자리에서 물러났으나 블랑슈를 보좌하느라 할 일이 많았다. 그러고 보니 어제, 할 일이 있다고 내게 먼저 자라고 했지. 아침에 눈을 떠보니 여전히 옆이 비어 있었다.

혹시 어제 안 잔 건가? 며칠 전부터 자꾸 나보고 먼저 자라고 했는데······ 설마 며칠째 제대로 안 잔 건 아니겠지?

그 사람이라면 그럴 법하다. 어쩐지 오늘 안색이 좀 창백한 것 같더라니.

"으음, 블랑슈 말대로 세이블 컨디션이 안 좋은 것 같네요······."

"그렇죠?"

"그러면 휴양은 다음에 할까요? 아쉽긴 하지만 무리하는 것도 좋지 않을 것 같네요."

"네. 아무래도 아바마마가 좀 쉬시는 편이······."

그렇게 이야기를 나누던 중, 다시 한번 노크 소리가 들려왔다. 시종이 말했다.

"아비게일 전하, 세이블리안 전하께서 오셨습니다."

마침 세이블 이야기를 하던 와중 당사자가 와서 나도, 블랑슈도 놀라버렸다. 이 사람 괜찮은 거겠지? 나는 다급히 문가로 다가가 문을 벌컥 열었다.

"안녕하십니까, 릴리."

세이블이 나를 보자마자 환하게 미소 지으며 말했다. 평소라면 그저 반가웠을 얼굴이지만 오늘은 좀 걱정이 되었다.

괜찮은가? 살짝 얼굴이 거칠어진 것 같기도 하고?

내가 얼굴을 빤히 바라보자, 세이블도 나를 지긋이 응시하고 있었다. 그러다 고개를 기울여 내 입술에 가볍게 쪽 입 맞췄다.

까, 깜짝이야! 내가 놀라 그를 바라보자 세이블이 의아하다는 듯이 물었다.

"아, 그런 게 아니었습니까? 죄송합니다."

"아니, 그게. 좋기는 한데요……."

그치만 블랑슈가 옆에 있잖아!

내가 힐끗 블랑슈를 보자, 딸내미는 무척 훈훈한 미소를 지은 채 우리를 보고 있었다.

"아, 저 잠깐 나갈까요? 오늘 피크닉은 취소하고 두 분이서 푹 쉬시는 것도 좋을 듯한데……."

"블랑슈, 오늘 피크닉이 취소되었느냐?"

"아, 그런 건 아닌데요. 아바마마, 오늘은 쉬시는 편이 좋지 않으시겠어요? 요 며칠 무리하신 것 같은데……."

언뜻 봐서는 별문제 없어 보였지만, 세이블의 눈가에 살짝 그늘이 져 있었다. 아무리 봐도 잘 못잔 것 같은데 오늘은 그냥 푹 재우는 게 낫겠다. 나는 세이블의 뺨을 어루만지며 말했다.

"그래요, 세이블. 다음에 가고 오늘은 좀 쉬어요."

"저는 괜찮습니다."

"아니면 내일 가도 좋아요."

"당신과 블랑슈가 힘든 게 아니라면 저는 가급적 오늘 가고 싶습니다."

내일로 미루는 것 정도는 승낙하지 않을까 싶었는데 의외로 그는 완고했다. 그러고 보니 세이블은 굳이 이 날짜에 다 같이 피크닉을 가자고 했었지. 혹시 오늘 꼭 피크닉을 가야 하는 이유가 있는 걸까?

세이블의 눈동자에 초조함이 희미하게 일렁거리고 있었다. 으음, 오늘이 뭔가 중요한 날인가 보네.

블랑슈도 뭔가를 눈치챈 것 같았다. 나는 블랑슈와 시선을 교환하고 말했다.

"우리는 괜찮지만…… 당신, 정말 괜찮겠어요?"

"예. 물론입니다. 그러면 바로 베리테에게 출발하자고 이야기해 두겠습니다."

세이블은 혹여라도 우리가 피크닉을 취소할까, 시종을 불러 외출 채비를 서두르라고 명했다.

말리기도 전에 세이블은 어느새 자리를 떠 버렸다. 블랑슈가 나를 힐끗 돌아보며 물었다.

"아바마마, 괜찮으신 거겠죠?"

"으음. 무리다 싶으면 언제라도 돌아오죠. 일단 우리도 외출 준비를 해둘까요?"

"네, 어마마마! 그러면 조금 있다가 뵈어요!"

블랑슈는 내 뺨에 입을 맞춘 뒤, 시종과 시녀를 이끌고 떠나갔다. 나도 얼른 외출 준비를 해야겠다.

나는 드레스룸에 들리기 전 서재로 향했다. 서재 안을 들여다보니 이베르가 책을 읽는 데 열중해 있었다. 나는 책장에 가볍게 노크했다.

"이베르, 방해해서 미안해요. 이제 피크닉을 가려고요."

내 말을 듣고 이베르는 후다닥 책을 덮은 뒤 내게 달려왔다. 헤실 헤실 웃는 얼굴이 뽀얀 빵 반죽처럼 말랑해 보였다.

"알겠어요, 어마마마! 이베르는 뭐 준비하면 되나요?"

"일단 나들이옷으로 갈아입고, 사람들을 기다리면 돼요."

"와아, 오늘도 어마마마가 골라주시나요?"

"그럴까요?"

후후, 우리 아들에게도 내가 만든 옷을 입힐 수 있다니 너무나도 신이 났다.

내가 입을 나들이옷은 이미 정해져 있어서 금방이었다. 이베르의 드레스룸에 도착하자 여러 종류의 옷이 눈에 들어왔다.

"어마마마! 이거랑 이거 중에 뭐가 더 예뻐 보여요?"

이베르가 가리킨 것은 슬레비엔 풍의 반바지 의상과 가벼운 소재로 만든 여름 원피스였다. 둘 다 깜찍한 의상이지만 이베르라면 뭘 입어도 잘 어울리겠지!

"이베르가 입고 싶은 건 어떤 건가요?"

"으음……. 오늘은 이거 입을래요! 이게 어마마마 옷이랑 비슷하니까."

이베르가 환히 웃으며 여름 원피스를 골랐다. 크흑, 정말이지 내가 낳았지만 천사 같고 예쁘다! 원피스도 분명히 잘 어울리겠지!

"잘 골랐어요, 이베르. 잘 어울릴 거예요! 아빠랑 누나도 예쁘다고 할 거예요."

그 말에 이베르가 수줍게 웃었다. 그리고는 제 옷 소매를 꼼지락 거리며 말했다.

"다 같이 놀러 가서 기뻐요. 힐드네 가족도 같이 가면 좋았을 텐데……."

맞아, 기왕 가는 김에 다 같이 봐도 좋을 것 같아서 나디아와 카린에게 연락을 하려 했었다. 그렇지만 세이블과 베리테가 이번에는 우리끼리 가고, 다음에 초대하면 어떻겠느냐고 제안했었다.

그쪽도 바쁠 테니 시간 맞추기가 어려울 것 같아 나도 수긍했었는데……. 지금 와서 생각해보면 다른 이유 때문에 두 사람을 부르지 않은 것 같았다. 아까도 꼭 오늘이어야 한다고 했고.

진짜 오늘 무슨 중요한 날인가? 이베르가 옷을 갈아입는 동안 기억을 되짚어 보았지만, 오늘이 무슨 날인지 떠오르는 게 없었다.

그때, 목걸이에서 베리테의 목소리가 들렸다.

"장모님, 준비 다 됐어?"

"아, 응! 곧 갈게!"

마침 이베르도 외출 준비가 다 끝나, 우리는 함께 마도구 보관실로 향했다.

한 층을 전부 터버려서 방 안은 무척이나 넓었다. 텅 빈 방 안에는 커다란 거울 하나만이 놓여 있을 뿐이었다. 먼저 도착한 블랑슈와 베리테가 거울 근처에서 이야기를 나누고 있는 것이 보였다.

"베리, 그래서 오늘은 어디로 가는 거야?"

"그건 비밀! 도착해서 알려 줄게. 그렇지만 기대해도 좋아. 슈가 좋아할 만한 곳으로 찾았으니까."

베리테는 헤실헤실 웃으며 말했다. 어휴, 결혼한 지 몇 년이 지났는데도 아직도 신혼 같네.

그때 베리테가 나를 발견하고는 손을 번쩍 들어 불렀다.

"장모님! 지금 막 위치 조정 완료했어. 이제 장인어른만 오면……아, 왔다!"

내 뒤를 따라 세이블이 다급히 들어섰다. 안색이 좋지 않은 것 같은데, 역시 쉬는 게 좋지 않을까? 그런 생각을 하고 있던 중, 그가 가볍게 포옹하며 내 이마에 입을 맞췄다.

"제가 늦었네요. 많이 기다렸습니까?"

"아니에요. 저희도 금방 온 걸요. 몸은 정말 괜찮아요?"

"괜찮습니다. 그러면 얼른 출발하죠."

세이블이 나를 에스코트하듯 손을 붙잡고 거울 쪽으로 다가갔다. 베리테가 블랑슈를 먼저 보낸 뒤 우리를 돌아보며 씩 웃었다.

오늘의 피크닉 장소는 비밀이었지. 대체 어디로 연결되어 있으려나? 나는 눈을 질끈 감고 발을 내디뎠다.

투명한 호수 같은 거울 안으로 발을 들인 순간, 상쾌한 바람이 내 얼굴을 부드럽게 쓸고 지나갔다. 나는 바람을 느끼며 천천히 눈을 떴다. 나도 모르게 감탄이 절로 터져 나왔다.

"와, 여기는 대체……."

서늘하고 청량한 숲의 향기가 사방에 가득했다. 아름다운 숲의 정경 가운데 가장 먼저 눈에 들어오는 것은 등나무였다.

보라색 꽃송이들이 포도처럼 흐드러지게 피어나 있었고 그 사이로 작은 폭포가 쏟아지고 있었다.

에메랄드빛으로 반짝이는 냇가 근처에 작은 빛방울이 날아다니는 것이 보였다. 근처에 피어난 꽃들 역시 네르겐에서 볼 수 없는 것들이었다. 먼저 들어선 블랑슈도 주위를 보며 감탄하고 있었다.

그 사이 이베르와 세이블, 베리테도 안으로 들어섰다. 블랑슈가 베리테를 향해 물었다.

"베리, 여기는 슬레비엔 쪽이야?"

"맞아! 슬레비엔 근처에 있는 숲이야. 조경 작업이 다 끝났다고 해서 여기로 정했어. 나도 여기 정리하느라 고생 좀 했지."

베리테는 그렇게 말하며 뿌듯한 듯이 웃었다. 하지만 블랑슈가 아무런 말이 없자, 금세 블랑슈의 눈치를 보기 시작했다.

"그, 혹시 별로야……? 역시 바다로 갈 걸 그랬나? 여기 마음에 안 들면 다른 데로 가도 되니까!"

그 말에 블랑슈가 미안한 듯이 베리테의 손을 꼭 잡았다.

"아니야. 너무 아름다운 곳을 보여줘서 고마워. 그렇지만 네가 고생했다니까 마음이 좋지 않아서……."

"네가 기쁘면 난 그걸로 충분해! 마음에 든다니 다행이다."

베리테는 그렇게 말하며 다소 안심했다는 듯, 가볍게 블랑슈에게 입을 맞췄다.

어휴, 예쁜 장소를 배경으로 예쁜 짓을 하니 더 예뻐 보이네.

흐뭇하게 그 모습을 바라보고 있는데 세이블이 내게 가만히 손을 내밀었다.

"저희도 안쪽으로 가서 구경을 좀 하죠. 발아래가 미끄러울 수 있으니 조심하십시오."

길이 잘 정돈되어 있어서 아무리 봐도 위험해 보이지 않았지만……. 나는 짐짓 모른 체하며 그의 손을 잡았다.

"그러게요. 세이블이 계속 손을 잡고 다녀주지 않으면 위험하겠어요."

"걱정하지 마세요. 계속 잡고 있을 테니."

나는 그의 단단한 손을 꼭 잡은 채 웃었다. 옆에 서 있던 이베르가 작은 양손을 내밀었다.

"어마마마! 이베르도요!"

"물론이죠. 엄마 손은 두 개니까 걱정 없어요."

내가 나머지 손으로 이베르를 잡아 주자, 이베르는 바로 기분이 풀려 헤실헤실 웃기 시작했다.

잠시 근처를 구경하는 사이, 요정들이 재빠르게 나무 그늘에 의자와 테이블을 비치해두기 시작했다. 어느새 깔끔하게 정돈된 테이블 위에 여러 음식이 차려졌고, 근처에는 피크닉 매트도 깔려 있었다.

블랑슈와 베리테는 냇가 근처에 앉아 있었다. 블랑슈가 나를 돌아보며 말했다.

"어마마마! 이쪽으로 와보세요. 너무 예뻐요……!"

블랑슈의 양뺨이 흥분으로 발갛게 들떠 있었다. 무엇을 발견했는지 눈이 기쁨으로 반짝거리는 중이었다.

뭐라도 찾은 걸까? 블랑슈 옆으로 다가가 앉은 뒤 냇물 안쪽을 힐끗 보았다. 그제야 블랑슈가 나를 부른 이유를 알 수 있었다.

"이거…… 수정인가?"

물 아래에는 조약돌 대신에 수많은 수정이 있었다. 물속에 담겨 있는 수정은 한층 더 영롱하고 신비로워 보였다.

수정은 물 때문에 겉이 깎여 나가 진주처럼 동그란 형태였다. 무지개를 담아둔 것처럼 여러 색으로 반짝이는 중이었다. 그 빛에 홀려 수면을 들여다보고 있는데 베리테가 에헴, 하고 헛기침을 했다.

"물수정이야. 마음껏 가져가도 돼."

"베리, 이거 정말 가져가도 돼?"

"물론이지. 여기 있는 건 다 슈랑 장모님 꺼야."

크으, 진짜 우리 사위 통 한번 크네!

나는 조심스럽게 물수정을 꺼내 손에 올려놓아 보았다. 표면에 햇빛이 닿자 보석은 유성우처럼 빛을 냈다.

이걸 장식으로 해서 옷을 만들어도 예쁠 것 같네. 내가 한참 동안 수정을 바라보고 있자, 세이블이 밀러드를 불러 말했다.

"밀러드. 돌아가는 즉시 질 좋은 수정이 나오는 보석 광산을 수배하도록."

"네, 전하."

아니, 이 사람이 또? 나는 다급히 세이블을 말렸다.

"여보! 저 그런 거 아니에요! 보석 광산 사 주지 않아도 돼요!"

"아닙니다. 예전부터 두세 개 정도는 사드리고 싶었는데, 제가 어리석었습니다."

"그때도 제가 갖기 싫다고 해서 무른 거잖아요. 저 정말 괜찮아요!"

"그렇지만……."

세이블은 또다시 시무룩한 담비 같은 얼굴이 되어 버렸다.

어휴, 이래서 뭐 갖고 싶어 한다는 티도 못 내겠다. 지난번에는 비단에 관심이 생겼다고 말하니, 각 나라의 비단을 사들여 창고 하나를 가득 채워 선물해 줬었지. 그렇지만 이렇게 돈 낭비하는 건 참을 수 없어.

나는 살짝 엄한 표정을 지은 채 말했다.

"전 과소비하는 거 싫어요. 이 수정도 예쁘긴 하지만 다 갖고 싶은 건 아니라고요."

"알겠습니다. 그러면 수정 광산 대신에 수정 하나를 선물하는 건 괜찮겠습니까?"

음……. 그 정도는 괜찮겠지. 나는 고민 끝에 고개를 끄덕였다. 다행히 세이블의 얼굴이 환해졌다.

"그러면 가장 큰 거로 구해다 드리겠습니다."

잠깐만, 이거 괜찮은 건가? 그를 말려야 하나 고민하는 사이 물가에서 첨벙거리는 소리가 들려왔다.

그쪽을 돌아보니 이베르와 블랑슈가 물 안으로 들어가 첨벙거리며 놀고 있었다. 물은 이베르의 무릎 정도로 얕은 편이었다. 둘이 꺅꺅거리며 물놀이를 하던 중, 블랑슈가 우리를 돌아보며 말했다.

"아바마마도 들어오실래요? 어마마마도요!"

"그래. 곧 가마."

세이블리안이 자리에서 일어나며 말했다. 나는 웃으며 그의 손을 놓아주었다.

"난 여기서 보고 있을게요."

들어가고 싶긴 했지만, 오늘 하필 긴 드레스를 입고 와서 걷어 올린다 해도 젖을 것 같았다. 그리고 내 남편과 아이들이 노는 모습을 제대로 두 눈에 담고 싶고!

내가 가지 않자 세이블은 망설이는 기색이었다. 나는 작게 웃으며 그의 손을 끌어 손등에 입 맞추었다.

"딸이랑 아들이랑 놀아 줘야죠. 오랜만의 피크닉인데."

"예, 그러면…… 금방 오겠습니다."

그가 아쉬운 듯이 내 손등에 입을 맞춘 뒤 냇가를 향해 걸어갔다.

두 아이가 얼른 들어오라고 성화를 부리는 사이 그는 겉옷을 벗고 바지를 걷어 올렸다. 셔츠 한 장과 바지만 입은 채 안으로 들어서자, 이베르가 작은 양손에 물을 가득 담아 세이블에게 뿌렸다.

세이블이 그것을 가볍게 피하자 이베르는 뾰로통한 표정이 되어 있었다. 그의 입가에 희미한 미소가 번져 나갔다.

"아직 혼자서는 상대가 안 될 것 같구나, 이베르. 블랑슈랑 같이 덤비렴."

"아바마마, 괜찮으시겠어요?"

블랑슈의 물음에 세이블이 고개를 끄덕였다. 블랑슈는 잠시 망설이다가 이내 장난스러운 미소를 지었다.

"좋아요. 이베르! 같이 아바마마를 쓰러트리자!"

"알겠어요, 누님!"

두 아이가 물을 뿌리기 시작하자, 기분 좋은 웃음소리와 물소리가 시원하게 울려 퍼졌다. 그렇게 물놀이를 즐기는 사람들은 그저 평범한 아버지와 딸, 아들처럼 보였다.

세이블의 머리카락과 상체가 물에 젖어 있었다. 햇살 속에서 물방울이 반짝거리고, 그의 미소도 함께 빛났다. 행복은 수정 광산이 아닌 이곳에 있었다.

흐뭇하게 그 모습을 바라보는데 내 옆에 베리테가 털썩 주저앉았다.

"베리테, 넌 들어가서 안 놀아?"

"으음. 좀 피곤해서. 요 며칠 무리했거든."

베리테가 두 눈을 비비며 말했다. 그의 말대로 상당히 피곤해 보였다. 나는 미안한 마음이 들었다.

"아, 이런……. 괜찮아? 세이블도 피곤해 보이던데."

"응. 괜찮아. 장인어른도 요 며칠 고생을 많이 했지. 오늘 날짜에 맞추려고 꽤 무리하는 것 같던데."

베리테가 쭉 기지개를 켜며 말했다.

"그래도 오늘이어야 했으니까."

오늘. 대체 오늘이 무슨 날이길래 이러는 것일까? 나는 베리테에게 물어보았다.

"왜 오늘이어야 해?"

"비-밀. 그건 조금 있으면 알 수 있을 거야. 아, 장모님. 파이 먹자!"

베리테는 적당히 말을 돌리며 테이블 위에 놓인 라즈베리 파이를 가지고 왔다. 으음, 대체 뭐지? 베리테랑 세이블이 뭔가를 숨기고 있는 것 같은데, 그게 뭔지 모르니 여러모로 신경이 쓰였다.

베리테에게 계속 물어봤지만, 대답을 해 주는 대신 열심히 파이만 먹고 있었다.

"아, 이베르도 파이 먹고 싶어요!"

어느새 물놀이를 끝냈는지 이베르가 테이블 쪽으로 쪼르르 달려왔다. 온몸이 흠뻑 젖은 채였다.

"어휴, 다들 쫄딱 젖었네요. 감기 걸릴라."

하녀들이 커다란 수건을 들고 옆에서 대기하고 있길래, 나는 그것을 받아 이베르의 머리카락을 털어 주었다. 이베르의 뒤를 따라 블랑슈와 세이블도 밖으로 나왔는데 두 사람 역시 상황이 비슷했다.

그 모습을 보자 왠지 모르게 나는 웃음이 나왔다. 똑 닮은 셋이 물에 쫄딱 젖어 있는 모습이 왠지 귀여웠다.

블랑슈도 하녀에게 수건을 받아 자신의 머리를 털어내며 말했다.

"이렇게 놀아본 게 처음이라, 너무 신이 났나 봐요. 황제답지는 않지만……."

그렇게 말하며 블랑슈는 세이블을 힐끗 보았다. 그의 눈치를 보는 것 같았다. 관계는 나아졌지만 아직까지 옛날 버릇이 남은 모양이었다. 시선이 마주친 세이블이 다정하게 웃으며 말했다.

"그렇지만 오늘은 휴일이니, 황제도 잠시 쉬어야겠지."

"그러려나요?"

"물론. 그리고 나도 이미 체통이 없는 모양새인 것 같다만."

그 말을 들은 뒤에야 블랑슈는 배시시 웃었다. 그러던 중, 어디에

선가 바람이 불어와 블랑슈의 머리카락을 흐트러트렸다.

바람은 베리테의 손에서 흘러나오고 있었다. 적당히 따뜻한 바람이었다.

"얼른 머리 말리자. 감기 걸릴라."

"고마워, 베리."

바람은 블랑슈 뿐만이 아니라 이베르의 몸도 말려 주고 있었다.

응? 그런데 왜 세이블한테는 바람이 안 가지? 내가 베리테를 가만히 바라보자, 베리테가 뻔뻔한 얼굴로 말했다.

"장인어른은 장모님이 말려 주시겠지!"

뭐, 내 마법으로도 말릴 수는 있긴 하지만.

세이블의 젖은 몸을 마법으로 말려 주려는데 어느 틈엔가 그는 커다란 수건을 들고 서 있었다. 마치 자신을 이 수건으로 털어달라는 듯이.

어휴, 무슨 멍멍이도 아니고. 나는 숨죽여 웃으며 세이블을 불렀다.

"세이블, 이리로 와요."

내가 부르자 그는 잘 길들여진 강아지처럼 쪼르르 내 곁으로 왔다. 그런데 키가 너무 크다. 나는 옆에 앉으라는 듯이 피크닉 매트 위를 툭툭 쳤다. 세이블이 얌전히 그곳에 앉았다.

이제야 키가 좀 맞네. 나는 그의 머리카락을 수건으로 살살 말려 주다가 문득 시선이 아래로 향했다.

하얀 셔츠가 물에 젖자, 그 아래 숨겨져 있던 근육의 윤곽이 은은하게 드러나고 있었다. 날카로운 턱선을 타고 흘러내린 물방울이 그의 가슴골 사이로 똑똑 흘러내렸다.

아, 아니……. 나는 황급히 시선을 돌렸다. 맨날 보는 몸인데 왜 볼 때마다 부끄러운지 모르겠다. 나는 민망함을 감추려고 수건을 거둔 뒤 아무 말이나 내뱉었다.

"아휴, 우리 남편. 말도 참 잘 듣고 예쁘기도 하지. 잘 참았어요."

진짜 아무 소리나 하는구나, 나.

애 취급한다고 짜증을 낼 법도 한데 세이블은 아직 물기가 남은 얼굴로 나를 바라보며 가만히 미소 지었다.

"그럼요. 여보에게 예쁨받으려면 말 잘 들어야지요."

진짜 나이를 먹을수록 능구렁이가 되어간다니까! 나는 민망함에 횡설수설하기 시작했다.

"그, 그런데 세이블 춥지 않아요? 담요 가져다줄까요?"

"음, 그렇지만 릴리가 알려 주지 않았습니까. 체온을 유지하는 가장 좋은 방법은 서로 몸을 맞대고 있는 것이라고……."

그렇게 말하다 세이블이 아쉽다는 듯이 말했다.

"그렇지만 몸을 맞대면 릴리의 옷이 젖을 테니, 그 방법은 못 쓰겠네요."

이 사람이 진짜!

연애하기 전, 세이블과 무인도에 표류했을 때가 생각나서 얼굴이 화끈 달아올랐다. 그때 했던 말을 아직도 기억하고 있다니!

"어, 어쩔 수 없네요. 대신 따뜻한 차라도 마셔서 몸을 따뜻하……."

그렇게 말을 하던 중, 문득 온풍이 다가와 세이블의 몸을 감쌌다. 돌아보자 베리테가 씩 웃으며 바람을 이쪽으로 날려 보내고 있었다.

사위…… 이러기야?

어느새 세이블이 보송보송하게 말라 있었다.

"다 마르긴 했는데, 아직 조금 춥네요. 누가 안아 주면 따뜻해질 것 같은데……."

세이블이 뻔뻔하게 말하며 나를 바라보았다. 그 와중 눈매는 처연한 것이 남우주연상 감이었다.

어휴, 어휴! 내가 못 살아. 내가 이걸 어떻게 거절해? 내가 세이블의 앞에 앉아 등을 돌리자, 그가 뒤에서 나를 꼭 껴안았다.

"옛날 생각나지 않습니까?"

"저, 저는 잘 모르겠는데요."

"그렇습니까? 어떻게 하면 기억이 날까……."

그는 그렇게 말하며 나를 더욱 꼭 껴안았다. 그가 말을 할 때마다 세이블의 부드러운 숨소리가 내 귀와 목덜미에 와 닿았다.

부끄럽지만 그의 품에서 빠져나오고 싶지는 않았다. 세이블의 기분 좋은 심장 소리가 천천히 들려오고 있었다. 이 따뜻한 온도와 공간, 시간. 세이블과 함께 하는 이 순간이 한여름 밤의 꿈 같았다.

세이블의 품에 안겨 있다는 안도감 때문이었을까. 점점 졸음이 몰려오고 눈이 감겨왔다. 으음, 기분 좋다. 따뜻하고 아늑하다.

그의 체온과 심장 소리 속에서 몽롱한 잠기운에 빠져 있던 중. 세이블의 부드러운 목소리가 들려왔다.

"릴리, 릴리. 일어나 봐요."

그 목소리에 천천히 눈을 뜨니 주위가 어둑해져 있었다. 어느새 담요도 덮은 채로, 나는 아직도 그의 품에 안겨 있는 상태였다.

시간이 벌써 이렇게 됐나? 나는 놀라 몸을 일으키며 말했다.

"아, 저…… 잠들었던가요? 미안해요."

"아닙니다. 저도 잠깐 졸았습니다. 마음 같아서는 계속 자게 하고 싶었는데, 꼭 보여 주고 싶은 게 있어서요."

그렇게 말하며 세이블이 눈짓으로 하늘 쪽을 가리켰다. 나도 그의 시선을 따라 위를 바라보았다.

밤바람이 불어와 숲의 나무들을 흔들고 지나갔다. 그 소리가 마치 파도 소리처럼 들려와 하늘이 바다 같았다. 머리 위에 있는 밤바다가 고요히 흘러가고 있었다.

점점이 박힌 별들이 여름의 별자리를 기록하고 있는 가운데. 반짝이는 유성우가 천천히 하늘을 수놓기 시작했다.

아, 아름답다. 마치 별들이 바다에서 헤엄을 치는 것만 같았다. 보석의 파편들이 검은 천 위를 장식하는 것처럼 아름다웠다.

바다 아래로 들어온 것 같은 기분이었다. 별의 바다에서 함께 유영하는 것 같은 기분.

믿을 수 없는 광경에 넋을 잃고 바라보고 있는 사이, 뒤에서 부드러운 목소리가 들려왔다.

"아름답네요."

내가 유성우를 바라보는 사이, 세이블은 유성우가 아닌 나를 응시하고 있었다. 유성우보다 지금 이 순간의 내 표정이 더욱 아름답다는 듯이.

"오늘 유성우가 관측될 것이라 해서, 꼭 오늘 이곳에 오고 싶었습니다."

그래서 그렇게 무리하며 오늘 여기에 오려고 했구나. 나에게 이 풍경을 보여 주고 싶어서.

나는 조금 울 것 같은 기분이 되었다. 그때 세이블이 손에 들고 있던 무언가를 내게 건네주었다.

"이게 뭐예요? 세이블."

"선물입니다. 열어보세요."

선물? 선물이라고? 이 풍경 자체가 이미 큰 선물인데 또 무엇을 준비한 걸까? 나는 얼떨떨한 기분으로 그가 내민 작은 상자를 받았다. 열어보니 그 안에는 귀걸이가 담겨 있었다.

우와, 예쁘다. 처음 보는 보석이 유성우와 같은 빛으로 반짝이고 있었다. 깔끔하고 우아한 형태의 귀걸이였다.

"고마워요, 세이블. 정말 예뻐요."

그런데 왜 갑자기 선물이지? 평소에도 불쑥불쑥 선물을 주기는 했지만 오늘은 뭔가가 좀 특별해 보였다. 보석에서 깊은 마력이 느껴지고, 귀걸이는 한 쌍이 아닌 두 쌍이었다.

세이블이 나를 보고 기쁜 듯이 웃었다.

"다행입니다. 오늘 안으로 완성이 되지 않을까 걱정했는데…….
유성우도 딱 마침 오늘 내려서 천운이라 생각했습니다."

어라? 유성우가 내려서 오늘로 결정한 게 아니었나?

"오늘이 혹시 어떤 날인가요?"

"네. 아주 특별한 날입니다."

헉, 큰일이다. 내가 기념일을 잊었나? 그렇지만 아무리 생각해 봐도 떠오르는 날이 없는데!

짧은 사이 내 머릿속을 마구 뒤져보았지만 집히는 것은 없었다. 나는 미안해져서 그를 바라보았다.

"그, 세이블……. 미안해요. 오늘이 중요한 날인 것 같은데 기억이 나지 않아서……."

"이런. 오늘은 정말 중요한 날이었는데……."

그가 시무룩한 표정을 짓자 나는 죄책감에 미쳐 버릴 것만 같았다.

결혼기념일은 아니고, 처음으로 만난 날도 아니고, 데이트했던 날도 아니고 대체 뭐지……?

내가 혼란스러워하고 있자 세이블이 다소 장난스러운 미소를 지은 채 내 뺨에 입 맞췄다.

"오늘은 아주 중요한 날. 릴리, 당신이 태어난 날이에요."

생일? 내 생일이라고? 그렇지만 내 생일은 가을…….

아. 나는 뒤늦게 머리에 별이라도 맞은 것 같은 기분이 들었다.

공식적으로 알려진 내 생일은 가을이었다. 그러나 엄연히 말하자면 그것은 아비게일의 생일이었다. 하지만 이제 그 사실에 익숙해졌던 터라 잊고 있었다. 내 생일, 이백합의 생일이 여름이었다는 것을.

얼마 전에 내 전생 이야기를 하다가 그가 아무렇지 않게 생일을 물어보길래 대답한 뒤 잊어버리고 말았다. 나조차도 잊고 있었던 내 생일이었다.

그가 내 뺨을 어루만지며 말했다.

"이제 생각났습니까?"

"네, 고마워요. 저도 잊고 있었는데……."

"마음 같아서는 성대하게 축하연을 열고 싶었는데, 당신이 곤란해질 것 같아서."

세이블이 아무도 듣지 못하게 내 귓가에 대고 아주 낮은 목소리로 말했다.

"이렇게 둘만이 축하하는 생일은 어떠신가요?"

그의 숨결은 따뜻하고 어지러웠다. 보지 않았어도 내 얼굴이 빨갛게 달아 있음을 느낄 수 있었다. 주위를 힐끗 보니, 블랑슈와 베리테, 이베르는 유성우를 구경하는 데에 넋이 나가 있었다.

나는 조심스럽게 그의 얼굴을 끌어 입을 맞추었다. 지금 그에게 키스하지 않고는 견딜 수가 없었다. 세이블 역시 나를 꽉 끌어안고 나와 숨을 섞었다. 긴 입맞춤 끝에 나는 천천히 고개를 떼어냈다.

"너무 좋아요. 세이블, 이렇게 둘이서 생일을 축하하는 거……."

"다행이네요. 선물도 마음에 들었으면 좋겠습니다."

세이블은 그렇게 말하며 귀걸이 한쪽을 집어 들었다. 내가 살짝 고개를 틀어 귀를 보이게 하자, 그가 능숙하게 귀걸이를 걸어주었다.

"유성우를 보석으로 가공하여 만든 귀걸이입니다. 마법이 걸려 있다기에 꼭 당신에게 드리고 싶었습니다."

"어떤 마법이요?"

"별들이 하늘에서 땅으로 내려오는 것은, 이별했던 연인을 발견했기 때문이라고 합니다."

그가 귀걸이를 건 뒤, 조심스레 손을 놓았다. 세이블이 밤하늘을 등진 채 부드럽게 웃으며 말했다.

"그래서 별의 조각에는 재회의 마법이 걸려 있다고 합니다. 이번 생이 끝나 헤어지더라도, 다음 생에 연인과 다시 만날 수 있는 마법이."

나의 사랑스러운 연인이 내 손을 잡아끌었다. 조심스럽게 잡은 손길에는 존중과 애정이 담겨 있었다.

"내년에도, 내후년에도. 당신과 내가 할아버지 할머니가 된 뒤에도. 당신의 생일을 늘 축하해 주고 싶습니다. 그리고 당신이 괜찮다면 다음 생까지도……."

세이블이 내 손을 내려다보고 있었다. 마주 잡은 손을 통해 희미한 떨림이 전해져 왔다.

"물론 당신 같은 좋은 사람을 다음 생에도 독차지하고 싶어 하는 것이 크나큰 욕심임을 압니다."

그가 천천히 고개를 들어 나를 바라보았다. 세이블의 얼굴을 달빛이 밝히고 있었다.

"허락해 주시겠습니까? 릴리. 제 다음 생을 당신에게 바칠 수 있도록."

세이블의 두 눈동자에는 밤하늘과 내가 담겨 있었다. 내 눈동자에는 그가 담겨 있을 것이었다. 나는 세이블에게 짧게 입을 맞추었다.

"물론이에요. 세이블. 다음 생에도 당신의 연인이 되고 싶어요."

그의 눈동자에 벅찬 감동이 어렸다. 귀엽기는. 나는 쿡쿡 웃으며 나머지 한 쌍의 귀걸이를 세이블에게 장착해 주었다.

세이블이 내 손을 꼭 잡은 채, 내 눈을 들여다보며 말했다.

"당신이 어디에 어떤 모습으로 있든, 반드시 당신을 찾으러 가겠습니다."

유성우는 아직도 하늘을 수놓고 있었지만, 더 이상 내게는 중요한 것이 아니었다. 나는 나의 우주, 나의 세이블을 꼭 껴안은 채 그에게 머리를 기댔다.

우리는 한여름 밤의 꿈 사이에 있었다. 여름도, 꿈도, 삶도 언젠가는 사라질 찰나.

그렇지만 두려워할 것은 없을 것이다.

오늘의 밤이 스러지고 내일이 오고, 언젠가는 이별의 때가 찾아오더라도 우리는 다시 만날 수 있을 테니까.

언제, 어디서든, 어떤 모습으로든. 재회의 마법과 함께.

Fine

Writer's Letter

이르

오래오래 이야기꾼으로 살아가고 싶은 사람.
많은 이야기를 여러분과 함께하고 싶습니다.

안녕하세요. 이르입니다.

인사말을 몇 번이나 썼다 지웠다 하는지 모르겠네요.

우선 『계모인데, 딸이 너무 귀여워』(이하 계딸귀)를 읽어주신 독자님들께 감사의 말씀을 먼저 전합니다.

계딸귀를 구상하고 초고를 쓴 날이 언제인지 확인해 보니, 무려 2018년 6월이더라고요. 소설 집필로부터는 2년, 완결로부터는 1년이 훌쩍 넘었는데 많은 분께서 사랑해 주신 덕분에 종이책까지 나오게 되어 정말 감사하다는 말씀밖에는 드릴 게 없습니다. ㅠㅜㅠ

2년 전 봄과 여름 사이, 계딸귀를 구상할 때가 생각이 나네요. 데뷔작 『악마는 레이디를 키운다』를 쓴 뒤, '차기작으로는 반드시 유행하는 코드를 잔뜩 넣어 쓰겠다!'라는 마음으로 아이디어 구상에 들어갔습니다.
(사실 데뷔작은 좀…… 마이너했기 때문에…….)

당시 유행하던 키워드 중 책빙의, 악녀, 육아물, 선결혼 후연애 등등을 이리저리 조합해보다가 『백설공주』 동화 속 계모에게 빙의하는 설정이 나오게 되었죠. 그리고 그다음에 던진 질문에서 전체적인 콘셉트가 나오게 된 것 같아요.

'왜 주인공이 『백설공주』 동화 속 계모에게 빙의를 했을까?'

그 이유를 만드는 과정에서 아비게일과 백합의 캐릭터가 잡혔고, 복식사를 주 소재로 삼게 되었습니다. 그런데 그 뒤가 문제였죠. 왜냐면 저는 복식에 대해서는 아는 게 하나도 없었기 때문입니다…….

그렇지만 막상 공부하며 자료를 찾다 보니, 배우는 것도 많았고 재미도 있었습니다. 색깔이나 의상 하나하나에 얽힌 사건, 유래 등도 무척 재밌었고요. 그때는 힘들었지만, 지금은 공부하길 잘했다는 생각이 듭니다.

계딸귀를 쓰며 정말 많은 분에게 도움을 받았습니다.

웹소설 작가라는 불안정한 직업을 선택했음에도 응원해준 가족들(특히 어머니께 감사드립니다). 내 영혼의 비타민인 J. 언제나 빛과 위로가 되어 준 S와 K. 전작부터 멋진 표지를 그려주신 DINOREX님.

더 나은 글을 쓸 수 있도록, 이 소설이 세상에 나올 수 있도록 도와주신 에이템포 미디어의 두 대표님과 편집부 분들, 책을 만들어주신 출판부 분들께 큰 감사를 드립니다.

그리고 긴 이야기를 끝까지 함께해 주신 독자님들께도 감사드립니다. 독자님들 덕분에 행복한 날들이었습니다.

어떤 모습이어도, 어떤 색깔이어도
여러분의 하루가 늘 햇빛 속에서 반짝이기를.
언제나 행복하시고 건강하시길 바랍니다. 감사합니다.

-계절의 사이에서, 이르 드림.

+ Postscript

저는 중요한 사건에는 명확한 이유가 있는 걸 좋아하는 편이에요.
주인공이 회귀, 빙의, 환생을 하는 데에 사소한 이유라도 붙이는 걸 좋아하죠.
백합이라는 인물은 '어째서 여주가 백설공주의 계모에게 빙의했을까?'라는 질문
에서부터 만들어진 캐릭터입니다.

백합과 아비게일에 관하여

백합을 만들기 전, 아비게일의 캐릭터부터 만들었기에 그 영향을 받았
어요. 두 사람 모두 사인이 비슷했기 때문에 영혼이 서로 동조하여 빙의를
했다는 설정이었죠. 그렇지만 아비게일과 너무 똑같은 캐릭터면 재미가
없을 것 같았어요. 그 결과 영혼은 닮았지만 겉모습은 정반대인 캐릭터,
백합이 나왔습니다.

백합의 이름은 엔딩을 먼저 결정한 뒤 정해졌습니다. 저는 엔딩에서 백
합이 원래 이름을 되찾길 바랐기 때문에 영어로 바꾸어도 자연스러운
이름을 고르려 했습니다. 후보군으로는 진주(Pearl), 수정(Crystal) 등이 있
었는데 결론적으로는 백합이 되었죠.

이름을 백합으로 고른 이유는 소설 중에 백합 커플(^^)이 나오기도 하
고, '블랑슈'나 '세이블'처럼 이름이 색깔과 연관이 있으면 좋겠더라고요.

프랑스어로 lilial이 '백합의, 백합 같은, 하얀'이라는 뜻이 있어서 결과 적으로는 백합이 되었습니다! 그 외의 이유들도 있지만 너무 길어질 것 같 으니 이름에 관해서는 이만 줄이겠습니다.(^^;;)

아비게일의 경우, 가장 먼저 서사가 만들어진 캐릭터였습니다. 영화 〈말레피센트〉의 영향을 많이 받은 것 같습니다. '어째서 그토록 아름다웠 던 왕비는 자신의 외모 때문에 고통스러워했을까?'라는 질문에서 시작된 캐릭터네요.

원작의 영향도 컸습니다. 원작에서는 계모가 독 바른 빗으로 공주의 머 리를 빗기고 허리띠로 허리를 졸라 죽이려 하죠. 그런 내용들이 복식사와 겹쳐 보이더라고요. 코르셋으로 허리를 조이는 바람에 건강이 상하고, 독 이 들어간 화장품으로 자신을 치장한 여자들. 아름다움 때문에 결국 죽음 을 맞이한 여자들. 그렇게 원작과 복식사가 합쳐지며 아비게일의 캐릭터 가 완성된 것 같아요.

악역이 될 수밖에 없었던 여자, 악역으로 만들어진 여자. 그런 여자에게 빙의한 사람은 어떤 사람일까? 그렇게 이어진 질문들이 계딸귀의 중심 뼈 대가 되어 주었습니다.

세이블리안과 레이븐에 관하여

캐릭터 중 가장 걱정을 많이 했던 캐릭터를 꼽자면, 단연코 세이블을 뽑 겠습니다. 세이블의 서사 때문에 고민이 정말 많았거든요. 아동 성폭력 생 존자의 이야기이니만큼 신중하게 써야 했고, 제 능력 부족으로 세이블이 겪었던 일들이 '넌 남자잖아? 별일 아니었네'라는 반응이 나올까 봐 걱정 을 많이 했어요. 다행히 독자분들께서도 세이블의 과거를 같이 아파해주 시고, 화내주셔서 저도, 세이블도 큰 위로를 받았습니다.

세이블도 백합이랑 마찬가지로 고정 관념에 의해 상처받은 캐릭터였어요. 형태는 다르지만 비슷한 고통을 겪고 있는 사람들. 그런 사람들끼리 서로 사랑하고, 치유해나가는 이야기를 그리고 싶었어요. 그리고 그 과정에서 세이블과 블랑슈의 관계도 회복을 하고요. 블랑슈와 세이블은 겉모습뿐만 아니라 성격도 쏙 빼닮은 부녀인데, 각자 다른 유년기를 보내며 다른 모습으로 성장해 나갔죠.

남자 주인공의 이름이 세이블Sable(검정의 한 종류)로 정해진 것도 비슷한 이유에서입니다. 검정(Black)과 하양(Blanc)의 어원이 같다는 이야기를 듣고, 마침 블랑슈의 이름이 흰색이라는 뜻이니 남자 주인공의 이름은 검은색이 되길 바랐어요. 달라 보이지만 모두 근원은 같다는 의미에서요. 다소 거창한 설정이었던 것 같기도 하지만, 개인적으로는 마음에 듭니다.

레이븐의 이름도 검은색과 관련이 있는 것처럼, 이쪽 역시 외모 콤플렉스가 심한 인물이라는 점에서 백합과 공통점이 있네요. 상처가 많은 캐릭터였고, 잘못된 선택들로 인해 파멸을 향해 달려갔지만 작가 입장에서는 이 캐릭터도 행복해지길 바라고 있습니다.

란타나와 함께 사는 엔딩이 난 건 그런 이유에서인 것 같아요. 란타나도, 레이븐도 외모로 인해 고통받았고 백합에게 구원을 받은 캐릭터니까요. 같은 상처를 가진 악역끼리 함께 살아가는 것도 나쁘지 않을 것 같았습니다. 연인은 아니더라도 가족, 혹은 그 외의 형태로도 행복해질 수 있는 캐릭터들도 한 쌍 정도 있으면 좋겠다…… 하는 마음에서 그런 엔딩이 났네요.

블랑슈와 베리테에 관하여

블랑슈는 아비게일과 더불어 가장 빨리 콘셉트가 잡힌 캐릭터였어요. 『백설공주』 원작의 이미지가 있기 때문이었던 것 같아요. 눈처럼 하얗고,

흑단처럼 까만 머리카락을 가진 공주님. 원작의 이미지를 유지하되, 그러나 원작과는 차별점이 있는 캐릭터를 만들고 싶었어요.

모두를 지키고 싶어 하는 상냥한 마음은 왕이 되고 싶다는 마음으로 커졌고, 동물과 소통할 수 있는 능력을 이용하여 맹수도 부리는 공주님 캐릭터가 되었습니다. 강하고 다정한 아이니, 앞으로도 잘 해낼 거라고 생각해요.

베리테의 경우, 초기 구상 단계에서는 '단순한 정보통' 역할의 캐릭터였습니다. 처음에는 요정 왕자가 만든 '진짜' 마도구인 콘셉트였죠. 거울 역할을 충실히 하다가 후반부에 가서 요정 왕국으로 갈 수 있게 도와주고, 그 나라에서 블랑슈가 요정 왕자를 만나는 게 처음 아이디어였는데…….

구상하다 보니 베리테가 가엾더라고요. 아니, 왜 고생은 다 해놓고 블랑슈랑 다른 사람과 이어주지? 솔직히 왕자는 한 것도 없는데……. 그래서 『백설공주』의 일곱 난쟁이 콘셉트를 더했고, 요정 왕자 설정도 베리테에게 주어 블랑슈와 이어지게 되었습니다. 다행인 일이죠.

캐릭터 적으로도 귀엽고, 커플 명도 귀여워서 이 두 사람이 나올 때는 늘 엄마 미소를 짓고 있었던 기억이 납니다. 베리슈, 베리블랑, 베리슈슈……. 원래 베리테의 이름은 '호수'라는 뜻의 레이크^{Lake}였는데 레이븐과 너무 비슷해서 변경하였습니다. 변경하길 잘했다는 생각이 드네요.

카린과 나디아에 관하여

카린은 로판에서 자주 등장하는 전형적인 악역 영애의 포지션에서 출발하는 캐릭터였습니다. 나중에는 우리 편이 되기에, 얄밉지만 은근히 귀여운 캐릭터로 만들고 싶었어요. 그리고 제 마음속에서는 사실 카린이 두 번째 주인공에 가까운 캐릭터였기에 그만큼 정도 많이 갔습니다. 등장인물 중에서 백합과 더불어 가장 많이 성장했다는 점에서 말이죠.

나디아의 경우는 블랑슈처럼 원작과 흡사하지만 다른 캐릭터로 만들려 했어요. 세상에 관심이 많고, 세상을 사랑하고, 사랑을 위해 목숨을 거는 점은 원작의 인어공주와 같았고 그 외의 부분에서 차별점을 두고자 했습니다.

동화와 차이를 두기 위해 세계관부터 다시 정립을 했던 것 같아요. '동화에서 인어공주가 굳이 저주까지 걸어가며 인간으로 나타나려 했던 걸 보면, 사실 그 세계도 이종족 차별이 있던 것은 아닐까?' 하는 생각으로 이종족 차별이 심한 세계관이 만들어졌죠.

'그런 세계관 속에서 동화 속의 인어공주가 태어났다면 어땠을까? 그래도 사람을 사랑하지 않았을까?' 그렇게 나디아는 차별과 혐오가 가득한 세상에서도 희망을 잃지 않는 인어공주님 캐릭터가 되었습니다. 또한 자유로운 바다의 이미지처럼 편견에서 벗어난 성격이 되기도 했고요.

나디아의 이름은 애니메이션 〈신비한 바다의 나디아〉에서 따왔어요. 어렸을 때 본 애니메이션이라 내용은 잘 생각나지 않지만, 바다=나디아라는 이미지가 강하게 남아 있어서 이름을 바로 정했습니다. 나디아의 이름 뜻이 희망이라 더 좋았고요.

사실 카린과 나디아가 이어지는 건, 초반에는 저도 예상하지 못했던 전개였어요. 소설 중반을 집필할 즈음, 카린도 누군가와 이어졌으면 좋겠는데 남자 캐릭터와는 엮기가 싫더라고요. 마땅한 캐릭터도 없었고요.

(밀러드랑 엮어도 별로고, 레이븐이랑 엮어도 별로였습니다. 아 그리고 밀러드는 현재 노마와 연애 중이에요ㅎㅎ)

그러다 연적 관계인 나디아와 카린이 조우한 순간, 이 둘이 사귀면 참 좋겠다는 생각이 들더라고요. 잘 어울리기도 했고요. 그렇지만 사실 걱정이 되기도 했어요. 아무래도 동성 커플이기 때문에 악플을 받지 않을까 하고요. 그렇지만 많은 분이 나디아와 카린을 좋아해 주셔서 정말 행복했답니다. 둘은 오래오래 행복하게 잘살 거예요!

이 외에도 많은 등장인물이 있지만 지면 관계상 생략해야겠네요. 여기에 상세히 적지 못한 캐릭터 중 다수가 상처를 갖고 있죠. 그리고 백합이 그 사람들과 함께 슬퍼하고, 울어주며 친구가 될 수 있었고요.

백합에게는 디자이너로서의 재능, 마법사로서의 재능이 있었지만 저는 그 무엇보다 선한 마음이 가장 강력한 힘이었다고 생각해요. 상처를 받았음에도 세상과 사람을 사랑하고, 함께 슬퍼하고 위로해 줄 수 있는 힘. 그 힘이 백합의 가장 큰 능력이었던 것 같습니다. 그 어떤 강력한 마법이나 재능보다도요.

이 소설이 여러분에게 작은 기쁨과 즐거움, 위로가 되었다면 더 이상 바랄 것이 없습니다. 소설은 끝이 났지만 이야기 속의 캐릭터들은 언제나 여러분의 행복을 바라며, 행복하게 살아갈 거예요. 여러분의 삶이 언제나 행복한 색으로 가득 차길 바랍니다. 다음에 또 뵙기를 바라요……!

우리는 한여름 밤의 꿈
사이에 있었다.
여름도, 꿈도, 삶도
언젠가는 사라질 찰나.

그렇지만 두려워할 것은 없을 것이다.

오늘의 밤이 스러지고
내일이 오고,
언젠가는 이별의 때가 찾아오더라도
우리는 다시
만날 수 있을 테니까.

언제, 어디서든, 어떤 모습으로든.

계모인데
딸이
너무귀여워

Written by 이르

a tempo.

본래 템포대로.

da capo.

처음부터 다시.

al fine.

끝까지.

계모인데, 딸이 너무 귀여워 4

초판 인쇄 2020년 11월 28일
초판 발행 2020년 12월 10일

지은이 이르
펴낸이 최재호
펴낸곳 주식회사 에이템포미디어

편집 디자인 s:now* **표지 디자인** RAEHA
교정 교열 에이템포미디어 출판부

등록번호 2019년 2월 27일 제 2019-000012호
주소 경기도 부천시 부천로 198번길 18, 202동 1101호(춘의동, 춘의테크노파크 2차)
전화 070-4100-0600

전자우편 atempo_media@naver.com
블로그 atempomedia.com
인스타그램 instagram.com/atempomedia_books
트위터 twitter.com/atempomedia

ISBN 979-11-6428-379-8